本书受到厦门大学"双一流"人文社会科学提升计划专项经费资助

光明社科文库
GUANGMING DAILY PRESS:
A SOCIAL SCIENCE SERIES

·历史与文化书系·

调整与适应

——世纪之交的波兰

王承丹　等｜编译

光明日报出版社

图书在版编目（CIP）数据

调整与适应：世纪之交的波兰 / 王承丹等编译 . --
北京：光明日报出版社，2022.3
ISBN 978 - 7 - 5194 - 6591 - 9

Ⅰ . ①调… Ⅱ . ①王… Ⅲ . ①波兰—历史 Ⅳ .
①K513.0

中国版本图书馆 CIP 数据核字（2022）第 077568 号

调整与适应：世纪之交的波兰
TIAOZHENG YU SHIYING：SHIJI ZHIJIAO DE BOLAN

编　　译：王承丹　等	
责任编辑：梁永春	责任校对：李佳莹
封面设计：中联华文	责任印制：曹　净

出版发行：光明日报出版社
地　　址：北京市西城区永安路 106 号，100050
电　　话：010-63169890（咨询），010-63131930（邮购）
传　　真：010-63131930
网　　址：http：// book. gmw. cn
E - mail：gmrbcbs@ gmw. cn
法律顾问：北京市兰台律师事务所龚柳方律师

印　　刷：三河市华东印刷有限公司
装　　订：三河市华东印刷有限公司
本书如有破损、缺页、装订错误，请与本社联系调换，电话：010-63131930

开　　本：170mm×240mm	
字　　数：316 千字	印　　张：17.5
版　　次：2023 年 5 月第 1 版	印　　次：2023 年 5 月第 1 次印刷
书　　号：ISBN 978 - 7 - 5194 - 6591 - 9	
定　　价：98.00 元	

编者的话

面前的这本书稿，是编译者所在的厦门大学人文学院与华沙大学欧洲中心及其国际关系学院等科研机构合作研究的初步成果。十年弹指一挥间，但相较于个体人生的长度，确实有点曲折漫长。世事沉浮变迁，校院间的交流合作仍在延续。本书最初的参与者却形同参商，而组织编辑者亦因成果无以问世倍感负重难释。一次次失望之际，光明日报出版社伸出温暖的援助之手，让我们看到了柳暗花明的希望。

本书部分章节译自华沙大学欧洲中心及其国际关系学院的系列论文，其他则为中方人员研究成果，取中国和波兰各自的学术文化视角，内容涉及两个国家的历史与当下。波方研究者不仅把欧洲一体化进程中至关重要的成就与挑战呈现给读者，更凸显了欧盟成员国身份对波兰这个国家和民族的深远影响，同时全面阐释了波兰在欧盟中的角色与地位，既包括波兰欧洲政策成效的分析，也涵盖了欧洲一体化进程中关联性的挑战。

作为中国学者，我们更愿意书写两个民族曾经的互助、交流，重点呈现"一带一路"背景下中波关系新格局，同时展望东西方两个民族与国度跨越时空的联结与共荣。天涯若比邻，和而不同，立足当下，放眼未来。

目 录
CONTENTS

第一部分 01
|欧洲一体化的演变历程|

第一章

论欧洲一体化的起源

第一节　何谓"一体化"

我们对欧洲一体化历程的思考，应该从定义某些基本术语开始，尤其是诸如"一体化"这样的概念。英语"一体化"（integration）源自拉丁语动词 integratio，其本意是指合并、联合，以及化零为整等。

"一体化"是个模糊的概念，同时又歧解迭出。它是许多不同学科的研究主题，如经济学、法学、社会学和政治学等。因此，人们难以找到一个约定俗成的"一体化"概念。更麻烦的是，它既可以定义统合的过程，又可表示这一进程所达到的某一特定状态，当下的欧盟就是个显例。

当今世界，一体化进程及现象至关重要，其角色的重要性与日俱增。这是因为，顺应一体化的趋势，能为国际关系中的参与方营造出各种日渐巩固的纽结、关联乃至彼此依存的大好局面。这在许多国际组织日益凸显的作用中呈现无遗，特别是那些功能齐全、重在经济目的的联合体，其数目也在日增月加，令人目不暇接。从松散的结合，到诸如自由贸易区这类关联更加密切的组织形式，乃至欧盟这样一体化进程推进到五脏俱全阶段的政治实体，它们的形式不一而足。

这类组织主要由独立国家组成，这些国家仍然是国际关系中的重要角色，但已经不再是不可或缺的角色，因为那些非政府成员组织（包括欧盟）的重要性日渐凸显。总之，一体化体系一旦落地生根，其中最为重要的决策便不再由单一民族国家分别做出，而通常由介入国际关系的区域或全球性的参与者集体制定。

作为欧盟产生的基础，欧洲一体化的目标和活动充分地契合了这一历史发展趋势。它的产生和发展，不仅受益于世界一体化的融合大潮，而且也不断推动并塑造着一体化的总体进程。在统合实践的过程中，欧洲一体化程度更是达到前所未有的水平，为世界上其他同类组织设定了最高标准。

第二节　欧洲一体化简史

从历史的角度看，我们可以笼统地把欧洲一体化看作为"统一欧洲"这一理念的制定和实施过程。从这个意义上说，以寻求欧洲大陆统一为目标的欧洲一体化可谓历史悠久。对于这个理念，人们有许多不同的理解和实现方式。我们既可以把它看作在人道主义这一崇高原则之上，对超越民族的"博爱"精神的追求，也可以将其看作具体的政治、经济和社会文化项目；除了和平的统一方式，历史上也存在试图通过占领或征服的手段统一欧洲大陆的尝试。这就意味着，我们常用的"欧洲一体化"概念并非特指当代的概念。

在介绍欧洲一体化成因和过程之前，我们要先弄清相关概念及术语的定义，这是区分"欧洲意识"以及"欧洲一体化"的必要前提。"欧洲意识"是建立在对欧洲大陆统一性的认识之上，而"欧洲一体化"则是指具体想法和一体化项目。虽然出于普及和出版的需要，这两个概念可能会被当作同义词使用，但它们表达的意思并非完全相同。

为了将欧洲一体化的想法付诸实践，亦即对欧洲大陆统一做出实质性的尝试，人们首先要有"欧洲统一"这个概念。换言之，在一体化之前，欧洲必须"天生"是个分裂的实体，"欧洲整体意识"需要经过培育而逐渐形成。这就需要一个历时数百年的漫长过程，以及非常特别的环境。

于此需要强调的是，若要制定一个清晰透明的标准以明确区分"欧洲意识"的发展及其真实的一体化实践，是非常困难的事情。数百年来，这两个领域时而相互交织，时而互不相干。一方面，我们可以列出一些有助于欧洲统一的实践活动，如古罗马帝国时期的某些举措。虽然从未有人谈及"欧洲意识"这一概念，当时也确实没有这样一种提法，但古罗马帝国的做法却在客观上为欧洲大陆一体化进程开启了先声；另一方面，我们也能够列举出历史上，如启蒙运动时期提出的各种口号，它们号召欧洲人民发扬博爱精神。但是，这些口号对于欧洲一体化的具体样态却只字未提。

但毫无疑问的是，按照一般的规则，我们必须首先发展"欧洲意识"，只有具备了这个前提，才能进一步探讨将统一欧洲付诸实践的可能性。

第三节 欧洲身份认同

"欧洲意识"的产生，最基本的前提是对欧洲身份的认同。所谓欧洲身份认同，是一个宽泛而又复杂的话题。因此，我们只能列举出其中最重要的组成要素。比如，共同的价值体系、与"他者"相区隔的意识。

关于第一点：为大多数欧洲大陆居民所采纳和认可的共同价值体系，是在一系列的历史事件中形成的，它以欧洲文明所取得的所有成果作为基础。对于这些成果，我们将在后文详述。在此需要指出的就是，欧洲各历史时期（如古代、中世纪时期、文艺复兴时期、启蒙运动时期及当代）对欧洲经济、政治、法律、社会、哲学、宗教、文化以及科学技术等方面的发展起到了共同推动的作用。欧洲文明成果就像一个黏合剂，将欧洲人民聚集起来，形成了"泛欧统一体"的基础。

而那些将欧洲社会的社会政治生活联系起来的多种因素对统一体的建立也起到了积极作用。这些因素包括：古代文明成果（如至今尚在使用中的罗马法）的影响；基督教定律的普世性；相同语言（至少是在社会精英中）的使用（最初是希腊语和拉丁语）等。广泛的文化融合抛开所有冲突、摩擦和分散主义倾向，促进了一个具体的意识形态、宗教以及政治共同体的形成。

关于第二点：欧洲身份认同发展过程中至关重要的因素就是确立了区分意识，该意识以不同价值体系为依据，从领土、文明以及社会的不同层面对欧洲及其相邻区域进行区分。需要澄清的是，这种区分意识（尤其是从长远的历史角度来看），并不必然导致欧洲人对他们之外的"不同"或"其他"群体产生否定、抵制，甚至是根除的心态。欧洲文明的一个特点在于其汲取世界不同文化成果的能力。在欧洲，移民被看作促进社会文明全面发展的积极因素。因此，欧洲身份认同的发展过程，很大程度上是欧洲人对自身独特性认识不断发展的过程。

无论是从历史角度看，还是考虑到当前存在的难题，如对接纳土耳其和乌克兰这类国家成为欧盟成员的合法性之争，这个观点都十分重要。随着欧洲身份认同问题的提出，一个合乎逻辑的关键在于，将此欧洲人与"他者"分开的欧洲边界究竟何在。

更复杂的是，边界的种类有很多。例如，从地理上看，欧洲不过是个次大陆，并非一个独立完整的大陆，可以说只是欧亚大陆上的一个小半岛。此外，这个有时被称作"亚洲小角"的陆地，并没有明确、连贯的自然分界线。虽然其北面、西面以及南面明显与大海相邻①，但它在东面以及和中亚、中东交接处的界线却不明显。18世纪后期，欧洲东部边界才依乌拉尔—高加索山脉做了大致的划分，至于欧洲东南边以博斯普鲁斯海峡为界的说法，也不过是个传统。所以，从地理上看，欧洲的边界究竟何在？

此外，要界定欧洲的政治和文化边界也颇有难度，更加勉为其难的是，被视为特定政治和文化实体的欧洲历经几个世纪，明显呈现出北移之势。我们可以笼统地说，古代欧洲区域涵盖了地中海一带受古希腊文明和古罗马文明影响的地区。对于古希腊人而言，"欧洲"最初只是希腊的部分区域，后来才逐渐覆盖到整个希腊乃至其他一些较边远地区。而对于古罗马人来说，他们主要的参照点就是罗马帝国的广袤疆域，不过，彼时的罗马帝国尚未占领现代意义上的整个欧洲地区。罗马帝国界外的欧洲大陆中部和东部，那时还是蛮夷之地。②

"欧化"夷人的入侵，加上诸如南边穆斯林侵袭等事件及其他原因，最终导致了罗马帝国的陨落，同时也造成了欧洲版图的变化。从地中海一带扩展到当前欧洲大陆中心，进而到斯堪的纳维亚和欧洲东部、中部，欧洲版图仍在形成中。追本溯源，这样的变迁与中世纪时期欧洲边境取决于基督教推广范围的传统事实相关。因此，对于当时北部和东部的国家（如皮亚斯特王朝时期的波兰）的异教徒而言，融入欧洲文明的唯一途径就是接受洗礼，并积极参与到欧洲各国的和谐建设中。

通过这样的方式，当下欧洲的版图得以确立，或者说成为欧洲文明影响下的区域，亦即与西欧、基督教以及拉丁语区等整齐划一的部分（无怪乎许多学者认为，巴洛克风格本不属于东正教教堂艺术，却在东欧教堂建筑中得以显现，这其实是受了教会中欧洲文化因素的影响）。③ 如今，决定欧洲版图最重要的因素就是一体化结构，尤其是欧盟所发挥的作用。这也是本书的重要主题。不论

---

① 在此仍然存在着格陵兰岛、冰岛以及其他一些大西洋岛国的归属问题。

② 英语中 barbarians（barbaricum）一词源于希腊语 barbaros，该词源于对模糊不清的语音进行拟声模仿。这些类似 bar-bar-bar 的发音，是希腊人观察异乡人的交流而得，对于其中意思，他们不得而知（这与斯拉夫人把德国称为"Niemcy"有异曲同工之处，由于对德国人口中的语言一无所知，他们便模仿德国人的发音进行指称）。

③ 这与波兰—立陶宛联盟对东部的文化影响不谋而合。

是对国家还是对个人而言，成为"欧盟"一员并非具有"欧洲身份"的前提条件，但毫无疑问，对外界而言，欧盟与欧洲往往是两个等同的概念。

但这并没有改变现状，当代欧洲的政治边界和文化边界目前尚未明确划分。乌克兰和土耳其意欲加入欧盟所引发的争议亦由此而起。无论这场争议中的支持者和反对者双方理由何在，可以肯定的是，欧盟及其候选成员国在这个问题上都没有一个坚定的立场。其原因在于，无论是政策制定者，还是欧盟公民，抑或乌克兰人和土耳其人，在面对自身与"欧洲身份"的关系时，都无法明确界定自身身份，厘清其中的文化和政治关系。而其他一些民族的人民，特别是俄罗斯人，也面临着同样的困扰。从更大范围来看，甚至连英国人都不能幸免。多少个世纪以来，他们一直徘徊在融入欧洲文化（对于这一文化，英国人贡献极大）与坚守正统的斯拉夫人或盎格鲁—撒克逊人身份的矛盾之间。

由此看来，缺乏一个将欧洲定义为独立实体的明确标准，我们或许应该先从文化方面着手，对其进行考量。欧洲旧大陆已形成自身独特的文明，其影响遍及其他地区。众所周知，文化一直都是区分欧洲与其他文明——首先是夷人文明、东部文明、亚洲文明、中东文明，其后就是世界更远地区文明的基本因素。

因此，欧洲身份认同作为"欧洲意识"产生的必要前提，它的形成一方面要以共同的价值体系为基础，另一方面则与"与人有别"的区分意识和从属于某一共同体的归属意识不可分割。共同的价值体系即欧洲人共享的一套思想观念，它以丰富的欧洲文化成果为基础，集中体现在欧洲数百年来形成的意识形态、宗教、文化和政治思想中，而所谓的归属意识则是欧洲人在共同经历各种历史事件的过程中形成的。

第四节 "欧洲意识"的发展

如前文指出，欧洲身份认同是"欧洲意识"形成的前提，缺乏对身份的认同，任何具体的一体化实践均无从谈起。此外，我们还需弄清以下问题，即"'欧洲意识'成形于何时，具体过程如何"。只有如此，我们才可能对"欧洲作为独立文明的历史从何开始"这一本质问题予以回答。这并非无稽之谈，因为相关转折点的确认，才是我们讨论欧洲一体化进程的真正起点。

对历史事件的转折点描述一般都很粗略、笼统，有时甚至只是象征性的。

而当我们的研究对象是一个具有悠久历史、受过不同诠释、尚未定论的事件时，情况更是如此。各种不同观点的存在使我们在对上述问题进行可能的分析时困难重重。

首先，我们得弄清"欧洲"这个名称的由来（几个世纪来，对"欧洲"一词在日常生活中使用甚少，只是在制图中使用，这证实了"欧洲意识"的文化起源）。该名称起源于希腊神话①，这表明其根源于古代，有着地理和文化意义上的起源。

一些学者指出，把欧洲视为一个独立文化和政治实体的观念起源于古希腊。当时的希腊处于波斯战争和亚历山大大帝统治期间，与两种不同的文明产生碰撞。希腊的自由思想和东方的专制主义有着完全相反的价值体系，这一巨大的差别使希腊人意识到自己的与众不同，也导致了把希腊人的欧洲与专制的亚洲区别开来的局面（在这个背景下，我们可以认为，希腊—波斯战争是欧洲文明与外来文明——亚洲文明的首次碰撞）。

如前所述，希腊人眼中的欧洲只是本国及受其直接影响的区域。欧洲作为一个实体或文化概念，其区域范围是在慢慢扩大的，其中第一步便是亚历山大大帝对希腊文明的推广，这为欧洲意识奠定了坚实基础。虽然这并不意味着亚历山大大帝所占领的所有地区（从现在的希腊和土耳其，经由中东延伸至印度北部）都属于欧洲，它却展示出欧洲（或可称为"前欧洲"）文明日益增长的魅力和强大影响力。

这点在古罗马时期得到了更广泛的验证。不论如何定义，幅员辽阔的古罗马帝国在地理、政治和文化意义上都不能与欧洲这一概念等同。根据其广布于莱茵河、多瑙河，亚洲幼发拉底河，非洲撒哈拉的城墙及社会中的不同文化，罗马帝国在本质上更加庞大。古罗马居民认为自己是罗马帝国的市民或主人，而并非欧洲人。这样的身份认同是在多元的罗马文明成果以及独特的区别意识中形成的。希腊人的欧洲与专制亚洲的对立被新的局面所取代，即开化的罗马帝国与蛮夷之地的对立。

从长远的历史眼光看，以古希腊文明为重要基石的罗马帝国文明，实际上为后来的欧洲文明奠定了基础，它在欧洲身份认同形成的过程中起着重要作用。

---

① 根据神话内容，欧罗巴是腓尼基国王阿革诺耳之女的名字。她被认为是那个时代最美的女子，甚至引起了宙斯的注意。宙斯在海边化作一头白色公牛来到欧罗巴面前，在海神波塞冬和爱神阿弗洛狄忒的帮助下，将其诱拐至克里特岛。

欧洲人为古代这些成果的取得感到自豪，他们开始留意共有的历史背景以及自己与他族的不同，这从客观上促进了"欧洲意识"的逐步形成（虽然这一概念在当时几乎不曾出现）。

此外，在建设一个十分有效、能集中管辖各大不同地区的国家方面，罗马人所积累的经验为未来欧洲一体化的设想提供了很好的参考价值。罗马帝国衰亡后的几百年间，随着欧洲大陆分裂局势愈演愈烈，其成功的统一经验已成为许多一体化思想的源泉（这点我们还将在后文进行讨论）。人们在谈及罗马帝国和平统治的"黄金时期"所留下的文化遗产时，关注的不仅仅是其和平和繁荣的一面，而且还有其多元统一的一面。

当然，罗马帝国走向分裂的趋势并没有为"欧洲意识"的发展提供有利条件。但即便在夷人入侵，逐步衰退的动荡时期，罗马帝国，尤其是紧随其后的拜占庭帝国还是建立了有助于传承欧洲文化的物质和精神文明。延续千余年（直到 15 世纪被土耳其人征服）的拜占庭帝国不仅保留了大部分的上古遗产，而且还结合东方传统，使得本国及西欧文化更加丰富多彩。几个世纪以来，拜占庭文化，或更大意义上的拜占庭文明主导着欧洲，尤其是东欧的社会政治生活，并最终成为欧洲意识形成的一大源头。

此外，拜占庭帝国的历史揭示了基督教这个新因素在形成并决定欧洲未来命运过程中所起的重要作用，甚至是决定性作用。在欧洲大陆的历史上，基督教第一次扮演了至关重要的黏合剂角色，所以其重要性绝对不容小觑。

第一，基督教从各方面强化了"欧洲意识"。

第二，基督教发起并帮助实施了某些严格的欧洲一体化理念和项目。

关于第一点：在"欧洲意识"的语境下，基督教的作用在于增强，或者是最终形成欧洲身份认同。根据前文的分类，它一方面建立了一套全新的普世价值体系，另一方面也强化了宗教和文化的独立意识，这种意识（连同新的价值规范）导致了欧洲作为一个独立共同体性质的形成。

基督教的这套价值体系，除了对现代哲学（特别是对人的存在这一现象的思考）的发展有所贡献之外，还包括了与异教徒信仰完全不同的、关于信仰原则的教规，以及一套复杂的、需要所有信徒遵守的行为规范。基督教教会十分重视宗教习俗的外在形式，并广泛传播规范的宗教仪式和共同利益观，以及相似的生活节奏和生活方式（例如，星期五禁食，或者是周日以及假日禁止工作）。这一切从根本上可以看作全面统一欧洲大陆社会生活的一个过程，它促进了欧洲人对归属某一共同体意识的发展。

同时，这套统一的价值体系反过来也加速了欧洲人区别意识的形成。促使这种意识产生的一个重要因素就是他们感受到"别人"的威胁。罗马帝国时期充满攻击性的外族虽然已经文明开化并在欧洲定居，但是好战的伊斯兰民族依然威胁着他们。在公元第一个千年之末，伊斯兰人开始入侵伊比利亚半岛和巴尔干地区。在这场掠夺中，除了军事上的进攻，还伴随着来自宗教、政治以及文化方面的威胁。由于伊斯兰人有着自己的宗教信仰，所以这场战争也被看成基督教与异教徒之间的战争。由于在欧洲大陆上引发了基督教与异教之间的对抗，所以它对"欧洲意识"的形成起到了不可或缺的作用。

在当时，基督教的范围正好覆盖了欧洲地区，一个有着相同宗教信仰的新欧洲认同开始形成。这一认同的形成，也意味着一系列特定观念和思想的确立，如基督徒是欧洲居民，反过来说就是：欧洲人是基督徒。（对于后一个观念，我们现在仍然能找到许多这样的想法。）

在欧洲历史上，基督教的作用远非参与构建欧洲人的身份认同那么简单。在中世纪，基督教教会对整个欧洲文明的发展做出了重大贡献，甚至可以说是决定性的贡献。

一方面，基督教的贡献在于它对科学、文化、教育和经济的支持。这些支持来自许多牧师和教会知名人士（包括教皇）以及大多数宗教指令。它们通过散布在各地的修道院建立起了现代的社会经济和文化基础设施。另一方面，教会的组织机构及其等级和权力系统成为欧洲国家行政发展的胚芽和基础。该组织机构是在教会领土单位——教区和主教管区的基础上形成，沿用至今。此外，由于具有良好的教育背景和技能，基督教中的神职人员在年轻的欧洲国家承担起了为发展中的权力机构培养优秀人才的职责。

通过这样的方法，中世纪的欧洲形成了一个基督教社区和政治社区相互交叉的体系。尽管这在很长一段时间中导致了教会和世俗权力、神圣与粗俗之间的冲突，但它也使基督教在我们的另一个利益场里起到了重要作用。

关于第二点：从中世纪初期开始，基督教及其教会成为发起并实施欧洲大陆一体化具体概念和项目的最重要因素之一。一体化实践的思想基础是基督教的普世主义，它体现的并非是努力建立一个单一欧洲国家的理念，而是把欧洲统一于共同的宗教和意识形态秩序下的理念。正如许多教皇和世俗统治者所希望的，其目标在于建立一个基督教帝国（christian empire），也称：基督教王国、基督教政体或者基督教共和体。

宗教与政治的结合使欧洲人在参与世俗文明世界（即发展中的欧洲地区）

事务的同时，也必须参与到基督教世界的事务中。因此，公元 5 世纪到 10 世纪之间，从欧洲西部到中部及东部边境，几乎所有的欧洲人都经历了一个基督化的过程。① 基督化背后的一个重要动因是政治因素：许多较弱国家的封建统治者无力捍卫自身利益，因此他们自然愿意接受教皇及君王至高无上的地位。但毫无疑问的是，以基督教文化为基础发展起来的泛欧文化所展现出的吸引力，也是欧洲基督化的重要原因。融入这样的泛欧洲文化，既能确保得到政治庇护，又有利于加快自身国家的文明发展进程，可谓一箭双雕。基督化过程造成了欧洲基督教文明世界与未开化异教徒的原始世界相分离的局面。我们将会了解到，这样的区分并非完全根据"野蛮"文明的发展程度判定。

此外，中世纪骑士这一特殊社会阶层在整个欧洲的发展过程中也十分重要。他们那带有浓厚基督教理想的泛欧乃至世界精神，在决定整个欧洲精英阶层的价值体系和行为模式中起到了重要作用。骑士阶层参与了各种以宗教为名，而实际上却带有政治性质的事件，其中一个经典例子便是十字军东征。该事件的发生，不仅是为了解放圣地，而且还为了占领东欧异教徒的地盘（如条顿骑士团的活动）。

上述一切都为欧洲统一的愿景埋下伏笔，同时也为建立在基督教理想上的具体统一举措奠定了基础。由查理曼（Charlemagne）提出的"新建欧洲边界，重塑罗马帝国"的计划，以及德意志民族"实现神圣罗马帝国"的行动都是这些举措的代表。在这些计划和行动背后，隐藏着不同动机，其中包含着教会当权者（尤其是教皇们）和世俗当局（特别是帝王们）的个人和王朝利益。如前文所说，这些导致两个权力中心产生一系列的冲突，这些冲突在风水轮流转的格局中持续数百年之久。除了教皇取得的一些成功（以声名狼藉的卡诺莎之辱为标志），最后的胜利属于世俗当权者。但对本书而言，最重要的一个事实是，撇开双方政治和教义上的差异，教会和世俗当局的行为都建立在基督教普世主义的基础上。

---

① 欧洲国家地位发展的时期与各国统治者的受礼时间基本一致：在西欧，法兰克的国王克洛维早在公元 496 年即受礼，而在中欧和东欧，国王受礼的时间则晚了 500 年，如波兰和匈牙利的统治者是在公元 966—972 年间接受洗礼。

第五节 "欧洲意识"的诞生

在了解了欧洲古代遗产、基督教中世纪时期的作用及其取得的成就后，我们就可以试着回答"欧洲意识诞生的象征性日期是在何时"这一最初的问题。结合多种可能的解释，我们对于这个问题有必要进行主客观两个维度的区分。

从主观上看，无论是欧洲古代还是中世纪早期，我们都很难说它们满足了"欧洲意识"产生和建立的基本条件。所谓的"欧洲意识"，是定义明确、发展成熟的欧洲身份认同。但如前文所述，无论是罗马帝国的居民还是中世纪早期的封建国家主体，都没有把自己当成欧洲人；他们有的把"生活在罗马和平时期"作为自己的身份参照，有的则以基督教思想来标识自己（或许古希腊人的认识最接近"欧洲意识"，因为这个概念就是由他们提出的。但从其观点来看，这个概念当时在地理、文化和政治上都有所局限。它主要是指受希腊文明影响的地区，不同于东部专制地区）。由此看来，欧洲意识的形成过程受整个欧洲大陆历史进程的影响，十分漫长曲折。

尽管如此，回答"欧洲意识起源"的关键在于，该意识是在客观历史条件下产生的。这些客观历史条件众多，但最重要的是在几代人的共同努力下，欧洲积累了无比丰富的文明成果。这些成果不仅为欧洲文化奠定了基础，而且为欧洲联合乃至最后的一体化进程打下了根基。它们逐步促进独特的泛欧洲身份和其他意识的建立。例如，出于对外部共同威胁的认识和对相同历史的体验，欧洲人逐步建立了共同的价值体系和（与非欧洲地区的）区别意识。

这就是"欧洲意识"的形成过程，它使整个欧洲大陆居民抛却意识形态、宗教以及各种主观因素，形成了一个不断发展的、具有客观效能的共同体。也就是说，在接下来的几个世纪，无论接受与否，欧洲居民都在向欧洲人转变。

欧洲身份形成的主观和客观维度在历史上一度变得十分接近。根据许多历史学家的研究，该现象发生在公元第一个千年和第二个千年相交之际。公元10世纪和11世纪，欧洲精英们乃至整个社会都意识和感受到了一个共同的泛欧社会、文化甚至是政治空间的存在。

与大众的普遍看法不同，中世纪并非只是一个区域纷争、文明倒退的时期。相反，某种意义上，中世纪的欧洲事实上已达到了统一的状态，而这种状态即使是在21世纪的今天都难以企及。当时来自不同国家的政界、宗教界和知识界精英们结成了一个相对一致的社会，在这个社会中，他们使用同一种语言（即最初的拉丁语，以及数百年后的法语和如今的英语），密集交流彼此观点（这点我们可以从鹿特丹的伊拉斯谟所从事的活动中管窥）。一个由知识分子组成的特殊共同体由此形成，这也就是后来人们所说的"开明共和体"，它为欧洲统一的想法奠定了理论和实践基础。

伴随知识分子统一体的形成，欧洲大陆出现了我们今天所说的"物品、人力和服务的自由流动"，这是欧共体20世纪下半叶才正式提出的一个方案。在当时，欧洲人就可以自由迁徙（由此大规模的西欧人——主要是德国人在东欧农业地区和城市安家落户），泛欧贸易开始发展起来。由于那时的国界多是依惯例划定，缺乏正式的界线和划分，这就进一步为上述局面的出现创造了条件。此外，由于国籍概念（即人们对自身属于某一共同体或者坚决支持某个统治者的思想）尚未完全形成，这就不至于引起任何严重的种族紧张局势。① 中世纪的商人、居民、艺术家和科学家们能够毫无障碍地自由迁徙、正式出入境、四处就业或者选择到最好的欧洲大学就读。在实际生活中，举例来说，这就意味着一名西班牙的艺术家能去法国进行创作，一名德国的工匠能到克拉科夫谋生，一名来自立陶宛的贵族能在西班牙读大学，一名加入汉萨同盟的商人能在地中海港口城市从事自由贸易。

根据上述所有论据，我们可以得出这样一个明显的论断，即欧洲意识的形成并非一个能确切说出发生时间的一次性事件，它是一个持续了近两千年的复杂、漫长的进程。我们只能非常笼统地指出，在中世纪盛期初期，即公元10—11世纪，该进程出现了质的变化。由那时起，欧洲成了一个相对统一的文化和宗教共同体，同时也是一个独立的思想和政治实体。

如本章开头所提及，"欧洲意识"的形成促进了欧洲一体化的具体想法和项目的产生（必须强调的是，这里所说的一体化针对的是严格意义上的欧洲。尽管在此前的历史中，也存在一些诸如罗马帝国所采取的实际统合行动，但它们都与"欧洲意识"无关，在当时，这样的意识根本尚未出现）。

从"欧洲意识"的形成到一体化的具体实施，其中的转变并非由一系列自动排列的事件组成。相反，它是一个辩证的反馈过程。中世纪的欧洲已成为一个相对一致的文化共同体，只有当政治集权被层层瓦解（如包括波兰在内的许

---

① 众所周知，欧洲民族国家的形成时间较迟。直到18—19世纪起，它们才开始控制人口的跨境迁移。而在那之前，即使是在武装冲突时期，人口的跨境流动都未曾受到阻碍。

多国家所经历的地区分裂），大范围的一体化想法和规划才会出现。面对如此分崩离析的局面，欧洲知识分子和政治精英们在公元 14 世纪左右发起了一场对抗行动，意在通过建立新的一体化结构来平息各种纷争。诚然，这是个真正的悖论：为了实现统一，欧洲人首先必须在政治上分道扬镳。

在这些变化中，一个象征性的标志就是"欧洲（Europe）"这个名称的复兴。人们开始越来越经常地使用这个名称，它不再只是地理学家和制图家的专用名词，而是作为一个文化和政治概念，被用于更广泛的意义空间。例如，它被用在了许多一体化项目的名字中，这其中就包括首次使用的"欧洲联盟（the European Union）"这个名称。在未来的几百年里，一体化的方案和思想渐渐成为欧洲现实世界愈加重要的一部分，并最终导致了如今的一体化进程。

第六节　今日欧洲一体化与当下世界

20 世纪与 21 世纪之交的欧洲大陆一体化进程当之无愧地成为目前国际关系最重要的特征之一。它不仅决定着欧洲的格局和命运（包括波兰的发展），而且极大影响着全球的经济、政治、社会和文化状况。此外，对于生活在当下的人们而言，欧洲一体化进程已成为国际关系中最显著的一大进程，我们无法想象缺少它的世界格局将会是什么样。

欧洲一体化进程中的主体——开始是欧洲共同体（即欧共体），接着是如今的欧洲联盟（简称欧盟）——依旧发挥着必不可少的作用。尽管这些进程不局限于欧盟成员国（以最重要的组织为例：欧洲理事会、北大西洋公约组织或欧洲安全合作组织）内部，而是更大范围地、更多地渗入国际关系中的政治、经济和军事领域，但毫无疑问的是，以欧共体或欧盟这样的形式推动一体化进程是最有必要的，它们为统一欧洲这座大厦奠定了基石。

当今欧洲一体化呈现出了某些新特征，其中最重要的就是非常独特而又十分复杂的欧盟现象。欧盟秉承着欧洲文化的传统，是人类历史上唯一以独特意识形态和政治理念为基础，高度一体化的国际组织范例。其意识形态和政治理念通常被统称为欧洲价值，这些价值一般是建立在民主和人权的原则上。欧盟所具有的特征并非都是独一无二或与众不同，但它们同时联合起来作用，由此（通过特定的协同作用）形成新的品质，使欧盟成为一个独特的实体。

欧盟的独特性主要体现在其一体化的深度和广度上。需要强调的是，世界其他组织在一体化进程中，无论是在实施方案的深度还是一体化活动的广度上，均不及欧盟所达到的程度。随着联盟的不断扩大，欧盟的活动实质涵盖了经济、政治、社会、文化事务，以及学术研究和防御事务等各个领域（虽然各领域的发展程度有所不同）。而在组织形态、体制和立法方案的实践方面，其他一体化组织也不及欧盟机构运作的一致和高效程度。

欧洲一体化进程有效性的一个表现：即由于存在根本的地缘政治因素，欧盟获得了强大的潜能，比如，人力资源、土地资源以及经济、社会、文化、科学和军事各方面的能力。它具有领导当今世界（尤其是在经济方面）的能力，这点从欧盟经济所取得的成就便可得知。由于采用单一市场机制和建立经济货币联盟，欧盟整体经济综合了各成员国的经济贡献，位居世界领先地位，在全球化进程中发挥着积极作用。根据基本的宏观经济指标，欧盟成员国的总体GDP 高于美国，它们在世界贸易中占有突出的地位。这些成果的取得，可能要归功于前文所提到的协同现象，由于协同作用的存在，欧盟的整体表现大大优于各成员国潜力的机械累加。

此外，具备了如此重要的潜能，欧盟在国际社会上就能发挥一系列重要作用。根据其价值观来看，欧盟致力于推进民主、法治和人权，崇尚和平解决国际争端。此外，它还是全世界最大的发展援助供应机构。

欧盟的另外一个特点就是具有模糊性，这使人们对它的研究更加困难，也影响了其在政治领域中的实践。作为一个新生组织，欧盟正处于不断演变中。可以这么说，欧盟的发展还是一个持续的过程，尚未达到稳定状态。因此，即使很难，它也能接受所有评价、分析，特别是分类。从认知角度看，欧盟是一种"智力拼图"，而从政治角度看，正如前欧盟委员会主席雅克·德洛尔（Jac-ques Delors）所说，"欧盟在政治上是一个不明物体"。

欧盟在制度、法律和功能上都是一个非常混杂的架构，这被视为一种累积分类。它涉及的不只是欧盟这一实际机构，近来还包含了欧盟委员会。此外，我们还要将其成员国考虑进来——这些国家都享有各自的主权，是国际社会的正式成员。欧洲一体化的整个结构是建立在两种基本模式——联邦主义（也称共同体方法）和邦联主义（也称政府间方法）的概念上。①

结　语

在对欧洲一体化进行总体评价时，我们必须注意，不管存在任何争议，一体化的一个特点（即主要优点）绝对不可被否定：持续半个多世纪的一体化进程确保了欧洲前所未有的长期和平局面，持续的政治稳定和充满活力的经济发展促进了欧洲的繁荣。这些成果的取得，是通过建立适当的安全体系（在美国的支持下），促进各国政治、经济和军事方面的合作来实现的。一方面，一体化进程为防止欧共体、欧盟成员国之间出现矛盾创造了条件；另一方面，它也对潜在的外来敌人起到了震慑作用。

单凭这一点，我们就能把欧洲一体化这个世界独特的举措看作是欧洲人民的伟大胜利。由于客观的历史原因，一体化的成果主要惠泽西欧（其实欧洲所有居民都在享受和平时期，而且现在中东欧国家也体验到了一体化的好处），但这并不会影响我们对一体化的积极评价。当然，在一片大好的局势下，也是有问题存在的：整个欧洲大陆的和平并不意味着其局部地区在不同时期没有发生武装流血冲突（例如，苏联对匈牙利和捷克斯洛伐克的干预，发生在北爱尔兰阿尔斯特以及巴斯克地区的冲突，以及前南斯拉夫的内战等）。在这些冲突中，只有部分能在西部的一体化架构内得到妥善解决。

战后一体化进程的典型特征也具有普遍性，这主要体现在，一体化进程涵盖了西欧各国政治、经济、社会和文化等各个领域。因此，欧洲大陆联合的思想并未被任何单一的政治取向或世界观所"侵占"，它依然保留了这个概念中的各种一般假设。对于绝大多数的欧洲人来说，这是可以接受的。

鉴于上述特点，我们可以试着把"欧盟"定义为欧洲大陆现代一体化进程中最重要的组织结构。

因此，我们可以说：

---

① 当然，这不是唯一可能的区分方式，也许还存在一些其他的方法。简单来说，联邦主义将欧洲一体化进程看作跨国性的（认为一体化机构具有超越其成员国的执政权力），而邦联主义则把其局限为主权国家的政府间合作行为。尽管这两个概念的目标看起来相互矛盾，但它们是互补的，并形成了一种独特的混合体。这在欧共体、以及如今欧盟的实际运作中得到了体现。

欧盟是一个独立的实体或政治、组织及法律结构，是由不同主权国家组成的团体（共同体、集体），它是有着世界上最先进（从深度和广度上看）的一体化进程的区域组织；欧盟通过自身特定的机制，执行其成员国共同提出的各种经济、政治、军事、社会文化及其他目标。该机制采用共同定义和接受的操作方法，既确立了超国家的决策和权力结构（与联邦主义—共同体方法相吻合），同时又保留了政府间的合作（与邦联主义—政府间方法相吻合）。

参考文献

［1］DINAN D. Origins and Evolution of the European Union［M］. Oxford：Oxford University Press，2006.

［2］NOWAK A Z，MILCZAREK D. Europeistyka w Zarysie（An Outline of European Studies）［M］. Warszawa：PWE，2006.

［3］KAISER W，LEUCHT B. The History of the European Union：Origins of a Trans-and Supranational Polity 1950-72［M］. New York：Routledge，2009.

［4］SCHULZ-FORBERG H. The Political History of European Integration：The Hypocrisy of Democracy-Through-Market［M］. New York：Routledge，2010.

第二章

从欧共体的建立到《里斯本条约》

在过去半个多世纪里，欧洲的一体化进程经历了很多不同阶段。但出于研究目的，我们这样划分二战后的欧洲一体化进程：

——第一阶段（1945—1957 年）开始有计划地实现欧洲一体化的构想，这标志着欧共体的理念已成为普遍共识；

——第二阶段（1958—1969 年）建立一体化的经济基础；

——第三阶段（1970—1991 年）加强欧洲成员国之间的联系，为欧盟的成立奠定了基础；

——第四阶段（1992—2004 年）《马斯特里赫特条约》《阿姆斯特丹条约》《尼斯条约》的签订标志着欧盟的建立；

——第五阶段（2004 年之后）《宪法条约》和《里斯本条约》的签订加速了欧洲史上最大范围的东部扩张。

第一节　第一阶段　1945—1957 年

二战的硝烟才刚刚散去，被称为"欧洲之父"的政治家，包括法国的让·莫内（Jean Monnet）和罗伯特·舒曼（Robert Schumann），联邦德国的康拉德·阿登纳（Konrad Adenauer）以及英国的温斯顿·伦纳德·斯宾塞·丘吉尔（Winston Leonard Spencer Churchill），一致拥护欧洲一体化的构想。

1946 年，"欧洲合众国"成立，催生了"泛欧化"概念。迈向泛欧化的第一步就是要建立一个独特的国际体。1948 年 5 月，这个设想得到了在海牙举行的欧洲代表大会的支持。一年之后，也就是 1949 年的 5 月，几个欧洲国家成立欧洲委员会———一个拥有普遍权限的组织。①

————————

① 专门处理极端的政治和军事事件。

同时，在政治和军事方面合作的第一个项目在西欧确立。1948 年 3 月 17 日，法国、英国、比利时、荷兰和卢森堡签订了《布鲁塞尔条约》。半年之后，一个为实施共同安全协议的西方联盟成立。1949 年 4 月 4 日，签订《华盛顿协约》，这被视为北大西洋公约组织（North Atlantic Treaty Organization，简称为 NATO）成立的先声。这个组织起初只有 10 个欧洲国家，后来美国和加拿大加入①，在国际舞台上扮演了举足轻重的角色。

经济一体化是欧洲一体化在政治博弈中至关重要的一步棋。

这个一体化进程始于 1947 年 3 月 14 日，比利时、荷兰、卢森堡成立了经济联盟，同年，美国的马歇尔计划为欧洲同盟国雪中送炭地提供了大量经济援助，加速了一体化的进程。同时，为了有效地管理援助资金，在 1948 年 4 月 16 日，16 个西欧国家成立了欧洲经济合作组织。②

在这段时期内，一体化的幕后推手是法国，它希望欧洲能成为力抗美苏的"第三势力"，但又担心重新崛起的德国。美国则希望尽快将联邦德国纳入北约集团。最后，法国决定自保，但无心插柳柳成荫，反而推动了欧洲的融合。

1950 年 5 月 9 日，法国外长舒曼（Robert Schuman）采纳了智囊莫内的构想，提交了一份欧洲煤钢共同体计划（即舒曼计划），使联邦德国获得同等经济权利的同时也巧妙地控制了德国边境的重工业。1951 年 4 月 18 日在巴黎，法国、德国、意大利和比利时等国家签订了条约并组建了欧洲钢煤共同体，成为统一西欧的三大共同体之一。

无独有偶，在政治领域和军事领域也有同样的联合构想萌生。1952 年，欧洲防御共同体为组建统一的欧洲军事力量成立。同时创设的还有欧洲政治共同体，旨在合并煤钢共同体和防御共同体，但事与愿违，这些计划通通失败了。1954 年，法国国会反对建立防御共同体的条约，使项目遭受极大的阻碍。1954 年，煤钢共同体成员国和英国签订了西欧联盟条约以替代欧盟，但与共同体体系两不相涉。

欧洲煤钢共同体，在经济联系进一步扩大的基础上，又催生了新的合作。1957 年 3 月 27 日，在罗马，六个成员国在紧锣密鼓地准备和磋商后，签订了

---

① 北约的组成国家有：英国、法国、意大利、比利时、卢森堡、荷兰、挪威、丹麦、冰岛、葡萄牙，后来加入的有希腊和土耳其（1952）、联邦德国（1955）、西班牙（1982）。1986 年法国退出，而在 90 年代中期又部分加入。1999 年，北约添加新成员：波兰、捷克共和国和匈牙利。2004 年又有 7 个新的中东欧国家加入。

② 后来它变成了另一个重要的实体——经济合作与发展组织。

《罗马条约》，建立了欧洲经济共同体和欧洲原子能共同体。

欧洲经济共同体的主要目标是实现成员国之间的密切合作，持续优化生活和工作条件，减少地区摩擦，进一步改善成员国的整体经济状况。通过建立海关联盟（在联盟内部废除关税，而与别国进行贸易时制定统一的关税），形成一个共同的市场（建立在"四个自由"的基础上：劳动力、货物、服务和资本的自由流动），最终形成统一的经济货币联盟。

为辅助此项计划，成员国制定了共同的优惠政策（包括农业、交通运输、贸易方面）和特殊优待（如地区发展），协调法律，规范竞争、经济，强化社会凝聚力，消费者权益保护和促进研究发展等方面的条款。这些措施的有效实施有力地推动了一体化的运作。

而欧洲原子能共同体的目标是确保西欧核能工业的发展，限制过度使用，实现和平发展，具体措施有：建立联合研究中心，提供资金，研发安全控制系统等。

第二节　第二阶段　1958—1969 年

欧洲在推动一体化进程的同时，吸纳了如英国这样的西欧国家，他们对创设一个超国家的决策机构满腹狐疑（虽然在这一时期，主要依靠国家间的政府合作来推动联盟融合）。1960 年，英国、奥地利、葡萄牙、瑞士、瑞典、丹麦和挪威等国家在斯德哥尔摩签订了《建立欧洲自由贸易联盟公约》，成立了欧洲自由贸易联盟（冰岛于 1970 年加入）。

欧洲自由贸易联盟的快速成长拓展了政治领域的合作。1961 年，法国引入"富歇计划"，使成立政治同盟成为可能。基于政府间合作的原则，该同盟将成为制衡其他机构的中坚力量。该项目经过一系列的激烈磋商后最终以失败收场。国家主权问题成为最大的话语分歧，戴高乐将军的言辞尤为尖锐。但一份《法德合作条约》，即《爱丽舍宫条约》，打破了僵局。1963 年 1 月 20 日，这份协议为稳定欧洲和平局势带来了转机。

在机构融合过程中，1965 年 4 月 8 日欧洲 6 国签订的《布鲁塞尔条约》具有举足轻重的地位。它将三个联盟合并为一个机构，并建立了单独委员会（当时被称为部长委员会和欧洲联盟委员会），将辅助公平法院和欧洲议会（1962年改为欧洲议会）。条约还新添了其他机构，如经济和社会研究委员会，旨在为联盟提供参考建议,而临时代表委员会则是另一个不可忽视的组成部分。

联盟最大的功绩在于建立了统一的市场,包括 1968 年成立的关税同盟和共同商业政策。在传递自由企业精神和工人运动以及竞争立法方面,联盟也取得了一些进展。而在其他领域,如公共交通政策和农业政策,则出现了与利益相悖的龃龉。虽然农业政策的基本原则在 1962 年已经确立但直至 5 年后才开始实施。

然而,法国又一次在合作与融合的进程中唱了白脸。1965 年中期伊始,法国运用"空椅"政策,撤回代表,使欧共体的运作陷于瘫痪,直到 1966 年 1 月 29 日《卢森堡协议》的签订,才解决了这一棘手问题。《卢森堡协议》基本上是《罗马条约》的修订版,通过这个协议法国迫使其合作伙伴承认,在关系到国家利益最重要的问题时,每个成员国对理事会的决定都有实际的否决权。

因为主要精力放在协调内部争端上,欧洲共同体无暇顾及扩张问题。他们在这一领域的行动受到限制:1961 年与希腊、1963 年与土耳其,在雅温德与 18 个非洲国家签订联合公约。英国试图两次加入欧洲经济共同体,一次是 1961 年,一次是 1967 年,都受到了法国的刁难。因为对其亲美外交政策的不信任,并出于对自身经济利益,尤其是农业利益的考量,法国使出浑身解数,阻止英国的加入。

第三节 第三阶段 1970—1991 年

20 世纪 70 年代初,欧洲同盟进入了黄金发展时期。1969 年 12 月的海牙峰会,对新成员的入会又有了新规定(由戴高乐将军亲自签署了相关协议)。1972 年 1 月 22 日,欧盟成员国与英国、冰岛、丹麦和挪威签署正式加入条约。除了挪威的外交部提出异议之外,其他国家都于 1973 年 1 月 1 日正式成为欧盟的一分子。

而 1971 年 10 月 27 日的卢森堡峰会则推动了成员国的政治联姻。欧洲政治合作组织为各国搭建了一个合作和协调外交政策的平台。这个组织独立于同盟体系之外,且不依靠任何条约,逐渐发展成一个交流意见、通力合作,甚至质疑权威的论坛,在联盟中扮演了不可替代的角色。

1974 年 12 月在巴黎举办的峰会,欧洲同盟领头人组建了一个新的欧洲议会(形式上早已有之)。但议会从未真正成为一个联盟体,它的作用是提供咨询、合作与决策制定。

欧洲议会最大的创举是将普选纳入欧洲议会的议程。1979 年中叶的第一次选举将议会从一个政府间组织变成了超国家的共同体（最初是一个力量制衡的共同体）。

在同盟的组织发展阶段，萌生了发展欧洲联盟的构想。如比利时总理拿出了《欧盟报告》即《丁德曼报告》，建议不仅从经济领域，还要在政治和外交政策方面实现更深的融合。

这一时期扮演领头羊角色的是法国、德国与英国。它们的独断专行阻碍了共同体问题的解决。1975 年，特雷维（Trevi）工作组建立，在主持公平，解决纷争的基础上，加强了打击跨国犯罪与恐怖主义活动的国际合作。

经济融合活跃了同盟组织的发展，1975 年，审计法庭的成立便是鲜明的例子。它的主要任务就是控制同盟开支，使统一市场更具效率。1972 年欧共同体及其他国家颁布的"货币蛇形浮动"计划控制了过度的通货膨胀，这在货币史上具有重大意义。1978 年欧洲货币体系正式成立，推动了欧洲货币的统一进程。

1970 年，共同农业政策获得专项拨款，而 1970 年和 1972 年分别与马耳他和塞浦路斯订立的《联合决定》则带来了共同商业计划的巨大成功。在 1969—1984 年期间，欧洲同盟成员国也与非洲、加勒比以及太平洋的一些国家（雅温得二世协定、洛美一世协定、洛美二世协定、洛美三世协定）签订了优惠协议。在 1976—1977 年，马格里布地区和中东一些国家也加入了合作行列。

20 世纪 70 年代，不断加深的西方经济危机（由 1973 年阿以战争后中东国家实行石油禁运政策而造成），加上联盟的内部结构和组织危机，使欧盟遭遇重重困难。这在其他方面也有所体现，如严重的财政困难，共同农业政策危机和联盟组织的效率低下（被称为"欧洲僵化症"）。在当时的境遇下，欧洲一体化似乎已经耗尽了它存在的任何可能性，却也带来了改革的转机。20 世纪 80 年代伊始，早期建立欧盟的政见重新抬头，这些政见被包含在 1984 年欧洲议会关于如何成立欧盟的条约草案之中，它是欧洲统一某种形式上的宪法，也是意蕴深远的联邦法案。

1985 年 6 月 14 日欧洲 5 国签署的《申根协定》，废除了国际边界限制，实现了人员在机构之间的自由流动，只允许在共同体的边界进行管制，并采用了共同的引渡程序和签证程序。这是一个重要的发展，① 该协议后来又补充了一系列的条款，如1990年签订的《都柏林国际公约》。

20世纪80年代，一些对欧洲经济共同体早已心向往之的国家完成了入盟仪式。希腊（入盟条约签订于1979年5月28日）以及西班牙和葡萄牙（入盟条约签订于1985年6月12日）。这些事件的发生不仅让欧盟的工作重心转向地中海区域，而且由于更多具有不同经济潜力与政治和文化传统国家的加入，也凸显了共同体机构变革的需要。

通过谈判，共同体国家就未来条约的关键规定达成协议，即修改《罗马公约》。他们最终采取了欧洲单一法案的形式，所有欧盟成员国分别于1986年2月17日和1986年2月28日签署于卢森堡与海牙。

这份法令维持了欧洲的融合局面长达40年之久，通过修改共同体的决议过程，增加欧洲议会的权力，为欧洲政治合作提供法律保障。在经济领域最大的功绩便是开拓了国际市场，在1992年成立了经济货币同盟，代替了统一大市场继续发挥作用，还涵盖了其他领域，如社会政策、科学研究和环境保护，为欧盟的成立打下了坚实的基础。

1989年6月的马德里峰会上，欧共体执行委员会主席德洛尔等提交了《德洛尔计划》，为逐步建立经济和货币联盟描绘了蓝图。1990年6月1日该计划迈出了第一步，建立了欧洲中央银行系统——欧洲中央银行的前身。

在政治方面，西欧又面临着国际竞争加剧的局势，加上政治法案的限制，很多人仍未放弃建立政治同盟的努力。而另一个重要的议题就是如何扩大联盟在社会政策上的影响力。1989年12月的斯特拉斯堡峰会上，成员国首脑们一致通过了联盟宪章中的对于工人基本社会权利的规定（英国除外）。

而国际事务方面的合作方兴未艾，特别是针对移民政策和禁毒问题（欧洲禁毒委员会于1989年成立）。致力于解决社会问题和环境保护的活动也得到进一步开展。

欧洲同盟的外部政策，如共同商业政策也有了新的发展。在1986年至1988年间，与欧洲自由贸易协会的密切合作有序展开，1990年塞浦路斯和马耳他加入了合作的行列。

20世纪80年代至90年代，欧共体对改变传统局势的中东欧剧变做出了相

---

① 《申根协定》首先由法国起草，德国、比利时、荷兰、卢森堡及其他成员国先后加入。而英国与爱尔兰为了掌握边界控制权，没有加入此项协约。

应的政策调整。社会主义集体经济国家的解体，不论是对本区域，还是整个欧洲，都产生了深刻的影响。通过签署《经贸合作协议》（"第一代"协约），欧共体迅速与新兴的民主国家建立了基于条约之上的联结。①

1991年12月16日，波兰、匈牙利和捷克斯洛伐克签订了《欧洲联合协约》（也称为"第二代"协约）。民主德国加入欧洲同盟则是一个特例。1990年10月3日，德国重新统一，1990年4月都柏林峰会一致认为民主德国特例是加入程序简化的结果。

而在1989年12月的斯特拉斯堡，欧洲委员会给出了重大的改革议题。但自始至终，英国一直扮演着阻挠欧洲统一进程的角色，站在法德阵营的对立面。最终，经过激烈地商议和讨论，欧洲各国站在了同一条船上。

第四节　第四阶段　1992—2004 年

1992年2月7日，在荷兰南部的一个小城马斯特里赫特市，12个成员国签署了一项关于欧洲联盟的条约《马斯特里赫特条约》，从此奠定了欧盟从结构到框架的整个体系基础。这在21世纪的起点上，成为一座具有划时代意义的丰碑。

《马斯特里赫特条约》并未取代任何基础条约，也没有取消现存的机构，始终遵循国际法。一般说来，欧洲联盟并不算一个新的国际组织，它没有国际法的基础和依据。《马斯特里赫特条约》有以下三个主干部分。

第一，着重经济联合，由欧洲经济组织在欧洲联盟的名义下推动，包括为建立一个独立市场和经济货币联盟制定共同政策和特别政策。和谐的经济政策和货币环境是1999年1月1日欧元得以推行的首要条件。

第二，着重政府间共同的对外安全政策（替代了"欧洲政治合作"），通过采取一致行动，维护国际和平以及成员国安全。其中一项极其重要的决策就是合并西欧联盟与欧洲联盟，并与北大西洋公约组织在防御方面密切合作。

第三，涵盖了政府间法律合作，如移民、难民政策、边界管制、打击国际

---

① 签约时间及国家分别是：1988年9月26日，匈牙利；1989年9月19日，波兰；1989年12月18日，俄罗斯；1990年5月7日，捷克斯洛伐克；1990年5月8日，保加利亚；1990年10月22日，罗马尼亚；1992年10月26日，阿尔巴尼亚。

犯罪和恐怖分子等（尤其在公民事务和犯罪方面），还有海关与警察合作（如欧洲政策办公室的欧洲刑警组织）。

《马斯特里赫特条约》解决了一系列的经济、社会和政治问题。其中一个较棘手的事件就是关于"欧洲公民"（同时承认本国国籍，并提供在第三国的外交及领事馆保护）的。欧盟遵循权利自主原则①，所有的法律条文由现存的法律机构和联盟制定。

欧洲联盟（原欧洲共同体）的主要机构：欧盟委员会、欧盟理事会、欧洲议会、欧洲法院（包括一审法院），审计院保持不变，但决策主体依然是经济和社会共同体，以及新成立的地方共同体。欧洲理事会并不算一个共同体，但扮演着极其重要的政治角色，每年至少举行两次会议。《马斯特里赫特条约》明确规定了欧洲理事会在欧洲联盟中的中心地位。理事会主席由各成员国轮流担任。

《马斯特里赫特条约》还规定了泛欧巡视官，负责处理公民对组织机构提出的意见和建议，同时还成立了欧洲货币组织（欧洲中央银行的前身），负责监督欧盟金融政策的实施。

但条约在获得正式批准中却遭遇了阻碍。国际公民投票在几个国家间（法国、爱尔兰、丹麦）进行；在法国一片欢呼时，丹麦人民却反应冷淡。结果不得不与丹麦重新谈判，使条约的正式施行不得不推迟了一年，直至1993年11月1日才开始实施。

《马斯特里赫特条约》虽在欧洲一体化进程中处于极其重要的地位，但也面临了很多考验。例如，1993年中期，欧洲货币体系的部分崩溃对于经济货币联盟的发展形成了巨大的冲击。但是，通过调整欧洲共同体的支出计划（第二个德洛尔计划）很好地解决了这一棘手的问题，1993年1月1日，一系列项目的实施保障了统一大市场能够平稳运行。

为了进一步推动货币联合，成员国必须执行统一的标准，具体条件依照《马斯特里赫特条约》规定，以及政府的财政赤字和通货膨胀率，这样11个成员国②才能在1999年1月1日统一货币。欧洲中央银行作为计划的一部分，也如期建立。

《马斯特里赫特条约》还包括关于未来改革的声明，并确定了基于这个目标

---

① 大体上而言，欧盟权利自主原则是指欧盟主体一般不干涉地方事务，除了逾越国界和地方权利的欧洲事务。

② 英国、丹麦、瑞典并未加入欧元区，而希腊因为没有达到《马斯特里赫特条约》的标准，直到2001年1月1日才被批准加入。

的下一次政府间会议时间。会议于 1996 年在都灵举行，一年后在阿姆斯特丹结束，主要致力于解决已存在和新出现的问题，特别是欧盟扩张后的机构运作。这对于波兰和其他相关国家至关重要，入盟谈判要依赖诸多条件，除此之外就是欧盟机构改革制度的实施。这些问题的目录清单和建议解决方案在西班牙外交官 C. 维斯顿多普（C. Westendorp）的指导下，由反馈小组草拟成主题报告。

《阿姆斯特丹条约》最终于 1997 年 10 月 2 日在阿姆斯特丹签订，1999 年 5 月 1 日生效。条款涉及"自由、安全和正义"等问题，主要是为了保障人权以及促成《申根协议》与相关法律的协调（后来扩展到了新的成员国①），共同体的职能由此而不断扩大。欧盟的社会影响力很大，主要体现在就业②、医疗和消费者保护上，并且强调了自主原则和公平原则。

机构改革也渐有起色。条约赋予了欧洲议会更多的权利，简化了决策程序，采用投票制，在第三部分规定了欧洲法院的职能。最后在不违反现有欧盟法律的基础上，坚持了"加强合作"的立场。

《阿姆斯特丹条约》保证了欧盟相关政策的有效性和持续性。如将对外与安全公共政策纳入欧盟的职能范畴，在保护成员国主权安全的同时，建立了新的代表机构。

20 世纪 90 年代又派生出新的保护措施。1992 年欧盟执行了西欧联盟提出的"彼得斯贝格任务"③，确立了欧洲安全与防务政策，作为对外与安全公共政策的补充，从而了加强应对机制。

其中一项事务至关重要，就是 90 年代欧盟的扩张问题。成员国在深化合作还是拓展盟友的问题上争吵不休，结果是实用主义者占据上风，认为两方面是辩证联系的，不可偏废，所以两方面改革应同时进行。

1992 年 5 月 2 日成立了欧洲经济区，与欧洲自由贸易区的国家成为合作盟友（除了瑞士）。但因为大多数国家，如奥地利、瑞典、芬兰等更愿意直接加入欧盟，1994 年 2 月 1 日，这些国家正式签署了加入协定。挪威经由公民投票决定，再次将欧盟拒之门外（第一次是在 1972 年）。

然而，最重要的事情是包括中东国家在内的继续扩大欧洲一体化结构的过程：1993 年 2 月 1 日与罗马尼亚，1993 年 3 月 8 日与保加利亚分别签署进一步

---

① 波兰与申根国家集团在 1991 年签订了取消签证和边境管制的协约。

② 英国增加了工人基本社会权利的补充条款。

③ 为了应对 90 年代的新形势，提出了新的规定，包括人道主义和救援行动，和平解决政治矛盾与冲突等。

的联合协议（"第二代协定"）；1993 年至 1995 年期间与斯洛文尼亚和波罗的海各国签署了贸易和经济合作协定；1994 年欧共体与俄罗斯和乌克兰签订了特殊协议。至此，这些国家中的大多数都被接受为欧洲理事会成员。

维谢格拉德集团（Visegrád Group），即波兰、匈牙利、捷克和斯洛伐克，抓住机会迅速加入了欧盟的队伍。这些国家都做了不少融入的努力，如参加中欧自由贸易协议中的工作，直至 1993 年 1 月 1 日。随后从 1998 年开始，斯洛文尼亚、罗马尼亚和保加利亚也先后成了该协议的成员。

欧盟又开始了向东部扩张的计划，德国为此冲锋陷阵，而法国和其他地中海成员国则反应平淡，出于欧盟内部改革有待完善的考虑，地域上的盲目扩张未免操之过急。

1993 年 6 月，在哥本哈根举行的峰会做出了一项重大政治决策，即将中东欧国家吸纳为欧盟成员，并规定了成员国的政治和经济标准——"哥本哈根标准"，还提出了自由市场经济的要求。其后，在 1997 年的一份重要文件"2000议程"中，欧盟对候选国进行了评估，又于 1998 年 3 月 31 日邀请波兰和《卢森堡条约》签约国①启动入盟磋商。

而北大西洋公约组织在 1997 年 7 月的马德里峰会盛邀波兰、捷克共和国和匈牙利入会。同年 12 月 16 日，签订了《华盛顿条约》，1999 年 3 月 12 日，这三个国家正式成为北约成员。

2001 年 2 月 26 日的政府间会议，经过激烈的讨论最终签订了《尼斯条约》（2003 年 2 月 1 日生效），这对于欧盟的扩张是一个标志性事件。随着环境日益复杂，为吸纳更多的成员国，这项条约帮助欧盟在困难重重中完成了机构改革。

其中最值得注意的是改变了欧盟的组织结构、决策过程和活动议程。主要针对欧洲委员会和欧洲法庭，以及其他机构，如欧洲议会的未来架构等。条约也赋予了"沉默的大多数"更多表达自我的权利，如限制"一致通过"规则，并且对基本权利做出了更多亲民的修改，改善了欧盟中的"消极民主"情况。

2000 年 12 月 7 日的尼斯峰会，正式宣布《欧盟基本权利宪章》。该宪章由成员国及各团体代表组成的特别委员会受命草拟，德国前总理罗曼·赫尔佐克主持其事。

宪章明确区分了两类权利，第一类是从基本权利中延伸出来的，适用于每

---

① 这里的"卢森堡条约"签约国指塞浦路斯、捷克共和国、爱沙尼亚、斯洛文尼亚和匈牙利。

一个人，如尊严、自由等；第二类则是关于欧盟国家公民的权利，并不具有普遍性。其中最重要的欧洲议会选举权，以及向巡视员申诉的权利都有详细明确的规定。条款并不具有法律效力，却是一份包含了一系列认同价值的政治声明。

为了进一步加速东部扩张，欧盟在 1999 年 12 月决定邀请其他中东欧集团国家（即"赫尔辛基"集团①）加入协商讨论，由此结束了雅尔塔体系。欧盟成员国在短短时间内增加了近乎两倍，从 15 个达到了 27 个，涵盖了大部分欧洲国家，还将继续吸纳更多的成员。土耳其、克罗地亚、巴尔干半岛的国家甚至乌克兰都在申请加入。

与这些申请国的入会讨论定在 2002 年 12 月 13 日的哥本哈根峰会。② 最终在 2003 年 4 月 16 日的雅典卫城，10 个申请国与 15 个欧盟成员国缔结了联盟协约。虽然需要全民投票决定，但所有国家都一致通过了这项协约，波兰全民投票则在 2003 年 6 月 7 日至 8 日进行。

除了向东部扩张，20 世纪末的经济和货币联盟和欧元统一对欧洲融合也同样重要。1999 年经济和货币联盟成立了欧洲中央银行体系，初步实现了欧元的非现金交易。2002 年 1 月 1 日，欧元实现了现金交易，并正式替代各国货币，成为统一货币。与此同时，只有英国、丹麦和瑞典三个国家仍在使用本国货币。

2001 年 9 月 11 日，美国遭受恐怖分子袭击，大受刺激的美国联合欧洲力量共同打击恐怖分子，为欧盟成立提供了大量支持。但大部分欧洲国家对美国激进的战争行为表示抗议。即便如此，也未能阻挡华盛顿政府在 2003 年置联合国安理会的决议于不顾，发动伊拉克战争。其中持反对意见最为激烈的是法国和德国，这导致他们与美国之间发生了明确的政治冲突。

伊拉克战争对欧盟是一次双重打击，不仅暴露了共同对外安全政策的弱点，还表明了欧盟在世界政治舞台上的边缘地位，并且还加剧了成员国和申请国之间的矛盾。大部分申请国倒向美国，波兰甚至直接派兵支援美国，攻打伊拉克。

欧盟在千禧年面临的巨大挑战引发了"尼斯争论"。因为爱尔兰的全民投票，《尼斯条约》直至 2003 年才正式生效，他们第二次全民投票才通过了加入欧盟的决定。新条约虽然有了很多修改，但其有效性只维持了很短的时间。2001 年 12 月的布鲁塞尔，欧洲委员会决定召开一次特别会议，起草改变欧盟未来的框架。

---

①　这些国家是保加利亚、拉脱维亚、罗马尼亚、斯洛伐克和马耳他。
②　只有与保加利亚和罗马尼亚的协商持续了更长时间。

　　这次会议由法国前总统德斯坦主持，在 2002 年 2 月召集了所有成员国和申请国共同协商。

　　此外，会议还描绘了未来欧洲融合的蓝图。其中最主要的就是成员国和欧盟的权利划分，如何延续欧盟政策的有效性，以及消除"消极民主"问题。最后大家达成了一致共识，并为下一次欧洲各国的会议奠定了对话基础。

　　草案规定了投票权的范畴。其中最具争议的是《尼斯条约》的"双重多数"规则（只有获得大多数成员国和大多数欧洲公民的赞成票才能通过某项决议）。不仅如此，草案设立了常任主席一职，而不再选举 6 个月的轮值主席。在外交关系上，新的欧盟高级代表扩大了职能范围，将欧盟原负责外交和安全政策的高级代表与对外关系委员的职责合并在一起，并要求加强国家理事会的职能，同时强调了基本权利等条款。

　　2003 年末的各国间会议被期望最终完成并采用草案，然而，国家之间存在根本性的分歧，特别是欧盟理事会的决策制定方面。例如，脱胎于《尼斯条约》的"双重多数"原则引起了波兰和西班牙的强烈反对，他们认为这种改变侵害了他们国家至关重要的利益，法国和德国却强烈支持这一想法。双方皆各执己见，波兰贸然采用蛊惑人心的口号"尼斯或者死亡"，而法国和德国也毫不相让。这导致了 12 月布鲁塞尔峰会的失败，在这次峰会上，事与愿违，成员国的首脑们并没有签订宪法条约。

第五节　第五阶段　2004 年之后

　　2004 年的春天出现了新的转机。又有新的国家，包括波兰以及匈牙利、捷克、斯洛文尼亚、斯洛伐克、立陶宛、拉脱维亚、爱沙尼亚、塞浦路斯和马耳他等，在 2004 年 5 月 1 日加入了欧盟。所有成员国都搁置争议，共同努力。波兰在加入的第一年经济形势便一片大好，出口量大增，人民生活得到了改善，并获得了组织基金的拨款。

　　欧盟的新扩张却隐含着深刻的政治危机，合作伙伴的政治定位摇摆不定。西班牙在"9·11"事件之后不断向美国示好，而波兰、德国、法国的政治立场也同样捉摸不定。于是在 6 月的布鲁塞尔峰会上决定签订新的条约，2004 年 10 月 29 日，欧盟 25 个成员国的领导人在《欧洲国际公约》的基础上，签署了欧盟历史上的第一部宪法条约。

签订过程充满了重重险阻——虽然半数成员国根据本国的法律规定予以批准，但是，法国与荷兰主要由于其国内的政治原因，在 2005 年 5 月和 6 月的全民公决中却拒绝了签订该条约。在这种情况下，其他一些成员国见风使舵，也暂停了批准程序，从而使得该条约悬而未决。

与此同时，我们可以看到调和欧洲与美国之间的分歧的尝试，实际的例子涉及伊拉克冲突问题。这些尝试由一些特定的事情显示出来，最明显的例子是北约所有成员国都决定参加阿富汗的军事稳定特派团。这个任务虽然在官方层面上打着北大西洋公约组织的旗号，但幕后操纵者自然是美国。欧盟成员国对阿富汗问题的参与意义重大，因为它在本质上与对伊拉克的政治和军事参与相差无几，而在各方面都耗资巨大。所有这一切都意味着欧洲人抛弃了处理伊拉克问题时的原则，果断地倒向了美国这一边。

北大西洋公约组织也在不断扩张——从 2004 年 3 月到 4 月，7 个原欧共体的中东欧国家正式加入北大西洋公约组织的阵营，包括立陶宛、拉脱维亚、爱沙尼亚、斯洛伐克、罗马尼亚、保加利亚和斯洛文尼亚。

2007 年 1 月 1 日，罗马尼亚和保加利亚的加入，使欧洲一体化覆盖了几乎整片欧洲大陆。2005 年，土耳其因为拒绝承认塞浦路斯共和国，从而使加入欧盟受阻。克罗地亚的情况则好得多，也许在 2011 年克罗地亚就将成为第 28 个欧盟成员国。

虽然由于全民公投的阻碍，宪法条约的通过一再延缓了，欧盟内部改革的努力却从未停止。2006 年，法国删除了大部分颇具争议的条款，推动了 2007 年中期政府间会议的召开。2007 年 12 月 13 日，在葡萄牙首都，欧盟 27 个成员国签订了《里斯本条约》。

条约并未包括有争议的内容——虽然只是形式上的——不规定欧盟盟旗、盟歌和铭言。最重要的成果在于改变了欧洲委员会的决策机制，实行"双重多数"原则——需要 55% 的成员国（最少 15%）代表 65% 的欧洲公民才能通过某项决议。新的体系直至 2014 年才正式生效。其他重要的条款还包括减少欧洲委员会的委员，虽然每个国家仍有权利任命一个委员，但他们必须轮流出任。条约还设立了永久的主席，无形中加强了欧洲议会的力量，也赋予了欧洲公民更多的权利。

《里斯本条约》并不是一个全新的"宪法"，它建立在欧盟条约和欧共体条约的基础上，消除了欧盟与欧共体的分歧，使欧盟成为唯一合法的共同体，并扩大了欧盟在国际舞台上的影响力。条约规定了欧盟外交部部长的权限，该机构现在被称为"对外安全事务的欧盟高级代表"。

条约在2009年经全民公决后才正式生效。但在2008年6月，爱尔兰的反对党又将其他成员国置于尴尬的境地。最后在2009年的10月，爱尔兰的第二次全民公决终于通过该项条约，其他成员国也完成了全民公决的进程，其中波兰和捷克共和国的公投迟迟未表决。直到2009年12月1日，《里斯本条约》终于正式生效。

始于2008年秋季的全球金融和经济危机，使欧盟的局势变得非常复杂，对欧元的影响尤其严重，特别是那些经济上叨陪末座和难以持续发展的国家。在这一背景下，波兰经济看起来相当不错，尽管存在预算赤字，但仍保持了高增长率。经济危机加剧了欧盟内部的不稳定性，德国对于履行支援义务极度不满。最后，欧盟不得不采取"劫富济贫"的补救措施，迫使经济大国援助小国，并设立监督机构以防类似的危机再次发生。

结　语

对波兰来说，加入欧盟是最重要的事件，在历史长河中只有梅什科一世受洗和成立波兰—立陶宛联盟能与之比肩。虽然只有未来才能显示欧洲一体化进程将如何发展，但我们已经可以肯定，无论是从政治意义还是从经济层面而言，这一过程都无可替代。尽管有一些不可避免的障碍或困难，但波兰未来的版图将定义于统一欧洲的范畴内，这一直是历史的一部分。

参考文献

［1］BLAIR A. The European Union since 1945［M］. Harlow：Longman/Pearson，2010.

［2］DINAN D. Origins and Evolution of the European Union［M］. Oxford：Oxford University Press，2006.

［3］KAISER W，LEUCHT B. The History of the European Union：Origins of a Trans-and Supranational Polity 1950-72［M］. New York：Routledge，2009.

［4］KAISER W，VARSORI A. European Union History：Themes and Debates［M］. Basingstoke：Palgrave Macmillan，2010.

［5］ŁASTAWSKI K. Historia integracji europejskiej（The History of European Integration）［M］. Toruń：Wydawnictwo Adam Marszałek，2011.

［6］MILCZAREK D. Przebieg procesów integracji europejskiej（The Processes of European Integration）［M］// MILCZAREK D, NOWAK A Z. Integracja Europejska：Wybrane Problemy（European Integration：Selected Problems）. Warszawa：CE UW，2003.

［7］SCHULZ-FORBERG H. The Political History of European Integration：The Hypocrisy of Democracy-Through-Market ［M］. New York：Routledge，2010.

第三章

波兰的欧盟之路

在过去 20 年里，波兰体制改革的过程，总是与欧盟一体化进程紧密联系。这一过程中双方的相互依存，相互渗透，成为所有希望加入欧盟中东欧国家的特质，被认为有利于经济发展和实现稳定。因此，自 20 世纪 90 年代初开始，欧盟成员国身份便成为波兰外交政策的战略目标和经济决策的决定性因素。虽然波兰主动配合欧盟节奏和方向的变化，同时与之相应，也努力发展自己的制度模式甚至是自身的一体化，但是其行动仍大幅地受制于加入欧盟的程序。

第一节　波兰加入欧盟的动机与目标

根据波兰主要政治力量和意见领袖的观点，越早加入欧盟，越易缓解国家文明发展的延迟和滞后，更好地促进生活水平和质量的大幅提升。

成为欧盟成员的政治目标，实际上就是要回归西欧大家庭——在文化与文明渊源上，双方均源自基督教传统，均遵循民主和法治的原则。

经济目标则是要获取更多机会，以缩小波兰和西欧国家间的发展鸿沟。这种差距主要表现为文明的崩盘，以及本国与其他这一区域的国家在享受优先权上的缺失与滞后。

外交部部长在入盟谈判开幕式上阐明了关于波兰政府的立场，同时在 1990 年到 1998 年间提交给共同体大量的政府职位和文件，也显示了推动波兰加入欧盟一体化进程的诸多因素。其中特别包括以下几点：基于共同的欧洲文明遗产基础，分享相似的价值观念；增加各成员国，地区和社会团体的发展机会；平等，独立和辅助性基本原则。

波兰加入欧盟会促进全欧洲的整体利益发展；会增进其稳定、安全与繁荣；会为加强国与国间的更好理解，为克服人为的政治分歧提供机会。

波兰成为欧盟成员国的首要目的在于：

———与其他国家共同创建欧洲安全体系；

———创建自由的市场经济，为波兰企业竞争力的提高和就业岗位的创造奠定坚实的发展基础；

———为泛欧洲的文化合作做出贡献；

———与其他欧盟成员国合作，打击国际上有组织的犯罪活动；

———为与第三国互利，合作关系的发展做出贡献。

波兰为建立一个新的欧洲做出了特殊的贡献，但柏林墙倒塌后的几年，在欧盟，对波兰意义重大的政治议题，却让位于一种更为务实的态度——欧盟把经济发展作为追求的目标。因此，波兰要想成为候选国，在提交相关文件和策略时，要更关注成员国的经济标准。同时，在欧盟成员国取得既有成果的背景下，成为欧盟成员国于波兰经济发展而言，从一开始便被视为一个机会，当然也是一个巨大的挑战。

第二节　波兰与欧共体一体化的进程

波兰与欧共体一体化的进程可划分为以下四个阶段：

———筹备加入期（1988—1991 年）涵盖了从外交关系的建立到欧洲协商谈判完成的过程；

———欧洲协议履行期（1992—1997 年）包括从临时协议生效到波兰受邀与欧盟进行入盟谈判的时期；

———实际加入期（1998—2004 年）涵盖了入盟谈判和入盟条约认可的阶段；

———成员国时期　2004 年 5 月 1 日至今。

自与欧共体建立外交关系到成为欧盟成员以来，多年时光已然流逝，其间无论是波兰还是整个欧洲，都发生了巨大的政治、经济和社会变革。

大多数中欧国家——特别是波兰——推行了基本改革，实现了从非民主的政治体制、中央计划经济到西欧政治和经济模式的转变。与西欧模式的一体化，是他们外交政策的一个基本目标。

其间，欧共体成员国建立了统一的内部市场，之后又创建了欧洲联盟，欧盟的 12 个成员国开始实施经济和货币联盟，采用统一货币。欧盟的版图，已由 20 世纪 90 年代成立之初的 12 个成员国扩展到前所未有的规模，现已有 27 个成员国。这就需要一个可长期执行的入盟程序，既正规，又融合不同的政治、经济和社会体制。

基于特定的历史条件和常规的加入过程，波兰加入欧盟需要规划活动，商讨条款，并逐步兑现承诺。由于双方在政治和经济上的差距，波兰在成为成员国的准备过程中，结合实际进行调整磨合是必要的，而其他成员国也因此会有足够的时间，去尝试把波兰视为合作伙伴。

第三节　筹备加入期

波兰与欧共体的外交关系始建于 1988 年 9 月，当时波兰仍属前社会主义阵营，即经济互助理事会的一员。东欧联盟政治经济体系中越来越明显的缺陷，切实削弱了经济互助理事会成员国之间的经济联系，导致贸易活动向欧共体的转移。建立外交关系后不久，历经政治转型洗礼的波兰政府通过非优惠协议，于 1989 年 9 月 16 日开始在贸易、商业和经济合作领域与欧共体进行贸易谈判。

在始于 1989 年初的体制转型中，波兰接受了西方国家的实际支持，包括经济援助，如专为波兰和匈牙利而设的"灯塔计划 1 号"。① 这个由欧洲委员会管理的计划，成为推动和引导波兰政治、经济变革的重要指南。波兰也被纳入关税优惠制度（普遍优惠制度）的版图中。而欧共体也暂停了对波兰进口数量的管制，而且这一政策一直应用至 1990 年。

随着与欧洲经济共同体缺少贸易协定阶段的结束，波兰在这一时期开始着力打造与欧盟的新的经济交流形式，以逐步引导欧共体在贸易中对波兰经济的依赖，尽管波兰并不被视为一个重要的贸易伙伴。

对欧共体而言，与中东欧的个别国家缔结双边贸易协定主要是出于其政治重要性的考量。而这一区域的国家——包括波兰在内——看重的则是实实在在的经济利益。这只是波兰与欧盟于目的性上差异显著的一例。然而，应当指出的是，双边协议是经济体制深入和全面合作的工具，为以后的关系建立和经验积累打下基础。

在西方政治家看来，波兰与欧共体的未来关系趋势并不包括波兰成为欧共体成员国这一可能。他们的观念与波兰并不相同，提出了有限合作方式，如作

---

① 波兰与匈牙利协助重组经济。

为同心圆①或附属会员②，而这些并不能满足波兰对于欧盟成员国的期望。所有这些，促成了政治成员资格的产生程序，而这并不符合波兰的期待。正是欧盟成员国的这种心态，使他们尤其关注诸如欧盟的筹备，以及从政治和经济层面看待德国统一所带来的冲击，等等。

而1990年8月在都柏林召开的欧洲理事会特别会议上，欧共体成员国宣称愿与波兰这一地区符合条件的国家缔结联合协议。就此，波兰政府很快便正式请求启动关于欧共体联合协议的会谈。这些会谈于1990年12月召开，于1991年11月16日签署《欧洲协议》作结。

第四节　采用和实施《欧洲协议》

波兰、匈牙利和捷克斯洛伐克，一贯明确地表达想要尽早成为欧共体成员的意愿，并将协议的缔结视为全面结合的第一步。

尽管波兰谈判人员的决心和意愿最终只成为《欧洲协议》序言中单方面的一纸宣言——"波兰的最终目的是要成为这个组织的一名成员，而此番联合，在我方看来，实将有助于这一目标的达成"，但《欧洲协议》超出了传统的联合协议，例如建立"政治对话"。

西方国家处在一种既施利于人又要维护自身利益的特定而复杂的位置上。双方对《欧洲协议》理解的差异——这甚至会影响谈判的过程——显示了该协议的最终影响力。

根据第一项条款，《欧洲协议》的主要目标为：

——为政治对话提供一个适当的平台，允许双方发展密切的政治关系；

——促进双方贸易的扩展，推进融洽的经济关系，进而推动波兰经济蓬勃发展和繁荣；

——为欧盟向波兰提供经济与科技的援助打下基础；

——为波兰逐步与欧盟一体化提供一个适当构架。

事实上，这项协议最深远最重要的地方在于货物流通自由化这一条款上。

---

① 根据同心圆的设想，欧盟成员国应架构核心欧洲体系，往外一圈是欧洲自由贸易联盟国家，再外层则被中东欧国家所环绕，此外可能会基于欧安会再构建一个圆。

② 根据隶属成员国的概念，隶属成员国拥有的权力与履行的义务只对应选定区域，而无须运用于整个欧共体。

它促成了在过渡时期建立一个包括工业产品在内的自由贸易区的决定。这一区域是建立在 2001 年年底取消海关关税的基础之上的。贸易自由化无疑推动了相互的贸易往来。由于"转移效应",欧盟已然成为波兰的主要贸易伙伴,这也表明了双方在经济领域的高度一体化。

由于考虑到显著的不对等,故以降低关税来支持波兰,这在实践中被证明是不足以缓解本国与欧盟在交易中的逆差的。诚然在经济方面作为弱势一方,《欧洲协议》事实上已包括了诸多保护波兰的款项,有双边的,也有单方的,然而事实证明,对外贸易自由化的驱使对波兰经济的重组并无显著影响。

在《欧洲协议》的诸多影响中,我们应尤为注意第 68 到 70 条款项就波兰与欧盟立法一致性的规定,在准备加入欧盟的阶段,它被波兰长期奉行。通常来说,波兰许多的行动计划是按《欧洲协议》来规划的,它提出了诸多策略,以供调整本国的经济与法律体制,从而符合协议的要求。甚至有一些合适的调整程序被大量用在了加入欧盟的准备程序中去。

事实上,在工业领域实施《欧洲协议》,要在国外竞争的重压之下,从个体公司到整个行业均为留住业务而强制促成现代化。这一简单而有效的渐进式压力机制,尽管是逐步推进且已涵盖食品加工领域,却并不适用于农场。在其他领域,调整过程则是计划变更和国家引入市场压力和经济激励措施的结果。

为对联合过程负责,基本的制度结构是在《欧洲协议》基础上建立的:

——联合理事会;

——联合委员会及小组委员会;

——联合议会委员会(又称联合委员会)。

联合理事会每年召开一次,其决定维持了《欧洲协议》的正常运作。此外,理事会亦在取得会员资格方面提供了平台。但在实践中,由于召开次数频繁,且会议时间较短,作为主要决策机构的联合理事会并未能真正超越《欧洲协议》划定的发展框架,也未超越欧盟对候选成员的战略要求。仅有联合议会委员会,作为众议院和参议院(波兰议会)代表与欧洲议会展开政治对话,一再申明波兰成为欧盟成员的前景和条件。

第五节 波兰加入欧盟的策略与过程

1990 年,波兰制定了联合谈判决议,波兰人确信这一决议会把波兰加入欧盟的步伐缩短到 10 年之内。1992 年，捷克斯洛伐克、匈牙利和波兰采用"维谢格拉德备忘录"计划，借此向欧盟成员国表明誓在 20 世纪末申请并加入欧盟的决心。这一决心是基于《马斯特里赫特条约》的规定而产生的，即每个欧洲国家，但凡遵守欧盟成员国的共同原则——如自由，民主，尊重人的基本权利与自由，崇尚法治——均可以申请成为欧盟一员。

此外，波兰总理于 1993 年 6 月在哥本哈根召开会议之前向欧盟委员会致信一封，在信中他表达了在 1996 年开展入盟会谈的殷切希望。似是对信做出答复，在会议上，委员会为欲加入欧盟的中东欧国家列出了一系列政治、经济条件，即所谓的"哥本哈根标准"。

标准内容具体如下：

——有稳定的制度保障民主、法治和人权；尊重并保护少数群体；

——有有效运转的市场经济；

——有应对竞争压力和市场影响的能力；

——有承担成员国义务的能力，包括达到政治、经济和货币联盟的指标要求。

以这样一种普通方式制定的标准实在是难以找到一个明确的解释，这可能被认为是该标准的缺点。但与此同时，那些为候选国设置的，很难达到的精确指标却并未包含在这一标准之内，这又被视为此标准的过人之处。这一标准也成为后来制定评估准则的基础，像波兰等其他候选国家准备加入欧盟，都要以此评估。

1994 年 4 月 8 日，波兰政府在雅典向欧盟递交了一份申请，为波兰加入欧盟奠定了基础。同年 7 月，欧洲委员会提出"结构化对话"，其实质是相关国家代表与欧盟主要成员国和机构之间的定期会议，旨在探讨共同关心的问题。

1994 年 12 月，由欧洲议会在埃森市递交的文件被欧盟委员会批准，并称为"中东欧国家加入欧盟筹备战略"。这一战略旨在为欲结盟国家筹备加入欧盟提供一个通用的行动指南。它的基本观点是通过不断贯彻欧盟的法规，使这些国家逐步被纳入欧盟单一市场。① "埃森策略"遭到候选国和欧盟两方的批判，但它所确立的诸多方法对现期还未发展入盟策略的候选国家而言，不失为一个

---

① 以下措施将用来实施这一战略：进行结构性对话；准备扩大单一市场；为农业筹划备选策略；促进外国资金的流入；在第二、三支柱产业和环保领域达成合作；扩建泛欧网络；发展教育文化；开展金融合作（修正法尔方案）；进行区域内合作；与邻国构建睦邻友好关系。

参考。

1995 年 6 月的戛纳会议上，对那些贯彻战略并筹备加入的候选国家，欧洲议会进行了评估，制定了相关国家加入欧盟单一市场的策略，并用白皮书的形式记录下来。委员会此番决定与欧洲议会在埃森市提出的建议相一致。而在波兰贯彻欧盟法规的努力中，白皮书起了重要的指导与帮助作用。

在接下来于 1995 年 12 月的马德里举办的欧盟峰会上，会议得出了"扩展既是政治需要亦是欧洲发展的历史时机"这一结论，并在政府间会议之后宣称，在接下来的一年里，欧洲议会将采取必要行动，就会员问题展开谈判。这份声明可谓是为波兰开展入盟谈判提供了一个清晰的前景预设，因为它使波兰就入盟时限有了明确认识。

波兰在确立入盟时间上所做的努力，是它整个入盟战略的独特之处。从欧盟获得一个关于入盟时间的明确声明，这无疑可帮助波兰动员全社会、经济实体和公共机构，从而努力提高其适应性——尤其是对会员标准的适应。早在加入欧盟的过程中，波兰与欧盟已大幅度开放市场相互贸易。所以，有必要确保这些共同政策的实施尽可能快速缩小发展鸿沟，而这一目的将通过加入欧盟得以实现。

然而，"争取时间战略"却与谈判所需要的最佳入会条件相互冲突。因此，对波兰而言，有必要在这一方面制定自己的国家战略。这主要是指，筹划国内的调整策略，如提高经济竞争力，提供社会支持等，来满足对成员国的要求。

除去以上诸种，波兰与欧盟一体化的基本立足点在于通过各种目的、机制和措施来促成战略的实施。一体化机制包括：市场机制，即为货物、服务、资本和人员的自由流通所建立的统一政府政策架构；与之相匹配的法律条款，并要做到向公众告知加入欧盟的利害关系。

1997 年 1 月，部长理事会通过了《国家整合策略》。它涵盖了"洽谈前的调整阶段，洽谈期间以及初为会员阶段可能出现的问题"，为中央管理层实行法律、经济和体制变革做充分准备，也为波兰成为成员国打下基础。

波兰一体化策略在根本上就是一个调整自身以满足欧盟成员标准的策略。而在更有限的范围内，它强调的是有关经济和社会政治的普遍愿景——指向在筹备加入阶段缩小波兰与欧盟的差距。潜在的想法则是：在现阶段发展水平上努力争取获得欧盟成员资格，一旦加入欧盟更要大刀阔斧地推进发展项目。

这一战略使政府机构的工作得以加速和简化，同时增强了对成为欧盟成员国这一可能结果的社会认知，而这些都使得入盟谈判的准备工作进入一个全新的维度。然而由于目标过多，加之不充分的实施条件，适应与整合的任务与一般的战略实施过程相较，也是极为不同的。因此，《国家整合策略》被视为第一个也是唯一一个与中东欧国家缔结并发布的文件。

1996 年 4 月，欧盟委员会向波兰发放了一份调查问卷，以作起草入盟准备意见陈述使用。这份调查表包含了 23 个不同生活领域的问题，不单涉及经济，而且涵盖政治和社会方面。同年 7 月中旬，共 26 卷，2664 页的答复提交给了欧盟委员会。

一年后，即 1997 年 7 月 16 日，欧盟委员会出台了称为《2000 议程》的一系列文件，其中包括更改欧盟运行规则的提议，为联盟东扩做了准备。该文件的一部分题目为"强化入盟策略"，其中建议入盟候选国加强《埃森战略》。

《2000 议程》的一个重要组成部分便是欧盟委员会提出的意见，即《阿维斯意见》，它主要针对递交申请的数十个中欧国家和塞浦路斯而作，波兰被放在推荐入盟谈判的第一组。《阿维斯意见》在 1997 年 12 月的卢森堡峰会上通过，成为那些自此而后被称作"卢森堡集团"国家的国家（波兰、捷克、爱沙尼亚、斯洛文尼亚、匈牙利和塞浦路斯）决定开启谈判的基础。

"强化入盟策略"基于波兰 1997 年采用的"成员加入计划"。它的宗旨是在单一架构内，根据《阿维斯意见》着手深入发展优先地区，而这种优先权由欧盟委员会选定推荐。①

作为适应措施，除地区优先外，欧盟委员会还指定一些主要策略让波兰采用。详细包括"经济政策优先顺序的联合评估""对抗有组织犯罪公约"以及"欧盟内部市场路线图"。其中最重要的是"会员国家筹备项目"（简称 NPPM 或者 NPAA），欧盟为优惠策略提供规划和经济援助，这关系项目中的优先权。同时，伴随着波兰政府履行"会员国家筹备项目"许诺的步伐，进一步的财政支援会接踵而至。

1998 年 3 月 31 日，波兰的入盟谈判在布鲁塞尔正式开始。波兰申明了愿意接受欧盟全部法规，并在未来加入欧洲货币联盟。进入谈判程序后，波兰政府计划完全采用欧盟法规，为 2002 年年底前成为欧盟成员国做好准备。

代表欧盟主要成员国的知名政治人物，公开支持这种严格的最后期限。1999 年 12 月，欧盟理事会在赫尔辛基会晤，宣称已做好在 2002 年年底接收新

---

① 在中短期内，优惠政策包括：经济改革、工业重组、强化组织管理能力、内部市场、司法、国内事务、农业、环境、交通、就业、社会事务以及区域凝聚力等。

成员国的准备。

接下来的几个月里，欧盟委员会协同各候选国代表，就其对欧盟法规的调整适应状况进行了审查筛选。1998 年 11 月 10 日，波兰谈判团队与欧盟展开特定谈判。

1999 年 12 月，欧洲议会邀请了另一些国家，即"赫尔辛基集团"的保加利亚、拉脱维亚、立陶宛、罗马尼亚、斯洛伐克和马耳他等国家，在赫尔辛基举行会谈。就此这 12 个候选国开始了入盟"竞赛"。

入盟谈判的规则适用于所有候选国家，主要如下：

——谈判在一个领域因党派问题有了纷争并不影响其他领域的谈判；

——谈判期间签署部分协议并不代表最终结果，只有完成全部协议，即《入盟条约》通过才可以；

——谈判起始阶段，候选国要做愿意采用欧盟法规的声明；

——过渡阶段，候选国与欧盟双方均可提出建议。

正如预期那样，在 30 个领域中，双方最大的差异出现在农业领域和工人自由流动方面。根据欧盟要求，波兰不得不接受在过渡时期采取正式会员国的措施。反过来，波兰方面要求在以下领域进行过渡：竞争政策，能源与社会政策，就业与交通政策，自由提供服务，自由流动资本，以及环境和税收问题。

波兰此次谈判总共历时 57 个月，相较 1995 年欧盟扩展谈判的 13 个月，这是一个漫长的过程。但若与葡萄牙的 80 个月和西班牙的 76 个月相比，又不足以言长。2002 年 12 月 13 日，欧洲理事会在哥本哈根结束谈判，采用《入盟条约》草案的最终版，与十个国家缔结了协议。欧盟理事会通过绝对多数选票以及一致决议使欧洲议会批准《入盟条约》，为 2003 年 4 月 16 日在雅典正式签署《入盟条约》铺平了道路。

按照《入盟条约》附件中的协议，从 2003 年 1 月起，波兰开始参与到信息咨询程序中，这让波兰在缔结条约之后进一步转化成一个积极的观察员。实际加入欧盟之前，在欧盟政府机构中，波兰代表的存在不仅是为了获取经验，更是为了重要决策，如 2003 年 6 月签署于卢森堡的公共农业政策改革条款，以及《欧洲宪法条约》终版辩论。

"东扩"亦要求欧盟方面有一个全面的准备。在所有准备工作中，对波兰和其他候选国而言，极为重要的一个要求便是政治改革，虽然他们并未参与决策。关于改革的协议于 2000 年 12 月 11 日达成，称为《尼斯条约》。这项改革为欧盟扩展提供了制度准备。针对新增的6个欧盟成员国，《尼斯条约》在其组成、投票程序和席位分配等方面，提出了新的规定，并就这些新成员的入盟条件做了明确阐释。①

一般来说，针对波兰和其他候选国家的入盟政策是基于以下原则制定的：

——采用传统的入盟程序，这些程序早已在欧盟和欧共体之前的扩展过程中使用过；

——开发系统策略，完善入盟标准，细化具体条件，并监测候选国的准备进程；

——对采用欧盟法规做最大化要求，显示将候选国变为"理想成员国"的愿望；

——欧盟扩展和候选国加入过程中调整的不对称性，通常被认为是候选国进行单边调整；

——采取"浮动"扩展规划，即依据联盟内部状况逐步完善和有条件进行；

——在候选国中引入竞争机制；

——在欧盟和具有相关入盟条件的候选国进行深化整合行动。

对于扩展，尽管一些欧盟国家的公众支持率很低②，但《入盟条约》的批准过程一帆风顺。按照宪法规定，波兰进行了全民公投，在公投中，公民就总统批准《入盟条约》投票表决。公投日设在2003年7月7日到8日。在60%的有投票权的人中，有80%的人支持波兰成为欧盟成员。

《入盟条约》于2004年5月1日生效，从这日起，波兰成为欧盟正式成员国。

结　语

波兰加入欧盟，长达15年之久，是一段以欧盟为标准的调整自身经济、政治和社会生活的历程。这种调整，为波兰各个领域带来了不可否认的进步；与此同时，波兰的经验对于其他意欲加入欧盟的国家，也不啻于是宝贵的一课。

---

① 在《尼斯条约》中，最值得注意的是波兰获得了委员会的27票，与西班牙一样，仅比"四大国"——德国，法国，英国与意大利相差两票。
② 对波兰成为成员国最不支持的国家是奥地利，德国和法国。

成为欧盟成员国并不意味着现代化的终结,恰恰相反,对波兰而言,夙愿成真之后,将会面临更多新生与已有的挑战。通过加入欧盟,波兰回归民主而发达的欧洲大家庭。同时,加入欧盟拓展了波兰采取行动的可能性,为未来波兰政治、经济和社会的可持续发展提供了机遇。

参考文献

[1] BACHMANN K. Polska Kaczka-europejski Staw: Szanse i Pułapki Polskiej Polityki Europejskiej (A Polish Duck-a European Pond: The Opportunities and Risks of Polish European Policy) [M]. Warszawa: Centrum Stosunkow Międzynarodowych, 1999.

[2] FISZER J M. Unia Europejska a Polska-dzii Jutro (The European Union and Poland-Today and Tommorrow) [M]. Toruń: Wydawnictwo Adam Marszałek, 2002.

[3] HARASIMOWICZ A. Integracja Polski z Uni Europejsk 1989—2004 (Poland's Integration with the EU 1989—2004) [M]. Kutno: Wyższa Szkoła Gospodarki Krajowej w Kutnie, 2005.

[4] WYRZYKOWSKA K E. Polska w drodze do Unii Europejskiej (Poland on the Road to the European Union) [M]. Warszawa: PWE, 1999.

[5] Korzyści i Koszty Członkostwa Polski w Unii Europejskiej (The Benefits and Costs of Polish Membership in the EU): vol. 1 and 2 [Z]. Warszawa: IKCHZ, 2000.

[6] MAYHEW A. Recreating Europe: The EU's Policy towards Central and Eastern Europe [M]. Cambridge: Cambridge University Press, 1998.

[7] MAYHEW A. Rozszerzenie Unii Europejskiej: analiza negocjacji akcesyjnych z pań-stwami kandydujacymi z Europy Srodkowej i Wschodniej (EU Enlargement: An Analysis of Accession Negotiations with the Central and Eastern European Candidate States) [M]. Warszawa: UKIE, 2002.

[8] MILCZAREK D. Position of the European Union in the World after Eastward Enlargement-New Member States' Perspective [J]. Yearbook of Polish European Studies, 2004.

[9] ORŁWSKI W M. Droga do Europy Makroekonomia Wstępowania do Unii Europejskiej (The Road to Europe. The Macroeconomy of Accession to the EU) [M]. Łodž: IE, 1998.

［10］ ORŁWSKI W M. Przeciw stereotypom：Rozszerzenie Unii Europejskiej o Polsk？（Against Cliches：EU Enlargement-Poland）［M］. Warszawa：UKIE, 2001.

［11］ WYRZYKOWSKA K E, SYNOWIEC E. Polska w Unii Europejskiej：vol. 2［M］. Warszawa：IKICHZ, 2004.

［12］ KUŁAKOWSKI J, STEPNIAK A, UMINSKI S. Strategy of Poland's Membership in the European Union［M］. Warszawa：Uniwersytet Gdański i UKIE, 2004.

第四章

全球经济新秩序中的波兰

"秩序",在国际政治中并非一个意见一致的概念。在社会科学界,人们使用各种不同的方法和手段来对它进行描述和评估。现实主义学派用的是"利益"和"均势",自由主义学派强调"制度",而在建构主义中转瞬即逝却观点纷呈的那一派则崇尚"规则",认为那些国际规则应是用来规范我们世界的。然而,"秩序"这一概念并不局限于为政治学或国际关系学领域所专用。像这样一种"秩序",事实上在现实中存在、变化并产生作用,它反映了当下的世界现状、权力平衡、未来趋向甚至某一特定历史阶段的看法。

第一节　新自由主义学派在后冷战世界的支配地位

苏联解体之后,这一在 1945 到 1991 年间塑造世界秩序的主导性力量崩溃了,冷战秩序随之瓦解。世界从两极对峙时期进入查尔斯·克劳特哈默(Charles Krauthammer)所谓的"单极时刻",全球权力分配空前地为美国所主导。1991 年后美国成为一个超级大国,无论是在政治、经济、军事、科学技术领域还是在软实力方面,比如在意识形态、媒体的舆论支配力和大众娱乐的影响力等诸方面,均是如此。在这个意义上,我们可以说美国是一个全能的超级大国,因为之前没有任何一个国家能够控制所有可能的领域。所以作为胜利者的美国希望将自己的制度体系强加于整个世界,也就不足为奇了。换言之,在美国的政治家和学者看来,苏联解体和东欧剧变之后,除了一致投票赞成西方的自由民主制度和新自由主义经济外,世界再无其他选择。当时美国统治的同义词,便是由弗朗西斯·福山(Francis Fukuyama)提出的"历史的终结"这一众所周知的概念,以及由约翰·威廉姆森(John Williamson)首倡的、著名的"华盛顿共识"。很多地方的确在执行"华盛顿共识",它们也通过各种方式引导其他经济体来实施它。"华盛顿共识"在某种程度上相当于新自由主义学说的总目录，除了其他方面，还包括经济自由、市场支配、贸易自由化和国企私有化等。根据这一理念，国有部门的角色应当弱化而私有部门则应当更为强大和高效。因此，在它们看来，整个世界都应该复制美国模式，无论是在政治经济方面，还是在思想领域方面。

"单极秩序"虽然已经被恰当地命名，但问题在于，它并没有一个正式的机制构成。事实上，就体系架构而言，在布雷顿森林体系，即以华盛顿为基础且美国控制国际金融、货币和信贷系统的最重要体系上，起初是国际货币基金组织和世界银行——为美国提供了真正意义上的支持。然而，从规范意义上讲，冷战结束之后，世界并没有缔结新的类似于标志着拿破仑战争结束和19世纪欧洲国际体系总框架建立的《维也纳条约》，或类似于标志着第一次世界大战正式结束的《凡尔赛条约》。在正式的法律层面，也没有人曾经确认或接受这种新的单极格局。二战结束后事实上也存在着类似的体系，这也跟联合国的功能相关。但它在双极秩序崩溃之后曾经历过一个危机，因为这种二战后建立的体系，仅仅反映出1945年旧金山会议召开时而非当下的世界权力分配状况。兹比格涅夫·布热津斯基（Zbigniew Brzezinski）在20世纪90年代初曾说，世界是一个危险之所在且"失去了控制"，这无疑是正确的。换句话说，全球舞台需要一个能够安定秩序的元素。很显然，在冷战秩序崩溃之后，只有美国渴望扮演这一角色。

美国接管了"世界警察"的角色，20世纪90年代后期，它首次在巴尔干半岛的科索沃演绎了这样的行为。这样做不仅证实了它打算按照自己的意志在各大洲重新塑造世界秩序，而且也衍生出了一种"疾病"——保罗·肯尼迪（Paul Kennedy）称之为"帝国过度扩张"。这已经被研究世界帝国历史的学者很好地定义了。它指出了一个基本的事实，即历史上所有的超级大国都承担了过于广泛的责任和义务，而这实际上却又超出了它们的能力范围。因为它们过于自信，自信于其卓然超群的实力。正如我们所知，在"9·11"事件之后，美国的这种病症加深了。2001年9月11日，恐怖分子对美国权力中心发动了灾难性的恐怖袭击，包括世贸中心和五角大楼，而恐怖分子对国会的攻击以失败而告终。美国前总统小布什宣布发动反恐战争来应对这些攻击，这从而转化为接下来2001年12月的入侵阿富汗和2003年3月的入侵伊拉克。无论是从字面意义还是比喻意义上来理解，这两项决定都被证明为代价高昂。据知名经济学家，诺贝尔经济学奖得主约瑟夫·斯蒂格利茨（Joseph Stiglitz）估算，仅伊拉克战争发动的最初几年，其成本就高达3万亿美元。

无论是在经济还是军事方面，美国的外部债务不断增长。前者转化为快速增长的公共债务，根据国际货币基金组织提供的数据，2010 年就高达 14.46 万亿美元，占国内生产总值的 98.6%，规模和等级都是空前的。遗憾的是，这些债务还在持续增加，即便是在 2008 年 9 月世界金融危机爆发之后。从全球视角来看，其中相当一部分的美国国债被中国所购买，占其购买总额的 44%。这一点意义重大。在 21 世纪的第一个十年，它们呈现出某种程度的共生关系：美国消费并进口了很多，而中国生产和出口得甚至更多。这样做的效果是，此刻中国拥有世界上最大规模的外汇储备，其金额超过 3 万亿美元。2011 年中期，美国甚至面临下一步该怎么办的窘境，因为其债务已经达到了最高法定允许水平。在这种情况下，政府要么提高这一标准，要么削减开支，比如，削减养老金、医疗保健等社会领域或军事领域的开支。根据享有盛誉的瑞典斯德哥尔摩国际和平研究所提供的军事债务方面的可靠数据，2010 年单是美国花在军备上的费用就比全球最高军事开支国家名单上在其之后的几个、甚至十几个还要高。

表 1-1-1　2010 年军费开支最高的十个国家（斯德哥尔摩国际和平研究所数据）

国家排名		2010 年军费开支（单位：百万美元）	2009 年占国内生产总值百分比
1	美国	687105	4.7%
2	中国	114300	2.2%
3	法国	61285	2.5%
4	英国	57424	2.7%
5	俄国	52586	4.3%
6	日本	51420	1.0%
7	德国	46848	1.4%
8	沙特阿拉伯	41917	11.2%
9	意大利	38198	1.8%
10	印度	34816	2.8%

资料来源：维基百科。

一种相当普遍的观点认为，削减这些费用的最好方式就是不断减少美国在伊拉克的驻军。我们已经目睹了 2009 年奥巴马政府上台后的一些举措，以及奥巴马总统宣布 2014 年后美军将逐步从阿富汗撤出。然而，目前尚不能确定这些措施是否足够，因为美国债务包括政府债务的发源，要比这复杂得多。更糟的是，美国的外部债务恰逢巨大的内部支出。新自由主义精神引领的美国社会入不敷出，没有储蓄，贷款容易，而且消耗巨大。消费崇拜和无忧无虑的态度，不受任何控制的银行或金融机构市场，很快就被乔治·索罗斯（George Soros）定义为"美国泡沫"市场，即其债务和贷款超过了金融潜力。然而，他的警告并没有被认真听取。美国不断地增加他们的内部和外部债务，而这种状况是不可能永远持续下去的。

2008 年 9 月中旬，当美国金融体系的重要机构如雷曼兄弟、房利美和房地美开始崩溃之际，事情的真相浮出水面。就经济方面而言，"单极时刻"被证明是相当短暂的，它很快就结束了。美国一位著名的战略家罗伯特·卡根（Robert Kagan）恰当地揭示了这一过程的实质，并用一本书的标题给予了象征性的重新定义：《历史的回归与梦想的终结》。因此，梦想"历史的终结"和前所未有的美国统治结束后，重建一种新秩序就成了必然。取代单极格局的，是世界重新出现了多个极点。世界再一次变成多极，这最终体现在经济意义上。

第二节　一种新的秩序架构

事实上，2008 年 11 月，二十国集团第一次首脑峰会在华盛顿的举行可以被视为一个象征。在这之前的两个月，美国市场危机爆发，随后是全球市场陷入危机。二十国集团，其实是七国集团的产物，或者说是一个化身。七国集团自 1975 年以来一直存在，在俄罗斯加入之后化身为八国集团。它集合了世界上最强的资本主义经济体，包括美国、加拿大、英国、德国、法国、意大利和日本。实践和现有的文件档案都可以证实，这个组织很快超越了处理严格意义上的经济事务，开始着手应对其他全球性重要议题，如国际恐怖主义、气候变化和所谓的全球性挑战。

无论从实践层面还是制度体系层面来看，七国集团拓展为二十国集团都是一个重要事件。二十国集团理论上成立于 1999 年 6 月，但在 2008 年 11 月第一次首脑峰会举行时才事实上构成。这个全球最强的经济体组织加入了一组新国家，它们往往有着完全不同的起源和性质，包括已经民主化的前殖民地国家印度、巴西，伊斯兰国家印度尼西亚、土耳其和沙特阿拉伯，中国和俄罗斯。二十国集团最重要的特色是它囊括了世界上经济实力最强的国家和一些"新兴市场"，特别是那些受 2008 年经济危机影响很小的新兴市场国家。毫无疑问，其中发挥关键作用的是中国。首先，中国从来没有接受"华盛顿共识"。俄罗斯在叶利钦时代曾经尝试过，但是没有成功。其次，由于 1978 年年底开始实行的改革开放政策，中国在过去 30 年保持着平均每年 10% 的经济增长率，这在历史上是空前的。中国成功的原因之一，是它拥有世界上最多的人口。另外也非常重要的，就是在思想和方案上中国拒绝接受"华盛顿共识"，而是坚持自己的观点。一位西方的分析家乔舒亚·库珀·雷默（Joshua Cooper Ramo）称它为"北京共识"。相对于"华盛顿共识"，"北京共识"强调以一个国家的实力，而不只是以市场的力量为基础，并坚持保持对经济过程控制的必要性。在越来越多的观察家和分析家看来，中国经济的有效性和其令人难以置信的变化似乎表明，中国的发展模式比西方的模式更有效，虽然它尚未充分发展。因为中国的政治改革尚未跟上经济和法律改革的步伐，这应该给我们更多启迪。

法国曾经提出建立一个二十国集团常设秘书处的设想，但这个想法被其他成员国如韩国所否决。韩国提出设立一个网络秘书处。在此前的诸多峰会上，包括匹兹堡、华盛顿、伦敦、多伦多、首尔峰会，以及 2011 年秋季的戛纳峰会，二十国集团已经显示它可能是目前可以应对 2008 年全球金融危机的最重要机构。它正在考虑改革，甚至取代布雷顿森林体系。它把如何应对重大全球性挑战提上了议事日程。从这个意义上说，我们可以发现它们对全球经济问题的应对和决策，比联合国机构来得更为迅速和有效。而对二十国集团的批评表达最强烈的是挪威。挪威说它是一个"自封的集团"，这也表明了它的"阿喀琉斯之踵"，即缺乏适当的合法性。这在其未来的活动中，可能是一个严重的问题。

二十国集团之后的另一套机构解决方案是"金砖四国"集团，它于 2009 年 6 月成立于叶卡捷琳堡举行的首脑会议上。这个集团集中了全球最重要的新兴市场，最初是巴西、俄罗斯、印度和中国。2011 年，南非作为非洲大陆最重要的经济代表也加入这个组织，"金砖四国"由此更名为"金砖五国"。

"金砖五国"的崛起再次证明世界经济中心正在从大西洋向太平洋转移。许多因素都将会很快显示这一点，也包括高科技。今天，亚洲和太平洋地区的 GDP 已经占到全球的 55%～57%。而且，"金砖五国"的作用也证实保持这个集团以及世界秩序的继续平稳运行是必要的，如此才能确保两个亚洲巨人——中国和印度的经济效率和生产力发展。它们最近正在快速增长。这两个国家不仅是世界上人口最多的国家，还拥有古老的文明，这也在某种程度上得以保存并能够保持其历史连续性。更重要的是，他们不仅仅是国家，而且是大陆或次大陆。因此，他们并不是微不足道的实体，在任何意义上都不容忽视。他们下一步的行动对世界的未来至关重要，无论西方怎么认为。

除了二十国集团和金砖五国之外，我们还可以再加上另外一个组织，那就是上海合作组织。上海合作组织汇集了中国、俄罗斯和中亚国家。有越来越多的国家对这种合作感兴趣，其中包括印度、巴基斯坦、伊朗和蒙古，这些国家与通常意义上的西方无关。我们从这种组合配置中似乎可以得出相当重要的结论，其中最重要的结论有以下几点。

第一，二十国集团与金砖五国的出现，很难被视为是一个巧合。他们的运行证明了新兴市场国家的作用越来越大，因为他们在不久之前还被列为发展中国家、第三国或前殖民地国家。从这个意义上说，我们面对的是一个全新的现象，它包括广泛意义上理解的西方经济重要性的相对下降和新兴市场国家重要性的大幅上升。这里的西方除了美国，也指欧盟。受 2008 年金融危机的强烈影响，所谓的"欧猪五国"葡萄牙、爱尔兰、意大利、希腊和西班牙国内经济发生了严重的问题，这削弱了欧元作为单一货币的作用。

第二，没有任何一个新的组织机构，无论是二十国集团或金砖五国，还是被一些西方分析家描述为"反北约"的上海合作组织，可以作为一些重大国际协议的结果而出现。所以，迄今为止，没有任何人宣布他们能够成为一个新世界经济秩序的基础或支柱。从这个意义上说，新秩序还只是在某些国家存在，但从根本上说，且对我们所有人来说都相当遗憾的是，在全球范围内并没有建立起这样一种秩序。联合国仍然没有度过危机，它难以符合与全球治理相关的预期，而布雷顿森林体系由于美国内部的问题也已经进入了危机。

第三，就全球性组织机构而言，最接近填补联合国和布雷顿森林体系出现问题的缺口的，当然是二十国集团。然而，需要强调的是，二十国集团是在没有订立任何国际条约下成立的，它仅仅是全球最强大国家间的政治决定。因此，虽然在实践层面上，它一直是有效和能够行使职能的，但就法律层面而言，它还是很容易被削弱和否定，因为它并不具备独立的国际法人资格。

第四，21 世纪初，世界舞台正在发生着动态变化，反映了上海合作组织、金砖国家和二十国集团里相当大份额的非西方国家的作用。新兴市场国家在全球经济实力的重新分配中是否仍将是一个永久性的决定因素，还尚未成定局。这无疑主要取决于中国，同时在很大程度上也依赖于印度和巴西。他们是最强的球员，同时也是人口最多的国家。如果中国和印度能够维持过去几十年高增长的记录，全球经济新秩序的基础无疑会更加牢固，但如果二者之中的任何一个出现崩溃的局面，尤其是还没有完成其转型过程的中国，世界经济新秩序将会继续发生动荡。而这些变化的方向,当然取决于中国和印度的国内局势。因此,在 21 世纪第一个十年结束之际,这也应当被看作一个新课题。把全球问题作为一个整体来考量,不仅要像以前那样考虑来自华盛顿、布鲁塞尔、伦敦和巴黎的观点和意见,也要越来越多地倾听北京、新德里和莫斯科的声音。这也是在全球舞台上出现的一种新事物。

第三节 新全球秩序中的欧盟

欧盟在二十国集团首脑峰会上是一个独立的实体,西班牙和荷兰为自己获得了二十国集团首脑峰会观察员的身份。作为一个拥有 27 个成员国的联盟(克罗地亚的稍后加入使其成为 28 个成员国),欧盟是仅次于美国的世界最大经济操盘手。当然究竟谁实际上最大,这个问题已经争论了数年。不同的机构提供的数据也略有不同,具体可参阅表 1-1-2 和表 1-1-3。

表 1-1-2　2010 年世界最重要经济体(据国际货币基金组织数据)

排名	国家	GDP(单位:百万美元)
—	世界	62 999 274
—	欧盟	16 282 230
1	美国	14 657 800
2	中国	5 878 257
3	日本	5 458 872
4	德国	3 315 643
5	法国	2 582 527
6	英国	2 247 455
7	巴西	2 090 314
8	意大利	2 055 114
9	加拿大	1 574 051
10	印度	1 537 966

资料来源:维基百科。

表 1-1-3　2010 年世界最重要经济体（据世界银行数据）

排名	国家	GDP（单位：百万美元）
—	世界	63 048 823
1	美国	14 582 400
—	欧元区	12 174 523
2	中国	5 878 629
3	日本	5 497 813
4	德国	3 309 699
5	法国	2 560 002
6	英国	2 246 079
7	巴西	2 087 890
8	意大利	2 051 412
9	印度	1 729 010
10	加拿大	1 574 052

资料来源：世界银行——世界发展指标数据库。

欧洲被视为一个经济上的巨人和政治、军事上的侏儒。它没有能够设法成功应对 20 世纪 90 年代的巴尔干半岛危机。即便是在 2009 年 12 月 1 日《里斯本条约》生效以后，它仍然难以在共同外交与安全政策下确立共同目标和共同立场。简言之，欧盟尚未完全定位为一个单独行为体活动在国际舞台。个别成员国的国家利益，往往是其特殊利益，仍在其中发挥着重要作用。那些巨大的新兴市场国家，如中国、俄罗斯、印度和巴西，也充分意识到自己的利益。这并非一个好的特质，因为基于"分而治之"的千年古训，这些内部矛盾和差异可以——而且往往是通过外部发挥出来的。

更糟糕的是，欧盟已经遭受到 2008 年金融危机的重创，"欧猪五国"的出现就是一个证明。这几个国家在维持国内市场的财政和金融秩序方面出现了严重问题。这些国家的公共债务——人均或与 GDP 相关的——甚至经常超过美国。根据目前（2010 年）的数据，欧盟最大的债务国依次是：希腊，债务是其 GDP 的 125.3%；意大利 117.4%；葡萄牙 80.8%；爱尔兰 72.3%；匈牙利 72.1%；西班牙 58.9%。正如我们所看到的，许多欧盟成员国已经难以符合《马斯特里赫特条约》的标准。因为根据这个标准，一个国家的公共债务不得超过 GDP 的 60%。世界上负债最多的 15 个国家都是高度发达国家，占世界债务总额的 90%，这个事实本身就很好地证明了问题的严重性以及欧洲危机的深度。在 2008 年危机来临之前，它们带来的全球经济增长只有 3%。而这场危机开始之后，它们的贡献甚至更少，这主要是因为这些西方国家已经遭受了最严重的经济衰退和危机。

在希腊经济形势急剧变化以及葡萄牙、西班牙和意大利出现严重经济动荡乃至混乱的背景下，欧盟被迫在 2011 年召集了一些特别的欧洲理事会议，以及许多部长级的特别会议。其中一个最重要的议题，就是决定将欧元作为共同货币的未来，以及欧元区的持久性问题。这已经不是什么秘密，现在欧元区拥有 17 个成员，其中爱沙尼亚在 2011 年年初加入。因此，一方面欧元区仍在扩大，另一方面，它正经历着一场自 1999 年 1 月 1 日成立以来前所未有的危机。

为了寻求补救措施，欧盟开始认真考虑限制移民到其领域，2011 年 "阿拉伯之春" 的意外爆发大大加速了这一进程：突尼斯和埃及的独裁政权被推翻，利比亚、也门和叙利亚经历了严重的内部冲突，西方依据联合国决议对利比亚进行了干预。主要来自突尼斯和利比亚的新难民大量涌入欧盟，以意大利兰佩杜萨岛的戏剧性局势为标志，这首先引起了丹麦的反应，丹麦已经恢复了对其边境的控制，紧随其后的则是关于欧盟边境紧张的辩论，这也是关于 "申根协议" 未来的争议。舆论担心，为了保护国内市场，欧盟将更加严格地保护其边境。

第四节　波兰和新的全球经济秩序

波兰不属于二十国集团，虽然其国内生产总值跟二十国集团末尾的几个国家相当。因为根据研究和估算，波兰的 GDP 排名大致在世界第 19 到 22 名之间。根据国际货币基金组织、世界银行甚至美国中央情报局 "世界资料汇编" 中的数据，2010 年波兰的 GDP 总量达 4650 亿到 4670 亿美元，正好排第 20 位，排在瑞士之后，比利时之前。波兰是否应该申请加入二十国集团这一事实本身就在国内引发争议，虽然程度不同。反对派经常指责政府 "未能捍卫波兰的利益"，没有为成为二十国集团成员国付出足够努力。

波兰当局一再强调，正如 2009 年的事实所证实的那样，这个国家在 2008 年之后已经平稳地度过了这场危机。波兰是欧盟唯一一个维持经济正增长，而不是处在经济衰退状态的国家。当然，由于其地理位置和经济联系的关系（大约3/4的波兰贸易是与欧盟成员国进行的），其经济增速已经放缓。

波兰的军费开支不算太高，根据斯德哥尔摩国际和平研究所的数据来看，2010年为83.8亿美元，占国内生产总值的1.8%，世界排名第二十三。然而，波兰因为在伊拉克和阿富汗的军事干预活动，通常引发严重的争议，至少在媒体上如此。但波兰的政治精英们，无论其来源和政治选择，显然都支持参与这些干预。作为北约盟国的成员出兵阿富汗，或承诺与美国成为军事联盟，在伊拉克开展军事行动。起初，无论是在国内还是欧洲内部，介入伊拉克战争都引发了许多争议。相比于德国或法国，波兰当局是这种干预的最大支持者，尽管公众对这一问题的看法不同。较少的争议是对阿富汗战争的参与，波兰在那里的驻军人数稳步增长，至目前（2010年）为止已多达2600人。然而，随着时间的推移，这种干预措施也成为公众异议和政治争议的主题。

波兰非常自豪于它是第一个加入北约组织的前社会主义国家。它在1999年4月与匈牙利和捷克一道加入北约。而与其地理位置邻近的国家白俄罗斯和地区加里宁格勒，在可见的将来都不打算加入北约或欧盟。波兰认为最能保障其国家外部安全的是北约，而不是欧盟。这也许是正确的，并已经在20世纪90年代的巴尔干危机战争中得到检验。因此，波兰的精英们强调与美国保持最密切的军事关系乃至结盟。

由于这种强烈的"大西洋选项"，波兰当局并没有及时意识到全球舞台上发生的动态变化。首先，没有选择加入二十国集团。其次，尚未制定适当的战略，因应新兴市场国家——首先是中国和印度的崛起。这其中的部分原因可能是，波兰在应对2008年金融危机的影响，做得相较于最近的邻国和整个欧盟要好一些。

结　语

在2008年9月的全球市场危机问题上，波兰的政治精英们并没有发生战略性的重大争论。虽然内部观点经常有分歧，但他们始终忠于苏联解体之初所设定的总体方向，即波兰应尽可能地"抛锚"于西方的制度体系，如北约、欧盟、经济合作与发展组织，欧洲理事会等。2011年7月1日，波兰接任欧盟轮值主席国。波兰不断地强调支持"一个强大的欧洲"，认为一个有效的欧盟有利于欧洲大陆的整合与合作。更重要的是，欧盟成员国的身份被相当普遍而十分恰当地视为国家内部安全的最佳保障和现代化的最有效支撑。只是鉴于欧元区当前的危机，波兰已经改变了以往的做法，停止设置加入时间表。

波兰加入北约及其承担的义务，也没有引起任何的争论，而在阿富汗的使命除外。奥巴马担任总统期间，波兰与美国"战略联盟"的关系受到一些干扰，特别是美国政府决定取消在波兰境内部署导弹防御系统之后。因为这个项目被一些波兰政治精英看作是进一步加强联盟关系的保证。在精英们的算计下，美国"过度扩张"或过度的内部和外部债务所造成的危机，看起来似乎也没有那么重要，他们仍然相当一致地把美国视为波兰外部安全的最佳保障。

波兰战略的一个重要方向是处理与邻国的关系。2007 年后，波兰在"魏玛三角"合作机制下做了大量的重建工作，从而加强了与德国和法国的联盟。看来这个项目带来了出人意料的效果，尤其是在德国方面的情况。2011 年 6 月两国政府甚至举行了联合会议，类似于法德会议。亲西方的选项在波兰外交中压倒一切，无论世事变迁，这一点都不会受到影响。

与波兰和东方邻居的复杂关系看起来稍有不同的是，2007 后，波兰已经在很大程度上恢复了与俄罗斯的良好关系。2010 年 4 月 10 日，波兰总统乘坐的飞机在斯摩棱斯克附近的森林坠毁，这次悲惨事故甚至都没有对波俄关系产生阻碍，但这种关系仍然是复杂和不稳定的。2008 年，处理两国关系难题的特别双边小组发布了一个题为《白色斑点—黑色斑点：1918—2008 年波俄关系中的困难问题》的综合报告。这个报告显示这一议题是如何包罗万象，从历史和心态，到非常实际和具体的经济与贸易问题，以及俄罗斯仍然是波兰主要的能源供应商。

东部地区的邻居并不是非俄罗斯莫属。波兰政府证实正在与瑞典联手开展一个东欧伙伴关系项目，项目包括 6 个苏联国家：乌克兰、白俄罗斯、摩尔多瓦、阿塞拜疆、亚美尼亚和格鲁吉亚。作为第一个由波兰开发的泛欧洲项目，它于 2008 年开始实施，当然，也是在波兰作为欧盟轮值主席国这个适当时刻，呈现于世人。这个项目的目标是制定与上述国家的联合协议，包括缔结自由贸易协定与签证制度的自由化。遗憾的是，2011 年上半年，北非和中东地区局势的发展不利于这些目标的达成。欧盟主要的政治力量现在更感兴趣的是南部正在发生的事情，而不是东部地区。从这个意义看，波兰原初目标的实现将会变得比预期的更为困难。

本书所描述的全球舞台发生的巨大变化对波兰当局在国际舞台上行为的影

响微乎其微，其总的方向一如既往，即亲西方和亲大西洋。波兰强势参与北约和欧盟，联盟美国，支撑了波兰与德国、法国和西方其他强有力的合作伙伴保持最好关系的可能。一个略有新意的课题是如何共同努力发展与俄罗斯的关系，以及在东欧伙伴关系框架下适应一些苏联国家的意愿。

东方世界日新月异——中国、印度和远东国家的经济扶摇直上，"金砖国家"和上海合作组织合作互助，动作频频，但这些似乎并没有引起波兰当局太多的反应。在这两个国家，特别是在中国，波兰保持着巨大的贸易逆差。但从波兰利益角度考量，他们似乎仍不被视为重要的合作伙伴。波兰对其在西方世界的参与感到满意——毕竟那也只是在最近才得以实现——因此迄今没有对西方以外的世界发生了什么保持适度的兴趣。然而，正如我们在本研究中试图证明的那样，而且这也被分析中心或评级机构越来越多的数据所证实，国际市场发展最令人关注的部分越来越频繁地发生在西方以外的世界。对华沙而言，尽快认清这一点将是明智的。

正如一位波兰专家斯坦尼斯瓦夫·比伦（Stanislaw Bieleń）所指出的那样："波兰面临的任务是如何在深刻变化的国际关系背景下，如新超级大国角色的出现，包括俄罗斯重返超级大国舞台，中国对大国地位的认知和印度的大国渴望，等等，重新界定自己的国家利益。我们不仅需要更多的主动性和创造性，国际视野和战略思维，也需要掌握如何采取一致和有效行动的艺术技巧。这首先需要确认我们的政策是可行的，一方面，协调好国家利益与我们盟友利益之间的关系；另一方面，在经济、政治和文明领域不断增强自身的竞争力，从而在这个日益动荡的世界获取波兰自己的利益。"

更重要的是，这不是一位波兰学者孤立无援的观点。另一位学者罗曼·库日尼亚尔（Roman Kuniar）也写道："2008 年的危机可能会被视为一个重要的转折点，从西方统治过渡到一个更为均衡的世界的转折点，也许在未来，西方之外的超级大国会占主导地位。2008 年的危机增强了非西方国家在世界的地位……这些变化被 2008 年的危机事件加速了，这势必会影响国际秩序的塑造。"

自 2008 年以来，世界形势已经发生了很大变化。新兴市场国家的力量和重要性都得以增强。无论从积极还是消极意义上来看，这一轮新秩序的催化剂无疑将会是在印度和巴西支持下的中国。波兰，就像它的邻国及欧盟成员国一样，将不得不尽快从中得出正确的结论。

参考文献

［1］FYKUYAMA F. The End of History and the Last Man ［M］. New York：Penguin Books，1992.

［2］GÓRALCZYK B, et al. Paradoksy Wschodzcego Mocarstwa（The Chinese Phoenix. Paradoxes of the Emerging Empire）［M］. Warszawa：Wydawnictwo Sprawy Polityczne，2010（13）.

［3］GÓRALCZYK B. The role of China in the Globalised World ［J］. Yearbook of Polish European Studies，2010.

［4］GÓRALCZYK B. W Poszukiwaniu Nowego ładu Globalnego（In Search of a New Global Order）［J］. Studia Europejskie，2010（04）.

［5］KAGAN R. Return of History and the End of Dreams ［M］. New York：Alfred A Knopf，2008.

［6］KHANNA P. The Second World（How Emerging Powers Are Redefining Global Competition in the Twenty – First Century）［M］. New York：Random House，2009.

［7］KUNIAR R. Kryzys 2008 a pozycja międzynarodowa Zachodu（The Crisis of 2008 and the International Position of the West）［M］. Warszawa：Wydawnictwo Naukowe Scholar，2011.

［8］MAHBUBANI K. The New Asian Hemisphere：The Irresistible Shift of Global Power to the East ［M］. New York：Public Affairs，2008.

［9］BIELE. S. Polityka Zagraniczna Polski po Wstpieniu do NATO i do Unii Europejskiej：Problemy To samoci i Adaptacji（Polish Foreign Policy after Joining the NATO and the EU：Problems of identity and adaptation）［M］. Warszawa：Difin，2010.

［10］KUNIAR R. Porzdek Międzynarodowy u progu XXI Wieku（International Order on the Verge of the 21st Century）［M］. Warszawa：Wydawnictwa Uniwersytetu Warszawskiego，2005.

［11］SHAMBAUGH D. Power Shift：China and Asia's New Dynamics ［M］. Berkeley–Los Angeles–London：University of California Press，2005.

［12］SYMONIDES J. wiat Wobec Współczesnych Zagroeń i Wyzwań（The World in the Face of Contemporary Threats and Challenges) [M]. Warszawa: Wydawnictwo Naukowe Scholar, 2010.

[13] ZAKARIA F. The Post-American World: Release 2.0 [M]. New York: W. W. Norton and Co, 2011.

第五章

欧洲社会秩序下的波兰社会和经济

在加入欧盟前几年，波兰的政治体制发生剧变，由此开启了这个国家政治、经济、社会和文化全面改革的时代，波兰的社会秩序长期变迁的进程正是从那时拉开序幕。波兰入盟成为其中十分重要的因素，它不但加速而且提升了这一进程的发展。

当时的欧盟和波兰一样，同样处在历史的转折点上。欧盟的扩张进程与其自身所发生的变革有关，之前欧盟进行了深刻的内部改革，而扩张本身也是这些变革的一个主要方向。

正发生于世界的文明变革，只是部分正确地被简化成经济全球化，却为这些发展进程提供了一个非常重要的环境。持续至 2008 年的严重金融危机（大多是财政金融方面）也同样深深影响着如今的欧盟和其成员国波兰的形象。

本章试图勾勒出波兰在欧洲社会秩序下，其社会和经济面貌的背景。同时也尝试在欧洲社会秩序下，提供当前波兰的初步总结。限于章节和出版性质，本章只会集中探讨其中的几个方面。

第一节　欧盟自由民主的社会秩序

动荡不安的历史进程交织构成了欧洲漫长的历史，它们逐渐形成了一种让欧洲人作为生活导向的"社会框架"。社会学家将这种框架称之为社会秩序。我们可以借此从一个全面宏观的角度来看待社会，并理解集体存在最重要的维度及其相互关系。

"社会秩序"一词产生于工业时期，目前我们应将其理解为一种动态、相对流动的社会结构，有着多样变化的内部平衡，介于无政府主义和独裁主义之间的连续统一体，在这里，社会秩序的特定形式要比定义明确的要点更加随意。在它的内部，存在着一个相对独立的大型共同体，它变化多端、复杂且趋于流动，在相对永恒和稳固的社会生活实践组织的基础上不断结晶、再生、解体和转变。

社会秩序由五个因素或维度：社会结构、文化、政治秩序、经济秩序和人口秩序组成。我们还可以更详细地划分社会秩序为四种方式：独裁主义、极权主义、民主主义和无政府主义。从这个角度观察，社会秩序决定了人们日常生活的架构，这一点渐至分明，至少在某种程度上不断变化，交互影响。

工业时代欧洲激动人心的历史已经成为过往云烟，当我们把注意力聚焦到战后（1945 年后）的一系列事件和欧洲一体化进程开始发生的那些地区时（逐渐扩大到目前的程度），我们可以发现，现代欧洲社会秩序由三种主要因素：自由民主制度、超前社会市场经济和欧洲一体化。

然而，我们从哪一种意义上来谈论欧洲社会秩序？这个概念是否表明，虽然不是在整个欧洲，但或许至少在欧盟存在着这样一个社会。要回答这些问题并非易事。即使我们把欧洲的概念缩小为欧盟，也会发现并不存在这样一个共同体。但是，如果我们仔细观察这个社会秩序的特别之处，人们不得不意识到，高度一体化的经济系统、紧密合作的制度体系、强势文化和悠久传统维系的社群、高度相似的社会结构，以及相似的人口环境，凡此种种，使得这个领域特色分明。然而与其谈论一个已经形成的相似秩序，我们更应该把目光放在正在形成的社会进程上，正是它促进了这种一般社会秩序的基础发展。

因此，当我们谈及欧洲社会秩序时，我们指的是伴随欧盟诞生而出现的结构化进程，或是各个国家多种多样的社会秩序，在他们之间我们可以发现相似之处。所以，这不是关于实证的完整社会秩序，而是作为一个理论范畴的某一类型的社会秩序，可以通过对比研究而分离。欧洲社会秩序的三大基石是自由民主、超前社会市场经济和欧洲一体化。鉴于我们上文已经讨论过欧洲一体化问题，那么现在我们将主要讨论前两大基石：民主和超前社会市场经济。

民主一词源于两个希腊词汇（demos 和 kratia），其基本意思是"人的规则"。但是在当时的希腊，人的含义与我们今天人的含义其实大相径庭。在古希腊，"人"并不包括女人、未解放的奴隶、被解放奴隶的第一和第二代子孙，同样也不包括新移民。因此，整个国家里只有 10% 到 15% 的人才可以被称为"人"。古希腊的特征之一就是完全理论上的直接民主制。直接民主制规定，一个城邦理应受到全体公民的共同管理，每一个公民都有权利拥有一个公职（遵循某种秩序，因为有此需求的公民太多了）。因此在雅典，数以千计的职位被创造出来，却仍然供不应求。希腊人认为除了直接民主制以外的任何制度都等同于野蛮和未开化制度，许多希腊人对雅典的做法表示反感，因为在他们看来，这与真正的民主背道而驰。实际上，罗马人传承了这一理念。然而，自从他们创造了一个庞大的帝国以后，他们就将民主权利仅赐予居住在首都及附近的罗马人身上。

如果希腊城市规模太大，以至于难以发展这一类型的民主制度，那么它如何可能在动辄拥有数百万居民的现代社会开花结果？更不用说拥有五亿人口的欧盟了。我们认为解决的方法是非直接的代议民主制，因为这类民主制可以有效地避免上述希腊民主制的短处。根据定义，一个给定国家的公民包括它的居民及其管理者（虽然有一些例外，如未年人、法律上无能力的人与新移民）。他们中最合适的人选在公民的监督下，代表公民并捍卫他们的利益。我们可以说，现今的"个人守则"已经纡尊降贵变成了"多数人守则"，更重要的是，最关键的事情总是通过多数人投票来做决定，先是公投和选举，然后到议会，在那里由代表了公民权利的议会成员依照多数投票的做法来做最终选择。不幸的是，间接民主制同样有许多弊端，它导致的后果除了其他方面，在选择和控制统治精英方面就很容易出现纰漏，同时公民也会认为他们在选举时受到限制，甚至感觉选举毫无意义。

现代民主政治的理念广泛吸收了传统精粹。时至今日，民主并不单单意味着审查制度的空缺和多党制，当然，这是必要的，但是并不充分。民主同样并不意味着每个人都能够畅所欲言，为所欲为。

民主本质上是受法律捍卫的社会妥协，它规定社会约定的某一部分，而将剩余的部分留待公民自行决定。这样的安排虽然从双方达成协议的那一刻起即无法让所有的日常讨论都得到解决，但是它可以促进社会的稳定和平衡。为了让人们安居乐业和国家行使职能，妥协是必要的。这种平衡的可能性归功于社会的大多数成员都认同这些基于民主自由的社会准则，对国家和它的成员而言，把这些社会准则编入宪法至关重要。

社会公认的民主包括三大分支，分别是立法、行政和司法。在宪法所赋予的权利范围内，管理部门的权力并不会受到限制，但是，它们同样也不能越俎代庖，逾越界限。

三权分立捍卫着整个政治体系，保护国家不会滑向独裁主义的深渊，保护社会契约不会遭到侵犯。这种平衡通过选举的形式而更新，致使权力被移交给获得选民多数票数的政党。这样，每个公民都可以表达自己的意愿。

而民主制度中还存在着非常重要的所谓"第四种权力"，即大众传媒，它对政治制度的品质有着深远影响。

民主制度的基石是居民的平等权利，即法律面前人人平等。在达到了宪法规定的条件后，每个人都有权表达自己的政治观点和参与政治事务（主动或被动）。

在民主妥协的核心之外，同样存在一些基本原则，尤其是对个体公民的尊重。在现今法律体系下，个人享有充分的自由。然而法律所规定的公民自由仅停留在这样的程度，即维护社会协作、保护法律和公民的自由不受侵犯。这同样包括社会少数派。

然而，需要明确强调的是，在民主制度下，每个人都是无价之宝。只要没有侵犯到他人的自由，每个人都有追求自由的权利。少数派应该得到特殊的保护和支持，因为与多数派相比，他们的自由尤其容易被侵犯，所以针对个人而非团体的保护和支持才是这种特殊法律的主题。如果少数派有特权，那么为了保护他们，不应该赋予少数派群体，而应该赋予少数派的个人，因为他们享有对等权力。这一事实的后果，是他们的自由受到多数派的威胁。比方说，一个拥有与主流社会不同宗教信仰的人或者一个继承了不同于绝大多数风俗习惯的人，作为一个人和一个公民，有权利要求特殊保护。

此外，授权于必要的最低限度的公民的法律必须坚决而无条件地被执行。法律可能变化并且形式变化也是法律的主题，但这只适用于特殊事件和特殊形式。独立法院会确保法律的执行。

维持必要水平的公民团结和社会正常运转，就需要产生必要的机构（第一个就是国家），还有居民和资源，这就涉及权力的问题。当个人和团体已经拥有权力的时候，他们通常倾向于聚集必要的声望、资源以便操控权力。政治精英努力扩展他们的权力，事实上，民主政治的主要任务之一就是保护国家免受当权者不可避免的权力策划。但是个人和社会的自由同样也可能受到公民的威胁，来自地方社区、邻居团体和其他正式或非正式的公民组织的压力从而组成的所谓民主社会，同样存在着相当的危险。水能载舟，亦能覆舟。

这种自由民主的方法是现代西方社会秩序的标志。如果在当代，民主等同于多数人的意愿的话，那么每一个被多数派支持的当权者都可以为所欲为。纳粹德国当时的多数派不反对种族大屠杀的事实，并不意味着它是个民主国家。战后民主社会秩序为自由主义价值观所保护，避免了类似的病症。

现今，民主社会秩序的第一要义是对个人自由的尊重。不论是欧盟本身还是其成员国，其人权都得到了最大化的关照。如果一个受害者在自己的国家穷尽所有可能的安全保护措施，其人身权利仍然受到侵犯，欧盟甚至提供对它自身以及成员国机构的决定上诉的可能性。

在马克斯·韦伯（Max Weber）所开创的传统中，国家被视为一个政治联合体。其基本功能应该是至高无上的权力分配，是个人和团体在给定的社会中为国家战略决策群策群力的通道。在韦伯的理论中，这甚至包括"合法暴力的再分配"。然而，从社会学角度来说，国家的职能在于提供最低限度的社会整合。这种整合主要是通过公民活动、公民团体和国家管辖权内一定领域的制度体系以及它们之间的关系的协调来实现，而这种协调增加了国家持续发展的机会。因此，我们可以将民主制国家理解为一种特定领域内的社会组织形式，它形成于共同的文化传统，不断地自我调整以获取更高的目标（持续、发展）和提高公民生活的机会。这种组织建立在政府的基础上，政府的代表由社会公选并受到社会约束，其行使的权利和运用的资源都由社会授予，这些权力和资源对他们履行职能和代表当地社区实现目标不可或缺。

国家作为社会自我组织形式的程度越小，它的民主程度就越低，专制的成分就越大。也就是说，在社会存在和发展的最低限度的需求之上，统治阶级所拥有的权力和资源越多，就越容易违背公民的意愿。同时，国家对资源和权力的掌控程度越低于这个最低值，也就是说，政府越多失去自我控制、决定与实现基本目标和战略的能力，民主就越少，无政府主义就越多。因此，民主制度是平衡独裁主义和无政府主义的某种形式。

一个民主国家的特征在于，它为民主社会的存在提供了制度基础。因此，国家应该规范和稳定约定和社会公认的公民主观需求与社会团队需求。然而，国家也应为民主社会执行另一个职能：在民主确立的法律下，保护来自民间社会的公民和团体，限制他们由于社会利益的引诱而游走在非法边界的主观可能性。

第二节　利于社会的市场经济

经济秩序是社会秩序的五要素之一。它的主题是人，而非市场、经济自由或新自由主义价值观。

人们之所以理财，是为了吃饭穿衣、安居乐业以及有能力满足各种各样的物质需要。经济的成功和稳定在于有双无形的手在强烈地干涉其中。与此同时，经济也不会让社会分崩离析，破坏社会秩序，侵害公民。在自由民主的社会秩序中，必须始终有一种平衡存在于市场主导和限制经济成功的趋势之间。现代国家的一个重要工作就是为了这方面的妥协谈判再谈判，也就是提供仲裁，并确保这种妥协受到尊重。

举例来说，经济是否稳定取决于必要的最低限度的活性自由，同样也取决于生产贸易情况的可预见性、合理性和盈利能力。因此，在这方面，国家的职责是保护市场，创造经济得以成功发展的条件。因而国家必须有足够的资源来履行这些和前面已提到的职能，而唯一可能的方法就是通过经济手段实现。所以，国家可以而且应该为其预算从市场获得资金。同时国家必须确保经济活动没有违背一般的道德和政治法则，因此企业家们必须遵守法律（包括雇员的社会权利，消费者权益，等等）。

因此，自由民主秩序的本质就是维持一定的平衡。经济必须有足够的限制，这是必要的，因为可以让民众能够从取得的经济效益中获利，让公民有机会过上一种与文明标准相一致的生活。只有如此，社会平衡才能长久。但是，市场经济同样需要足够的自由以保证活力十足地发展，虽然在资本主义国家，通常并没有市场与受益人之间的所谓平衡。在这方面显著的不平衡是不正常的，它不可避免地会导致严重的失调。欧盟秩序本质上就是为了把这些不均衡控制在文明的范围内。资本主义和它的市场经济度过了许多曾使世界各国损失惨重的巨大危机。20 世纪 20 年代至 30 年代经济崩溃就是二战爆发的主要原因之一。在那时，世界经济秩序（尤其是欧洲经济秩序），特别是前面所提到的失调和紧张，导致了诸如法西斯主义及其他变形以及这些变形带来的灾难。

这就是为什么二战后欧洲一体化一开始就坚持与经济活动紧密相连，经济变成人们最应该考虑的问题，同时市场经济成了香饽饽。

各个国家经济发展的关键是提高全球生产能力，而这种能力主要取决于土地、就业、资金这样的生产要素以及如何有效地利用这些要素。只有当国民收入指标呈现明显增长的时候，经济才能繁荣发展。同样，这种收入对如何实现社会分配也是非常重要的。收益分配同样也是刺激经济增长的重要因素之一，另一重要因素是企业家精神。在经济活动中，它被定义为组织三大增长的一种能力，它需要从人口、资源、技术和社会制度的角度来理解和考察。许多学者认为技术变革，主要产生在工具、方法和管理领域的变革，对经济发展至关重要。这些和相对应的资源及其他因素一起，会显著地提高总产量，有时则实现大幅度的经济增长。

此外，文化同样也对经济产生根本和持续的影响。社会制度，价值体系和文化模式决定了经济发展所有因素的运用和成功组合。如今文化资本的重要程度甚至被认为超过了金融资本，这绝非偶然之事。社会资本同样对经济发展有重要意义。社会资本包括许多内容，比如，社会结构（也就是社会分类）和社会结构的变化（社会流动性），国家和社会秩序的类型，政治制度，人口的政治导向（比如极权主义者和民主主义者），教育体制（现代的或非现代的），贸易联盟的发展状况，政治自由的程度（政治自由的缺乏通常会造成企业家创业壁垒）。

经济结构状况同样在一个国家的经济发展中扮演着重要角色。经济结构包含三种类型，第一种类型是直接利用自然的经济活动，如农业、林业和渔业；第二种类型是经济活动中的原材料加工领域，如加工业和施工建造等；第三种类型是服务业，它并不生产产品，而是包括技工、内科医生、教师、商人和银行家等的工作。我们同样需要注意人类发展的四大阶段：前农耕时代，农耕时代，工业时代和信息化时代。第一个阶段是预备生产时代，第二个阶段受到了第一个阶段的控制和影响，第三个阶段同样受到了第二个阶段的主导和影响，最后一个阶段则涉及服务行业主导国民生产总值。依照基本经济法，供需需要达到平衡。这就表示，一个商品价格高昂，是由于它的供给量很少。高需求会吸引生产者并加大供给量，反过来会导致它的价格下降。换一种方法说，生产要素会向最大利益化流动，也就是说会流向价格最高的地方，这是技术发明和新的组织解决方案能够改变需求、促进产量、吸引资金的原因之一。

市场经济拥有私有财产的支配地位、完善的法律和市场经济制度体系，同时拥有资本积累的优先权。现在，发达的欧洲市场经济的趋势是合理的货币政策和受到特别关注的预算平衡。它允许控制通货膨胀，即并没有反映在商品生产上的过度货币供应。另一个持续的趋势就是国际市场的开放，能源和资料价格的稳定以及总体生产成本中人工成本的下降。这样的经济被认为最大限度利用技术发展并最大限度地利用能源。在这种情况下，第三产业起主导作用，第一产业所占比重最小，第二产业的重要性逐渐下降。然而由于高效率，往往会出现原料过剩和同时间这一领域就业率的下降。国民生产总值中越来越多的份额来自信息处理领域。

第三节　自由民主社会秩序的危机

在我们所探讨的这个机制里，国家是社会秩序中维护平衡的守护者，代表所有公民履行职责。国家不再是按等级和民族划分的国家，而是一个公民的国家，它的首要职能主要是通过员工和雇主之间的社会平衡来实现，这是所谓"福利国家"的主要含义。就如它的对手宣称的那样，它不会通过慷慨的政策来毁灭经济。它的本质是通过互惠互利以实现社会政治的平衡：员工不必担心某些社会公认的最低限度的生活福利；雇主则要保障个人私有财产不受侵犯和政体资本基础的一以贯之，以及依法解决权益纠纷事件。

在自由民主社会秩序的框架中，国家建立在民主议会制的基础上，政党代表社会主要力量，法律规定着国家、公民的义务和政治斗争可接受的范围（与上文所提及的社会平衡一致）。尽管世界并未完全免于争端和挫折，但西方国家也应当感激这空前的社会和平。在这样的氛围中，经济繁荣发展，社会和个人获得成功，人权和世界和平得到尊重，所有这些，已经持续了几十年。

相比几千年以来发生的冲突、革命、战争、饥荒和经济危机等，这的确可以说是一个伟绩。

在我们这个时代，上述提到的社会秩序正不断被侵蚀。这主要因为前所未有的文明的突破，它伴随着科学、技术改造和工业技术革命而产生。我们正在进入一个信息社会化时代，这个时代大部分的国民收入来自信息处理。这同样也是个计算机化、自动化和微型化的时代，它带来了社会对劳动力从未有过的低需求和由此产生的雇员、工会、政党社会力量的下降。因此，基于社会市场经济而发展的战后自由民主社会秩序受到了侵犯。这是大约20世纪70年代中期以来新自由主义繁荣的环境。

文明变革的后果之一就是公认的持续到2008年的金融危机。它对欧盟的经济和整个社会秩序都有重大的影响。

实际上，在真正的危机发生以前，已经有不少专业文献研讨金融危机。经济数据同样清晰地指明了这一趋势，揭示了经济崩溃的根本性质显然超越了单纯的金融方面。举例子来说，我们注意到如下事实：2002年，美国市场一种所谓的"衍生工具"总额达100万亿美元，而到了2008年，已经变成600万亿美元，约为年度全球GDP的10倍。20世纪90年代末，所谓的"对冲基金"（这种对冲基金在价格下跌时仍然可以盈利，它在金融危机中扮演了一个重要的角色）占美元市值约1000亿美元，2008年，已经有2~3万亿美元。一些银行和金融机构的资产超过他们自身资本的60倍，这就是所谓的杠杆原理。

值得指出的是，在现代经济中出现了两种明显不同的方向。第一种是无情的资本主义，仅仅以资金积累为目标，毫无顾忌地运用现代科技，只为了绕开任何对人类、文化和环境等要承担的义务。它主要以匿名股权、电子货币转账为基础，其拥有者通常对他们投资的资金被用在何处，为何而用以及投资条件一无所知，因此，他们不愿意表明自己的观点或与任何人、事产生共鸣。这种资本主义毫不客气地摧毁人类、环境和文化，用新自由主义者的理念来说，资本主义的拥护者破坏了竞争机制，并垄断了市场。

第二种情况可能在瑞典最为常见，就是带有更多合作态度的资本主义，它体现在社会运动或社会团体的形成中。在这种情况下，利润尽管非常重要，却不再是唯一的评估标准。决策的过程和利益的重新分配通常带着社会和环境目的。但是似乎全球化进程对前一种资本主义类型青睐有加。与之相反，在欧盟，我们更乐于看到第二种模式的发展趋势，但是全球性危机会给它一个机会吗？我们至今仍然只能拭目以待。

现今，资本或者获得进入自由市场的机会，或者实现其在市场上的完全自由，独立于国家、体系和组织。这些体系和机构（如工会）守护着国家层面上的社会平衡。只要没有确立机构维护全球范围内的平衡，那么我们依然面临着严重的全球性冲突的威胁，这种冲突源于被排除在外的、绝望的个人和拥有主要优势的全球雇主所雇用的一些雇员。这种不成比例的弱者、处于社会边缘的个人和雇员会采取恐怖主义的做法。然而，这并不容易成功，因为现代科技同样找到了方法并建立了控制体系。但是，据我们所知，目前还并没有警察机关和监狱可以保护一个国家免于恐怖袭击。此外，边缘化还会导致一系列众所周知的后果，如道德退化、犯罪滋生、社会结构解体、神经质和精神障碍，及家庭病态等。这种类型的转变伴随着文化的病态，包括科学的变质和空前的世俗化而产生，它剥夺了这些过程形而上的、道德的、传统的根基——道德和精神支柱。

在今天这样的第三个千禧年，新的危机已清晰可见。作为全球化的结果，大众文化像癌症一样传播，世俗化的激进、生物技术和电子通信技术高速发展等等。

然而，这场危机同样也会带来更好的发展前景。一些专家预测，新的工作岗位会出现，一个现代化、全球化的文明社会作为全球资本的对应伙伴也将出现。但是，它也有可能相反。很明显，新纪元展现给人们追求一种更舒适、更安全生活的可能性，这种生活更适合个人需求并给予人们更多自由。当然，我们也担心这会导致消费主义和物质主义的泛滥，它们已经让生活浑浑噩噩，没有目标，没有意义，剥夺了我们的聚合感和责任感。同时我们也很清楚地看到一个新的轴心国正在出现，它无疑让社会无论是在国内还是在世界舞台上都呈现出多样化的趋势——所谓的进入消费时代。被社会和文化因素限制的消费自由和就这一点而言所产生的不均衡大幅增加。现今，大约 10% 的最富有的人手中掌握着世界上 90% 的财富。

这些都是欧洲社会秩序发展非常重要的环境，从即将发生的严重的文明危机的角度看，欧洲一体化是拯救欧洲特殊利益、价值观、文化、中小国家、制度模式的一个机会——一个并不容易付诸行动的时机。

第四节　欧盟中的波兰

在自我政治转型几年后，波兰在它自身发展的一个非常特殊的时间点加入了欧盟。今天，我们可以最大限度地肯定地说，我们不能高估加入欧盟给我们国家带来的收益。许多年来，波兰赞成加入欧盟人数大约为 75%～85%，它对波兰的影响显而易见。更为重要的是，在加入欧盟前，这些观念是有分歧的，很多人对此忧心忡忡，甚至是歇斯底里的恐惧。

波兰加入欧盟的最为有利之处在于推进了波兰的文明化进程。正是在欧盟的影响下，波兰的法律制度开始正常化。这项试验已经持续了很多年，包括犯罪嫌疑人在等待起诉的许多年后被重新释放的羁押候审，以及国家制度对公民的无理由抨击（尤其是税务机关），在如今的日常生活中逐渐消失。相当一部分公司可能会因为政府官员有意或无意的法律无知而走向破产，但它们通常都有许多雇员，诚实经商，成果丰硕。如今，每一个公民在穷尽所有的法律手段都无法得到结果后，可以向欧盟某些部门寻求帮助，而且许多波兰人因此赢得了官司，取得了赔偿或是重获自由。地方和国家行政管理水平已经得到了极大的改善。

波兰人十分珍惜去欧盟工作和旅游的机会。在过去几年中，波兰的旅游业高速发展，但是许多波兰人为了能在国外工作而选择移民。这提高了他们的家庭预算，但同时也影响了国家预算。

现在波兰国内社会阶层化的进程也在深化。穷人和挣扎在贫困线的人数不断增多，但是富人的数量也在上升。社会阶层结构发生了显著的变化，这是社会结构的重大变革。聚焦于许多居民个人财富的积聚以及接受高等教育的人数

（目前他们约占总人口的21%，翻了三倍）的增加，我们可以看出中产阶级的崛起，他们有自己的价值观、生活方式和政治倾向。

如果我们考虑一下其他欧盟成员国，我们同样也能清晰地看到，其经济制度越是超前于社会，国家就越倾向于成为一个福利国家，其经济成就也就越高。这与新自由主义宣称的波兰变体截然不同。这可能也与其他机构联系起来，国家福利支出提升了欧洲社会的水平和文化资本，反过来，新技术和发展的高投资结合，大幅提高了劳动效率，带来了国内生产总值的提高。

我将用统计数据来进一步说明这些假设。表1-1-4中的数据由于某些原因并不包括高度非典型国家（如卢森堡），以免造成混淆。它显然支持以上的假设。一般说来，我们拥有一个"三种速度"的欧洲（欧盟），或者换句话说，三种社会经济类型。有一些国家他们将GDP的20%以上都用于福利建设，就是这些国家（葡萄牙和希腊除外）的指标超过了欧盟平均值的100%。在新技术方面的大力投资把他们推到了欧盟前17的位置，这种投资给予他们高的劳动生产率（超过欧盟平均值的100%），这样才能解释为何他们的人均国内生产总值成绩骄人。

此外，同样存在第二类国家，他们对国家福利和新科技的资金投入适中。这些国家的劳动生产率通常是欧盟平均值的70%～80%，GDP相对较低（同样也占70%～80%）。在这一组，其结论仅大体反映上述规律。还有第三类国家，他们在各方面都排在榜单的末端。波兰现今的位置（人均GDP排名欧盟倒数第五）与那些并没有采取"休克疗法"的国家如捷克共和国、斯洛伐克、匈牙利（即使陷入了一场被广泛讨论的危机）和爱沙尼亚相比，给予我们对现代化模式更多的思考。更重要的是，它带来严重的人道主义和社会性后果，如犯罪率上升、利己主义泛滥、社会趋向分解等。

表1-1-4　欧盟成员国某些国家人均GDP、
国家福利支出、人均劳动效率、人均新技术支出

国家	人均GDP（占欧盟平均数的百分比）	国家福利支出（占国家GDP的百分比）	人均劳动效率（%）（欧盟27国=100%）	人均新技术支出（2008）Rank in EU-27
荷兰	130	28.4	110.0	10
澳大利亚	123	28.0	112.4	4

续表

家	人均GDP（占欧盟平均数的百分比）	国家福利支出（占国家GDP的百分比）	人均劳动效率（%）（欧盟27国＝100%）	人均新技术支出（2008）Rank in EU-27
瑞典	117	29.7	111.3	1
丹麦	117	28.9	101.2	3
德国	116	27.7	104.9	5
英国	116	25.3	110.2	8
比利时	115	29.5	123.8	7
芬兰	110	25.4	106.9	2
法国	107	30.5	120.3	6
西班牙	104	21.0	110.6	15
意大利	102	26.7	109.5	17
希腊	95	24.4	101.8	22/23
捷克共和国	80	18.6	71.7	13
葡萄牙	78	24.8	83.7	12
斯洛伐克	72	16.0	78.8	25
匈牙利	63	22.3	70.1	18
爱沙尼亚	62	12.5	63.7	16
波兰	56	18.1	65.1	20/21
立陶宛	53	14.3	55.6	19
拉脱维亚	49	11.0	49.9	20/21
罗马尼亚	42	12.8	47.0	22/23
保加利亚	41	15.1	37.2	25

资料来源：2010年欧盟统计局。

结　语

根据社会学调查，几乎没有波兰人想要回到改革前，支持退出欧盟的人数也微乎其微。然而需要指出的是，迄今为止，并不是所有的情况都是那么良好和清晰。

即使到现在，我们仍然没有接受一些欧盟内常见的模式和标准。或许最重要的问题就是欧盟超前于社会的经济模式，甚至在加入欧盟之前，基于多数公民的支持，波兰在经济上采取了所谓的"休克疗法"，或者就像它的反对者所说的那样，是"有休克无疗效"。这就涉及一个尖锐的新自由主义的转变，与此同时却没有为普通民众建立起有效的保险保障系统。

参考文献

［1］ CASTELLS M. Information Technology and Global Capitalism ［M］// HUTTON W, GIDDENS A. On the Edge：Living with Global Capitalism. London：Vintage, 2000.

［2］ CASTELLS M. Materials for an Exploratory Theory of the Network Society ［J］. The British Journal of Sociology, 2000, 51 (01).

［3］ CASTELLS M. The Internet Galaxy：Reflections on the Internet, Business and Society ［M］. Oxford：Oxford University Press, 2001.

［4］ CASTELLS M. The Power of Identity：The Information Age：Economy, Society and Culture Ⅱ ［M］. Oxford：Blackwell Publishers, 2004.

［5］ CASTELLS M. The Rise of the Network Society：The Information Age：Economy, Society and Culture Ⅰ ［M］. MA-Oxford：Wiley-Blackwell, 2000.

［6］ CASTELLS M, EDGAR E. The Network Society：A Cross-Cultural Perspective ［M］. Cheltenham：Edward Elgar Publishing, 2004.

［7］ CASTELLS M, HIMANEN P. The Information Society and the Welfare State：The Finnish Model ［M］. Oxford：Oxford University Press, 2002.

［8］ GIDDENS A. The Third Way and Its Critics ［M］. Cambridge：Polity Press, 2000.

［9］ HABERMAS J. Die Zukunft der menschlichen Natur：Auf dem Weg zu einer liberalen Eugenik? ［M］. Frankfurt am Main: Suhrkamp, 2001.

［10］HARDT M, NEGRI A. Empire ［M］. Cambridge: Harvard University Press, 2000.

［11］BOURDIEU P. La Misère du Monde ［M］. Paris: Seuil, 1993.

［12］MELUCCI A. Sistema Politico: Partii e Movimento Sociali ［M］. Milano: Feltrinelli, 1990.

［13］OFFE C, RONGE V. Theses on the Theory of the State ［G］//GOODIN R E. Contemporary Political Philosophy: An Anthology. Oxford: Blackwell Publishers, 1997.

［14］POLANYI K. The Economy as Institutional Process ［G］// GRANOVET-TER M, SWEDBERG R. The Sociology of Economic Life. Boulder, CO: Westview Press, 1992.

［15］TOURAINE A. Critique de la Modernité ［M］. Paris: Fayard, 1992.

［16］TOURAINE A. Qu'est－ce que la démocratie? ［M］. Paris: Fayard, 1994.

［17］WALZER M. A Critique of Philosophical Conversation ［G］//KELLY M. Hermeneutics and Critical Theory in Ethics and Politics. Cambridge: MIT Press, 1990.

［18］WALLERSTEIN I. Geopolitics and Geoculture Essays on the Changing World－System ［M］. Cambridge: Cambridge University Press, 1991.

［19］WIELECKI K. Community, the Crisis of Post－Industrialism and Perspectives for European Integration ［G］//MILCZAREK D, NOWAK A Z. On the Road to the European Union: Applicant Countries' Perspective. Warsaw-Jacksonville: School of Management, University of Warsaw and Coggin College of Business, University of North Florida, 2003.

［20］WIELECKI K. European Social Order Transformation, Mass Culture and Social Marginalisation Processes ［J］. Yearbook of Polish European Studies, 2005, 9.

［21］WIELECKI K. Globalistaion and Free Market: From the Perspective of Sociology of Europe ［J］. Yearbook of Polish European Studies, 2004, 8.

第二部分 02

| 波兰欧洲一体化的经历 |

第一章

欧盟还是美国：波兰外交安全政策的抉择

波兰在 2004 年就已成为欧盟成员国，在更早些时候就加入了北大西洋公约组织，这使得波兰在政治、经济和社会生活等领域都开创了决定性的新局面，尤其是涉及外交关系的领域。随着波兰迈入如此重要的国际一体化进程，外交领域很自然地成为重新定义和重新规划国家切身利益的基本论坛。

正如大多数来自中欧的其他欧盟新成员国的外交政策一样，波兰外交政策最重要的原则之一便是维持与美国的联盟关系。与美国占主导地位的北约组织中的政治关系和军事同盟一样，波兰人视这种联盟关系为最根本，最绝对的优势。这一点由波兰当权者依旧保持着对美国的敬意即可看出。不管代表哪个党派，他们都对美国持相同态度，不仅如此，他们还通过一些特殊决策来显示这一倾向，例如，派遣波兰军队支援伊拉克美军，从美国政府手中购买飞机，或是协商在波兰建立美国的导弹防御系统。

在这一背景下，波兰在政治和军事决策方面的欧盟成员国地位——普遍提倡的——从国家战略利益的角度来看似乎相对不那么重要了。自从获得了完全的独立，波兰果断地奉行与美国和美国主导下的北约组织保持密切关系的外交政策。正是在这样的政治和军事同盟中，波兰人认识到与美国的政治和军事同盟是对抗俄罗斯的新帝国主义野心的首要保障。此外，波兰往往把欧盟作为经济一体化机构，这在国家未来的发展中非常有利甚至不可或缺，但波兰并不太热衷于把欧盟看作政治或者防御的整合。如果我们考虑到欧盟外交与安全政策的不足，这一点可以理解。

这一策略的采用引起了异议，而且也在一定程度上刺激了波兰的西欧合作伙伴。然而，值得注意的是，在遵从这一政策上，波兰和其他一些中欧国家并不是孤立无援的。事实上，他们属于一个亲北约的泛欧盟成员国群体，包括英国（传统上美国忠实的盟友），以及意大利和其他几个也向美国提供政治和军事支持的欧洲国家。

因此，我们可以说，欧盟新成员国（尤其是波兰）的亲美政策，给跨大西洋关系带来全新的元素。事实是，统一的——也许的确如此——政治选择有利于与美国的密切合作，这样的一种选择会在相当长一段时间内存在于欧洲共同体或欧盟的外交政策中。

换句话说，波兰的地位只是契合了现有争论，不仅是在欧盟内部（特别是英—法战线），而且也在欧盟外部（欧盟—美国战线），但波兰绝不激怒任何一方。应该注意的是在这一背景下，一些美国政治人物的不恰当言论，例如前国防秘书长唐纳德·拉姆斯菲尔德（Donald Rumsfeld），他将新加入的且支持美国的欧盟成员国称为"新欧洲"，将那些长期存在且对美国怀有敌意的欧盟国家称为"旧欧洲"，且常拿二者进行对比。事实上，这些争论沿着截然不同的分界线展开。

然而，一个不能否认的问题是，无论这一亲美选择是唯一有效的，还是只代表部分人的观点，这都是波兰外交和安全政策中唯一正确的选择。应该指出的是，除了无条件地支持，这一政策也引发了相当一部分的争议和反对意见，包括这一选择的战略重要性（下文将会提及）以及其他次要的具体问题。

就波兰面临的情况来说，这不仅涉及一些小问题，如美国对废除为波兰公民发放签证的消极态度，也可能是更严重的事件，如以充分的理由怀疑波兰卷入伊拉克和阿富汗战争，或是与美国合作在波兰境内建设反导弹防御系统的意义和后果。

然而，最根本的问题是波兰外交和安全政策所面临的真正选择。在这一点上，应该强调的是波兰必须解决政治问题，也就是说，既然一种特定的政治政策决定于至高无上的权威和社会，那么它不应在常规评估体系中被评价。但是这并不意味着将政治学的研究分析排除在外，这样的研究基于某一项决策的实施效率而展开，是应用于目前研究的方法。然而在我们聚焦外交领域之前，很适合让它来扩展一下我们的评论视野。

第一节　外交和安全政策的演变

尽管下列事项是从纯理论角度进行的宽泛讨论，但依然值得我们花时间简略地回忆这些基本的争论。首先，需要提醒的是，在过去的二十年中，外交政策和安全政策的概念范畴经历了重大变革。

提到外交政策，我们首先应该认识到这一范畴是怎样逐步形成的。显而易见，除去其他事项，事实上国际关系中两种层次的策略应用之间的区别在某种意义上已经被抛在一边。这两种层次一个是长期形成的，一个是传统的理论和实践，称为高层政治和低层政治。前一类可以理解为国家实行的外交政策，主要是用传统的外交手段和军事手段确定。后一类包括民间与外贸相关的经济或其他关系。事实上，大量的证据表明，这两种层次正在发生某种程度上的变化。于是相对于纯粹的政治关系，经济和贸易关系（甚至有人将它称为对外经济政策）变得日益重要，或者这两个层面之间的差异直接不复存在。

这伴随着一个深刻的国家主权观念的演变，它不再局限于传统意义上某一国家与外部世界所有方面的关系。当今世界，随着全球化进程日益紧密地发展，这一范畴反而意味着承认多种相互联系的必要性，乃至不管国家多么强大，都有可能受到国际关系中其他国家的限制。

这也同样关系到欧盟这类国际结构的运作方式，其内部正在形成一种新型主权。一方面，成员国将一部分传统的国家主权委托给欧盟，但在另一方面，他们的实际职权范围却扩大了，与此同时，欧盟作为一个整体也使得它的合作伙伴获得了更强有力的影响。

在安全范畴的演变中最为特殊的是，这一范畴不仅包括军事，它还包含了社会、经济、环境以及其他各方面的威胁。这意味着仅有军事潜力已不再是国际关系中基本的安全保证。而且，最重要的国际安全的威胁因素也发生了转变。在两大阵营对立的两极时代，最显要的威胁是全球性武装冲突（尤其是涉及核武器）的爆发。反过来，在目前我们面临多种形态的威胁。除了各种各样的局部地区（不仅仅包括国家之间）冲突（也有一部分极端组织），包括国际恐怖主义，有组织犯罪，以及所谓的人道主义灾难，如难民和饥荒引起的大规模人口迁移，洪水、地震等自然灾害以及人类活动造成的灾难，特别是在环境污染方面（如切尔诺贝利和福岛核电站污染）。

应该注意的是，以上这些威胁形成于 20 世纪 90 年代早期，在 2001 年"9·11"事件发生之前，并没有大的波动。与那些已被广泛认同的观点——尽管它们有时略显草率——背道而驰的是，国际安全概念的认知方式似乎尚未发生根本变革。针对美国的恐怖袭击不应该仅仅看作恐怖袭击的另一个（当然这非常重要）阶段。毕竟自从各种极端势力用不同方式反对美国和西方世界以来，美国已经与他们进行了长时间的对抗。"9·11"事件成为构成这一转折点的重要新元素，就这一意义而言，它是一个直接推动力，激发了美国坚决的反恐行动，此外，这一举动也暗示着美国与欧洲盟国关系发生变化。

总而言之，分析波兰的外交和安全政策时，应该考虑到当下广阔的时代背景以及变幻莫测的国际局势。尤其应该预料到上述外交政策中纯粹的政治和经济因素之间明显的差异性。同时也应认识到国家主权概念的变化，以及国际安全概念的演变。

还有也应该考虑到全球范围尤其是欧洲范围内，实际权力的分配问题。一些不同的模式或许值得研究，特别是那些基于理论假设或是实际政治和军事力量制衡的模式。然而就此类模式的象征性而言，专家学者和政治人物之间并没有达成共识，欧洲安全体系通常划分为三种基本模式：以北约为基础的大西洋模式；以欧盟为基础的欧洲模式；以欧洲安全与合作组织为基础的通用安全模式。

抛开对这些模式的描述，它们看似形成了一个相互联系的复杂系统，其中一些还具有互补性质，同时也存在着辩证的关系，甚至是对抗性的因素。一方面，大西洋和欧洲模式之间高度互补的关系可以说明这一点；另一方面，他们的矛盾关系关涉到欧洲安全与合作组织安全模式。后一种模式（充分赞赏该组织在建立欧洲大陆政治和军事互信方面所取得的成就）没有展示出真正能够在军事领域动作的潜在结构，事实上，它在政治上处于劣势，这是由于大量合作伙伴的参与通常有不同的政治、军事愿景或利益。考虑到这一弱点，它代表着波兰外交/安全政策并不严谨的选择。

第二节　大西洋模式还是欧洲模式

这留给我们两个有效的选项：大西洋模式和欧洲模式。鉴于他们广泛的互补性，许多学者将它们视为一个特殊的整体。然而，尽管如此，在风云变幻的国际形势下，如果没有其他选择，它们应该被明确地区分开来。

一、大西洋模式

在波兰的外交政策中，大西洋模式的选择基于北大西洋公约组织的建立，很显然，北约组织由美国操控。波兰和其他中欧国家成为北约成员国的努力完美地契合了地缘政治学并且很幸运地成功了（考虑到一些西欧国家尤其是法国的保守态度）。无论如何，我们应该牢记，从一个正式且合法的立场来看，波兰的北约成员资格是其与美国构成政治与军事同盟的唯一形式。这意味着，事实上除了《华盛顿条约》第五条规定的条款外，美国没有义务在任何事情上给予波兰人帮助。并且这些条款只是一般性地迫使协约国表示他们之间的相互团结，然而在其中一个受到侵害时其他国家也只是为该国提供咨询而已。

由此，假设发生危机，与那些浮夸的声明相反，合作双方都有可能进行利益交换，不管是在政治上或者更小一点的军事上，美国都有权力不主动支持波兰。抛开那些华丽的说辞，我们必须认识到，美国所能提供的实际支援规模仅仅取决于美国如何看待作为它合作伙伴在全球舞台上的价值。这种价值依赖于地缘政治的形势，以及经济、政治和军事等方面的潜力，并且，这一价值并不如多数波兰人设想得那么高。

当然，虽然波兰是美国的盟友，且是欧洲国家中最亲美的国家之一，但是在华盛顿战略家看来，它的重要性却不如欧洲其他国家，波兰的实力比不上德国、法国、俄罗斯等强国，这显而易见；也远不如乌克兰等周边小国家，布热津斯基甚至认为乌克兰是地缘政治的枢纽，是一个地区大国，然而波兰的角色却小得多。在美国的外交方案中，波兰扮演着维系美国与旧欧洲、俄罗斯关系的角色。很显然，一旦发生任何危机或冲突，美国完全可以自由地选择是否做回华沙的盟友。证据是这一地区对美国政府来说缺乏明显的利益，奥巴马曾轻易地放弃之前布什政府在波兰和捷克共和国建立反导弹系统的计划。这一切结论都基于一些被波兰亲美派的狂热分子貌似忽略的简单事实，也就是说，我们不得不承认这实际上是一个内部实力悬殊的蚂蚁与大象的联盟。

至于北约联盟，我们应该认识到，波兰在欧洲安全系统中的位置和角色尚未不明确，除了如波兰巩固其潜在防御能力的努力明显不够等此类可控因素，也源于一些不可控的因素，这关系到全球和欧洲权力分配的演变。抛开一厢情愿的想法，事实上，北约成员国的身份不能解决所有波兰人在国际舞台上遭遇的安全问题。隶属于世界上最强大的政治和军事联盟，使得华沙有能力摆脱中欧安全的灰色地带，但也无法提供绝对的安全保障。除去上述《华盛顿条约》第五条含糊的规定，这一情况也源于北约本身正在经历的激烈演变。随着安全范畴的转变被不断认知以及全球权力平衡的转换，前者在 20 世纪 90 年代初变得很明显。然而，迄今为止，我们还看不到这些明确变化的最终影响。

北约组织似乎正在被不同层次的内部矛盾困扰着。首先，它的性质和目标宗旨需要重新定义：它应该详细说明它将仅仅作为一个政治和军事联盟存在，还是将拓展更全面的政治准则，使它能够与国际关系中的其他角色，如与俄罗斯保持更紧密的合作。此外，新的战略学说也尚未完全阐释清楚，它的延伸包括诸如欧洲联盟的"彼得堡使命"，即阻止和镇压局部冲突或者开展人道主义行动一类的活动，已经不能满足冷战后的时代需求。

尽管如此，一般来说，基于对这一组织的最新理解（如上所述）北约非常适合发展中的欧盟安全体系，但这个过程并不容易，除了显而易见的成功，例如解决 1999 和随后 2004 年欧盟东扩的困境，以及几乎全体一致同意支持北约参与阿富汗干预外，我们见证了太多的优柔寡断。对俄罗斯的态度很好地证明了这一点，尤其是欧盟成员国的意图，这些成员国倾向于以一种或多或少的坚决且一致的方式，形成他们的自主防御潜力。

这一切应该鼓励波兰社会和政治界彻底反思他们介入大西洋模式的举措。需要强调的是，这当然不是拒绝与美国和北约的联盟，拒绝联盟如果不是简单的疯狂，就是纯粹的政治鲁莽。相反，这是在寻找合适的解决方案，选择采用欧洲模式作为波兰外交和安全政策的基础，同时受益于与美国的密切关系和北约的成员国身份。

当目睹欧盟和美国之间出现关于当代世界战略构想的失调时，我们更需要做出这样的考虑。这意味着，从长远来看，作为欧盟和北约成员国的一员，波兰和其他中欧国家将在双方的争执之间面对艰难的选择——且让我们称之为美国模式和欧洲模式。

二、欧盟—美国争端

一言以蔽之，那些不同模式争端的实质可归结为不同的政治哲学。考虑到那些不一致或是可能无效的反对意见，欧盟在全球舞台上的行动必须以欧盟外交政策的特殊标准来执行。这一标准包括用和平演进的方法促进民主和人权，放弃采取军事对策，等等。欧盟以这样一种方式出现在国际舞台上，它的角色被冠以"民事力量"的头衔。这一力量可以被定义为主要通过经济、金融、政治的方式而非军事武力来影响国际体系。其他特征还包括在解决全球问题时优先使用政治和外交手段，并且利用国际组织的机制和结构来实现其目标。

当然，上述原则与美国的外交政策是十分相似的。但我们发现欧盟并不仅仅是美国单纯的复制，它是基于不同假设前提下的实践。像卡根这样的美国人宣称，华盛顿外交官们把世界分为善与恶，敌与友这样对立的两端，他们喜欢高压政治胜过说服劝导，喜欢惩罚胜过激励。然而，欧洲人却更试图用间接、微妙的方式影响他人，他们通常倾向于选择以和平解决，优先谈判，外交说服的方式而不是采取高压政治来解决。虽然原理简单，但这样的评估恰恰切中要害。事实上，正如我们所看到的，这实质代表了两种不同的政治哲学：强势的美国派和温和的欧洲派。

因此，我们必须处理这样一种情况，即从欧盟与美国外交和安全政策的方面来领会其揭示出的基本原则和政治差异。① 这主要表现为对当代世界关键问题的不同看法。简言之，如卡根所言，我们可以说美国倾向于用二元论的方式将世界划分为善与恶的两个极端，优先考虑使用基于压力和胁迫的手段而不是劝说，毫不犹豫地动用军事力量。

而且，美国外交政策的另一个特点是最近越发重视的单边主义，不仅显示在它的政治实践中，也反映在其官方的战略方针上。作为单边主义的例子，我们可以引用2002年宣布的所谓的"布什主义"，至今在奥巴马政府统治下依然是有效的。根据这一原则，美国授权自己评估自身在世界局势中的处境，甚至反对联合国和它的盟友，并根据情况采取它认为适当的行动，包括使用军事武力对抗它认定为"无赖国家"的国家。更重要的是，这一举措或许会具有预防的性质，使得它几乎无法与当代国际法的逻辑达成一致，该逻辑的基本原理明确规定对侵权行为的制裁宁可在事后而非在事前。美国在2003年对伊拉克采取的单方面军事干预成为这一趋向的最好例证。迄今（应为2011年，译者注）为止，奥巴马政府所采取的外交政策新趋向看起来似乎是雷声大雨点小。

这一切却与欧盟所代表的立场背道而驰。正如上文强调的，值得再三重复的是，欧盟的政治家们，尽管立场各不相同，却倾向于以他们复杂而微妙的视角看待国际问题，并坚持通过政治和经济手段采取和平的解决方案。而且，欧洲人显然青睐多边行动，最好是在联合国的庇护下进行，在任何情况下，磋商行动都需要在一个更广泛的平台进行，比如北约。

作为这些差异的恰当解释，我们应该提及对目前已成为全球关键性问题，即国际恐怖主义的不同立场。显而易见的是，在如何解决这一问题上，跨大西洋盟友与欧盟存在着意见分歧。美国人在阿富汗和伊拉克所采取的干预措施证明，较小程度地利用政治举措大多是为了达成军事解决方案。相反，大多数欧

---

① 应当铭记于心的是，如此情势下，一国独大的美国和欧盟这样的国家集团组织，他们推动行之有效的外交政策的可能性存在差异。欧盟由主权国家约聚而成，在其倾力推行外交政策时，多数情况下要顾及群体与成员国之间的共同利益。

盟成员国，特别是德国和法国，坚决反对这一行动，其首选则是政治解决，尤其是通过联合国以达到目的，只有到了万不得已之时才动用军事力量。已经提及的英国是一个特例，当然这也包括波兰在内的其他一些国家。实际上主要基于欧洲政治家不同的政治理念，而不是基于上文所述的事实——欧盟成员国的军事潜力远远弱于美国，才使得欧洲人难以采取适当的行动。

在西方世界，这一差异易被看作是一种"家庭纠纷"。但必须指出的是，从长远来看，这些分歧极有可能会削弱大西洋联盟的实力。明显的例证便是关于美国干预伊拉克事件所引发的激烈争议。美国和欧盟成员国严正谴责彼此。美国人指责欧洲在面临全球性威胁时的被动决策是懦弱的表现，同时在政治和军事上不负责任，与急于扮演的"全球宪兵"的角色背道而驰。尽管看起来美国的政策似乎提供了更多关注和质疑的理由，但双方的做法都有值得商榷之处。

额外的争端或许源于一个事实，美国已经逐渐远离它的欧洲根源，同时加强了与那些美国移民流入地的联系，如拉丁美洲与东南亚。因而，美国将极有可能逐渐丧失对欧洲的兴趣。同时，大西洋两岸已经显现出社交和文化方面明显的反对趋势，欧洲社会正在流行的世俗化潮流与美国日益增长的宗教风气形成鲜明的对比。这也折射出在政治态度上，美国在善与恶的全球博弈中的愿景主要是基于其正统的宗教信仰。

一般来说，目前以美国霸权为基础的世界权力平衡，已经受到包括欧盟在内的国家机构给出的越来越多的批评。但是，由于在当代国际关系中，尤其是解决全球安全问题的首要手段方面，欧盟与美国立场的不同，欧盟无疑成为美国的主要对手。与此同时，欧洲被指责不应该公开宣布反对美国，不管是为了维护它自己的利益还是因为其野心受到伤害。似乎我们必须应对的是一个试图重建多极世界的大胆尝试，用以摆脱美国压倒性的主导地位。而整个欧洲世界，连同全球其他的领导力量，在应对美国的单边模式上应享有更多的话语权。

制定波兰的外交政策时，所有这些因素都应该被考虑在内。事实上，波兰对大西洋模式选择的冷静分析，揭示出此模式自身的弱点，尤其是缺乏美国和北约一方具有稳固约束力的义务。即使能够具备这样的义务，也是基于一般政治原因，而非由于波兰作为一个相关合作伙伴的潜力或地缘政治带来的现实的共同利益。同样重要的是，上述和愿景之间存在差异是关于当代世界的战略观念，一方面被美国采纳，另一方面被欧盟采纳。

三、欧洲模式

值得再三强调的是，不论是在经济还是政治和军事领域，欧盟一直是波兰首要的合作伙伴。华沙在 1992 年《马斯特里赫特条约》的框架下参与并执行"欧盟共同外交和安全政策"便是一个显例。另一个例子则是波兰在这一领域的特别参与，波兰历届政府无论其政治取向如何，都毫无例外地支持组建所谓的"战斗群"或"欧洲防务署"等举措。① 这意味着，在外交政策领域华沙已经采纳了欧盟的理念，甚至包括那些与美国不同的观念。

这引出了一个需要充分思考的问题：考虑到所有的情况，波兰如何才能在较长一段时间内既能够与美国维持特殊的政治与军事关系，同时又在主要涉及经济一体化领域的议题上限制与欧盟的关系？

一项关于亲欧模式的透彻分析表明，亲欧模式的长期潜力等同于甚至大于亲大西洋模式。当然，亲欧模式也有其弱点和局限，最明显的则是包括法国和德国等欧盟大国在内的欧盟成员国出现的民族利己主义复兴。所有这些都证明，这段时间以来欧盟在外交和安全政策领域所经历的危机，表现为成员国对于当代世界的关键问题，特别是反对国际恐怖主义方面，缺乏共同的立场，以及在建立快速部署部队和在军事工业领域找寻欧洲共同潜能上遭遇的困难。

中欧地区的欧洲怀疑论者，如捷克前总统瓦茨拉夫·克劳斯（Vaclav Klaus），利用这一形势非难那种希望在政治和防御领域巩固欧洲一体化的观点。在批评中他们利用了诸如对联邦制的偏见，及限制欧洲统一为"欧洲家园"等政治或意识形态的争论。他们还指出，前面提到的，特别是在法国和德国出现的民族利己主义问题，确实是言之有理。欧盟缺乏所需要的团结一致，从这一角度来说的确如此。

由此看来，对波兰和其他中欧国家战略利益的正确态度应是超越狭隘和目光短浅的认识。首先，应该意识到，欧盟和美国在外交政策上达成某种共识是有可能的，尤其是在奥巴马当选总统后的两三年间，甚至大有希望。使美国的盟友将更多地关注中欧，而不是德国或法国的利益，似乎不太现实，华盛顿政府所采取的一系列行动好像已经证实了这一点。

因此，站在欧洲一体化潮流的对立面将毫无意义，甚至是愚蠢的。并且，

---

① "战斗群"由欧盟成员国组织的武装部队委派，而欧洲防务局是一个协调和管理欧盟成员国的军事潜力发展的机构。

从长远来看，波兰积极参与欧盟外交和安全政策的发展似乎是很明智的选择。尽管尚有一部分波兰人不太认同这一观点，但事实上波兰在欧洲一体化结构中，特别包括在国际舞台上的发展空间，应该不亚于大西洋模式甚至更广泛。

与那些欧盟的反对者担心的相反，波兰一点也不应该被认为是欧盟"第二范畴"成员国。波兰一直是欧洲的重要组成部分，也是全面参与到欧洲大陆历史发展进程中意愿实现的重要力量。波兰应该为其对欧洲统一体化做出的杰出贡献而感到自豪。毕竟，波兰属于欧盟最大的成员国之一，仅次于德国、法国、英国和意大利，与西班牙相当。

就担心被德国主导而言，不管从何种程度上说，德国都是欧洲最强大的国家，同时波兰也可以成为对德国有利的盟友和伙伴，从而使得欧盟的政治和经济的"引力中心"进一步东移。这是波兰和德国共同的国家利益。这种合作共赢在两国之间可谓史无前例（在两国过去超过一千年错综复杂的历史中）。同理，这也可以解释为何德国政府实质上已经成为波兰的拥护者，竭力支持波兰走向一体化。

毕竟我们应该认识到一个基本事实：只有在欧盟范围内，波兰才能够将影响包括德国和法国在内的整个欧盟的决定。如果不参与欧盟的决策体系，在普通编制中的波兰，将被禁止参与任何影响波兰所在的欧洲大陆和自身利益的决定。现代欧洲实际上是一个复杂的联通系统，这里的一切，包括每一个人都彼此依赖，但那些缺席并且无投票权的国家，则可以轻易地降低身份到扮演一个贫穷、偏狭的恳求者的角色。相反，作为一个真正的欧盟成员国家，波兰享受着拥有通过任何其他方式都永远无法获得的独特的权限范围。

波兰要通过何种方式才能够真正有效地影响欧洲其他国家的特定行为，特别是那些包括德国或法国在内的强国，作为欧盟体系的一员吗？当然，这是一个纯粹的设问句。《里斯本条约》的规定赋予华沙在欧盟决策机构中的突出位置，事实上，从某种意义上说，波兰在欧盟决策机构中突出的位置与波兰真正的政治和经济的重要性相比，地位也许更高一些。这意味着，波兰成功地利用这一潜能以欧盟成员国身份获得适当的利益，其唯一可凭借的只能是波兰人非同寻常的努力和天赋。

总而言之，欧盟成员国身份，包括北约成员国资格，都使得波兰能够更加从容地面对当代国际关系所带来的问题，包括经济、政治、国防和文化等在内的多重挑战。作为世界上最强大的一体化集团（欧盟）的成员，波兰能够确保为自己赢得适得其所的位置，同时又恰当照顾到自身在国际舞台上的安全和利益。然而，就其本身而言，没有来自欧盟其他伙伴的重要支持，波兰无法解决它所面临的问题，无论是历史遗留的还是新出现的。但无论如何，即使欧盟根本不存在，波兰人也将不得不面对和处理这些问题，只不过在欧盟这一体制结构内其任务变得容易一些。

结　语

波兰外交和安全政策的未来如何，很大程度上取决于能否和如何解决这几个关键问题。除其他外，需要关注的是北约组织和理论的发展模式，因为这是波兰国家安全的主要保障。在这方面可能会出现不同的结果，从乐观的角度来说，这将极大地巩固北约的政治和军事结构，而从悲观角度来说，这一联盟将在世界舞台上失去其权力和影响。

而且，虽然欧盟努力制定真正高效的共同外交和防御政策，同时也及时构建一个共同防御系统，但对此所产生的效果，仍是雾里看花。目前，尽管"彼得堡使命"这一组织形式看起来天经地义，甚至也通过具体举措以增强其有效性，诸如 1999 年以欧盟旗号建立欧洲快速部队，首次实施如 2003 年在刚果进行的维和等海外军事干预行动①，但是，其力不从心之处显而易见。再者，从欧盟的建构体系来说，可能会出现不同的情况，有效的军事潜力使它能够扮演一个真正的世界大国，或者是世界第二超级大国的角色，从而以一种非军事力量来维护地位。

总之，不管形势如何发展，波兰外交政策模式将取决于它在欧盟和美国之间政治和军事关系背景中所处的地位。波兰将在北约框架内，通过它最重要的盟友和伙伴，或单独或联合地归属于两个安全结构体系。实际上从属于美国，同时也处在欧盟共同外交与安全政策之内。诚然，这些结构体系之间同时包含着竞争和合作的关系，但是这样的情况并不仅仅发生在波兰身上。例如，英国也在扮演着两个角色：既是美国最亲密的盟友，也是欧盟重要的成员国。然而主要的问题是，波兰连同其他一些中欧国家，是否认为有必要在倾向美国或者欧盟外交和安全政策之间做出艰难的选择。

---

① 刚果行动的重要意义在于，它是第一次在欧洲境外执行的任务。而且，2004 年欧盟还建立了一个名为"雅典娜"的特殊的金融预算机制。

以下的事实部分地消解了这种极端的选择，即欧洲联盟和美国已经被牵涉进一个紧密且有着错综复杂关系的网络中，因为双方都是彼此最亲密的盟友。除了实际上他们是彼此最大的经济合作伙伴，在政治领域，他们所扮演的互相对抗的角色也几乎很难被高估。就像历史证明的那样，超过半个世纪以来，美国一直在欧洲一体化进程中发挥着重要的安全保障作用。反过来，欧洲则一直是美国庞大地缘战略的天然盟友。将所有这些考虑在内，美国和欧盟之间的相互关系不应该被视为零和博弈关系：获胜方或者需要另一方付出代价或者占据主导地位。因此，我们可以最大程度地预期，所有可能发生的冲突都不会打破跨大西洋联盟的团结，因为有太多共同的价值观和利益将他们双方捆绑在一起。

这意味着，在制度层面将不会发生明显的变化。波兰仍将是北约成员，也将参与欧盟外交和防御政策的制定和实施。而且，可以预见的是，随着欧洲一体化结构东扩，特别是在涉及那些较小的中东欧国家的关系上，波兰的地位和作用可能会相对提升和增加。

但是，从政治实践层面看，在大西洋和欧洲道路之间抉择的两难困境可能会导致波兰外交政策实施方面的困难。事实上，华沙已经沦为欧盟伙伴国宣泄压力的出气筒，而且稍后会愈演愈烈。这些欧盟伙伴国强调，波兰和其他中欧欧盟成员国要百尺竿头更进一步，始终不渝地捍卫欧盟的外交安全政策模式。

因此，我们应该理解，对波兰来说，与欧盟成员国在政治、经济、军事和社会方面保持更为亲密的关系非常重要，但是相对于美国和北约的战略关系上则稍逊一筹。需要再三强调的是，为了采纳这一选择，波兰无须质疑它所采取的外交和安全政策的方向。波兰人唯一需要或力所能及的是，充分了解当代欧洲和世界的实际情况，通过正确的总结，采用合理和现代的方式适当地维护国家的战略利益。

参考文献

[1] BRZEZIŃSKI Z. The Grand Chessboard. American Primacy and Its Geostrategic Imperatives [M]. New York：Longman，1997.

[2] KAGAN R. Of Paradise and Power：America and Europe in the New World Order [M]. New York：Penguin，2003.

[3] MILCZAREK D. After the EU and NATO Eastward Enlargement-What Kind of a New European Order-Polish Point of View [G] // MILCZAREK D, NOWAK A

Z. On the Road to the European Union: Applicant Countries' Perspective. Warsaw-Jacksonville: School of Management, University of Warsaw and Coggin College of Business, University of North Florida, 2003.

[4] MILCZAREK D. Twenty Years Later-Central European Countries' Foreign and Security Policy on the Crossroad [G] // RIEDEL R. Central Europe-Two Decades After. Warsaw: Centre for Europe, University of Warsaw, Institute of Political Science, University of Opole, 2010.

[5] MILCZAREK D. Word in Transition as an International Environment of the European Union [J]. Yearbook of Polish European Studies, 2010, 13.

第二章

论波兰在欧盟制度体系中的作用

2004 年 5 月 1 日，波兰加入欧盟，并作为这个制度体系中的完全参与者开始发挥作用。应当指出的是，欧盟制度体系的形成经历了一个漫长过程，在此期间，欧洲共同体和欧洲联盟的机构运作发生过许多变更。现行制度体系是 2009 年 12 月 1 日《欧盟运作条约》付诸现实的结果。该条约，通常被称为《里斯本条约》，列出了以下欧盟常设机构：

——欧洲理事会

——欧盟委员会

——理事会（欧盟理事会）

——欧洲议会

——欧盟法院

——欧洲审计院

——欧洲中央银行①

这些机构构成了欧盟制度体系。

第一节　欧洲理事会

欧洲理事会成立于 1974 年，是一个政治和政府间机构。② 相对于欧洲共同体，欧洲理事会形成较晚，因为欧共体初期活动侧重于经济方面。

欧洲理事会的政治性质由其成员组成确定，其成员都是各成员国最高级别的官员和政治领袖——国家元首或政府首脑——在他们国家大权在握的人。理

---

① 欧洲中央银行是一个经济和货币联盟机构，波兰不属于这个机构。

② 早在 20 世纪 60 年代，欧洲理事会就已经开始发挥它的作用，这种作用是非正式的，而且是在不同的名义施予的，但直到 1986 年都没有官方机构把它列入条约 。这一年的"单一欧洲法"第一次提到欧洲理事会。

事会会议由欧洲理事会主席主持，欧盟委员会主席、欧盟外交和安全政策高级代表和欧盟理事会秘书长也参与欧洲理事会会议，但他们没有权利参与决策过程。欧洲理事会成员可以自行决定协助哪位主管部长的工作。① 欧洲议会主席也可能被邀请去旁听欧洲理事会会议。然而，这不过是一种礼节性规定，实际上很少发生。

《里斯本条约》中的一个重要决定，是欧洲理事会主席这个新职位的设立。主席由欧盟理事会推选，任期两年半，可以连任一次，担任此职位的人不能在任何会员国拥有任何其他政治职务。2009 年，比利时前首相赫尔曼·范龙佩（Herman Van Rompuy）当选为第一任主席。欧洲理事会主席的职责包括：负责安排、主持和推动欧洲理事会的工作，确保其工作的连续性，并充当调解员，促进欧洲理事会达成共识。每次会议结束之后，欧洲理事会主席要向欧洲议会提交一份报告。主席的职责还包括在不损害欧盟外交事务高级代表权力和安全性政策的前提下，作为理事会的对外发言人。在主席不能履行他的职责，例如生病时，可以由轮值主席国国家的政府首脑暂时代替管理欧洲理事会。

一、职权范围

根据《里斯本条约》内容规定，欧洲理事会给欧盟的发展提供了不可或缺的动力，它确定了欧盟发展大体上的政治方向和重点。这是一个相当通用的条约，一方面，它确定了理事会的政治性质；另一方面，由于它的通用性，留下了广泛的阐释空间，从而提供了极大的动力。根据其多年的活动，我们可以更详细地描述它的特权。

欧洲理事会制定欧盟发展和行动的中长期政策，并在深化和稳定欧盟一体化的进程中发挥协调作用；通过在机构改革、扩充和国际协议方面做出的决策，调控欧盟的发展速度；通过彻底审查为欧盟发展远景而制定的文件来控制委员会的活动。

欧洲理事会最重要的职权范围是欧盟外交活动领域。《里斯本条约》规定，欧洲理事会有权根据有效多数原则任命欧盟外交事务和安全政策的高级代表（HR）②，也有权根据同一程序解雇这些高级代表。同时，欧洲理事会还对欧盟外交与安全政策享有决定权。

---

① 通常为外交部部长、经济部部长或财政部部长。
② 事实上没有进行投票，因为欧洲理事会成员力图在所有决定上达成共识。

欧洲理事会在人员自由活动、司法刑事合作和警方合作这些领域也享有特权，并有权在区域自由、安全和公正领域制定立法和业务规划上的战略方向。至于经济政策方面，欧洲理事会规定各成员国和欧盟的总体方向，并依据欧盟成员国就业情况做出总结。

除了可以任命高级代表，欧洲理事会也可以指定自己的主席，以及与欧洲议会联合指定欧盟委员会主席和委员会成员。同时，欧洲理事会有权决定委员会成员的人员数目。它还可以选举欧洲中央银行主席、副主席和董事会成员。

由于部长与他们政府首脑的从属关系，欧洲理事会在涉及欧盟理事会方面具有突出的政治作用，因而总是可以审察理事会内部不能解决的冲突。

二、运作规则

欧洲理事会会议，即所谓的欧盟峰会，每半年召开两次。发生重大的国际或国内事件时，主席可召开特别首脑会议。欧洲理事会的所有正式会议在布鲁塞尔举行，但是，在特殊情况下，主席有权选择另外一个地方召开会议，一般会是在轮值主席国的一个城市举行。

会议的组织工作由理事会主席和欧盟理事会（由各国负责欧洲事务的部长组成）负责，其中主要由理事会的总务秘书处准备。一般情况下，峰会持续两天。

欧洲理事会会议是封闭的，不向媒体公开。会议的主要形式是谈判协商，在这一过程中，每个成员国的真正作用和权力都会显现出来，最终达成共识。峰会总是在最后召开新闻发布会，向公众传达他们的决策。

三、波兰在欧洲理事会

按照波兰宪法规定，总理是波兰在欧洲理事会的代表。波兰总统也可以参与一些峰会。

各成员国在欧洲理事会的重要性主要取决于组成联盟来实现其利益的能力。波兰第一年在欧洲理事会的活动已经表明，我们的政治家仍然处在积累经验，在这个团体中确立自己位置的阶段。但是要注意的是，自 2007 年以来，波兰在欧洲理事会的活动频率加强，波兰政府也取得了成功。波兰开始被视作欧盟东部地区最重要的国家，知道如何有效地构建由维谢格拉德集团国家和波罗的海国家组成的政治联盟。这种迹象在 2007—2013 年的欧盟预算前景的编制中初露端倪。而 2008 年后，可以很清楚地看到我们国家对欧盟东部政策产生了很大的影响，波兰的重要性也随之显著增长。波兰与瑞典，是在"欧洲睦邻政策"的基础上开发"东方合作伙伴"项目的合作者，给东欧及南高加索地区的区域合作，提供了一个新的模式。

波兰还设法在欧洲理事会集中周围的中东欧国家，打造一个国家之间共同合作的平台，制定 2009 年能源气候一揽子计划，以应对经济危机。在同年的欧盟理事会上，波兰的这种组建能力在欧盟商讨防止气候变化的融资问题时也得到了证实。作为中东欧国家中的领头羊，波兰凭借着在外交博弈中的娴熟技巧把这些国家联合起来，对抗欧盟封锁，即欧盟预算中高额缴款的决定，最终制定了一个能够显著降低欧盟中包括波兰在内较为贫困国家经济负担的妥协方案。还应当指出的是，这个妥协方案之所以能够达成，很大部分是因为波兰得到在欧盟中最重要的合作伙伴——德国的支持。最近几年，波兰与德国在欧洲理事会上一直保持着模范合作关系，这种合作关系的典型是 2011 年 7 月的波德两国联席会议。

波兰在欧洲理事会中的作用也不断增强，这是由于波兰担任了欧盟理事会2011 下半年轮值主席，它要求欧洲理事会主席与波兰总理和政府之间密切合作、协调行动。

第二节　欧盟委员会

欧盟委员会是能反映欧盟标准的超国家的社会机构，这从它的目标就可以看出来，它的作用是代表欧盟的整体利益，而并非个别会员国的具体利益。

欧盟委员会成员要承担以下职责：每个成员都宣誓不接受他们自己政府的任何指令；不参加与专员职责不兼容的活动；不执行其他专业行动。国家政府承诺不向委员施加任何压力。该委员会官员任期 5 年，其他成员无任期限制。委员会总部设在布鲁塞尔。委员会的成员组成必须获得欧洲理事会和欧洲议会的共同批准。

2009—2014 年任期内，欧盟委员会由来自各成员国的 27 位委员组成，每个成员国1名委员。① 根据《里斯本条约》规定，从下一个任期，即2014年11月开始，委员会成员的数量，基于公平的轮换制度，将相当于成员国数目的2/3，该制度充分考虑了成员国人口和地理的多样性。不过，条约将最终委员会数目的决定权交给了欧盟理事会。

《里斯本条约》引进的一个重要创新点，是对外关系专员（与该委员会副主席同级）和外交与安全策略高级代表，即欧盟理事会会员，将由同一个人来担任的规定。因而，两个不同欧盟机构——欧盟委员会和欧盟理事会——的两种职能结合在一个人身上，以巩固欧盟的对外政策。

欧盟委员会的主席（2009—2014年）是葡萄牙的若泽·曼努埃尔·巴罗佐（Jose Manuel Durao Barroso），波兰在这一任期推荐的委员雅努什·莱万多夫斯基（Janusz Lewandowski）主要负责欧盟的财政预算工作。

欧盟委员会办公室成员的任期可能以以下几种不同方式结束：对于违反誓言或任何滥用职权的委员，欧洲议会可能投票解散整个委员会，但是它不能解散单个成员；在委员出现严重失职行为或由于患病等无法行使职权时，法院可以在欧盟委员会或理事会的请求下决定解雇该委员；委员会主席也可以在委员会其他成员认可的情况下解雇某成员；也可自愿辞职，或者由于自然原因，如死亡等，使职位空缺。空缺的职位，可能会保持这种状态直至该阶段任期结束，或者由欧洲理事会根据多数有效原则投票选出来自同一个国家的新委员，但必须等到该阶段任期结束新委员方能上任。

一、运作规则

欧盟委员会是一个集体机构，其决定由委员会所有成员共同做出。委员会会议由委员会主席召集，每周至少一次。委员会每个成员负责一定范围内的主题。根据《里斯本条约》，委员会的职责由主席分配给各个委员，与委员所在的成员国共同合作。然而，实践表明，责任分工是通过国家之间的谈判决定的，主要部门由来自所谓的"强国"的委员管理。

欧盟委员会的行政结构包括总署部门，如贸易总署、预算总署、农业总署等，以及与其一起工作的专门工作组。总体上说，该委员会雇用了超过20000名官员。

---

① 克罗地亚加入欧盟后，克罗地亚专员将加入委员会，但要等本届委员会任期结束才能加入，即2014年。

二、职权范围

欧盟委员会的主要作用是控制和监督欧洲共同体法律的正确执行，考察其他社区机构、成员国国家和国家实体行动的合法性。在其权力范围内，如果发现违反共同体法律的行为，欧盟委员会可以向法院提起诉讼。

欧盟委员会的另一项重要职能是制定法律，其立法活动包括采取合法行为——制定法规，通过指令、授权许可——执行理事会决定，或直接将某些条约作为权威条款。后者非常罕见，仅适用于公众企业。

欧盟委员会还享有直接的立法倡议权，立法提案必须来自委员会。

委员会在行使立法倡议权时，必须提前征询经济和社会委员会以及地区委员会的建议，他们的意见体现在所提出法案的内容上。

委员会的另一个重要职能是推行当前政策，即执行和协调能力。在这方面，委员会负责执行理事会及议会的规定，制定并负责欧盟预算，制备欧盟在议会和理事会的职责年度报告。

欧盟委员会的最后一项特权体现在国际合作交流方面，其作为欧盟的代表，委员会与其他国际组织、国家保持外交关系，委员会中的代表团代表欧盟与其他实体保持外交活动。委员会在获得理事会谈判授权的情况下，可作为社区代表与其他实体协商国际协议，如贸易协定和关税协定、与第三方国家的联合协议、与国家和国际组织的合作协议和新国家加入协议。欧盟委员会在欧盟对外活动领域也有一定权力，它对欧盟对外行动署的发展和运作都有影响，主要目的是实现欧盟成员国在国际舞台上立场的一致性。

三、欧盟委员会中的波兰

尽管欧盟委员会成员正式独立于国家，不执行国家的任何指令，但实际上，他们组织的欧盟项目会在哪个国家优先实行，依然是委员们私底下关心的事情，也正因如此，每当欧盟委员会进行政府间投资分配的挑选时，都要经历一个举步维艰的谈判过程。

每个国家都会尽自己最大能力争取最能影响自己在未来五年优先实施事项的投资组合，鉴于波兰委员在2004—2009年欧盟任职期内的能力范围，我们可以认为其在这方面就已经取得了成功。因为达努塔·许布纳（Danuta Hübner）专员在任职期间主要负责区域政策和结构基金两个方面的工作，那么波兰理所当然获得更多的优先执行权——在经济刺激上。除了共同农业政策，欧盟区域政策支出是欧盟预算中最大的一部分。受益于德国的支持，波兰在欧盟委员会所获斐然。

莱万多夫斯基，欧盟委员会在 2009—2014 年任期的波兰专员，也争取到了一个极其重要的投资组合。他负责制定 2014—2020 年的欧盟预算，这对于波兰在区域和农业政策框架下实现进一步改革有着非常重大的意义。与此同时，莱万多夫斯基还负责执行当前的欧盟预算管理。从欧盟委员会这样的组合分配不难看出波兰政府在外交上取得的胜利。

第三节　欧盟理事会

在《里斯本条约》中，欧盟理事会这个机构被称为"理事会"。然而，根据 1993 年的决议，它自我命名为"欧盟理事会"，一般情况下我们使用此命名作为该机构的名称。与超国家机构的欧盟委员会不同，理事会是一个具有政府间性质的机构，其主要目的是代表成员国利益。欧盟理事会由各成员国的部长组成，其任务就是落实自己国家的优先事项。但理事会的人员组成是不固定的，其成员根据会议主题的变化而变化。比如，农业主题的会议由农业部长组成，运输主题的会议由运输部长出席。欧盟理事会共有 10 种配置类型，其中最为重要的是由各国外交部部长组成的外交事务理事会，该会议由负责外交与安全政策的高级代表主持，这是《里斯本条约》引入的一项新职能。

高级代表也是欧盟议会中的一员，与副主席同等级别，主要负责处理欧盟的对外事务。高级代表由欧洲理事会通过多数表决方式选出，同时必须获得欧洲议会认可成为其中的成员。高级代表的任期是 5 年，2014 年，高级代表由来自英国的凯瑟琳·阿什顿（Catherine Ashton）担任。

欧洲事务部部长因一般政策和协调理事会政策等事宜召开的会议被称为一般事务理事会。理事会负责为欧洲理事会会议、理事会和委员会主席之间的合作做准备。经济和货币联盟的问题由经济和金融部部长组成的理事会——经济和金融事务理事会（ECOFIN）进行审查。外交事务理事会、一般事务理事会和经济财政理事会和农业理事会举行会议的频率最高，每个月至少一次，而其余的理事会一年只举行几次。

因此，我们拥有一个具备不同形式的理事会，由于这一机构特殊的组成形式，它的官员没有任期。

欧盟理事会总部设在布鲁塞尔，一年内分别在 4 月、6 月和 10 月举办 3 次会议，会议地点是卢森堡市。

如前所述，理事会成员不经常见面，因为部长们都要在本国履行职责。因此，他们借助于总秘书处来支持理事会的行政活动，以及通过常驻代表委员会（COREPER）的协助来展开工作。

一、运作规则

理事会运作的一个重要规则是轮值主席国，在这个规则下，作为轮值主席国的会员国执行理事会主席职责期限 6 个月。担任理事会轮值主席的会员国部长可以掌控理事会中除了外事理事会的所有组合会议，该理事会始终由外交与安全政策的最高代表主持。由于每个国家的部长在担任主席期间试图实现的主要是自己国家的优先权，这样主席一职在工作上就缺乏连续性。为了解决这一问题，《里斯本条约》提出了轮值主席国三人小组原则，担任轮值主席国的国家连续组合并入这个三人小组，并且给予设定期限为 18 个月的普遍优先权的任务。

二、职权范围

欧盟理事会最重要的一项职能就是立法，直到 1993 年，也就是《马斯特里赫特条约》生效的时候，理事会一直是唯一具备这一职能的机构。1993 年之后，在大多数情况下，理事会和欧洲议会通过一般立法程序，之前也称为共同决策程序共同立法。

欧盟理事会也享有间接的立法倡议权，它可以迫使欧盟委员会启动立法程序。然而理事会本身却不具备独立的直接立法倡议权。

理事会的另一项重要特权，是确立其他机构及其组成。理事会为地区委员会、经济和社会委员会选举代表委员，为审计法院选出法官。理事会还决定欧盟最高官员的工资和退休养老金的有关事项。这些官员包括：欧洲理事会主席，高级代表，欧洲审计院法官和欧洲法院法官，以及欧盟委员会成员。

欧盟理事会还有另一个重要职能，即控制成员国和企业的社区执行标准，这主要适用于欧洲货币联盟和共同商业政策的运作。理事会还在一个非常重要的领域发挥其协调能力，它要求理事会协调成员国的经济政策，以实现单一市场。

最后一项但同样重要的特权是在国际领域，理事会同欧洲议会和欧盟委员会一起，在国际交往中代表社区与其他角色扮演者，启动并缔结国际协议，以采取必要的措施实施共同外交与安全政策，同时保持欧盟的团结、一致性和有效性。

三、决策过程

欧盟理事会通过以下三种不同的程序做出决定：

——全体一致

——简单多数

——合格多数

根据《里斯本条约》，理事会在司法合作、警务合作、财政政策、环境金融政策、移民和避难政策领域的决策应保持全体一致。同时，全体一致还适用于制定共同外交和安全政策，缔结国际协定，以及修订条约和采用统一法规选举欧洲议会。

简单多数只适用于并非实质性的程序和组织事项的决策过程。

合格多数的决策程序，旨在促进欧盟成员国之间更有效的合作。目前，直至 2014 年 10 月 31 日，《尼斯协定》得到了很好的运用。会议要通过一项立法法案必须满足以下条件：获得足够数量的选票；代表足够欧盟人口必要数目的成员国代表。

每个国家都分配了一组选票：德国、法国和意大利，各为 29 票；波兰和西班牙，各为 27 票；罗马尼亚，14 票；荷兰，13 票；希腊、比利时、葡萄牙、捷克共和国和匈牙利，各为 12 票；奥地利、保加利亚和瑞典，各为 10 票；丹麦、芬兰、爱尔兰、斯洛伐克和立陶宛，各为 7 票；卢森堡、拉脱维亚、斯洛文尼亚、爱沙尼亚和塞浦路斯，各为 4 票；马耳他，3 票。

目前，27 个成员国投票总数为 345 票。合格多数的决策程序采用了一项在欧盟委员会建议下已获得公认的法律，要求必须获得大多数国家，即超过 50% 的国家的投票，共 255 票。但是，采用一项并不起源于委员会的法规，需要至少 2/3 的国家投出的 255 张多数选票。此外，任何一个理事会成员都有权力要求确认成员国的合格多数能够满足代表欧盟总人口 62% 的要求，如果不满足此条件，法律不能被采纳。

《尼斯协定》已被证明给欧盟理事会的高效决策带来诸多困扰，主要原因在于，通过一项立法需要同时满足以上条件。

《里斯本条约》旨在简化决策过程，它决定自 2014 年 10 月 31 日起，理事会将应用新的决策过程，该过程主要基于两个因素：足够的国家数目，能够代表要求数量的欧盟人口。

在立法建议来源于欧盟委员会或外交与安全政策高级代表的情况下，合格多数要求至少 55% 的国家（不少于 15 人），代表欧盟人口的 65%。而少数否决，至少要由代表 35% 的欧盟人口的 4 个成员组成。

当理事会拒绝按照委员会或高级代表的提议采取行动时，合格多数被定义为至少 72% 的代表各成员国的理事会成员，这些成员国至少覆盖 62% 的欧盟人口。

理事会还一致同意，2014 年 11 月 1 日至 2017 年 3 月 31 日为过渡期，在此期间，当《里斯本条约》通过的新规则付诸实践时，可以应各会员国的要求，恢复到《尼斯协定》投票方案。在过渡期间，也可能会采用"约阿尼纳条款"，然而在这个规则下更容易否决提案。"约阿尼纳条款"对那些害怕他们的提案很容易被否决的国家是一个让步。根据这一原则，如果要反对某一项立法提案，就必须集合 3/4 的国家或 3/4 的必要人口，以形成一般否决少数。

过渡期后，即至 2017 年 4 月 1 日起，"约阿尼纳条款"仍然适用，但是采用的是重新修订后的文本。如果要表达对某项提议的否定意见，需要集合 55% 的国家或 55% 的欧盟人口以组成否决少数。在这种情形下，欧盟理事会必须在适当的时间内找到一个令人满意的解决方案。

根据《里斯本条约》，与普通立法程序相对应，合格多数的决策程序应用于大多数案例。

四、欧洲联盟理事会中的波兰

在理事会合格多数决策程序的运作历史中，成员国总在尝试通过协商找到解决方案，以避开这项程序。在多数合格决策程序所覆盖的所有提案中，80% 的立法决议以口头表决的形式获得通过。这让人怀疑合格多数的决策程序是否真的有必要。事实上，很少国家运用这个程序，并不意味着它就是多余的。各成员国都意识到，可以通过投票的方式决定或否决一项提议，也就是这样的"潜意识"促使他们不惜一切代价达成共识，找到一个解决方案。然而，当涉及合格多数决策程序时，结成联盟的国家通常依赖于其他联盟伙伴的互惠规则，指望他们在立法表决上因为潜在的未来的投票而提供支持，因此一个成员国拥有最高投票数将具有重要的战略意义。所以目前在欧洲联盟理事会持有27票的波兰，其作用不可小觑。

在欧盟没有永久联盟这样的概念，各国根据自己关注的项目和国家重点探讨的领域结成不同形式的联盟。因此，各国在修正看法与参与联盟方面具有高度的灵活性。一般有以下几种不同类型的联盟：提倡自由市场反对贸易保护主义联盟、反对贫富差距联盟、对抗南北地域差异联盟、支持政府寻求深化一体化进程联盟、接受结构性基金反对纯捐助预算联盟。波兰正试图凭借其拥有的大量选票，发挥谈判优势。近年来波兰部长在理事会的参与活动已经表明，波兰是欧盟的一个重要角色，能够巧妙地结成联盟，获取自己的利益。

第四节　欧洲议会

欧洲议会（EP）自共同体成立，即欧洲煤钢共同体的确立之初就存在。最初，它被称作欧洲煤钢共同体大会，在《罗马条约》生效建立了另外两个共同体之后，其名字改为议会。1962年，又通过了另一项决议，将这个机构命名为欧洲议会，这也就是一直沿用至今的名称。

欧洲议会总部设在斯特拉斯堡，是大部分全体会议召开的地方，但也有一些全体会议和委员会议在布鲁塞尔举行，卢森堡市是欧洲议会总秘书处所在地。

在1979年之前，欧洲议会成员由国家议会委派的代表组成，因而没有直接的合法性。第一次欧洲议会的直接选举于1979年举行，从这一点上，我们可以肯定地说欧洲议会是一个超国家机构，其结构和组成方式也是跨国家机构在整合过程中的转型典范。

截至2012年，还没有对欧盟各成员国采用统一的选举法，各成员国都是依据自己的选举法，通过普选的方式选出议员。

依据《里斯本条约》规定，欧洲议会议员和主席不得超过750名。议员数量的分配主要依据的是每个国家的人口因素，由理事会一致同意。

以下是2009-2014年形成的一些具有代表性的欧洲议会党团。最大的是欧洲人民党，（EPP），由265名议员组成；排名第二的是，社会党和民主党进步联盟（S&D），由184名议员组成；第三是，欧洲自由党与民主党联盟

（ALDE），由 84 名议员组成。还有比较小型的一些：绿党和欧洲自由联盟
（Verts/EFA）；欧洲保守派和改革派集团（ECR）；欧洲左翼统一联盟/北欧绿色
左翼联盟（GUE/NGL）；欧洲自由民主和不结盟成员联盟（EFD）。

表 2-1-1　欧洲议会的人员组成一览（2009—2014）

国家	议员人数	国家	议员人数
德国	99	奥地利	17
法国	72	保加利亚	17
意大利	72	芬兰	13
英国	72	丹麦	13
西班牙	50	斯洛伐克	13
波兰	50	立陶宛	12
罗马尼亚	33	爱尔兰	12
荷兰	25	拉脱维亚	8
希腊	22	斯洛文尼亚	7
葡萄牙	22	卢森堡	6
比利时	22	爱沙尼亚	6
匈牙利	22	塞浦路斯	6
捷克共和国	22	马耳他	5
瑞典	18		

资料来源：欧洲议会官网。

议会会员组成在获得欧洲议会批准后，由欧洲理事会做出最终决定。如果
克罗地亚在议会的任期结束之前（2014 年）加入欧盟的话，本届任期内的议员
数量必然会有所增加。

尽管每个国家都分配了特定数量的议员席位，但因为该机构的超国家性质，
不能形成国家团体，只有政治团体是被允许的。一个政治团体的形成必须要有
能至少代表 1/4 的成员国的 25 个议会议员。

议会的工作主要按照主席的指导，在 14 位副主席的协助下进行。主席和副
主席的任期是议会任期的一半，即两年半。2009—2014 年第一个任期的议会主
席是波兰人耶日·布泽克（Jerzy Buzek），来自欧洲人民党。其当选是欧洲人民

党与社会党和民主党进步联盟两个议会党团互相协商的结果。因此，下一届主席应是来自社会党和民主党进步联盟的社会主义者。

一、职权范围

欧洲议会与国家对应部门相比，缺少立法的权力，它只能与理事会共同制定法律。这种权力通过普通立法程序来实现，凭借这一点议会可以阻止立法法案的通过。

欧洲议会没有立法倡议权，这种特权一般由欧盟委员会行使。不过，议会可以通过建议欧盟委员会准备立法的方式，间接行使立法倡议权。

欧洲议会的另一项重要权力是控制能力，议会有权力对其他机构官员提出质询并指出问题，使议会对其他机构进行评估，这主要涉及欧盟委员会和理事会。

欧洲议会在预算领域也拥有非常重要的特权，它赋予欧盟委员会在给定年限内完成预算的职责，并与欧盟理事会共同敲定预算方案。

欧洲议会还具有一项创造性功能：它对欧洲理事会推荐的欧洲议会主席人选享有决定权，并决定所有议会成员的提名。议员们可以对议会的议案进行投票表决，以 2/3 的多数选票和占法定人数多数的议员组成否决议案。

理事会在选举审计法院法官时，也需要咨询议会的意见。同时，议会还负责选举任命申诉专员（任期 5 年），该官员主要负责考察欧盟公民、居民对欧盟机构和部门（欧盟法院和第一诉讼法院除外）在执行任务时违规行为的投诉。

同时，欧洲议会在国际领域也享有特权，它参与欧盟与其他国际关系主体之间缔结国际协定的过程，并在最终的加入协议中发挥着重要作用，加入协议需要经过议会的同意方可生效。

二、欧洲议会中的波兰

波兰议员在欧洲议会中所起的作用有目共睹。首先，布泽克担任议会主席，负责指导议会工作。在争取波兰人担任这一职位时，经历了超乎想象的艰难谈判过程，最终波兰成功地将这一职位收入囊中，这主要归功于德国与法国议员的支持。议会委员会负责人和他们的副手在议会中也扮演着很重要的角色。

在本届议会任期期间（2009—2014 年），波兰议员是以下委员会的负责人：D. 许布纳（D. Hübner）——区域发展委员会负责人；B. 理柏拉茨基（B. Liberadzki）——预算控制委员会负责人；雅努什·沃伊切霍夫斯基（Janusz Wojciechowski）——农业委员会负责人；R. 查斯考夫斯基（R. Trzaskowski）——法制事务委员会负责人。而在上一个任期期间（2004—2009 年），波兰议员也非常活跃并发挥了作用，例如，议会副主席一职，2004—2007 年，由雅努什·奥尼什各费切（Janusz Onyszkiewicz）和雅泽克·萨留什沃尔斯基（Jacek Saryusz-Wolski）担任；2007—2009 年由马立克·史斐耶茨（Marek Siwiec）和亚当·比耶兰（Adam Bielan）担任。同时，波兰议员还担任重要的议会委员会主席或副主席的职位，如，莱万德夫斯基—预算委员会主席；沃伊切霍夫斯基—农业和农村发展委员会主席；奥雷布雷斯特—区域发展委员会副主席。

与其他中欧和东欧国家相比较而言，波兰在欧洲议会中拥有极其重要的地位，而这是波兰在欧洲议会的议员数量远远超过这一地区其他国家的结果。

第五节　欧盟法院

一、欧盟法院

《里斯本条约》规定，欧盟法院是一个专门负责司法层面的组织机构，欧盟法院主要包括以下机构：欧洲法院，普通法院和特别法庭。

（一）欧洲法院

欧洲法院总部设在卢森堡市。根据《里斯本条约》，每个成员国在法院都应有一个法官代表，因此，法院目前共有 27 个法官。法官由各成员国政府一致同意后任命，在此之前经过座谈小组协商。该小组由 7 人组成，理事会任命，其成员主要从欧洲法院和国家最高法院的前任成员中选出。

共有 8 名佐审官协助支持法官们的工作，其中 5 名来自欧盟中最大的成员国，剩下 3 名由其他国家轮流选举产生。如果情况需要，应法院的请求，理事会可以在达成一致决定后增加其成员数量。

欧洲法院的任期为 6 年，任期内法官的数量没有限制，但是每隔三年会更换一半法官，以避免法院突然的人事变动。

欧洲法院是一个独立的机构，法官和佐审官都是欧洲官员，在选举时，他们宣誓任职期间只考虑欧盟的共同利益，尊重欧盟的法律，不接受原籍国的任何指令。这也凸显了欧洲法院的超国家性质。

在全体会议或小型会议上，法院代表总是由奇数数量的法官组成。全体会议因为最重要的事情而召开，比如，监察专员的解雇、罢免委员会成员的决定、审计院成员的制裁。对于其他有争议的问题，法院指派 3 名或者 5 名法官在内庭处理。法院的审议意见是保密的，其裁决通过投票的方式进行。佐审团在深入分析案例的基础上，制定一份基本上包含裁决建议的客观评价，以此协助法官的工作。

欧洲法院是欧盟的司法机构，其主要任务是确保欧盟法律被各成员国遵循和该法律在成员国国家法律中的主导地位。

欧洲法院最重要的权力包括以下几个方面：控制立法行为的合法性；审查对欧盟机构的不执行或不作为现象的投诉；管理成员国活动；处理索赔；等等。

在缔结国际协议方面，欧洲法院有一项极其重要的职能，主要是充当顾问的角色，涉及如何遵守条约的意见准备。法院还被授权对条约解释、欧盟机构和欧洲中央银行的立法行为与理事会通过法律和规定成立的机构，享有发布初步裁决的权利，以回应成员国国家法院提交给欧洲法院的质疑。

同时，欧洲法院还掌控着二审法院对普通法院上诉意见的决定权。

综上所述，欧洲法院就是欧盟的行政管理法、国际法、宪法和劳动法组成的法庭。

（二）普通法院

1989 年，理事会通过单一欧洲法案，普通法院得以成立。

普通法院的办公地点设在卢森堡市，它的人员组成、选举方法以及机构特征与欧洲法院类似（27 位法官），不过它尚未设置佐审团，但如果需要的话，《里斯本条约》也不会阻碍这些职位的任命。

普通法院具有一审管辖权，包括以下几个领域：

——个人申诉（作为公务员法庭主体的欧盟官员除外）；

——法人和自然人因欧盟官员和机构的行为出现损害，索要赔偿金的诉求；

——废除立法、对立法不作为和损害欧盟的行为。

此外，普通法院还负责依据仲裁条款解决和裁定劳资纠纷。普通法院也拥有一定权力进行初步裁决，同时也是对公务员法庭判决提出申诉的上诉法院。

二、特别法庭

《尼斯条约》为欧盟的司法部门引入了一个新元素——司法事务委员会，后经《里斯本条约》改名为特别法庭，隶属于普通法院。特别法庭是理事会和议会通过普通立法程序设立，法庭成员由理事会一致通过后任命，保持完全的独立。

成立于 2005 年的欧盟公务员法庭是迄今为止唯一的专门法庭，负责欧盟及其官员之间纠纷的一审，而上诉法庭在欧洲法院。该法庭任期 6 年，办公地点设在卢森堡市的普通法院，目前由 7 名法官组成，在法院的要求下，可以由理事会决定增加人员。

三、欧洲联盟法院中的波兰

需要记住的是，欧盟法院是一个完全独立的司法机构，因此很难弄清波兰在这个机构中所扮演的角色，这主要是由于按规则每个成员国都有一个法官任职于欧盟法院。波兰在该机构的法官代表是马立克·萨斐扬（Marek Safiyan）教授，他的前任法官是耶勒日·马卡勒查克（Yeleri Makalechak）教授。

在《里斯本条约》的协商过程中，波兰政府与欧盟达成协议，如果欧盟理事会决定在欧洲法院增加佐审官数额，波兰将有权任命一个永久发言人。这样，我们国家将获得与欧盟最大成员国相同的权力。然而直到现在，欧洲理事会也没有增加佐审官的举动。

波兰在普通法院（原原讼法庭）的法官代表是伊蕾娜·维施涅夫斯卡-比娅莱兹卡（Irena Wiszniewska-Białecka）教授。

我们可以说，波兰在公务员法庭取得了毋庸置疑的成功，因为伊蕾娜·博鲁特（Irena Boruta）教授是该机构的七大法官之一。

第六节 欧洲审计院

1975 年，欧盟进行了预算改革，在这种背景下，欧盟成员国经过政府间协议成立了欧洲审计院。

欧洲审计院总部设在卢森堡市，由代表各成员国的 27 名法官组成，任期 6 年。虽然它只是一个管理机构而非司法机关，但其成员都被称作法官，他们由欧盟理事会参照议会意见选举产生。审计院是一个超国家性质的机构，由保持独立性的官员组成，代表欧盟而非原籍国利益。

一、职权范围

欧洲审计院等同于波兰国家的最高审计机关，负责审查欧盟及其各机构的收支状况，主要审查欧盟的总预算和欧盟各机构的贷款和信贷及欧盟所有机构的预算等。

同时，欧洲审计院还负责审查欧洲中央银行的活动，但只是针对银行的管理效益和所谓欧洲学校与欧洲刑警组织的金融领域。

每个财政年度结束时，欧洲审计院负责制作财政年度报告，此报告会分发至欧盟的所有机构并刊登在欧盟的官方公报上。年度报告是欧洲议会实施欧盟委员会预算的基础，它强调了审计院在欧盟制度体系中的关键作用。除了年度报告，欧洲审计院还应对个别机构的特殊要求编制特别报告和意见。

二、欧洲审计院中的波兰

欧洲审计院同欧洲联盟法院一样，是一个完全独立的机构，不承受任何成员国的压力，因此，我们不能说波兰在这个机构中的作用。各成员国在该机构中唯一的作用是向审计院提名一个候选人。2010 年上任的波兰代表奥古斯蒂·库比克（Augusty Kubik），他的前任代表是亚瑟·乌赤克夫赤（Jacek Uczkiewicz）。

结　语

作为中东欧最大的国家，波兰无疑在欧盟机构中发挥着重要的作用。最初，由于缺乏与其他成员国谈判协调的经验，这种作用微乎其微。然而随着时间的推移，波兰的地位变得越来越重要，就如我们观察到的，波兰在欧洲峰会上崭露锋芒，尝试组织中东欧国家联盟。更为明显的例子是波兰促使成员国在同一立场上制定财政预算与共同的能源政策以及气候和能源等一揽子计划，并战胜所有挑战，与欧盟东欧国家建立了友好关系。然而，我们不应忽视的事实是，无论波兰在哪里取得了成功，都与德国对波兰在欧盟地位的支持密切相关。毫无疑问德国是波兰在欧盟中最大的贸易伙伴，与之保持良好的关系，使波兰受益匪浅。

参考文献

[1] BARCZ J. Unia Europejska na Rozstajach – Traktat z Lizbony: Dynamika i Głowne Kierunki Reformy Ustrojowej (The European Union at the Crossroads – The Treaty of Lisbon: Dynamics and Main Directions of Political Reform) [M]. Warszawa: EuroPrawo, 2010.

[2] ELGSTROM O, JONSSON C. European Union Negotiations: Processes, Networks and Institutions [M]. Abingdon: Taylor & Francis Ltd, 2005.

[3] GORKA M. System Instytucjonalny Unii Europejskiej (The Institutional System of the European Union) [M]. Warszawa: Instytut Wydawniczy EuroPrawo, 2010.

[4] HORVáTH Z, ÓDOR B. The Union After Lisbon – The Treaty Reform of the EU [M]. Budimpeta: HVG–ORAC Publishing House, 2010.

[5] HERITIER A. Explaining Institutional Change in Europe [M]. Oxford: Oxford University Press, 2007.

[6] BARCZ J. Ustroj Unii Europejskiej (The Political System of the European Union) [M]. Warszawa: Instytut Wydawniczy EuroPrawo, 2009.

第三章

论欧盟共同商业政策机制对波兰的启示

毫无疑问，欧盟是当今世界最大的一股贸易力量。据世界贸易组织提供的数据，欧盟 2010 年货物出口值达 1787 亿美元，占全球货物出口总量的 15%。与此同时，欧盟也是世界上最大的货物进口商。2010 年，欧洲市场的进口货物值达 1977 亿美元，占全球货物进口总值的 13.5%。欧盟在劳务贸易中也有着相似的地位，它不仅是世界上主要的劳务进出口商，而且还在不同服务领域的出口中占据主导地位。2010 年，欧盟向世界市场输出劳务价值 684 亿美元，占世界劳务输出总额的 24.5%。同年，欧盟输入劳务价值达 598 亿美元，占世界无形资产进口总额的 22.1%。

研究当前影响欧盟在世界贸易中地位的因素，我们应着重分析欧盟贸易政策的基本原则，它为各成员国和整个集团贸易交流的发展创作了条件。由于整个研究的性质，我们不仅要聚焦于共同商业政策的本质，而且应该认真思考波兰加入欧盟给它的商业政策带来的变化。

第一节　共同商业政策的基本原则

欧盟的官方文件并未给出商业政策的详细定义，在操作实践上，欧盟委员会将其视为管理与第三国贸易的重要手段。一方面，欧盟法院认为此商业政策与国外贸易政策有诸多重合之处，因此普遍认为共同商业政策是影响国际贸易的重要手段，包括一系列措施与经济行政手段，旨在维护欧盟的收支平衡。正因为如此，再加上各国贸易政策均以自身市场为导向，因而共同商业政策主要在外部经济政策中起作用，原则上对欧盟内部市场中也具有同样的功效。另一方面，共同商业政策中包含单边内容，即欧盟机构采取的有关二次立法的规范化行为，尤其是欧盟委员会所采取的管理措施。此外，共同商业政策的一个重要领域是欧盟与其他国家或其他国际法主体之间的协议。

一、条约规定

如今，《里斯本条约》已正式启动，《欧盟运作条约》第 206~207 条对共同商业政策的基本原则进行了调整。第 206 条详述了共同商业政策的基本目标，其中包括世界贸易的和谐发展及国际经济联系自由化等方面的内容，这可以理解为对国际贸易和对外直接投资方面的限制将逐步消除。

《欧盟运作条约》第 207 条描述了共同商业政策实践方面的内容。根据这一条款，《里斯本条约》生效后，该商业政策成为欧洲议会及理事会章程的主题。这项规定有助于强化欧洲议会在制定欧盟商业政策方面的角色扮演。尽管在共同商业政策领域内进行谈判和缔结国际协定的程序并没有本质上的变化，但谈判须在理事会授权下由欧盟委员会负责组织。在协商过程中，双方均有责任确保谈判方案符合欧盟的内部规则与政策。此外，欧盟委员会应就谈判内容与一个特别的委员会机构，即贸易政策委员会进行磋商，并定期向该机构汇报谈判进展。在这方面，根据《欧盟运作条约》，欧盟委员会一个新的义务是同时向欧洲议会汇报谈判情况。

按照第 207 条规定，理事会选举的基本程序是通过多数表决，只有在服务贸易领域、知识产权贸易及对外直接投资等方面的协商和决策中才必须全票通过，且最终决策必须在理事会全票通过的前提下付诸欧盟法律。而在其他情况下，这些方面的决策只需多数通过即可成立。涉及社会、教育和健康服务等贸易领域的协议，如果严重干扰这些领域的国家服务机构或妨碍成员国履行职责的话，也是需要一致同意的；再如果上述协议可能损害到欧盟文化和语言的多样性，类似的投票程序也会被应用到文化和视听服务中。

二、共同商业政策条款

共同商业政策的条款包含两组内容。第一组包含了进口政策条款，它旨在保护内部市场免受外来竞争的巨大压力，包括针对倾销和补贴性贸易采取的进口税和保障措施，以避免超量进口、农业特别保护条款带来的危害。第二组是出口政策条款，包括保障出口的其他措施和拉动出口的措施。

依据创建欧洲经济共同体条约拟定者的目的，共同市场的基础是成立关税联盟，因为没有国际的共同准则，内部市场就不可能实现商品自由流通。欧共体的关税联盟成立于 1968 年 7 月 1 日，比条约规定的过渡期截止时间提前了一年半。共同体成员国间的关税被完全取缔，一套针对第三国的共同关税付诸条文。当时，共同关税的比率是 1957 年德意志联邦共和国、比荷卢三国、法国和意大利等国家关税率的平均值。通过上述介绍可知，海关政策的所有权已由各成员国移交到共同体手中。秉承《欧盟运作条约》第 31 条的规定，共同关税由理事会在欧盟委员会提案的基础上通过多数表决确定。在此情况下欧盟委员会有如下依据：

——在成员国和第三国间推进贸易的需要；

——任何可能提升欧盟事业竞争能力的欧盟内在竞争条件的培育；

——欧盟对供给原材料和半成品的需要；据此，欧盟委员会应该注意避免扭曲成员国之间有关成品的竞争形势；

——避免成员国经济严重失调以及确保联盟内部产品合理开发、促进消费的需要。

上述内容显示，对欧盟而言，关税不仅是保证预算收入的财政手段，也是一个经济问题。事实上，关税是保护和监管内部市场的重要机制，它以生产经营为依据来决定限制条件。进口商和生产商必须十分重视经济核算中的关税币值，因为这关系到生产成本的计算，包括每一项经济活动的利润率和最终盈利。

除了关税之外，欧盟进口政策还包括一些保护欧盟生产商抵御进口商品不正当竞争的行动。在这种情况下，这些行动包括对贸易伙伴补贴与倾销形式的非关税贸易政策措施的应用。欧盟法律关于反倾销和反补贴的诉讼建立在世贸组织成员的绑定协议的基础上，即 1994 年《关税贸易总协定》第五条内容和关于补贴与反补贴措施的协议。欧盟法律不仅让保护欧盟生产商反对不正当竞争下的进口成为可能，也让保护生产商反对公平条件下的进口成为可能。保护措施应用到进口管理不应受到谴责，但这会给欧盟产业带来损失。2009 年 2 月 26 日欧盟理事会条例第 260 条中关于进口的共同章程适用于此类情况，是下一个世贸组织协议的更详细的改良版本，所谓的保障措施协定。在进口农产品方面，除了杜绝超量进口的常规保障程序，欧盟也会在遵守世贸组织农业协议的前提下，应用一个特殊的保护条款（SSG）。

有些不同的是，欧盟出口政策的基本原则并非限制出口。① 它据此采取的行动包括尝试拟定统一规则以拉动出口，从而保证采取的方案不会导致企业间的

---

① 欧盟出口的规模和结构根据全球供求关系的变化做出调整，特殊商品的出口受到一定的限制，包括国宝、艺术品和武器。出口限制的主要目的是安全问题。

不正当竞争。欧盟在直接或间接拉动出口领域没有权限，这仍然是成员国控制的领域和经济合作与发展组织负责的主题。他们在出口信用保险和信贷担保领域已经进行了许多近似竞争条件下的尝试，按照 1978 年 4 月开始生效的官方支持的出口信贷指南，对经济合作与发展组织来说，共同体成员国是当事人一方。欧盟也采取了各种行动来拉动出口，为中小型企业提供培训及开展研讨会，并支持他们参加展销会和国际博览会。

　　欧盟出口政策条款还包括协助出口商对抗第三国的贸易保护，这种保护不符合世界贸易组织规定的标准。为保障共同体在国际贸易规则内行使共同商业行为准则，特别是世界贸易组织支持实施的政策的权利，任何欧盟企业或组织，不论具备法人资质与否，当其代表一家或多个欧盟企业运作时，若被认为遭受不公平贸易影响，进而阻滞正常交易活动，并由此波及第三国市场，根据欧盟理事会 1994 年 12 月 22 日第 3286 条修订条款，即 2008 年 2 月 12 日第 125 条目规定，他们都可以提起书面申诉。欧盟委员会决定启动诉讼程序，并进行诉讼。如果根据调查结果，委员会发现针对第三国是为了维护欧盟的利益，它可以在世贸组织论坛中提起诉讼，或与该国签订双边协议。在这种情况下，委员会也可以接受第三国的单方面行动，以缓和贸易壁垒带来的负面影响。

三、欧盟与第三国间的贸易协定

　　欧盟国家制定贸易政策的出发点，源于一种政治上的经济竞争设想，假定欧洲经济处于一个开放的世界贸易系统，同时在双边和区域贸易协同的框架内生成共同的多方规则及条款。除了世贸组织成员国身份和这一组织国际性协议的一方，欧盟还是包括"共同商业政策"在内涵盖多个主题的国际协定当事人。这些协议的多样性使其难以获得一个明确的分类，这一类型的协议有两种：（1）贸易协议，包括海关协议，可能是优惠和非优惠税收协议；（2）混合型协议，主要包括社团性协议、贸易和经济合作性协议，以及伙伴关系和经济合作性协议，较贸易协议的范围更为宽泛。

　　欧盟建立了良好的贸易互惠体系，它包括了两种类型的贸易互惠协议。第一种协议是伙伴国之间互予一定程度的关税优惠，或减少其他贸易壁垒；第二种协议是欧盟单方面准许其贸易伙伴享有选择权。欧盟在世贸组织与双边贸易协定中采取行动，以确保不同国家地区的内部稳定和经济发展，促进解决方案更有利于繁荣的建设。

欧洲经济共同体自成立以来，与贸易伙伴签订了许多互惠协议。在优惠范围内这些协议性质各异。在标准降低的贸易优惠，如关税贸易优惠基础之上，可以根据所谓的"金字塔的偏好"来缔结欧盟贸易协定。这样我们就可以区分欧盟协议或单方面决策，比如：

——在欧盟及其合作伙伴，如土耳其之间建立关税联盟，其中包括按照协议消除双方之间的贸易壁垒，以及建立针对从欧盟外部进口的共同对外关税，或同等水平的关税；

——建立一个自由贸易区，如与韩国，这涉及消除协议各方之间的贸易壁垒等；

——允许单边贸易优惠政策，如非洲、加勒比和太平洋地区国家和普通优惠制涵盖的国家等；

——建立无歧视制度，显例便是与美国、日本、澳大利亚、新西兰、新加坡、中国香港和其他没有贸易歧视的国家和地区达成的各项协议；

——区别对待贸易关系中的伙伴国，这样的协议存在于经济互助委员会中。

应该指出的是，非洲、加勒比和太平洋国家集团，国家的单边贸易优惠正受到世贸组织中发展中国家的挑战，他们并不能享受这种优惠待遇，如此第一个《洛美协定》所创立的单边贸易优惠系统将为经济合作协议（ECAs）所替换。经济合作协议以共同取消关税来替代单边选择，从而确保欧盟和"非加太"国家的贸易关系与世贸组织的宗旨相契合。

欧盟制定的另外一种合作协议是伙伴关系与合作协议（PCA）。欧盟已与俄罗斯、乌克兰、摩尔多瓦、哈萨克斯坦、亚美尼亚、格鲁吉亚、吉尔吉斯斯坦、乌兹别克斯坦、阿塞拜疆和塔吉克斯坦①签订了协议。这些协议是同非世贸组织成员国签订的，他们的任务是采用世贸组织成员推进相互贸易关系的条例。加入世贸组织后，这些协议规定被现有的适合世贸组织的多边规则所取代。

第二节 加入欧盟后波兰的贸易政策

波兰加入欧盟预示着它管理贸易政策的能力将发生根本性转变。正如上一节所示，自《罗马条约》签订后，若干贸易问题已在共同体层面上得到了解决。

①　欧盟与土库曼斯坦在 1998 年 5 月签署了协议，截至本书撰写时还没有生效。

此外，波兰加入欧盟主要意味着它被纳入了存在多年的欧盟关税联盟。这一事件的直接结果是波兰从此采用共同体海关规则，包括共同体海关法典及其实施细则、共同体关税优惠体系、共同关税税则，以及欧盟应对非关税措施的方案和与非欧盟贸易伙伴签订协议的整个复杂体系。

自 2004 年 5 月 1 日起，波兰海关税收不再计入政府收入，而是归欧盟所有。每个成员国都有义务提供海关税收的 75%，剩下的 25% 则作为成员国关税征收的成本。波兰加入欧盟后，不仅关税收入被分为波兰和欧盟预算，而且海关收入也出现了明显的下降。2004 年 5 月 1 日后的一年内，与之前同期相比，波兰海关征收的关税总值大幅下降①。因此，波兰预期只得到减少后的关税收入的 1/4。如果忽略波兰与欧盟之间其他形式的资金流动，欧盟享有的关税份额很可能被视为影响国家预算平衡的一个负面因素。

海关税收的显著下降应归因于以下几个因素。首先，波兰加入欧盟后，从成员国进口农产品的关税以及出于建立保护措施而产生的不定期附加税项都被取缔了。其次，欧盟东扩意味着此类费用的取缔也关系到新成员国。再次，与波兰之前的税率相比，采用共同关税降低了平均关税率。② 最后，尽管关税的征收已由波兰转嫁到了欧盟其他国家身上，但这些税收还无法被其他成员国在波兰境内征收的进口商品附加税所抵消。此外，另一个影响税收总量的因素，则是波兰加入欧盟后其进口结构发生的一系列变化。

加入欧盟以及随之而来的商品免税运动不仅影响了关税收入，而且迫使波兰海关组织的结构发生了变革。2004 年 1 月 1 日，波兰海关组织由 14 个署内机构、66 个办事处以及 268 个部门组成。2004 年 5 月 1 日，在西部和南部边境的大部分海关办事处及部门被撤除。因此，在入盟时，波兰的 14 个海关署内机构只有 52 个办事处和 174 个部门。波兰海关结构的进一步转变是在 2005 年，这与一些海关办事处和海关部门工作量的变化以及为适应国家行政区划进程而对海关管理机构的调整有关。

---

① 截至 2004 年 4 月 30 日的 12 个月，登记为国家预算收入的关税收入达到 40.26 亿兹罗提，而开始于 2004 年 5 月 1 日的一年，只有 13.01 亿兹罗提。在加入欧盟的第一年（2004 年 5 月—2005 年 4 月），国家预算支出包括从关税中拿出 7.79 亿兹罗提支付给欧盟作为财政收入，因此荣升欧盟成员国的第一年，在国家预算中真正起作用的关税收入就区区 5.22 亿兹罗提而已。一年之前不用支付关税给欧盟的时候，全部关税收入（40.26 亿兹罗提）都贡献给了国家预算。

② 根据传统平均税率计算，农产品关税税率从 33.8% 下降到 16.2%，渔业产品从 18.5% 下降到 12.4%，而工业产品有关税保护，从 9.9% 下降到 3.5%。

波兰加入欧盟后，其海关服务职能的转变不仅关系到它的组织结构，还关系到它的工作任务。与上一年相比，2004年办理通关手续的外来商品数量出现滑跌，因此负责办理海关申报的工作人员的工作负荷也有明显下降。与此同时，涉及消费税、共同农业政策及开展对外贸易统计等领域的工作量加大。

加入欧盟后，除了实施共同关税，波兰还采用了欧盟的安全保障措施，其中包括反倾销和反补贴诉讼，以及防止超量进口的保障措施。在这一领域以共同体立法来取代波兰立法引发了一系列后果。由于本项研究的限制，其影响分析将被限定在反倾销诉讼上。

自从加入欧盟，波兰将实行反倾销措施的国家职能授予欧盟机构。诉讼的议案会直接提交给欧盟委员会或先交由某成员国的主管部门，再由它转交给委员会。负责进行反倾销诉讼的主体是欧盟委员会。经筹备组讨论后，理事会采取征收最终反倾销税的决定。入盟后，反倾销诉讼的根本影响不只是执行制度的变迁，更主要在于改变保护范围和发起诉讼。波兰再也不能改变国内市场的保护范围和自行采取措施加强国内生产商对抗外来竞争的保护。有些情况下欧盟法律需要启动反倾销程序，例如，蒙受损失或存在损失的威胁，以及欧盟利益的维护。

自波兰加入欧盟后，除了具有使用各种政策工具的可能性外，贸易政策领域另一个重要变化是，贸易洽谈可以同时在世界贸易组织内和存在个人合作伙伴的双边经济关系的框架中进行。① 如前所述，倘若需要与一个或多个第三国或国际性组织来进行谈判和签订协议，欧盟委员会须向欧盟理事会提出建议，由理事会授权后展开必要的谈判。欧盟理事会还任命了一个特别委员会以协助欧盟委员会执行这项任务，欧盟委员会与之进行磋商，贯彻落实理事会可能发布的指导方针。欧盟委员会须定期向特别委员会与欧洲议会汇报谈判进展（第207条第3款）。此类规定的结果是，从2004年5月1日起，波兰被剥夺了缔结自主贸易协定包括在世贸组织中拥有一席之地的权利。为了说明这方面的变化，我们以多哈回合贸易谈判来做例子。

根据《服务贸易总协定》（GATS）第19条第1款的规定，为了深化世贸组织成员国的现有责任，2000年年初开始了新一轮的谈判。尽管关税贸易总协定"乌拉圭回合谈判"最后决议中所包含的关于服务贸易的国际法律条例被认为是1986—1994年间洽谈合作方面的伟大成就，国家承诺清单中蕴含的各国特定义

---

① 通常总理负责经济。

务却是截然不同的。波兰积极参与新一轮《服务贸易总协定》的谈判，2002
年，波兰向巴西、埃及、印度、印尼、韩国、巴基斯坦、美国和突尼斯等国家
提出初步建议。在加入欧盟之前，波兰在日内瓦与大部分世贸组织成员举行过
双边会谈，并向他们通告服务业自由化的提案。只有巴西一国无视波兰方面的
再三邀请，坚决拒绝与波兰进行相关谈判。除了和服务市场在波兰利益范围内
的伙伴国进行协商，波兰还与提交建议给波兰的世贸组织成员国进行了双边谈
判，例如，与瑞士四个回合的洽谈。最后一次由波兰独立举行的双边谈判发生
在 2003 年上半年。

　　欧盟成员国身份从根本上改变了波兰在服务贸易总协定和世界贸易组织中
的地位。当前，波兰在谈判中的利益由欧盟委员会全权代表。2005 年 1 月，修
订过的波兰方面的要求（附属于欧盟方面）一起提交给欧盟委员会。① 直到
2004 年 5 月，欧盟委员会才将波兰置于观察者的位置，不久将其擢升为成员国
之一。

第三节　波兰影响共同商业政策的方向和形态的可能性

　　在上一节中，我们讨论了波兰加入欧盟后发生在贸易政策领域最主要的变
化以及有关该政策与合同贸易的关系。入盟后，波兰在海关事务上最重要的变
化是丧失了确立关税水平与结构的自主权。然而这并不意味着波兰对自身发展
不再有任何影响力。实际上包括波兰在内的单个成员国，可以通过委派代表参
与理事会、欧洲议会和各工作委员会的工作，商讨海关事务方面的立法来影响
共同体海关政策的确立。波兰影响非关税贸易政策的可能性和途径也与之相似。
这种影响力可以是直接的，也可以是间接的。在第一种情况下，它是通过波兰
代表参与欧盟机构的工作来实现的；在第二种情况下，则是由相关利益群体的
行动以及游说国内生产组织、贸易协会和区域代表来实现——它们都可以通过
参与欧洲压力团体的运作来影响未来立法的形态。

　　考虑到波兰加入欧盟关税联盟的诸多益处，我们应当重视海关政策的国际

---

　　①　但是修订后的欧盟 EU-25 需求协议并未全部考虑波兰最初的要求，它们不包括保留涉
　　　　及"敏感领域"的行业，诸如医疗与牙科服务，由助产士、护士、物理治疗师和护理
　　　　人员提供的服务以及社会和健康服务。2003 年波兰委托服务贸易总协定与欧盟委员会
　　　　协商，撤销 2000 年起提交服务贸易总协定成员国的那些要求。

标准。成为欧盟成员大大增强了波兰与第三国交涉时的谈判能力。尽管在贸易政策问题上波兰有自主权上的局限性，但可以假设波兰的加盟显著增强了波兰实现商业目标的能力，而条件则是必须获得其他成员国的支持，从而影响欧盟委员会的行动。在世贸组织内举行的贸易谈判就是例子。迄今为止，波兰在全球经济中的地位决定了它在世贸组织中扮演的角色，事实上无关轻重。波兰的商品输出额约占世界商品出口总额的1%，服务输出的情况也大致相同。欧盟在这方面的立场是完全不同的。如前所述，欧盟无疑是世界上最大的一支贸易力量。因此，欧盟在世贸组织中的谈判能力远远高于大多数其他成员国。波兰经济利益能否实现取决于站在欧盟立场制定贸易政策的波兰相关机构的做法。波兰企业家和国家利益能否受到保护则倚仗这些机构的有效性。波兰的提议在世贸组织中能否被采纳直接取决于这些提议是否考虑到欧盟的谈判立场，因此，波兰在委员会的活动对贸易政策是非常重要的，因为成员国在制定共同商业政策领域的影响主要与该委员会的活动相关。

贸易政策委员会在贸易协定谈判中协助欧盟委员会，并就共同商业政策事宜向后者提出建设性意见。贸易政策委员会其实是一个咨询机构，它在不侵犯相关区域工作小组职能的情况下负责与第三国的双边关系，一位波兰代表已参与到该委员会的具体事务中。在服务贸易总协定和世贸组织会议期间，委员会会议在布鲁塞尔和日内瓦定期举行，通常是每月两次。

在会议中，成员国提交他们的利益要求和关于日常议程内容与安排的提案的建议。贸易政策委员会的工作在三个层级进行：政治、会议准备和专家，来讨论共同商业政策中特定领域里的特定事宜。在专家层级，委员会会议涉及许多诸如服务业的议题。在这一领域，委员会对服务贸易存在的问题进行了深入讨论。通过这种方式，委员会为各成员国在服务领域共同商业政策中确立欧盟的共同立场构建了平台，然后由欧盟委员会提交给服务贸易总协定或世贸组织论坛。

关系到波兰参与贸易政策委员会的议题是由贸易政策部门的经济部进行管理。除了处理直接影响世贸组织运行的问题外，它的任务还包括：

——处理有关波兰在关税、非关税贸易政策以及提出并应用于欧盟的安全保障措施中的地位的案例；

——处理欧盟认证的有关优惠贸易协定和其他贸易协定的案例；

由于欧洲议会职权在贸易政策中的延伸，议会也成了成员国拓展自己在该领域地位的平台。因为根据《欧盟运作条约》第207条规定，欧盟委员会与欧洲议会对贸易政策迄今为止有同样的义务。

结　语

总之，波兰对国内生产商与出口商采用共同商业政策原则所产生的影响值得我们思考。加入欧盟不仅在法律和制度领域具有巨大的影响而且在现实中改变了波兰的贸易条件，这些变化是加入关税联盟的必然结果，关税联盟也是欧盟内部市场的基础，而内部市场保证了商品的自由流通。因此，波兰有着双重的贸易体系。在此体系中，欧盟国家与其他成员国和第三国之间采用的贸易规则是不同的。如果从对外贸易活动的角度观察，欧盟与非成员国之间的贸易手段及方式处处受限，而在内部市场中则相对宽松。

建立关税联盟的好处通常表现在两个著名的经济效应形式上：贸易创造效应和贸易转移效应。这种一体化的实质是，消除关税联盟国家间的贸易壁垒，通过两种形式来启动上述机制，即增加相互间贸易、合理的生产布局和形成一体化、减少联盟外伙伴参与国家支持下的贸易流动。这两种效应会影响生活的个个领域，而不仅仅是经济领域。一方面，它们会导致市场价格结构的变化；另一方面，可能出现事先无法预料的社会甚至政治效应。在波兰生产商的出口能力既定的情况下，贸易创造效应的强度变化取决于相关部门——它对工业产品而言微不足道，对农产品贸易的意义则不容小觑。事实上，除了包含反倾销税在内的保障措施，大多数工业产品的贸易自由化过程在波兰加入欧盟前就已经结束了。加入欧盟后，波兰出口商不再被指控倾销。这种变化对那些先前由反倾销税造成贸易壁垒而导致入驻欧盟市场受限的生产商格外有利。同时波兰出口商接受的价格承诺也有助于减低供应欧洲市场的商品价格。

与之相反，农业贸易直到2004年5月1日才实现全盘自由化。这一领域的变化不仅消除了波兰与其他成员国之间农产品贸易的障碍，而且在波兰全面地实施了共同农业政策机制，其中的一项重要内容是与第三国之间商品贸易的规定，这同样受制于共同商业政策。

还应当指出的是，随着波兰加入欧盟，波兰市场的准入限制也被废除。因此，国内生产商面临的竞争加剧，因为他们不能再使用保护经济利益的手段来对抗其他欧盟成员国的竞争者。根据修订后的共同体章程，这些保障措施仅适用于第三国的产品。然而，与第三国贸易规则发生的变化还不足以引发一次强烈的贸易转移效应。在欧洲协议及其他协议的框架下，波兰于欧盟法律协会期间对贸易管理进行的重大调整大大缓和了这一领域的变化。此外，必须强调的是，既然这是波兰在世贸组织论坛做出承诺的兑现，共同商业政策的许多解决方案在波兰已经到位。

参考文献

[1] ADAMCZYK A, PIASECKA - GŁUSZAK A. Stosunki Handlowe Pomiędzy Uni Europejsk a Wybranymi Krajami Azjatyckimi (Trade Relations Between the EU and Selected Asian States) [M] //DRELICH-SKULSKA B. Ekonomia i Stosunki Międzynarodowe: Studia Azjatyckie (Economy and International Relations: Asian Studies). Wrocława: Prace Naukowe Uniwersytetu Ekonomicznego we Wrocłwiu, 2008.

[2] BARKOWSKI S. Traktat z Lizbony a Wspolna Polityka Handlowa Unii Europejskiej (Treaty of Lisbon and EU Common Commercial Policy) [J]. Wspolnoty Europejskie, 2008 (02).

[3] GRIIK-ZAJZKOWSKA M. Unia Europejska i Stany Zjednoczone w wiatowej Organizacji Handlu (The European Union and the United States in the World Trade Organization) [M]. Warszawa: Oficyna Wydawnicza SGH, 2010.

[4] KALISZUK E, MARCZEWSKI K. Wpływ Członkostwa w Unii Europejskiej na Stosunki Gospodarcze Polski z Zagranic (The Influence of EU Membership on Economic Relations Between Poland and Other Countries) [M]. Warszawa: IBRKK, 2009.

[5] KASPRZYK L, NAKONIECZNA J. Skutki Przyst pienia Polski do Unii Celnej (The Consequences of Joining the Customs Union) [M] //HALI AK E. Polityka Zagraniczna i Wewnę trzna Państwa w Procesie Integracji Europejskiej (Foreign and Internal State Policy in the Process of European Integration). Bydgoszcz-Warszawa: Oficyna Wydawnicza Branta, 2004.

[6] KOŁODZIEJCZYK K. Umowy o Partnerstwie Gospodarczym (EPA) w Stosunkach Unia Europejska - grupa Państw AKP (Economic Partnership Agreements in Relations Between the European Union and the ACP Countries) [J]. Rawia Papers, 2010 (16).

[7] Merchandise trade: leading exporters and importers (excluding intra EU (27) trade), 2010 [EB/OL] . WTO, 2021-03-11.

[8] MOSIEJ G. Efekty Członkostwa Polski w Europejskiej Unii Celnej – kto Zyskał, a Kto Straciłi Dlaczego? Autorefleksje Zro nicowane (The Effects of Polish Membership in the European Customs Union – who Has Gained, Who Has Lost and Why? Various Auto Reflections) [J] . Wspolnoty Europejskie, 2009 (02) .

[9] MOSIEJ G. Przekształcenia w Polskiej Administracji Celnej w Okresie Członkostwa Polski w Unii Europejskiej (Transformations in the Polish Customs Administration in the Period of Poland's Membership in the EU) [J] . Wspolnoty Europejskie, 2006 (01) .

[10] MROCZEK W. Handel Zagraniczny Polski po Przystpieniu do Unii Europejskiej (Polish Foreign Trade After Accession to the European Union) [J] . Wspolnoty Europejskie, 2009 (02) .

[11] SOKOŁWSKA B. Cła Jako Element Składki Członkowskiej Polski do UE (Customs Duties as an Element of the EU Membership Fee) [J] . Wspolnoty Europejskie, 2006 (04) .

[12] MISIK D, POTORAK N, WROBEL A. Traktat o Funkcjonowaniu Unii Europejskiej (Treaty on the Functioning of the European Union) [M] // BARCZ J. Przewodnik po Traktacie z Lizbony: Traktaty Stanowice Unię Europejsk Stan obecny oraz Teksty Skonsolidowane w Brzmieniu Traktatu z Lizbony (A guide to the Treaty of Lisbon: Treaties Establishing the European Union– The Present Situation and Consolidated Texts After the Treaty of Lisbon) . Warszawa: Wolters Kluwer Polska, 2008.

[13] WROBEL A. Stanowisko Negocjacyjne Unii Europejskiej na Forum wiatowej Organizacji Handlu (EU Position in Negotiations in WTO) [M] //ADAMOWSKI J, WOJTASZCZYK K A. Strategie Rozwoju Unii Europejskiej. Warszawa: Aspra JR, 2010.

第四章

关于欧盟特定成员国的区域政策

刚刚过去的十年里，欧盟成员国及个别地区之间的社会经济发展差距逐步缩小。从欧盟 15 个成员中大多数国家的现有统计数据看，购买力平价 GDP 差距超过十二个百分点。不论是富裕国家，还是所谓的"聚合国家"①，都存在这样一个事实：1994—2001 年，其经济增长速度远远超出了欧盟的平均水平。

在爱尔兰，年人口增长率为 1%，其人均 GDP 增长几乎是欧盟平均值的四倍。因此，2001 年爱尔兰由购买力平价体现出的 GDP 水平超出欧盟 15 国的平均值 17%，而 20 世纪 90 年代初，则低于 25%。爱尔兰的例子清楚地表明，提供结构基金，再辅之以针对性的国家发展政策，这种援助的效果显而易见。

另外三个聚合国家，人均 GDP 的增长虽较为缓慢，但到 20 世纪 90 年代中期仍高于其他欧盟国家。直到 1994 年年末人均 GDP 还总是低于欧盟平均水平的葡萄牙和西班牙，自 1994 年经济衰退结束起的这段时间内，人均 GDP 增长率持续高于欧盟平均水平。

1992 年与 1993 年之交，这 3 个国家的人均 GDP 都曾下跌，1994—2001 年又都同步增长。上述时段内，西班牙、葡萄牙和希腊三国同时出现利好局面，令人欢欣鼓舞。总体而言，他们的人均 GDP 占欧盟平均水平的比例，从 1994 年的 68% 上升到了 2001 年的 79% 和 2002 年的 81%。在欧盟经济繁荣的这七年里，它们的人均 GDP 增长速度比欧盟平均增长速度快了近 1 个百分点。

值得指出的是，加入共同体的这些最贫穷国家人均 GDP 的变化，关系到整个欧盟人均 GDP 的平均水平。这些国家都获益于聚合基金，他们的大部分地区受聚合基金资助，属于区域政策的第一目标区，其主要目的是促进落后地区的发展与结构调整。

---

① 聚合国家，即在分析定期内有资格受益于聚合基金（Cohesion Fund）的国家，分别是：希腊、西班牙、爱尔兰和葡萄牙。聚合意味着和谐，意味着消除发展不平衡而力求整个欧共体的可持续发展。为了实现这种聚合，可凭借特殊的金融工具如结构基金和团结基金向需要外援的地区提供援助。

随着经济的发展，以 GDP 增长率和就业增长率测量，2002 年上述国家达到 60%，仅比欧盟平均水平（64%）低 4%。请参阅表 2-4-1。

表 2-4-1 欧盟 15 国 1996—2002 年就业情况

成员国	就业人口百分比	
欧盟 15 国（EU-15）	59.9	64.2
聚合国家（Cohesion Countries）	51.5	61.2
希腊	54.9	56.9
西班牙	47.6	58.4
爱尔兰	54.9	65.0
葡萄牙	62.3	68.6

资料来源：根据欧盟统计局、欧盟委员会统计数据整理。

与其他国家相比，爱尔兰的就业率显著攀升 10.1 个百分点，反映出其经济快速增长的事实。葡萄牙的就业增长则要缓慢些，仅为 6.3 个百分点；但它的就业水平相对较高，略低于 2010 年欧盟在里斯本设定的 70% 这个目标值。

第一节 对成员国的结构性干预

在 2000—2006 年期间所实施的结构性援助的多种方式中，区域政策第一目标和第二目标担当了主要角色。截至 2006 年，欧盟预算拨给结构基金第一目标大约 1360 亿欧元，占预算总额的 69.7%。在此目标覆盖的区域，结构基金经费用于支持低收入、高失业、基础设施贫乏地区，以及距离经济中心最远的地区（如法国的海外省、加那利群岛、马德拉群岛和亚速尔群岛）。2000—2006 年，结构基金第一目标的最大额投到了西班牙（占总额的 29.6%）、意大利（17.2%）、希腊（16.4%）、德国东部（15.0%）以及葡萄牙（12.6%）境内的落后地区。

就意大利而言，结构基金主要资助意大利南部，包括：坎帕尼亚（Campania）、阿普利亚（Apulia）、巴西利卡塔（Basilicata）、卡拉布里亚（Calabria）、西西里岛（Sicily）和撒丁岛（Sardinia）。在德国，援助则主要拨给勃兰登堡（Brandenburg）、梅克伦堡—前波莫瑞州（Mecklemburg-Vorpommern）、萨克森州

（Saxony）、萨克森—安哈尔特州（Saxony-Anhalt）、图林根州（Thuringia）和东柏林（East Berlin）。据欧盟估计，包括第四目标区域在内，结构基金给予这些地区的援助，平均占其 GDP 的 0.85%。未来它将达到的水平或远远高于以下国家的平均水平：葡萄牙（占 GDP 的 2.30%）、希腊（占 GDP 的 2.19%）、德国东部（占 GDP 的 1.14%）和意大利（占 GDP 的 1.16%）。或等于西班牙的平均水平（占 GDP 的 0.85%），或低于爱尔兰的平均水平（占 GDP 的 0.38%）。作为参照，我们还可以再补充一点，1994—1999 年期间，结构基金援助占 GDP 总额分别为：葡萄牙 3.2%、希腊 3.4%、爱尔兰 2.1%、西班牙 2.2%。

结构基金给予特定区域的援助费用的支出非常集中，例如，2000—2006 年，这些区域的人均消费水平平均达 1273 欧元，而欧盟作为一个整体，仅 220 欧元，远低于此。这正是区域政策的主要目标，即支持那些社会经济最落后的地区。

2000—2006 年的规划中，结构性干预专注于基础设施、交通运输、生产环境和人力资源的发展。结构基金在第一目标区域的资产分配比例如图 2-4-1 所示。

如图 2-4-1 所示，将如此高比例的资金（41%）分配到基础设施建设上，是为了首先确保交通运输的发展。良好的运输系统被认为是区域发展的根基，特别是在以服务贸易业为基础的现代市场经济条件下，对基础设施建设资金的利用，各欧盟成员国各不相同。受第一目标援助的国家获益最大，他们利用这些资金扩展铁路、空运、海运与城市交通。

这些地区交通的改善，要归功于约 4100 千米高速公路和 32000 千米其他等级道路的建设或更新改造。除发展交通外，结构基金还致力于防止地区边缘化，如那些聚合地区。总而言之，这些援助在事实上使第一目标区域与其他地区间的人均 GDP 差距显著缩小，消除了彼此间的差异，从而开创了区域内和区域间进一步融合的可能性。

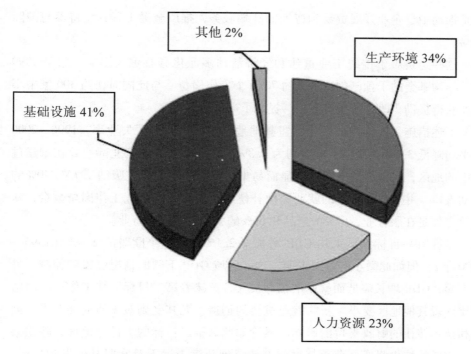

图 2-4-1 2000—2006 年间结构基金在目标 1 地区的援助分布

资料来源：根据区域和城市政策理事会（Directorate-General for Regional and Urban Policy）资料整理。

2004 年 5 月 1 日的欧盟东扩，使得一些明显比欧盟 15 国更加贫困的国家和地区得以正式加入。这一扩张在两个维度上对区域政策形成了挑战：第一，致使生活在人均 GDP 低于当前欧盟平均水平 75% 的区域的人数增加了两倍多；第二，导致现存不平衡现象进一步加重。根据《经济和社会凝聚第三报告》可知，准许十个新国家加入欧盟，统计学的影响是使欧盟人均 GDP 平均水平下降 12.5%，从而导致许多"老欧盟"地区的地位相对提高。

结构基金不仅用于援助第一目标区域，也援助那些与其说发展落后不如说面临结构性障碍的地区。截至 1999 年，占欧盟人口的 17% 的共 82 个地区，获第二目标援助。它们是受工业衰落影响严重的地区，金额达每年 28 亿欧元，占结构基金资产总额的 11.5%，每人每年的援助额则从 16 欧元提高到了 44 欧元。2000—2006 年期间，投资到农业衰落区和后工业衰落区的援助金额为每年 32 亿欧元。至于支持的事业类型，1994—1999 年，基础设施建设资金占全部金额构成的 27%，主要用于后工业区的复兴和新建筑的建设，以及深化企业发展，特别是推动中小企业开展贸易和咨询的高端服务，推广金融工程，支持参与国际贸易。

这些经费对于传统工业重建和经济活动多元化具有重大影响。截至 1999 年，结构基金的干预已创造了大约 70 万个工作岗位。与此同时，约 300 家中小企业获得援助，改进了生产方法，提高了市场竞争力。

上述措施，使这些地区比欧盟其他地区更快地降低了失业率，1996—2000 年平均降低 3.1%，而整个欧盟则为 2.3%。在大多数传统工业部门处在重建过程中的地区，失业率的下降尤其显而易见，传统的工业分支吸纳了大约 40% 的劳动人口。并且，新创造的就业岗位补偿超过了减少的工业工作岗位数量，新岗位主要是在服务业，67% 的产品和 66% 的就业来源于此行业。

尽管第一目标区域人均 GDP 增长率 2.1% 低于整个欧盟的 2.4%（1995—2000 年），但如此微小的差距说明，这一区域 GDP 下跌的情况已得到控制。另一方面，GDP 增长略低而就业增幅却较大，意味着第二目标区域工作产出的增幅比欧盟其他地区要小。新的就业机会的创造，尤其受到对于研究和开发、创新和技术转让的财政支持的影响。尽管如此，第二目标的大部分地区，除北莱茵—威斯特法伦州或西北英格兰外，持续创新潜力远不及欧盟其他发达地区，因为其研究基础与区域经济结构难以协调。

结构基金的援助，也使后工业荒地的彻底清理、工业领域和设施的现代化取得重大进展成为可能，大约 1.15 亿平方米的工业区已实现现代化。这使工业区的外观产生了根本性的改变，并使得它们能够在新的生产领域如文化娱乐领域开展活动。

第二节　波兰的区域政策

在实施欧盟区域政策的前提下，波兰可利用来自结构基金的资金数额约为 120 亿欧元。这一金额由七个在"共同体支持框架"内实施的操作方案共同融资约 80 亿欧元，两项社区启动联合融资 3 亿欧元上下，以及聚合基金资产约 40

亿欧元①。

相关计划实施以来，波兰共签署了 243 亿多波兰兹罗提，相当于 63 亿欧元的协议或决定以资助计划顺利执行，是 2004 年社区资产配置的 311%，占 2004—2006 年整体计划的 72.9%。其中在七个部门操作计划及城市复兴与区域合作三期计划项下，由结构基金支付的金额总计达 46.25 亿波兰兹罗提，为 119.4 万欧元，占 2004 年社区资产配置的 59.2%，占整个 2004—2006 年期间的 13.9%。

就签署协议的价值而言，马佐夫舍（Mazowiecki）、西里西亚（Slaski）、大波兰（Wielkopolski）和下西里西亚（Dolnośląski）地区是领导者，即人均 GDP 最高的地区。接受人均援助额最高的省份，依次是下西里西亚省和西滨海省（Zachodniopomorskie）。部门操作计划项下的社区援助、社区启动和聚合基金的构成如图 2-4-2 所示。

截至 2008 年年底，在六项部门操作计划、城市复兴和区域合作计划以及聚合基金计划项下，共签订了 8.5 万多份协议，总价值约 545 亿波兰兹罗提。根据 2005 年以来的总体趋势，最多的援助会给予那些经济强大，且财政支出集中于创新活动、交通运输和中小企业发展的地区。

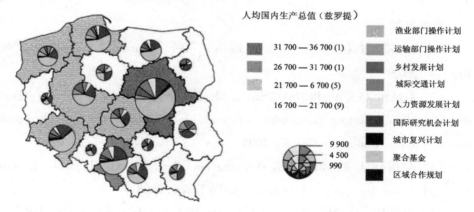

图 2-4-2 截至 2008 年年底，部门操作计划下社会援助的构成

资料来源：欧洲管理发展基金会。

---

① Cf：2004—2006 年国家发展计划（NDP），2003 年在华沙通过。国家发展计划（NDP）是波兰作为欧盟成员国，打算在 2004—2006 年执行的一个构造活动计划。这些活动由欧盟结构基金提供资金，涉及三个基本领域的援助：企业、基础设施发展和人力资源开发。

有关欧盟援助的分析表明，结构基金对生产要素效率的提高——对于提升劳动力的资质、提高科技和交通基础设施的利用率有极大影响，对于增加就业和减少区域多元化也有积极影响，有助于提高整个欧盟经济的竞争力。

结　语

自 2004 年以后进行的结构性干预，促进了经济增长，经济需求的增加和经济供应的增强，为凝聚进程的发展做出了贡献。第一目标区域，包括波兰全境，已经在一定程度上减少了彼此间的差距，这要归功于经济增长条件的改善和就业的增加。因为创新力的发展、适应经济和社会变化能力的提高、环境质量的保护和改善，以及制度效率的提高。

以下几个方面尤其重要：培训和教育活动对人力资本质量的影响；在区域（省）层级协助欧盟编制必要的战略条款，确立对高质量投资筹备潜力的激发，以及经济薄弱城镇和社区凭借某种方式共同筹措欧盟基金，等等。

参考文献

［1］Actions 2000—2001：Activity Review［Z］. Brussels：Committee of the Regions，2002.

［2］ADAMCZYK A，BORKOWSKI J. Regionalizm，Polityka Regionalna i Fundusze Strukturalne w Unii Europejskiej（Regionalism，Regional policy and Structural Funds）［M］. Warszawa：CEUW，2005.

［3］BABIAK J. Fundusze UE：Dowiadczenia i Perspektywy（EU Funds：Experience and Prospects）［M］. Warszawa：Studio Emka，2008.

［4］BACHE I. The Politics of European Union Regional Policy［M］. Sheffield：Sheffield University Press，1998.

［5］BACHTLER J，WISHLADE E，YUILL D. Regional Policy in Europe After Enlargement［M］. Glasgow：European Policies Research Centre，University of Strathclyde，2001.

［6］BOCIAN F. Rozwoj Regionalny a Rozwoj Spoeczny（Regional Development and Social Development）［M］. Wyd. Białystok：Uniwersytetu w Białymstoku，2006.

[7] BRUGMAN F. Cohesion: The Challenge for the Future-theoretical and Contributions to the Debate on the Reform of Structural Policy [M]. Luxembourg: European Parliament, 1999.

[8] BUDCE I. Polityka nowej Europy (Politics of the New Europe) [M]. Warszawa: Wydawnictwo Ksika i Wiedza, 1999.

[9] BUZAN B, WAEVER O. Regions and Power: The Structural of International [M]. Cambridge: Cambridge University Press, 2003.

[10] CZYKIER-WIERZBA D. Polityka Regionalna Unii Europejskiej (European Union Regional Policy) [M]. Gdańsk: Jzyki Publikacji, 1998.

[11] CZYKIER-WIERZBA D. Finansowanie Polityki Regionalnej w Unii Europejskiej (Financing Regional Policy) [M]. Warszawa: Twigger, 2003.

[12] Droga do funduszy strukturalnych Unii Europejskiej (The Road to EU Structural Funds) [Z]. Warszawa: PARR, 2001.

[13] European Success Story: EU Regional Policy in Ireland [Z]. Luxembourg: European Parliament, 2001.

[14] GILOWSKA Z. Regionalne Uwarunkowania Reform Strukturalnych (Regional Conditions of Structural Reforms) [J]. Studia Regionalne i Lokalne, 2000 (02).

[15] GBICKA K, BREWI? SKI M. Europejska Polityka Regionalna (European Regional Policy) [M]. Warszawa: Dom Wydawniczy Elipsa, 2003.

[16] GBICKA K, BREWI? SKI M. Polityka Spojnoci Spoeczno-gospodarczej Unii Europejskiej (EU Socio-Economic Cohesion Policy) [M]. Warszawa: Elipsa, 2005.

[17] GROSSE G T. Polityka Regionalna Unii Europejskiej i Jej Wpływ na Rozwoj Gospodarczy: Przykład Grecji, Włoch, Irlandii i wnioski dla Polski (EU Regional Policy and its Impact on Economic Development: the Examples of Greece, Italy, Ireland and Conclusions for Poland) [M]. Warszawa: Instytut Spraw Publicznych, 2000.

[18] MILCZAREK D, NOWAK A Z. Integracja Europejska: Wybrane Problemy (European Integration: Selected Problems) [M]. Warszawa: Centrum Europejskie UW, 2003.

[19] BUCZKOWSKI P, BONDYRA K, LIWA P. Jaka Europa Regionalizacja a Integracja (What Kind of Europe Regionalisation and Integration) [M]. Warszawa: Wydawnictwo Wyszej Szkoły Bankowej, 1998.

[20] KAWECKA-WYRZYKOWSKA E, KULESZA M. Polityka Regionalna Unii Europejskiej a Instrumenty Wspierania Rozwoju Regionalnego w Polsce (EU Regional Policy and the Instruments for Supporting Regional Development in Poland) [M] . Warszawa: Dom Wydawnic, 2000.

[21] KWIATKOWSKI St. Intellectual Entrepreneurship [M] . Wyd. Warszawa: WSPiZ L. Komińskiego, 2006.

[22] LATOSZEK E. Integracja Europejska: Mechanizmy i Wyzwania (European Integration: Mechanisms and Challenges) [M] . Warszawa: Ksika i Wiedza, 2007.

[23] NOWAK A Z, MILCZAREK D. Europeistyka w Zarysie (The Outline of European Studies) [M] . Warszawa: PWE, 2006.

[24] Second Progress Report on Economic and Social Cohesion: Unity, Solidarity, Diversity for Europe, Its People and Territory [Z] . Brussels: European Commission, 2003.

[25] MILCZAREK D. Subsydiarno (Subsidiarity) [M] . Warszawa: Elipsa, 1996.

[26] LIWA J. Fundusze Unijne bez Tajemnic (Everything about the European Funds) [M] . Warszawa: Wydawnictwo Naukowe Scholar, 2008.

第五章

论波兰与欧盟的发展政策

自波兰加入欧盟以来，在经济、政治和社会等方面各有所变。加入欧盟亦促成波兰国内生活方方面面变化之契机。其中一项主要转变，即国家将挑起"波兰发展援助项目"的重担。

2009年2月，在波兰国会的一次演说中，外交部部长拉多斯瓦夫·西科尔斯基（Radosław Sikorski）称"发展援助项目"乃本国首要的外交政策之一，并将之视为"国与国之间缩小分歧，解决争端的重要手段"。而波兰提供援助之能力，正是"国家地位提升"的有力证明。外交部部长还说到，"作为维护世界稳定的参与国"，发展援助项目也是塑造波兰形象的有效工具。此外，隶属外交部的发展合作部发表《2008年波兰发展援助报告》，部长于文中指出，协助他国发展之行为，开启了波兰国际活动新篇章。他亦表达对此项目的愿景："至少，波兰发展援助能刺激……受助国生活水平的提高。"

20世纪最后十年，到21世纪前几年，波兰重新调整了发展政策的目标、手段及方向。同时，加入欧盟后，波兰应运而生的新机制和合作形式，要求其不断融入欧盟的发展合作体系。多年以来，作为全球最大的援助组织，欧盟对欠发达国家投入了超过一半的官方发展援助。①

发展援助项目的最大受惠国多是南半球国家，欧盟与这些国家对话已久，且建立了高度完善的体制。波兰作为欧盟的成员国，将参与决定发展援助的对象。进一步说，其有责任建设相应的官方援助体系，并在现有基础上扩大与受援国的双边和多边合作。如今，波兰助益他国之作用愈发显著。从最初之受惠国，逐渐转变为赠予国，无论在欧盟还是全球化越显著的世界中，波兰都努力扮演着日趋重要的角色，其未来地位不容小觑。社会发展不平衡和如何满足社

---

① 官方发展援助（Official Development Assistance）旨在帮助不发达国家加快经济发展速度，确保经济发展，并在各个方面缩小贫困。官方发展援助覆盖了以发展为目的的捐赠或特别优惠的借贷（考虑到利息和到期日等）等资金流入形式，以及技术援助。需要指出的是，发展援助之内容不仅包括资金援助，也包括科技援助、经验交流等。

会需求等问题，愈发成为国际关系需要考量的重要方面。消灭贫穷、饥饿与疾病，支持经济发展、稳定政治走向等问题，是人类在 21 世纪面临的关键挑战，因此，"合作发展"成为欧盟制定政策与发展外交的当务之急。沃齐米日·艾诺（Włodzimierz Anioł）指出："如果富庶的北半球国家不帮助贫穷的南半球国家——迟早有一天，无论以什么样的方式——后者将与前者并肩齐进，而波兰恰恰是北半球国家不可分割的部分。"2011 年发生在北非的"非洲之春"事件，最好地印证了这点，后果之一即是大量移民涌入欧洲南部。① 2011 年下半年，波兰出任欧盟轮值主席国。借此良机，波兰积极作为，以应对国际交往日趋频繁、经济亟待复苏、政策亟需调整等全球发展形势下所带来的一系列挑战。

本书旨在介绍欧盟发展合作体制，并说明波兰在其中的地位，将就波兰发展援助之成效，与遭遇的主要挑战与困难等方面展开论述。

第一节 欧盟之发展合作体系

就发展援助领域而言，《马斯特里赫特条约》生效以前，欧洲经济共同体的贸易活动都缺乏相关法律支撑。而发展援助的问题存在于欧共体成立之初，并将在与发展中国家的交往中继续存在下去。20 世纪 50 年代到 80 年代间，"布鲁塞尔"许多相关政治活动，主要围绕"非贸易，纯援助"的原则展开。顾名思义，此原则着眼发展援助而非贸易关系。如此，一方面是欧盟为竭力保证在欧洲以外地区的影响力；另一方面，是对殖民时代受害国某种程度的补偿。人们设想经济援助可能带动这些国家的进步，成为他们经济发展的决定性因素，这种假想来自第二次世界大战后对经济发展普遍乐观的估计，认为通过外部经济援助减少低储蓄带来的消极影响，不失为缩小经济差距的解决之道。由此而来的资本积累增多，与工业化进程的加速，必将刺激经济发展。

早在 1957 年的《罗马条约》第 131 条到 136 条中，就已涉及欧共体与海外国家及地区关系的体系构建问题。彼时欧共体发展援助大纲初显轮廓，成员国发展方兴未艾。众殖民国纷纷取得独立后，根据 1963 年签订的《雅温得公约》，

---

① 2011 年，北非多国政局动荡——最严重的国家即埃及、突尼斯和利比亚——导致这些国家大量移民进入意大利以及其他国家。移民首先抵达意大利的兰佩杜萨岛，该岛距突尼斯海岸仅 150 千米。据估计，2011 年 1 月中旬到 4 月中旬，有近两万人从北非涌向意大利，仅兰佩杜萨岛就有六千人之多，以至于难民数量超过岛内常住人口。

欧共体与撒哈拉以南的非洲国家关系开始转变为（商贸）契约关系。接下来，1975 年 2 月 28 日，著名的《洛美协定Ⅰ》——签订于西非国家多哥的首都洛美，并在来年 4 月生效。该协定有效期为五年，到期后又相继签了：《洛美协定Ⅱ》（有效期 1980—1984 年）、《洛美协定Ⅲ》（有效期 1985—1989 年）、《洛美协定Ⅳ》（有效期 1990—1999 年）。以上《洛美协定》由欧共体与非洲、加勒比海地区及太平洋地区国家①共同签订，其内容较之《雅温得公约》又向前迈了一大步。通过给予贸易优惠及提供资金与技术等援助，它们重新诠释了欧共体援助发展项目的意义：为发展而进行的合作不再是富裕国对贫穷国施予的单方面援助，而是共同协商的结果，这种新兴元素也注入了国际经济新秩序。

自 20 世纪 90 年代起，为建立欧盟—非加太地区国家发展合作关系新模式，产生了一系列前所未有的新举措。在此背景下，2000 年 6 月 23 日，历经 18 个月的协商后，"非加太"集团 77 个成员与欧盟成员国签订了《科托努协定》。该协议有效期为 20 年，到期后还可延长五年。2003 年 4 月 1 日②，《科托努协定》正式生效，重点关注贸易、发展与政治三大领域，兼之涉及互助互存的贸易交流原则，可持续发展道路，以及政治对话等内容。消除贫困是《科托努协定》的主要目的之一，协定强调：未来的一切合作都需考虑到贫困问题的多面性与复杂性。过去，所谓的"一维法则"占主导地位，其单方面强调贸易优惠。

《欧洲联盟条约》的签订是确保发展政策更加行之有效的重要因素，它令发展合作成为欧盟诸政策中牢不可分的一个组成部分，如从条约第 17 条——《发展合作》中就可见一斑。

《欧洲联盟条约》第 130 条 U 款列举发展合作目标如下。

共同体在发展合作领域的政策应促进：

——发展中国家，特别是那些最不发达国家经济和社会的持续发展；

——发展中国家顺利而逐步地同世界经济的融合；

---

① "非加太国家集团"成立于 1975 年签署的《乔治敦协议》的基础上。
② 2005 年 6 月 25 日，欧盟与"非加太"国家签署了第一份协议，修正《科托努协定》，根据修改后的协议，双方承诺打击恐怖主义、抵制大规模杀伤性武器扩散。此外，协议规定在特殊情况下，可灵活支配为 ACP 国家提供的援助资金；ACP 国家的非政府实体可以从欧洲发展基金提供的机会中获得更多经济援助的机会；ACP 国家与非《科托努协定》缔约方的其他发展中国家的合作将更加容易。2010 年 6 月，在非洲布基纳法索首都瓦加杜古，《科托努协定》第二次修订并签署。它强调如下问题：ACP 国家的区域融合；安全与发展的联系；气候变化；议会、地方当局和民间团体在发展中扮演的角色；发展援助之有效性等。

——发展中国家同贫穷的斗争。

条约还强调，对于欧盟而言，发展援助事关受助国之经济、社会和政治三方面，需考虑其地位与国情等各种复杂因素。和谐发展既要求援助国与受助国双方的合作覆盖上述方方面面，又要求能融入世界经济的发展潮流中去。在这种精神指导下，欧盟委员会于 2005 年采纳了所谓的"千年发展目标"。

欧洲安全战略同样强调欧盟发展政策的相关问题，如《欧盟与非洲：迈向战略伙伴关系》《欧洲发展共识》等。

2005 年 12 月的《欧洲发展共识》将发展政策纳入欧盟对外政策与对外关系的计划。它详述了欧盟发展的共同目标，其中包括：

——减少贫困；

——观察与保障人权；

——良政善治。

《欧洲发展共识》的重要性在于，它首次就关于在发展中国家消除贫困问题的价值观、章程、目标以及方法等方面，对欧盟成员国做出了明确规定。通过此《共识》，欧盟向全世界传递出誓为千年发展目标而奋斗的信号。

2009 年 12 月 1 日，《里斯本条约》（作为《欧洲联盟条约》对外发展合作条例的整合版，相应条约特别包含在《里斯本条约》第 42 条，以及《欧盟运作条约》第 208 至 214 条）正式生效，其将发展合作划入欧盟对外行动中来。《欧盟运作条约》第 208 条，直接提出对外发展合作诸多目标，其中之一即减少乃至消灭贫困。《欧盟运作条约》第 210 条建议各国发展合作行动需通过协调达成一致。在此原则上，欧盟及成员国协调各自发展合作政策，并就援助项目进行共同磋商。① 而且，"欧洲对外行动服务局"的成立，加强了欧盟委员会在地方及整个欧盟援助体系中的作用。

经济发展组织 2010 年的数据显示，过去一年里，23 个经济合作组织国家，也是发展援助委员会的参与国，统共投入约 1196 亿美元在此项目，其中，欧盟较早加入的十五个成员国和欧盟委员会，即经合组织发展委员会成员，共计投入高达 671 亿美元作为援助资金，单单后者就有 150 亿美元。而其他未参加经合组织国家发展援助委员会的欧盟新成员国，也为此目标拨款近十亿美元。与之

---

① 《里斯本条约》也有关于人道主义援助的新条文，紧接发展援助条例之后，并由欧盟制定相应规则和目标。根据该条约，成员国和欧盟之人道救援行动应该互助共存，并恪守国际法规、公平原则、中立无歧视立场。《里斯本条约》还引进了欧洲志愿人道主义援助团，他们由致力于服务发展中国家的年轻人组成。

前陷入困境的援助国所预期和担忧的相反，该数据表明 2009 年虽处于经济危机时期，官方援助数量并未减少，事实上，基于 2008 年的汇率和物价而言，它还上升了 0.7 个百分点。从经合组织的模拟数据来看，2010 年，官方发展援助数目增加到 1260 亿美元，占国内生产总值的 0.23%。

非洲国家是欧盟的主要援助对象。2009 年，官方援助中，对全非洲进行的双边援助量达到 270 亿美元，其中 240 亿美元流入非洲撒哈拉沙漠以南国家及地区；国际机构进行的多边援助约 160 亿美元，其中大部分都投入到撒哈拉沙漠以南的非洲。这些资金中 65% 由欧盟成员国提供，主要为法国、德国、英国、荷兰、瑞典和丹麦等国。而且，与区域银行、联合国组织等国际机构相比，欧盟委员会是发展援助的最大赞助方。

为表示对联合国千年发展目标的支持，欧盟承诺到 2015 年，将官方发展援助幅度提高到 GDP 的 0.7%，而 2010 年欧盟老成员国均占 GDP 的 0.51%，欧盟共为 0.56%。

据经济合作组织 2009 年的统计，欧盟 15 个老成员国所投入的全球发展援助占 GDP 的 0.44%（日本相应投入占其 GDP 的 0.18%，美国为 0.2%）。迄今为止，已有瑞典（1.12%）、卢森堡（1.01%）、丹麦（0.88%）和荷兰（0.82%）四国达到超过 0.7% 的目标。其他老成员国中，葡萄牙、意大利和希腊支出最少，分别占 GDP 的 0.23%、0.16% 和 0.19%；另一方面，新加入的成员国中，马耳他提供的援助达到其 GDP 的 0.2%，塞浦路斯为 0.17%，他们也是仅有的两个达到新进成员国 2010 年暂定援助目标的国家。

欧盟发展援助资金主要来源是欧债与欧洲发展基金①，前者约占全部成员国基金的 75%，后者约占 20%。余下部分则由欧洲投资银行提供。

欧债乃共同体发展政策的主要财政来源，在 2007 到 2013 年的《财经透视》中，欧盟施予其最大的援助对象——非洲——之援助主要通过三个横向手段和一个区域手段涵盖：

——稳定；

——人道援助；

——民主与人权；

---

① 1957 年《欧洲经济共同体条约》施行，在此背景下，欧洲发展基金于 1958 年设立。基于平等自愿原则，它由欧盟成员国提供资金，成员国所出份额既反映了他们的 GDP，又体现历史因素。欧洲发展基金并非来自欧盟预算，而是由欧盟委员会管理。

——发展合作和经济合作。

共同体主要机构，特别是欧盟委员会下设对外关系总司与对外援助与发展总司两大机构，负责拟定发展纲要与目标。《里斯本条约》生效前，发展援助办公室（2001年1月1日成立）就已存在，它是欧盟委员会隶属行政机构，服从其调配，并负责援助合作项目的各方面事宜。《里斯本条约》生效后，它与发展总司合并，形成新的欧盟对外援助与合作总司。

发展合作问题也被纳入欧盟对外行动署的决议范围，该署之成立得益于《里斯本条约》，除发展合作外，行动署还参与资金规划与调拨。根据《里斯本条约》，欧盟外交事务高级代表将对外代表欧盟协调所有相关行动，包括拟定发展政策，主持外交事务委员会会议等。

就欧盟理事会——欧盟主要立法机构——而论，发展合作问题多由外交事务理事会经办，而这些问题常常是宏观层面的，或者极具典型意义的，它们将欧盟视作一体，令发展援助政策被纳入各国国家规划。

尽管其他欧盟机构不如欧盟委员会这般影响非凡，但它们也同样涉及发展政策。因此我们不得不提到欧洲议会，特别是其发展委员会，主要任务之一即促进和执行欧盟发展政策，同时根据委员会提供的报告，对发展政策产生的即时费用进行调控。

与此同时，《里斯本条约》限制轮值主席国包括在发展合作领域等涉外事务上的作用，之所以有此调整，是因为轮值主席国在共同安全与外交政策领域的轮流任职，也是为了加强欧盟理事会体制，任命固定代表，建立高级代表办公室和欧洲对外行动署。①

然而，我们还需看到欧盟发展援助形式不仅于此，在双边协议下，欧盟成员国同样提供了其他援助。更有甚者，那些由成员国直接提供的资金，占到援助的很大一部分。因此，对于发展政策方面能否有进一步的紧密协作，成员国持怀疑态度。

第二节　波兰发展援助——作为欧盟成员国而产生的要素

1989年以前，波兰一直向欧洲以外地区提供技术和经济援助，特别是撒哈

---

① 轮值主席国欧盟理事会的主持受到限制，其作用小于外交事务理事会，担任主席的国家在欧盟对外关系管理和指导欧洲理事会行动方面也被排除在外。

拉以南的非洲。受苏维埃社会主义联盟的影响，政治因素是选择援助对象的关键。20 世纪 80 年代末和 90 年代初，碍于经济、政治问题，波兰的政治援助逐步回缩。然后，波兰重新定位外交政策，集中精力与资源融入西方世界，即成为欧盟和北约成员国一员，而发展合作问题则退居次席，直到 1990 年下半年才重新提上议程。

毫无疑问，加入欧盟极大地推动了波兰重塑发展援助体系的进程。1996 年波兰加入经济合作组织，以及后来加入欧盟等行为，促使国家对此做出调控，并采取具体应对措施。自《马斯特里赫特条约》生效以来，欧盟一直视发展政策为共同对外政策之一，仅次于共同外交与安全政策，共同商业政策。在《里斯本条约》和欧盟近年来的诸多文件中，这种重视都可得到进一步证实，如《欧洲发展共识》《非洲策略》《欧洲安全战略》等。特别是处在 21 世纪的边缘，国际发展合作问题变得至关重要。它加强了欧盟在国际关系中的全球主体地位。

波兰承诺，从加入欧盟开始，在"对外关系"领域实行一体化。在此方面，波兰未要求任何过渡期，而是接受欧盟发展合作法规，为欧盟的官方发展援助项目做出了贡献。

自从成为欧盟的一员后，波兰也积极接受欧盟的"外交与安全政策"，在这方面同样没有提出过渡期的要求。作为欧盟成员，波兰与发展中国家多双边合作的总体框架，主要体现在：《巴塞罗那进程》，《科托努协定》、"亚欧会议"、欧盟与东盟对话，欧洲与拉丁美洲及加勒比地区国家对话。

除作为欧盟成员国所做出的承诺外，波兰还签署了其他涉及发展合作的国际文件，这些文件中，欧盟多为合作方之一。最重要的有，《战略伙伴关系》——1996 年经济合作发展组织牵头形成，详述了后冷战时期国际秩序中，发展合作的细则；《联合国千年宣言》——发表于 2000 年，论及八条千年发展目标[1]；2002 年达成的《蒙特雷共识》——着眼于发展合作中的财政问题；2005 年《巴黎有效援助宣言》——建议提高援助效率，凝聚发展援助力。[2] 尽管在本质上波兰是出于政治诉求接受上述国际条约，但亦由衷希望各国信守承诺，不要做

---

[1]　千年峰会致力于推动实现以下八项千年发展目标：（1）消除极端贫困和饥饿；（2）普及初等教育；（3）促进性别平等和赋予妇女权利；（4）降低儿童死亡率；（5）改善产妇保健；（6）对抗艾滋病病毒/艾滋病、疟疾以及其他疾病；（7）确保环境可持续发展；（8）建立全球合作发展伙伴关系。

[2]　《巴黎有效援助宣言》由 91 个政府代表和 26 个最大的非政府机构共同签订。

出有损国际形象和信誉之事。

加入欧盟，要求波兰提供更大的活动平台，使发展援助明确化，让新的行动方向具体化。这也意味着，如果不计欧元区危机，波兰加入了最为复杂和发达的联合组织，可以在全球几乎所有地区行使职能，这种状况决定了波兰发展援助系统的框架：它不可能局限于邻近国家，而必须放眼于欧洲乃至全球的大背景下，寻求发展的关键和现代世界的经济挑战。因此，加入欧盟后，一方面，让波兰对欧盟发展援助的现有机制有了深入了解；另一方面，也促使波兰的相关机构及工作方式适应日新月异的国际形势。

成为欧盟成员国后，也给波兰协助欧盟制定发展政策，及运用其职能以实现受助国头等目标和利益的行为，提供了理论依据。因为发展政策是欧盟的外交政策手段之一。通过提供人道主义援助和发展援助，撇开纯粹的善意，也让国际事务的参与各方都能达到某种政治或者经济目的。除了利他主义和道德因素，波兰提供发展援助的动因还在于以下几个方面：

——加强波兰在欧洲和国际的地位；

——提升波兰国家形象，展示其经历 1989 年政治经济改革的成果；

——促进与受惠国政治和经济方面的发展。

由于缺乏良好的规划和协调发展政策，影响了波兰在其他领域的地位。而为了胜任欧盟成员国之角色，波兰有义务对欠发达国家施行切实有效的政策，而不是陷入似是而非的空谈："那些国家有自己的方式。"

尽管《里斯本条约》对欧盟轮值主席国的权利有所限制，但波兰在担任轮值主席期间，尽可能地扩大了欧盟发展政策的积极影响。同时这对波兰政府的行政工作来说，也是一次挑战，特别是那些涉及欧盟政策的部分，迄今为止，它作为一个整体对国家的重要性尚未被认识，自然也没有成为波兰任何深层利益的主题。毋庸置疑，发展合作政策就是这样的政策之一。担任轮值主席期间，波兰将关注于解决以下问题：全球危机背景下的国际发展合作融资和欧盟预算；发展援助的效益；2015 年以后，千年发展目标的实现情况。波兰在应对上述问题时的积极主动性，会影响对其作为轮值主席国的评估。值得一提的是，关于发展援助的讨论在波兰已有好几年，然而只有在担任主席国期间和全球经济危机之际，这些议题方才成为波兰外交政策的重要组成部分。不言而喻，担任轮值主席国，增加了波兰发展合作行动的活力，就像它所显示的那样，2011 年上半年，在波兰国内，召开了为数众多的协商会和研讨会，出版了诸多研究成果。

20 世纪 90 年代以来，欧盟开始越来越强调这些问题：良政善治，人权观察，法律规则，民主政治等。它同时还强调，若无本质变化，持续发展难以实现。在此背景下，纵使那些正面临挑战和难题的国家，其处境与当初的波兰截然不同，波兰仍可以与他们分享改革经验。这种经验的传承从某种程度上也可以看作波兰的专业。① 同时，由于以下方面，历史给予波兰特殊地位以公正评价——没有殖民历史，民主团结，妥善利用外来援助等。

需要说明的是，考虑到欧盟发展援助的例子，援助不仅仅刺激商品出口扩张，而且也包括来自援助国的各种服务。这种趋势有效地加强了波兰与其他国家特别是发展中国家的合作。他们大部分还刚刚起步——作为区域一体化的结果——在政治和国际经济关系中扮演着重要的角色，展示出现代化的高度活力，蕴藏着巨大的发展潜力，具有扩大进口和增加资本的需求。波兰积极参与欧盟发展援助，可以促成与受援国全面的政治经济合作。

第三节　波兰发展援助——结构、规模与范围

20 世纪 90 年代，波兰采取了旨在使国际发展合作正式化的措施。这个过程分为两个阶段——构建组织框架和建设法律体系。

在波兰，官方发展援助的第一批项目在 1998 年才开始实施，这些项目归入联合国系统部门外交事务部，由两位专员负责所有发展援助相关事宜。2005 年9 月，发展合作部方从外事部中独立出来。2010 年 1 月 1 日，作为外事部重组后的一部分，发展项目执行部成立。自此，外事部关于对外援助的权限被一分为二，新成立的部门和发展合作部门。②

2003 年 10 月，波兰部长理事会通过《波兰发展合作战略》，这是第一份阐释波兰援助政策目标与规则的文件。一年后，波兰政府签署《波兰共和国助力非欧洲发展中国家战略》，其中包括促进与这些国家合作的综合性计划。2010 年3 月，外事部提出《发展合作法（草案）》和波兰建立发展合作局的规划，以

---

① 突尼斯地区发展部长阿卜杜拉扎克·施华利（Abderrazak Zouari），在 2011 年 7 月访问波兰时，表达了对于波兰帮助突尼斯改革的兴趣。在他看来，不久以前的中、东欧国家与现今的突尼斯面临相同的挑战：消除分歧，解决失业问题，刺激经济增长，建设地区民主。（截至 2011 年 9 月）波兰已经划拨了 150 万兹罗提以援助突尼斯。然而，波兰政府有可能继续增加投入，特别是涉及政治改革方面的协商。

② 发展项目执行部负责实施波兰外交事务部利用预算资金扶持发展援助项目的计划。相应地，发展合作部为波兰对外援助撰写年度计划，并参与国际组织处理发展合作事务。

及其他修正案。2010 年 7 月起，部长理事会委员会一直致力于拟定提案。就外事部提出成立发展合作局一事，财政部与外事部在两个部门所处的位置这一点上产生重大分歧。最后，2011 年 2 月 15 日，内阁会议正式通过《发展合作提案原则》。由于活动行程太过紧凑，该法案在第六届国会期间（2007—2011 年）未能提交。

2009 年，波兰官方发展援助投入价值 10 亿至 11.58 亿兹罗提，折合美元大约 3.726 亿。需要指出的是，自从 2006 年以来，波兰发展援助一直保持稳定水平，占 GDP 的 0.09%（2008 年除外，当时约为 GDP 的 0.08%）。

波兰发展援助由多边援助和双边援助构成，前者主要被纳入欧盟财政预算和其他国际组织，后者则直接由波兰机构、组织和其他实体提供。2009 年，多边援助占总援助的 75.7%，即 8.77 亿兹罗提（折合 2.82 亿美元），其中大部分资金都归入了欧盟预算。2009 年多边援助达到 8.41 亿兹罗提（折合 2.705 亿美元），占所有成员国发展援助贡献的 2.88%。

紧接着是双边援助，在外事部的协调下，2009 年双边援助总计达到 2.82 亿兹罗提。它由外事部可支配资金①和几个波兰政府部门和公共机构的开销组成，包括：财政部②、科技和高等教育部，以及内政部。③

2009 年，波兰双边援助行动覆盖了 95 个国家。大部分资金——约占双边援助总额的 36%——投入了东亚国家，其中贷款协议主要在波兰政府和中华人民共和国之间达成。波兰双边援助授予的额度，东亚最高，东欧、中亚和高加索地区紧随其后，非洲仅排第四，2009 年收到大约 0.11 亿兹罗提。在该年波兰双边援助前十位最大接受方中，只有一个非洲国家——安哥拉收到了 0.073 亿兹罗提。波兰双边援助的最大受益国是中国，约有 0.31 亿兹罗提，接着是白俄罗斯 0.112 亿兹罗提，乌克兰 0.091 亿兹罗提。从数据上看，波兰每位成年人每年缴税超过 38 兹罗提，这些税款被用于政府的对外发展援助。其中大概有 9 兹罗提由波兰直接提供给伙伴国，而这里面，只有 1 兹罗提给了撒哈拉以南的非洲。

除了传统意义上的发展援助外，波兰积极投身于国际组织在冲突或动荡地

---

① 2009 年，政府部门划拨给对外援助的资金价值达 1.15 亿兹罗提。

② 在官方发展援助项目中，财政部负责协调平衡偿还国际财经机构处理全球发展问题产生的费用，以及作为欧盟一分子，因资助欧盟发展政策而缴纳的欧盟预算金。此外，财政部还负责代表波兰向受助国家提供政府贷款，并减少官方发展援助目标国的债务。

③ 除此以外，官方发展援助项目开销也可能包括下述部门：劳动和社会政策部、卫生部、基础设施部、发展部、文化与国家遗产部、国防部、农业和农村发展部、国会办公室等。

区维护和平与安全的事业，首先是波兰士兵参与了联合国和欧盟组织派遣的维和任务。在《欧洲安全和防御政策》的指导下，波兰参加了两次行动，一次是由 130 人组成的波兰派遣小分队（数量仅次于德国和法国），参加 2006 年"欧盟刚果（金）维和部队"行动；另一次是 400 人的派遣队加入欧盟乍得维和行动。作为欧盟的一员，波兰也出席了欧盟与世界不同地区或国家的周期性峰会。总体而言，其所有行动都基于对欧盟外交的深刻解读，目标之一即巩固和加强国际关系。

第四节　波兰发展援助面对的挑战和问题

波兰从事的活动顺应了当前国际发展合作的趋势，在这方面波兰已经做出了适当的承诺，包括拟定自身发展策略和规划新的发展援助体系等。此外，联合国、欧盟、经合组织等其他国际机构所采取的决定和计划强化了这些承诺。自从 2004 年起，波兰发展援助体系的不断完善可谓有目共睹，其投入额度更是前所未有。近年来，不同种类，数以百计的项目得以实施。外事部建立的志愿者工程，以及对发展教育做出的贡献，都是在此背景下取得的积极成果。

然而，尽管这些年来，波兰在此领域采取了诸多行动，其发展援助体系仍显示出明显的薄弱之处。关键问题还是在于资金分配额度——既要确保各部门的协调合作，又要增加它们与其他领域政治家行动的连续性。此外，主要的疏忽和弊病依旧是援助体系没有足够的法律保障，以及缺乏高瞻远瞩的中央调控。

资金不足，是波兰发展援助的一大挑战。这不仅涉及可调度的资金量，还牵涉资金管理与开销的方式等问题。

看起来，波兰要实现其宣称的发展援助额度——也就是 2015 年达到 GDP 的 0.33%——可以说希望渺茫。这种形势可能导致波兰在国际舞台的负面影响：

——削弱波兰在欧盟结构性调整项目中与新成员国财政协商的地位，在未能与南方国家保持团结的背景下，结果证实与欧盟较贫穷地区的"团结"论收效甚微；

——削弱关于欧盟项目融资对波兰至关重要的话语权，如东欧伙伴关系等，这种关系将进一步加强波兰在欧盟发展政策上的导向性和重要性，除此之外，还能增加这些活动的援助资金；

——减少波兰成为经合组织发展援助委员会成员的机会；

——降低波兰的国际形象，更重要的原因是波兰再不能以全球危机为借口，掩盖相关发展过程中出现的过失——2009 年，波兰是唯一没有出现经济衰退的欧盟国家。

波兰对外发展项目的开销没有包括在政府的年度预算中，它们使用的是预算储备金。这样的方法不允许波兰实行长期的统筹安排，而这对发展援助至关重要，结果导致波兰的对外援助往往只是象征性的，从长远来看则无法预测。

另外值得注意的是，波兰对欧盟预算贡献逐年增多，却没有积极上调双边援助资金额度。这种情况在欧盟新成员国中比比皆是，他们缺乏完善的结构来提供双边援助的通道。老成员国恰恰相反，他们以双边援助为主。

对外发展援助的重要挑战，是增强责任机构施行发展政策的行动力和提高相关职能部门协调各部矛盾的能力。根据 2003 年行动计划，外事部应当执行发展政策，协调其他部门和机构所采取的发展合作行动，但事实上其作用受限极大。具体操作中，各部门各司其职，独立运作，事后部分花费却包含在发展援助项目中。2004 年以后，外事部公布了优先援助国家名单列表①，但它仅由外事部提供援助，对本国其他单位的发展援助活动并无直接影响。如此，也解释了为何外事部提供的名单与实际援助最大受益国有所出入。因为发展援助的大部分资金都以优惠信贷或汇款债务的形式提供，所以 2007 年至 2009 年，中国才是波兰的主要援助对象。

作为欧盟成员，波兰应当把发展援助视作外交政策的一部分。可是在此领域，波兰法律条文依然没有行之有效的规定。援助行动缺乏适当的协调工作、资金匮乏等诸多问题，正说明波兰发展援助体系运作不合理。特别要归咎于没有健全的法律和基础框架给予保障和支撑。然而，《对外援助法案》从提出到不断完善已有九年时间，最终于 2011 年的 9 月 16 日，在波兰国会通过。该法案为有效协调和发展援助行动的实施提供了保障，这基于三个要素：发展援助，人道主义救援和支持民主。它们也是波兰援助发展中国家的最重要的三个方面。此外，《对外援助法案》还将加大波兰在全球的教育投入。波兰担任理事会轮值主席期间，采纳发展合作法律框架的举措，可视作波兰在此领域行为的合法有效化。对发展合作的全面立法，并采取中长期战略，将使波兰培育出适合的援助管理机构以调节援助体系，由此增加其预见性、有效性和影响力。

---

① 2009 年，为外事部首选的国家有：安哥拉、巴勒斯坦、阿富汗、白俄罗斯、格鲁吉亚、乌克兰等。

通过施行积极的发展援助政策，欧盟成员国与受助国——特别是非欧洲国家进行经济合作，由此才能形成适合贸易往来的环境。若有一定的历史、政治、经济和文化条件，受惠国则可充分利用此机遇。相比过去的殖民国和公认的经济强国应对援助问题的轻松态度，对于欧盟新成员来说，既无殖民史，甚至对殖民主义不了解，又未占据全球经济强国之席或者与南半球国家有过真实的贸易体验，援助问题谈何容易？在现今世界，国家对外贸易中心与社会主义阵营的贸易经验已经失去作用，这也解释了为何欧盟新成员国的首要任务是在发展中国家建立公共采购市场。

由于欧盟成员国的身份，波兰在国际市场获得了新的武器，作为国际关系中最重要的集体形象中的一员，波兰也在重塑国家信誉。但是波兰还不能从中获益，波兰当局亦未设置任何机构支持企业在这个世界市场的活动。另外显而易见的是，波兰针对这些受援国的出口缺乏多元化的手段。当评估波兰企业在努力分享援助发展中国家带来的市场"蛋糕"份额时，我们必须看到波兰企业在布鲁塞尔赢弱的游说地位。如果华沙在布鲁塞尔位卑言轻，那么在南方国家建立采购市场将会困难重重。此外，游说这个议题仍然没有得到企业界和相关机构的重视，这些机构本应该助益于波兰列席于世界舞台。

波兰面向发展中国家战略的一个重要元素，即通过强调欧盟与这些国家合作的互补性，提升欧盟扩张进程的积极效应。因为这些国家担心，东欧和中欧国家加入欧盟后，将减少欧盟对他们的发展援助。其中部分非加太地区国家于2002年7月19日通过的《纳迪声明》表达了这种忧虑，在这份声明中，他们宣称北方富庶国家代表向南方贫穷国家增加援助的需求迫在眉睫。这可能会促使欧盟领导人和欧盟委员会高级官员重新向新成员国施压，令他们在更大的程度上参与发展援助活动。

结　语

作为加入欧盟的结果，波兰在发展援助领域的活动已与欧盟援助体系逐渐融合。因此，波兰新兴的发展合作计划必须考虑欧盟的相应机制，这也意味着波兰在全球发展议题中要肩负起更多的职责。加入欧盟，极大地增加了波兰的发展合作活动，而这在之前则受到相当多的限制。然而，从受惠国到捐赠国、援助提供国角色的转变并不是一蹴而就的事情，由此受到了诸多金融、组织和法律的挑战。总体而言，波兰的发展政策仍然处于概念和实践阶段。

参考文献

［1］ Aid Effectiveness – Annual Progress Report 2010 ［Z］. Brussels：Commission Staff Working Document, 2010.

［2］ ANIOL. W. Polska Wobec Wyzwarń Globalnego Rozwoju (Poland Against the Challenges of Global Development) ［M］// BIELEŃ S. Polityka Zagraniczna Polski po Wstapieniu do NATO i do Unii Europejski (Poland's Foreign Policy after the Accession to the NATO and the European Union). Warszawa：Wydawnictwo Difin, 2010.

［3］ Development Aid at Glance Statistics by Region：Africa 2010 ［Z］. Paris：OECD, 2010.

［4］ EU Development Policy in Support of Inclusive Growth and Sustainable Development：Increasing the Impact of EU Development Policy ［Z］. Brussels：European Commission, 2011.

［5］ KUGIEL P. Polska Wspólpraca na Rzecz Rozwoju w Latach 2004—2009 (Polish Development Cooperation 2004—2009) ［J］. Rocznik Polskiej Polityki Zagranicznej, 2010.

［6］ FORSTER J, STOKKE O. Policy Coherence in Development Co-operation ［M］. New York：Routledge, 2005.

［7］ BAGIŃSKI P. Polityka Wspólpracy Rozwojowej Unii Europejskiej w Konteks̀ cie Polskiej Prezydencji w Radzie UE w 2011 Roku：Przewodnik dla Poslów i Senatorów (EU Development Cooperation Policy in the Context of the Polish Presidency in the EU Council in 2011) ［M］. Warszawa：Polska Akcja Humanitarna, 2011.

［8］ Polska Wspólpraca na Rzecz Rozwoju：Raport Roczny 2008 (Polish Development Cooperation：Annual Report 2008) ［Z］. Warszawa：MSZ RP, 2009.

［9］ Polska Wspólpraca na Rzecz Rozwoju：Raport Roczny 2009 (Polish Development Cooperation：Annual Report 2009) ［Z］. Warszawa：MSZ RP, 2010.

［10］ Raport Polska Pomoc Zagraniczna 2009 (Report on Polish Foreign Aid) ［Z］. Warszawa：Grupa Zagranica, 2010.

［11］ RIDDELL R C. Does Foreign Aid Really Work? ［M］. Oxford：Oxford

University Press, 2007.

[12] Special Review of Poland [Z]. Paris: OECD, 2010.

[13] Strategia RP w Odniesieniu do Pozaeuropejskich Krajów Rozwijają cych się? (Polish Strategy Regarding Non-European Developing Countries) [Z]. Warszawa: Ministerstwo Spraw Zagranicznych, listopad, 2004.

[14] ZAJAZKOWSKI K. Development Policy as an Instrument of EU External Policy [J]. Yearbook of Polish European Studies, 2010 (13).

[15] ZAJAZKOWSKI K. Polityka Unii Europejskiej wobec Afryki: Implikacje dla Polski (EU Policy Towards Africa: Implication for Poland) [J] Debata- Czasopismo Społcznego Zespoł Ekspertow przy Przewodniczaym Sejmowej Komisji Spraw Za Granicznych, 2011 (06).

[16] ZAJAZKOWSKI K. The Relations Between the European Union and the Countries of Sub-Saharan Africa Following the End of the Cold War [J]. Hemispheres: Studies on Cultures and Societes, 2005 (20).

[17] ZAJAZKOWSKI K. Unia Europejska wobec problemow rozwojowych swiata-w kierunku (nie) spojnej polityki rozwojowej UE (The EU response to world development challenges-towards a (in) coherent policy) [J]. Studia Europejskie, 2010 (02).

第六章

在欧盟和波兰范围内反对社会排斥

第一节　社会排斥的根源

一些主流经济学家，像莱斯特·瑟罗（Lester Thurow）等人认为，在21世纪，人力资本终将成为区分成功与失利国家中比较具有优势的关键因素。如此多的国家致力于社会凝聚力、个人发展投资和旨在超越与社会排斥相关的社会屏障的各种举措，原因就在这里，这种社会排斥浪费潜在的人力资源。对专业人员的投资，教育上的正确对策以及职业的恰当选择在一个生产效率远远重要于生产数量的时代起到决定性作用。

在21世纪全球经济形势下，教育、技能水平、解决问题的能力等人力资本的发展，能够让一个人发展成为一个高效率的工作者。

不断增长的经济竞争，以及来自诸如中国、印度、巴西等新兴势力的威胁，西方主导的全球管理架构面临严峻的挑战，欧洲必须处理好那些阻碍古老欧洲大陆动态发展的难题。人力资本开发可能成为欧洲扭转世界权力大转移的主要战略。考虑到未来的挑战，欧洲决策者应该特别关注人力资源和社会凝聚这两个方面。

当代欧洲的症结是人口萎缩、老龄化和未能适时调整以应对人口数量下跌的养老保险体制。这种体制不能适应当前人口数量不断萎缩的形势。据预测，到2025年40%的欧洲人将超过65岁，目前（应为2012年，译者注）这一比例为23%。这意味着国民生产总值的20%将用于支付养老保险。显而易见，以目前的存在形式，欧洲养老保险体制无法满足老龄化社会的需要。这种现象的存在，将会导致大部分人遭受排斥和贫困的威胁。

更重要的是，劳动力市场社会模式是欧洲走向衰落的一个主要原因。过度的社会福利开支，包括社会效益和过多的社会负担，不利于经济活动的开展。贫困救济政策，应该以保护那些濒临社会排斥边缘群体的经济积极性为目标。因此，应该创建一套综合且富有前瞻性的体制，以此抵制人们的消极存在。

此外，就业自由经济的增长，经济的快速变化和缺乏流动性，可能会吸收市场上的各种冲击，导致不能适应新环境而使失业人数增加。反过来，又可能导致他们逐渐被异化疏远，最终面临永久性的社会排斥。

针对诸如贫困和排斥等社会凝聚力领域遭受的威胁，欧盟对策是以联盟的方式监督社会局势，共同分析收入分配和生活环境及人口趋势与健康及保健状况。欧盟协调和鼓励各国政府改革社会福利体制，应对人口数量变化带来的挑战，研究哪些政策能最有效地消除贫困和社会排斥。

社会排斥与畸形发展，无以保障社会大众的权益。从经济标准来说，这也是社会发展和前进过程中的障碍之一。

近几年的经验表明，预防比处理负面的社会影响更经济实惠。从长远来看，积极的社会整合与职业刺激政策会带来令人鼓舞的效果，它可以让老年人摆脱贫困陷阱。社会排斥概念，是欧盟政治和社会政策的一个重要方面。无论在内容还是在相对意义方面，它都与贫困这个概念如影随形。

在欧盟的政策中，贫困的概念，不仅仅包括显著低水平的生活条件和物质资源，而且涉及社会和家庭纽带的破裂，以及来自不同社会领域的疏远。显而易见，贫困使得个体达致某些群体普遍认可标准的能力大打折扣。穷人往往不仅仅遭受经济剥夺，也遭遇社会和文化排斥。

但是，社会排斥观念本身表现为，同其他社会成员相比，个体因为贫穷、歧视或缺乏基本能力充分参与社会生活，无法获取进入公共空间的通道。

通常认为，社会排斥概念诞生于 20 世纪 70 年代早期的法国，由当时法国的一位决策者勒内·勒努瓦（Rene Lenoir）提出，用于描述处于法国社会边缘的人群。然后这一概念由欧盟决策者进一步拓展。

在欧盟的政策中，社会排斥可以做如下定义。

社会排斥是指由于多种不断变化的因素，人们被排除在正常交流与现代社会的权利之外。贫穷是其中最明显的因素之一，但社会排斥也包括在住房、教育、健康和接受服务方面享受权利的缺失。它影响个人和团体，特别是在城市和农村地区，在某种程度上受到种族歧视或隔离；它凸显社会基础设施的薄弱和放任二元社会走向确立的风险。欧盟委员会相信必须拒绝关于社会排斥的宿命论，所有社区公民都有权利获得作为人类的尊重。

显而易见，欧洲定义的广义社会排斥，强调剥夺的多维性，以及人际关系维度的权力丧失。

排斥的原因存在于社会、经济和政治的宏观过程。对社会某一群体和个人的排除机制通常由与其相关的全球化、社会和经济转型，以及城市化启动。罪魁祸首可以是制度性的因素，也可以是歧视性的法律结构，以及实施法律的过程，正是在这个过程中可能导致某些资源、系统和机构的不平等占用。

世界银行描述了资本存在的四种形式，它们可能受到不同形式的社会排斥的影响：

——金融资本。个人拥有金融资本因而具有权力参与交流和贸易。

——有形资本。一个人拥有有形资本，如果他私下里不仅拥有自己的土地或物品，而且还拥有相邻的基础设施和资产，这将有利于接受教育，参与社会活动和社会教育。

——人力资本。一个人被定义为具有人力资本，建立在这个人的教育程度，以及接受一定教育和培训年限的基础上。

——社会资本。它由允许实现共同目标的社交网络和人际关系组成。

那些被剥夺了资本的个人，可能被排除参与劳动力分配、消费、财富积累，同时也被排除在社会功能之外。

第二节 欧盟政策下的社会融合

据欧盟委员会统计，目前有 8000 万欧盟居民面临贫困的危险，相当于总人口的 16%，其中 19% 可能是儿童。

他们赖以生存的收入，还不到自己国家中等家庭收入的 60%。在欧盟，社会福利减少贫困风险的平均概率是 38%，但这种影响在欧洲各个国家的概率从不到 10% 到接近 60% 不等。

欧盟政策的目标是：打击代际传承的儿童贫困；实施积极的就业政策，促进弱势群体在劳工市场的融入；为每个人提供适当的居住条件；积极应对财政排斥和过度负债；以及解决劳动力市场上形形色色的就业歧视。

在欧盟，社会融合政策起源于 1989 年。欧盟宪章中，涉及关于工人的基本社会权利条款，是欧盟早期的官方政策性文件之一。

1992 年 6 月 24 日，关于社会保障系统中应有充足的资源及社会救助的共同标准，欧盟委员会给出建议（标准号 92/441/ EEC），即伴随着经济和社会一体化政策，居民需要拥有足够收入的权利。

2000 年，在里斯本达成的协议是欧盟关于这一主题政策发展的关键点。这个协议包括以下关键议题：

——加强就业参与和资源、权利、商品及服务的获取；

——预防社会排斥；

——保护弱势群体；

——联合这一过程中所有的相关机构。

2000 年的里斯本协议介绍了欧盟的战略发展框架和各个国家之间关于社会排斥的协调政策，即所谓开放协调方法（OMC）。该方法是一种自愿参与的政治合作，致力于商讨共同的目标，它表明，我们要获得怎样的进展才能够实现这些目标。

关于欧盟各个国家社会融合的国家战略收集在一份联合报告中，由理事会和委员会进行评估。联合报告体现了各个国家在社会融合方面所取得的成果。

通常国家报告中会强调这三个方面：

——创造就业方面。依据失业率和社会排斥之间的联系提升就业水平；

——能力方面。增强能力措施，如教育条款；

——资源方面。向最有可能受到社会排斥的人群提供额外的资源，如老年退休人员、单亲家庭中的父母和孩子。

2005—2009 年社会纲领与欧洲社会模式是一致的，这个模式列入里斯本战略规划，包括经济增长、就业以及欧洲可持续发展战略。社会纲领的主要目标，是社会保障系统现代化和人力资本的投资。

2008 年，欧盟委员会更新了社会纲领，以授权和帮助人们适应瞬息万变的 21 世纪。

更新的社会纲领旨在授权和武装欧洲人，特别是年轻人，来应对快速变化的社会现实——由全球化、技术进步、老龄化社会塑造的社会现实——和社会发展，诸如近期食品和石油价格的上涨与金融市场的动荡。它也旨在帮助那些在应对这些变化时遇到困难的人。

新社会纲领的目的，主要是促进工作条件的改善和就业，把社会保障提升到一个适当的水平，确保以有效的措施和资源来对抗排斥。它还通过基本优先项重点强调了欧洲繁荣和团结的关键目标，即就业、解决贫困及促进机会平等的有效措施。

2010 年是欧盟宣布的抗击贫困和社会排斥的一年。其指导原则是：让那些遭受社会排斥和贫困的人群活得有尊严，积极履行抵制贫困的责任，增强社会凝聚力，承诺并采取具体行动彻底消除贫困。

2010 年春天，欧盟理事会通过了 2020 年欧洲社会融合战略框架协议。社会保护委员会（2011 年）关于欧洲未来社会层面的报告提供了第一份2020 年欧洲社会维度战略分析。最新的数据显示，欧盟有 1/5 的居民面临贫穷或社会排斥的风险，有 4000 万人处于严重贫困。

物质匮乏表明有一定比例的人生活条件受到资源缺乏的严重影响。8% 的欧洲人处于严重的物质匮乏之中。而在保加利亚和罗马尼亚，超过 30% 的人受到物资匮乏的严重影响。从这些物质匮乏比率方面的不同来看，可以想象欧盟国家的内部资源分配，以及 2010 年这些国家之间人均国内生产总值的巨大差异。

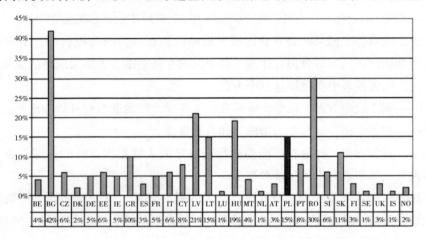

图 2-6-1　年龄 18 岁以上人口物质匮乏严重的比率，

（以出生地计算）占 2009 年人口总数的百分比

资料来源：根据欧盟统计局数据绘制。

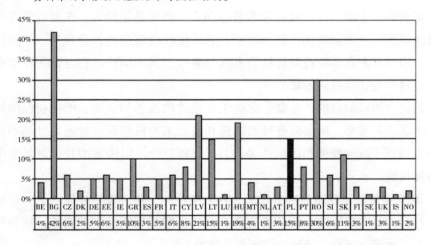

图 2-6-2　2007—2009 年物质匮乏严重人数占（总体）的百分比评估

资料来源：根据欧盟统计局数据绘制。

在应对社会排斥和贫困的新战略中，欧盟在总体目标方面所取得进展的监测将以之前的趋势为基础，比如，总人口中处于贫困或社会排斥风险中的人口数量，在欧盟层面的主要危险群体。（见图 2-6-3 和表 2-6-1）。

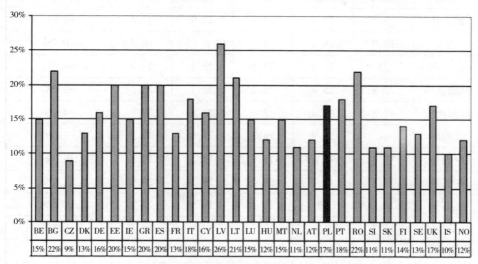

图 2-6-3 2009 年面临贫困风险的比率，按年龄组①

资料来源：据 EU-SILC 数据绘制。

表 2-6-1 欧盟成员国面临贫困或社会排斥危险的百分比变化表（2005—2009 年）

	2005	2006	2007	2008	2009	平均年增长率
欧盟 27 国	26	25	24.5	23.6	23.1	-2.9%
比利时	22.6	21.5	21.6	20.8	20.2	-2.8%
保加利亚	:②	61.3	60.7	44.8（b）	46.2	-9.0%
捷克	19.6	18	15.8	15.3	14	-8.1%
丹麦	17.2	16.7	16.8	16.3（b）	17.4	0.3%
德国	18.4	20.2	20.6	20.1	20	2.1%
爱沙尼亚	25.9	22	22	21.8	23.4	-2.5%
爱尔兰	25	23.3	23.1	23.1	25.7	0.7%

① 该指标被定义为个人等价可支配收入低于贫困临界值的份额，它设定全国平均可支配收入（社会转移后）为 60%。

② ：表格中的 3 个 "："表示资料缺失。

续表

	2005	2006	2007	2008	2009	平均年增长率
希腊	29.4	29.3	28.3	28.1	27.6	−1.6%
西班牙	23.4	23.3	23.1	22.9	23.4	0.0%
法国	18.9	18.8	19	18.6（b）	18.4	−0.7%
意大利	25	25.9	26.1	25.3	24.7	−0.3%
塞浦路斯	25.3	25.4	25.2	22.0	22.2	−3.2%
拉脱维亚	45.8	41.4	36	33.8	37.4	−4.9%
立陶宛	41	35.9	28.7	27.6	29.5	−7.9%
卢森堡	17.3	16.5	15.9	15.5	17.8	0.7%
匈牙利	32.1	31.4	29.4	28.2	29.9	−1.8%
马耳他	20.6	19	19.1	19.5	20.2	−0.5%
荷兰	16.7	16	15.7	14.9	15.1	−2.5%
奥地利	16.8	17.8	16.7	18.6	17	0.3%
波兰	45.3	39.5	34.4	30.5	27.8	−11.5%
葡萄牙	26.1	25	25	26	24.9	−1.2%
罗马尼亚	:	:	45.9	44.2	43.1	−3.1%
斯洛文尼亚	18.5	17.1	17.1	18.5（b）	17.1	−1.9%
斯洛伐克	32	26.7	21.3	20.6	19.6	−11.5%
芬兰	17.2	17.2	17.4	17.4	16.9	−0.4%
瑞典	14.4	16.3	13.9	14.9	15.9	2.5%
英国	24.8	23.7	22.8	23.2	22	−3.0%

资料来源：欧盟数据中心官网。

　　此外，对国家目标进展的监测就像上面的图表一样，呈现了隐藏在国家定义目标背后的相关指标的演变。大多数国家基于欧盟指标制定了自己的目标，其他国家或在国家指标的基础上制定目标，或者集中于目标的某一部分，如贫困比率。最后，它还包括实现欧盟目标的可能出现的情况的估计。

　　全球经济危机严重加剧了这种状况。报告强调这需要各个层面的主动政策干预，以应对损失潜在人力资本的风险。

　　促进社会融合和对抗贫困是社会层面新战略的主要目标。应对群体歧视的风险，需要成为社会政策的核心元素。详细来说，部分面临贫穷或社会排斥风险的人群，由儿童、老年人、单身女性、单身父母、低技能者、失业者和工作年龄的闲散人员等组成，最后一种包括残疾人，生活在农村地区的人群，移民以及少数族裔成员。

欧盟成员国指出，新战略主要的优先事项和政策措施，主要包含以下几方面的内容。

第一，人人获得优质服务的权利。

减少贫困和社会排斥的关键措施是有效、综合的就业和教育政策。此外，公共财政和社会保障体制改革不仅要确保其可持续性，也要保证其充足性。这也将有助于维持其如自动稳定器般的重要作用。

第二，积极融入策略。

各成员国应该结合收入补助，促进劳动力市场的完善和社会服务的健全，强化积极融入策略。这意味着可以促进每个人尤其是妇女和青年人，参与到劳动力市场中，同时也可以联结社会救助系统以激活救助措施和协助服务。各成员国还应该确保高质量社会服务融资的可持续性，提高覆盖面和社会安全保障的充分性。

第三，打击儿童贫困。

据最近的统计，目前欧盟大约有 2500 万儿童面临贫穷或社会排斥的威胁。

各成员国应该让儿童在一些领域，如健康和教育域享有优先权，以促进儿童培育的有效性，同时促进劳动力市场服务，加强父母对劳动力市场的参与，确保对有儿童的家庭提供足够的财力支持。

第四，打击老年贫困。

各成员国应维持一个高效的卫生部门，尤其是在财政紧缩和老龄化的背景下。政策也应重点集中在确保未来养老金数额的充足，以及整个欧盟长期养老系统的可持续性方面。

第五，支持风险群体（如移民、残疾人、吉卜赛人等）融入。

现代化的社会救助和收入补贴机制应优先支持成员国的风险群体，亦应整合劳动力市场和强制执行反歧视法。

适当和有效地实施欧盟基金措施将在新战略中占据一个重要的位置。在欧洲 2020 战略背景下，使用欧洲社会基金（ESF）应支持政策致力于劳动力市场参与，积极的社会融合以及儿童早期失学预防。

与弱势群体的社会融合和一体化进程相联系的风险管理，不能与进一步的发展过程割裂开来。在国家、区域与地方各级政策致力于社会融合的局势下，这种状况应该得到有效的监测和评估。

第三节 波兰的社会保障和社会融合

2006—2008 年，波兰因经济高速增长而声名在外。2006 年，波兰经济增长率约为6%，但是据预测，2011 年的增长率将可能仅约为4%。在波兰劳动力市场上，尽管2004—2006 年经济形势出现一些积极的变化，诸如日益增长的劳动力需求，较高的就业率、薪水和经济活动率，但2005 年面临贫困人群在全部居民中的比率仍高达19%。这个数据可以在2006—2010 年关于社会保障和社会融合的国家战略报告中看到。

在波兰，就像在西欧一些国家，决定社会地位的最重要的因素之一，包括个人及其家庭的财务状况，就是他们在劳动力市场的位置。18 岁和18 岁以上年龄组的群体最易受到贫困威胁，从而被排除在劳动力市场之外，导致失业，这个群体46%的人处在贫困线以下。

2009 年，波兰面临贫穷的总比率估计平均为17.1%。尽管这个数额并不明显高于欧洲的任何一个国家，但还是令人担忧。

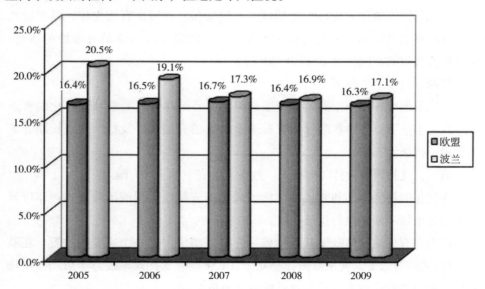

图 2-6-4　2006—2009 年波兰和欧盟面临贫困人群占总人口的百分比

资料来源：据 EU-SILC 数据绘制。

此外，生活标准根据不同的区域和一个人是否生活在城市或乡村而有所不同。

与大城市群的居民相比，生活在小城镇和乡村的家庭，常常在生活中面临相对的贫困。

波兰北方地区，由于国家农业的崩溃和欠发达的非农产业而在劳动力市场上遭遇困境。然而，在所谓的"波兰的东墙"而闻名的波兰东部边境地区，其困难局面却是源于低水平的城市化、工业化和薄弱的基础设施。

2010年，波兰的失业率估计为9.6%，而欧盟的平均失业率为9.7%。

尽管就业率大幅增长，但仍有很大比例的长期失业者——其中有一半人在职业介绍所登记。他们通常存在就业困难，不仅因为缺乏相关的专业技能，而且还由于其他原因，如低下的职业道德，缺乏工作动力以及缺乏沟通能力和团队工作能力。另外一个关键因素，不仅存在于波兰，也存在于欧洲其他国家，是福利社会的特性，使人变得消极。

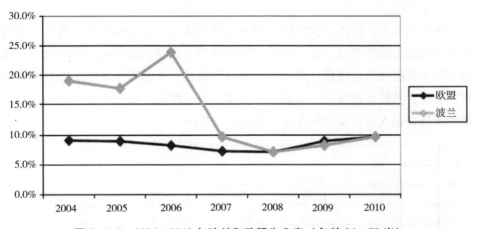

图 2-6-5　2004—2010 年波兰和欧盟失业率（年龄 24—72 岁）

资料来源：据 EU-SILC 数据绘制。

在近期国家战略报告中，关于2006—2010年社会保障和社会融合的重点之一是通过激活来整合政策，目的在于制止长期失业的恶性循环和克服对社会福利的依赖。

在波兰劳动力市场，年轻人这个群体饱受就业困扰。根据欧盟和波兰的社会政策，落实一定数量的激活计划来帮助失业的年轻人至关重要，但最重要的是，应该鼓励他们选择与当前市场需求相结合的教育。年轻人的高失业率不单单是波兰一个国家的问题，也是欧洲其他成员国的问题。

在波兰，2010年年轻人失业率达23.7%，而欧盟27国平均为21.1%。

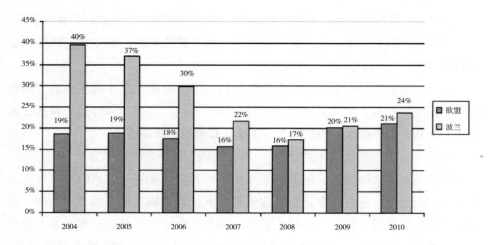

图 2-6-6　2004—2010 年波兰和欧盟青年（小于 23 岁）失业率
资料来源：据 EU-SILC 数据绘制。

除了残疾人、移民、少数民族和无家可归的人，儿童和青少年群体尤其可能面临社会排斥的风险。波兰社会政策的目的是主动采取措施，通过改善家庭收入减少贫困儿童的规模；刺激失业父母再就业；家庭税务减免；对儿童提供福利支持；发展儿童保育；采取预防措施，通过帮助养育和教育儿童给面临问题的家庭提供支持；增加教育和早期教育的机会。

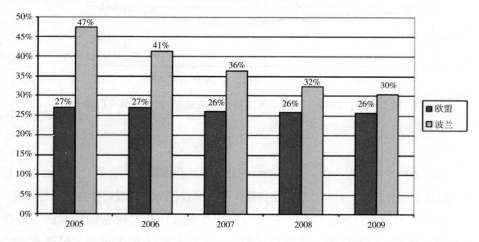

图 2-6-7　波兰和欧盟面临贫困或社会排斥儿童（小于 16 岁）占其群体总量的百分比
资料来源：据 EU-SILC 数据绘制。

因此，减少儿童和青少年面临的贫困与社会排斥是国家战略报告关于

2006—2010 年社会保障和社会融合设定的目标之一。

国家战略报告关于 2006—2010 年社会保障和社会融合的条款亦可视为儿童和青少年在获得高质量社会服务方面享有优先权。

在诸如改善社会住房制度，预防酒精、毒品问题，杜绝家庭暴力等举措中，国家战略也对老年人服务的发展提供支持。由于养老金系统失灵，老年人是相当大而且正在增加的面临贫困和社会排斥风险的群体之一。

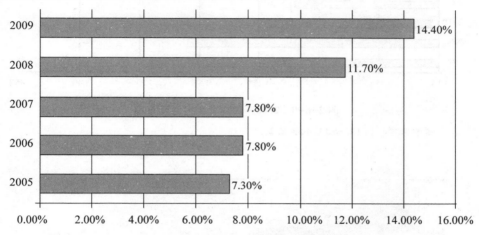

图 2-6-8　2005—2009 年波兰老年人面临贫困比率

资料来源：据 EU-SILC 数据绘制。

2006—2007 年，波兰出生率呈上升趋势，但移民的平衡消解导致了人口的下降。2008 年波兰人口增长率达 0.9%。2000—2009 年波兰总生育率（TFR）如图 2-6-9 所示。

尽管出生率上升，波兰的养老系统仍旧不适用于当前的人口计划，也无法应对快速发展的人口老龄化。虽然引入了新的养老体系，但是完全采用该系统以应对目前的局势仍然任重而道远。

毫无疑问，国家社会保障政策面临的关键挑战是采取持续措施，保证新养老金系统进一步地正常运转，包括实施长期措施为养老体系在未来的稳定发展创造条件。

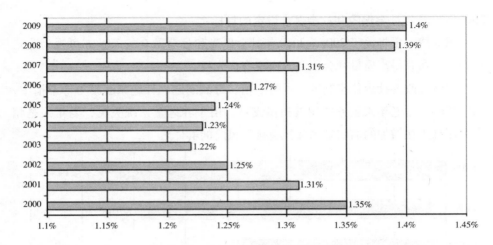

图 2-6-9　2000—2009 年波兰总生育率

资料来源：据 EU-SILC 数据绘制。

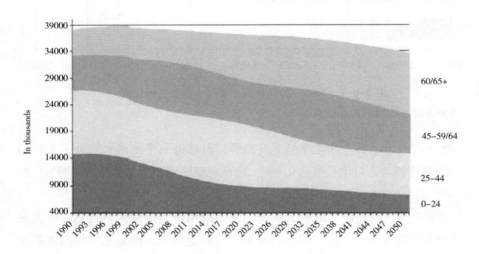

图 2-6-10　1990—2050 年欧盟人口（根据年龄）

资料来源：欧盟数据中心官网。

在波兰的社会保障系统中，值得一提的第二个议题是伤残保险。波兰社会保险系统遭遇了金融动荡与巨量的社会保险基金（FUS）以及农业社会保险基金（KRUS）补贴问题。毫无疑问，这可能会对当前政策带来一个重大的挑战，特别是在公共债务持续增长和公共部门财政赤字的背景下。

2007 年，伤残养老保险缴费水平降低。自 1999 年以来，伤残养老保险工资总额占比13%，保险缴费由雇员和雇主等份支付。2007年，其比例下降到工资总额的10%，其中雇主支付6.5个百分点，而员工支付3.5个百分点。2008年以来，支付比例为6%，其中雇主支付薪酬总额的4.5个百分点，员工1.5个百分点。

现在，残疾人和幸存者的养老保险（6%）是由被保险人自行提供1.5%，纳税人贡献4.5%，较低水平的残疾养老保险缴费导致了社会保险基金赤字的增加。

波兰，像欧盟其他成员国一样，必须编制关于社会保障和社会融合的国家战略报告。最新发布的2008—2010年波兰报告考察了社会政策中主要的设定。它与欧盟的目标相一致，比如实现更好的社会凝聚力，较高的经济增长和更多质量更好的工作，以及更深层次的社会融合。

在这方面，特别是在人力资本运营计划方面，欧洲基金也给予我们希望。欧洲基金由欧洲社会基金和波兰政府共同出资。

结　语

毫无疑问，综合与高效的经济增长与就业政策提供了日趋繁荣的社会框架，这进一步推动了社会融合政策的发展。欧洲社会政策的第一要义应该是塑造一个积极的社会，包括但不限于如下举措：开发有效的教育体系，创造培育基本能力的通道；限制轻松占有福利导致懒惰的行为，实现社会保障制度的现代化；发展积极劳动力市场政策，强化劳动力市场机制；依据灵活安全原则，开发工人的适应能力；促进社会经济的发展和提高健康保障体系的有效性。

参考文献

［1］WIÉNIEWSKI Z, ZAWADZKI K. Aktywna Polityka Rynku Pracy w Polsce w Kontekcie Europejskim（Active Policy on the Labour Market in Poland in the Context of Europe）［M］. Toruń：Wydawnictwo Pracownia Sztuk Plastycznych, 2010.

［2］Child Poverty and Well-Being in the EU- Current Status and Way Forward ［Z］. Brussels：EC, 2008.

［3］Impact Assessment of the renewed Social Agenda ［Z］. Brussels：EC,

2008.

[4] Integration helps Roma become full members of European society [Z] . Brussels: EC, 2007.

[5] Joint Report on Social Protection and Social Inclusion (2010) [Z] . Brussels: EC, 2010.

[6] OMTZIGT D. Survey on Social inclusion: Theory and Policy [M] . Oxford: Oxford Institute for Global Economic Development, 2009.

[7] Polish National Strategy Reports on Social Protection and Social Inclusion 2008—2010 [Z] . Warsaw: Ministerstwo Rodziny, Pracy i Polityki Społecznej, 2008.

[8] TNS Opinion & Social. Poverty and Social Exclusion [Z] . Brussels: EC, 2010.

[9] Privately Managed Funded Pension Provision and Their Contribution to Adequate and Sustainable Pensions [Z] . Brussels: EC, 2008.

[10] MARY D. Poverty and Social Exclusion in the UK: The 2011 Survey [Z] . London: PSE, 2011.

[11] Raport krajowy Polskiej Koalicji Social Watch i Polskiego Komitetu European Anti-Poverty Network [Z] . Warszawa: Ubostwo i Wykluczenie Społeczne, 2010.

[12] Social Exclusion and Integration in Poland [Z] . Warszawa: UNDP, 2006.

[13] SPC contribution to the "Europe 2020" strategy (2010) [Z] . Brussels: Council of the EU, 2010.

[14] SZARFENBERG R. Marginalizacja i Wykluczenie Społeczne (Marginalisation and Social Exclusion)　[M] . Warszawa: Instytut Polityki Społecznej, Uniwersytet Warszawski, 2006.

[15] The Measurement of Extreme Poverty in the EU [Z] . Brussels: EC, 2011.

[16] EMPOI D G, INCLUSION A. The Social Dimension of the Europe 2020 Strategy: A Report of The Social Protection Committee (SPC) [M] . Luxembourg: Publications Office of the European Union, 2011.

[17] THUROW L C. Head to Head: The Coming Economic Battle among Japan, Europe and America [M] . New York: Morrow and Company, 1992.

［18］What Social Europe Can Do for You – factsheets ［Z］. Brussels：EC，2010.

［19］Social Exclusion and the EU's Social Inclusion Agenda：Paper Prepared for the EU8 Social Inclusion Study ［Z］. Washington：Document of World Bank，2007.

第七章

欧盟移民政策及其对波兰的影响

第一节 波兰和欧洲的人口状况

欧洲的人口状况，是欧盟政治家和社会面临的一个重要问题。最近几年，甚至近几十年，都显示出其系统的恶化。欧洲是老龄化社会，沃尔特·拉克尔（Walter Laqueur）在其趣味横生的著作《欧洲最后的日子：一个古老大陆的墓志铭》（*The Last Days of Europe*：*Epitaph for an Old Continent*）中预言，一些欧洲国家在50~100年间可能完全消失。这意味着我们应该认真考虑改革欧盟社会保障计划，以确保他们能够支持那些日益增多的退休人员。

社会的老龄化受到许多因素的影响，包括生育率、老年群体死亡率的降低，年轻人移民、战争。间接因素可能还包括：社会财富水平、家庭模式、女性职业活动、健康保障、国家社会政策和教育。

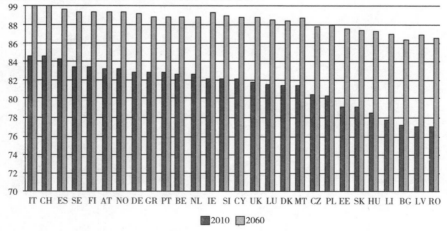

图 2-7-1　2010—2060 年男性平均预期寿命（岁）

资料来源：欧盟统计局。

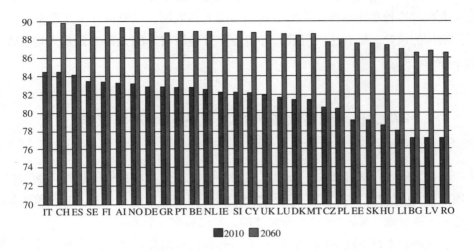

图 2-7-2 2010—2060 年女性平均预期寿命（岁）

资料来源：欧盟统计局。

图 2-7-1 和图 2-7-2 表明，最近几年人口结构的变化不是很明显，但在一百年内却发生了显著的变化。事实上，1900 年平均寿命预期是 47 岁，2000 年是 77 岁，而 2050 年预测男性为 81 岁，女性 86 岁。在 1900 年，退休平均周期大约为 1 年，1980 年为 13 年，1990 年为 19 年，目前则是 20~30 年。

据联合国人口司预测，到 2050 年，欧洲人口将会比目前减少 1 亿。1950 年欧洲人口占世界人口的 21.7%，2005 年只剩下 11%，未来的 50 年将会下降到 7.2%，而在 21 世纪末将不到 4%。那时德国人口将从 8200 万下降至 3200 万，意大利——从 5700 万下降到 1200 万，西班牙——从 4000 万下降到 1190 万。东欧的衰退也将是戏剧性的。到 2050 年，乌克兰人口将减少 43%，保加利亚将减少 34%，波罗的海国家将减少 25%。

根据专家的观点，在接下来的几年里，我们应该可以预见总生育率的进一步下降。从 21 世纪初平均每个妇女生育 1.22 个孩子，到 2011 年的 1.1 个，而 2011—2020 年我们可以期待一个稍稍上升至约 1.2 的生育率。未来这个比例将在 1.6 左右波动，前提则是欧洲国家实施有效的家庭政策。

社会老龄化，不仅不利于人口结构和劳动力市场，而且会产生严重的经济和社会影响。目前情况下，退休养老及社会保障计划与公共支出的不断增长在不同社会群体之间可能会造成关系紧张。当社会中的大多数人变得越来越老，处在经济生产力年龄能够胜任工作的群体人数日益萎缩，从而导致劳动力缺乏。社会面临着这种在代际传承之间不断加剧的人口问题，以及医疗卫生服务部门费用增加的风险。所有这些因素，可能会导致经济效率的大幅降低及人均收入的下降。

第二节　移民改善人口状况的预期及其影响

对目前的人口状况来说，一个可能的解决方案是开放我们的移民市场。西欧国家在 20 世纪 50 年代和 60 年代之交的经济繁荣时期即是如此，其经验正如马克斯·弗里施（Max Frisch）所描述的，我们需要一个劳动力，而我们得到了移民。移民们来自不同的国家，拥有不同的文化和思想，被移民国家寄希望于填补劳动力供应的空缺，然后在不需要时则回流原籍国。

"老欧盟"国家的移民政策导致廉价劳动力的涌入，随之而来的是 20 世纪 60 年代和 70 年代的经济高速增长。这些移民在种族、文化或宗教方面都截然不同，但由于他们，移民国家实现了这一时期的经济预期。在英国，移民来自前殖民地国家，如印度、巴基斯坦等；在法国，移民来自北非，主要是阿尔及利亚北部；在意大利，移民来自摩洛哥；而在德国，移民则是来自土耳其、摩洛哥和前南斯拉夫的客籍工人。新移民如潮水般快速涌入这些国家，以至于当局未能为他们在新的社会找到一个合适的居住地，仅有一些短期措施被用来解决现有的特别问题，而紧张和冲突日积月累，终于以一种无法控制的方式爆发出来，就像开始于土耳其和摩洛哥工人宿舍的火灾。

今天，"老欧盟" 15 国从文化相近的"新欧盟" 10 国吸引他们需要的劳动力。然而，欧盟的主要目标是通过区域政策和结构基金来平衡各国间的经济潜力和区域水平差异。因此，当目标接近或达到时，各成员国的潜力是均等的，寻求欧盟以外劳动力的时间终将到来。

让我们分析一下表 2-7-1 和表 2-7-2 给出的移民的原因和影响，它将帮助我们定义移民的性质。

表 2-7-1 移民原因

移民动机	促使移民（移出）的因素	鼓励（外来）移民的因素
经济和人口	贫穷 失业 低工资 高出生率 缺少医疗保障 教育水平落后	提高工资 改善生活条件 私人或职业原因 发展愿景
社会和文化	种族或宗教 歧视	家庭团聚 回归祖先家乡 无歧视 社会保障
政治	冲突 安全 暴力 腐败 侵犯人权	安全感 人身自由

考察这类移民的原因，我们必须进行更加缜密的研究，因为它建立在移民本质上不同于劳动力流动的假设之上。如果我们把目光集中于移民的第一动机，这种假设是正确的。但如果我们着眼于长期影响，却是另外一回事，因为每一种移民，不管什么原因，最后皆以寻求就业来获得生活所需为终结。

表 2-7-2 移民的影响

效益	成本
增加家庭收入	扰乱人口结构
改善劳动力市场局势	养老保险制度面临破产威胁
增加内部流动性	增加工资的压力
提高国民生产总值，刺激消费需求	高素质人才流失
新的技术和移民资质	移民实际教育费用
投资和创造新的工作岗位	专业人员缺失
促成职业新模式	增加被动转移威胁

　　这是对移民多层面和重叠性影响的简要呈现，对此我们将在文本中进一步阐述——在这里，我们将只显示由于移民而形成的家庭财政转移支付的数额。

　　世界银行关于移民的调查报告的数据显示，在欧洲，包括苏联的加盟共和国，由国外支付的款项官方记录 2004 年超过 190 亿美元，大约占全球移民支付总额的 8%，即 2323 亿美元。

　　世界银行进行的另一项研究的结论是，获得国外亲戚经济援助的家庭，把其援助的 85% 用来满足日常生活需求，如食物、服装、住宅或公寓费用等，约5% 用于教育和储蓄，只有 5% 用于农业或工业的投资。图 2-7-3 显示 1994—2008 年转移到波兰的资金数额。

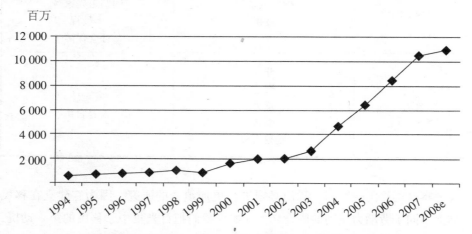

百万

图 2-7-3　1994—2008 年波兰海外工人往境内汇款额

资料来源：波兰 TRYSTERO 官网。

"2008e" 中的 "e"，表示 "预估（estimate）"。

　　加入欧盟的第一个五年，在国外生活的波兰人转移到本国的款项高达 700 亿兹罗提。当美国的 "老移民" 不再像以前那样帮助他们的亲戚时，在德国、英国、荷兰和挪威打工的波兰人仍然把他们收入的很大一部分寄回本国。2008 年的经济危机造成了转移数额的下降。2007 年，在国外居住超过一年的波兰人转移金额达到了 45 亿欧元，一年后只有 39 亿欧元，下一年更少，2009 年波兰的移民家庭只收到大约 30 亿欧元的转款。

第三节　欧盟的移民政策

把移民政策问题视为社会问题，对欧盟的一体化来说是一个相对较新的概念。多年来，它一直把政府间决定的区域留给主权国家和我们所谓的国家利益。欧盟共同法律监管的第一个问题是难民和寻求庇护者，然后欧盟扩展了包括移民在内的权限，最后是极其重要的议题，外籍人士的整合。

1990 年签署的《都柏林公约》，是欧盟共同体第一次尝试处理庇护申请过程中的国家权限问题的法律。它规定第一个到达的国家具有处理庇护申请的义务，而这被认为杜绝了申请人向几个国家连续提交的问题。

接下来是 1992 年的《马斯特里赫特条约》，它指向司法和内部事务范畴，因此，也涉及各成员国之间有必要合作的庇护和移民政策等领域。真正的转折点是 1999 年的《阿姆斯特丹条约》，把移民议题从第三支柱——政府间决策，转至第一支柱——共同体决定，从而确认了欧盟在此区域的解决方案的重要性和必要性。它规定，欧盟共同体做出的决定，包括移民进入和停留的第三方国家的签证标准和居留许可。该条约生效后，有 5 年的时间付诸实施。该条约还增加了 1985 年的欧盟共同体申根协定①。

1999 年，坦佩雷峰会进一步延续了这些决策，它调整了《都柏林公约》所设定的国家在接受庇护申请的过程中的权限，为难民地位和欧盟国家接收难民制定了通用标准。峰会还提及，合法居住的外国人需要公平的待遇，社会发展也需要一个有效的移民政策整合。坦佩雷峰会讨论的一项重要内容是预测和控制移民潮的可能性，以及预防外国人偷渡进入欧盟的全面性。只有明确清晰地保证外国人进入欧盟的法律可能性，这样的移民政策才切实可行。

依据坦佩雷峰会的结论，欧盟委员会发布了一系列公告，其中特别引人注目的是那些涉及以下内容的告示：

---

① 1984 年 7 月 13 日，在萨尔布吕肯，联邦德国和法国缔结了双边协议，为两国公民穿越共同边界提供便利。该协议只涉及公路边境口岸的边境检查。比荷卢三国，已经从护照工会的运作中积累了一些经验，对此协议兴致十足。因此，一些萨尔布吕肯的解决方案，在边境管制逐步取消的背景下，被用来议定关于共同边界新的协议。它于 1985 年在比荷卢经济联盟、法国和联邦德国国家之间签署于申根，因此其非官方名字为申根 1 号。该协议缔结于欧洲共同体法律秩序之外。

——移民家庭团聚原则（理事会公告 2003/86/EC，2003 年 9 月 22 日）；

——欧盟长期居民身份（理事会公告 2003/109/EC，2003 年 11 月 25 日）；

——学生和外来务工人员规则。

作为 2004 年 7~12 月期间的欧盟轮值主席国，荷兰负责交付坦佩雷峰会的各项决定，荷兰首相说，既然付诸实施的 5 年期限已经过去，"我们不想建立欧洲堡垒"。但他指出，有必要控制欧盟边界，遏制非法移民的浪潮。"我们无法承受，边界开放的欧盟，却没有共同的关于移民、遣返和庇护的政策。"然而不幸的是，东道国一面给移民创造机会，同时为本国公民提供同等的权利需要耗费巨额资金，而结果却无法预定。在欧洲社会，有一个普遍的看法，即移民整合是必要的，但问题是谁来支付相关费用，因为整合不可能是任意的和临时性的。

在移民问题重要性日益增加的背景下，对下列问题的应答非常重要。移民潮往哪个方向发展最有利于欧洲？欧洲能自行确定这个方向吗？现有的情况是，已经有近 2000 万名穆斯林生活在今天的欧洲。如果允许，他们急切地希望将他们的家人带到居住国。但是与袭击相联系的事件，如 2001 年 9 月 11 日在纽约和华盛顿，2004 年 3 月 11 日在马德里和 2005 年 7 月 7 日在伦敦的事件，已经在欧洲社会造成了对穆斯林的敌视。这对于欧盟的信息政策来说是一个艰巨的任务，它必须说服公众，并不是所有的穆斯林都是狂热的恐怖分子。

2004 年秋天，欧盟通过了《海牙方案》。该方案的一个重要部分是强调移民外在尺度的重要性，即与移民原籍国合作，用共同体福利基金给移民提供经济支持。方案也考虑了把那些在欧盟失去居留权的移民发送回原籍的必要性，包括协助返回最低标准的确定和 2007 年欧洲遣返基金的建立。方案还向欧盟成员国保证，接纳移民的数量将与他们的能力保持一致。另外值得一提的是，该方案还着重强调了东道国社会有效整合新移民的重要性。

制定一个共同的移民政策，创立欧洲移民与庇护协约，这是法国担任欧盟轮值国的首要任务之一，同时也是尼古拉·萨科齐（Nicolas Sarkozy）——法国前总统和内政部前部长的主打想法。① 这是欧盟尝试创建一个全球性移民战略的第一份文件。一方面，它涉及合法移民；另一方面，它提出，通过遣返原籍国，

---

① 该公约共 15 页，分为五个主题领域：合法移民、非法移民、边境管制、庇护政策和欧盟与原籍国之间的关系。在实践中，对一些移民来说，这意味着在欧洲获得更好的工作机会，但对其他移民更多的则是担心被驱逐出境的恐惧。现在我们还无法评估公约规定的有效性究竟如何，而且"阿拉伯之春"事件也改变了这个地区移民的观点与视角。

更加主动地打击非法移民。

移民遣返政策激发了移民和移民组织捍卫自身权力的诸多论战与反抗，该政策 2008 年 7 月通过，2010 年 8 月生效。它规定了驱逐和递解非法移民的规则，移民们评论称，"……这是对自由的理想和欧洲神父们所宣称的共同生活的打击"。这项移民遣返政策对英国和丹麦没有约束力。

另一个重要的异步同趋的移民政策是 2009/50/E 号指令，它仿照美国绿卡设立所谓的欧盟蓝卡。前欧盟司法和内政事务专员弗朗哥·弗拉蒂尼（Franco Frattini），是这个提议的奠基者和推动者，他一再指出，定居美国的移民 55% 是高技能人才，而此类移民在欧盟只有 5%。为了提高这一比例和吸引更多的技术移民，弗拉蒂尼决定采用行之有效的美国模式。该指令规定了高技能工人在欧盟国家工作的先决条件：三年大学教育或本行业五年以上工作经验的资格证明；欧盟认可的毕业证书；作为未来雇员签订雇佣合同至少一年；工资至少不低于这个国家平均工资的 1.5 倍。该指令目前只是执行国的国家法律制度，至于它的效果如何，我们仍然需要拭目以待。尽管明显的事实是，绿卡的授予是建立在永久工作期限的基础上，而蓝卡只授予合同持续时间的就业，这可能会限制其有效性。

2010 年 4 月 5 日，欧盟签证法生效，它汇集了所有现行签证法律规定，而且该签证法还规定了签证发放的共同规则和条件。它包括一般规则和各成员国负责处理签证申请的原则。该签证法协调了有关处理申请和确认签发的规定。为确保签证申请人的平等待遇，2010 年 3 月 19 日，委员会通过了"签证申请处理指南"，提供给成员国的领事服务。

第四节　波兰移民政策制度化的过程

国家移民政策包括几个重要部分。第一个部分，确定移民的定义和性质，这是移民政策的原则。紧随其后的是下面两个政策：

移民政策——针对那些离开自己的国家，而其国家希望说服他回来的人和那些国家阻止离开的人；

移民政策——外国人进入和居留特定国家的途径。

其他部分：法律法规、制度和实践。

波兰仍然面临着移民政策战略发展的问题，一方面，需要依照共同体法规调整这一战略；另一方面，又要考虑其他成员国的经验和自己特定的政治、社会和文化背景。在波兰，制定一个全面的移民政策存在困难，这有几个至关重要的原因。

其中一个原因是缺乏有关移民的原则。制定这样一个原则需要阐明那些已经是常识或者已经被载入最高级别的国家性文件，如宪法。而这个原则将表明波兰政府和市民对外国移民的态度——是已经准备好打开国门接受他们，还是更愿意自我孤立，关闭边界。最后还要以此为出发点颁布法规，发表声明，制订计划。但在波兰，没有这类清晰而明确的界定性原则，随之而来的是名目众多的解释文件，缺乏协调措施和在这个领域解决争端的主体。

另一个原因是缺乏一个中心来聚集政治、行政和社会领域的人士——他们在围绕创建波兰移民政策的目标方面持论不同，各有专长。因此，没有机构可以发起一个社会和政府级别的关于移民政策的辩论，然后制定政策并监督实施。耐人寻味的是，各政党在这件事上非常消极，参议院、众议院和总统也是如此。在这个目标上迈出积极一步的是 2007 年创建的移民小组，其成果以"波兰移民政策——现状与建议"为题发表在 2011 年 4 月的工作报告上。（对此稍后的章节中会有讨论）

波兰的人口状况紧随欧洲的趋势，这是不利的局面。这种情况有历史方面的原因，即移出移民在波兰移民中占支配地位。在过去的几十年间，波兰人离开他们的国家到国外赚钱。他们携带家人、朋友等，在世界各地，如美国、澳大利亚、阿根廷、联邦德国等，形成了波兰侨民社群。战后的社会和政治变革推动他们继续遵循这些传统，根据波兰社区统计，大约有 2000 万波兰人和波兰后裔生活在海外。然而如果我们考虑一下相反方向——外来移民——却总是动力不足。波兰没有吸引其他国家移民的历史中心机构，其移民比例只有 0.1%，是欧洲最低的国家之一，相比之下，德国的这一数字是 8.9%，法国是 6.6%。

为实现既定目标，接下来的步骤是指定和列举必要的方法和手段。根据这一原则，移民政策和协调中心制定了如下计划：

——采用明确和友好的准则聘用外国人；

——制定标准，拒斥某些特定移民群体；

——创建吸纳波兰大学外国毕业生计划。

2011 年 4 月 6 日，波兰内政部部长耶日·米勒（Jerzy Miller）提交了工作报告"波兰移民政策——现状和建议"，包括有关路线、组织和机构的指导方针以及研讨波兰移民政策应有的机构。这是一份提交公众咨询的综合材料，问题是，是否有团体有兴趣参与这个咨询。

拟定移民原则和政策只是完成终极目标的其中一步，甚至不是其中最难的一步。它必须在立法之后，通过行政程序，通过监督执行和不断与社会合作来获得其认可和支持。

第五节　外国人在波兰的现状

20 世纪 90 年代的社会转型，除了影响经济、政治和社会形势，也改变了波兰移民的现状。一方面，波兰迫切需要与西方伙伴合作，以对接"自由世界"和加盟对"其他人"开放的社会；另一方面，波兰已承诺，接受和尊重欧盟对庇护和移民政策的一些限制和要求。

来到波兰的移民可以分为两个基本类别：劳工移民和难民。这两个群体的特性要求对他们采取不一样的对接，他们在波兰也要接受不同的法律规范。

由于移民的缺少，在这一领域的立法一直是模糊的。1952 年宪法并没有包含对外国人的任何规定。其第 88 条只涉及庇护，"波兰人民共和国应当给予那些为捍卫工人群众利益，民族解放斗争或科学活动而受到迫害的外国公民庇护"。除了 20 世纪 50 年代在家乡受到迫害的希腊和马其顿人以及 20 世纪 70 年代的智利人，在波兰寻求庇护的外国人很少。1963 年的《外国人法》顺应了那个时代的需要，但是它模糊不清，故意留下了很多没有明确法律规定的问题。

直到 20 世纪 90 年代政治转型，波兰才成为 1951 年《日内瓦公约》和 1967 年《纽约协议》的签署国，时间是 1991 年。1992 年，由于加入这些国际协会的各签署国需要通过高级专员办事处进行合作，联合国在华沙设立了联合国难民事务高级专员办事处。

波兰签订《日内瓦公约》和《纽约协议》后，随之与申根国家签订协议，使得包括难民在内的《外国人法》的重新修订提上日程。

1997 年 10 月，新宪法生效。其第 56 条规定：根据法律条款，外国人在波兰共和国可以享有庇护权。外国人在波兰寻求保护以免受迫害，波兰共和国作为当事方，可以根据国际协议授予他们难民地位。

1997 年 6 月，重新修订的《外国人法》获得通过。在很大程度上，它是波兰立法需要适应欧盟法律的结果。其目的是确保欧盟法规中规定的行动自由，还要确定必要的措施保护国家，应对不良移民的涌入。该法案引入了四种类型的签证：居留签证、居留签证加工作权、过境签证和遣返签证。它详细罗列了一个外国人可能被拒绝签证的各种情况，例如，对波兰的利益构成威胁，涉嫌贩卖毒品，武器交易，协助他人偷越边境。它还引进了规定期限的居住证和许可证。前者在波兰立法部门是一个新的制度，但在欧盟成员国早已司空见惯。后者依据之前法令的运作，已经取代了永久居留卡。新法律还清除了一个相当严格的邀请外国人问题，这主要是针对来自东部边境的那些人，他们由此进入波兰并非法滞留。由于该法对此类邀请进行了彻底的检查和登记，并且把居留、医疗或潜在的被驱逐出境的费用放在邀请方，已经引起了邀请函寄发数量的下降，以及随之而来的边境交通旅客数目的减少。

更进一步的后果是波兰与其东部邻国关系的恶化，他们视这种紧缩限制为东欧转向的标志。这个问题在波兰加入欧盟后，以一种更为苛刻的形式反过来，为俄罗斯联邦、白俄罗斯和乌克兰等国公民提供签证。

1997 年的《外国人法》引进了一些在西欧国家早已熟悉而对波兰法律还很陌生的概念，比如"安全原籍国"和"安全第三国"。在授予难民身份的背景下，这些都是非常重要的概念，因为在接收和处理申请时，来自"安全国家"的公民被排除在外。

难民申请者，通常住在难民营。在波兰有 14 个这样的难民中心，主要聚集在华沙周围和波兰东部，这是其中大部分难民涌来的方向，最大的中心是在德巴克—鲍德库瓦森林。所有难民首先去那里接受他们的个人分配，分配考虑国籍、年龄和家庭状况，这有助于防止冲突和促进难民工作的整合。

自 2004 年 5 月 1 日起，欧盟庇护规定适用于波兰。其中包括要求所有难民申请者提供指纹，以防止一个申请者在几个欧盟国家提交申请。这引发了难民组织的抗议，他们声称这些规定把难民视为罪犯。对难民申请的许多解释程序说明，应用这一程序最根本的原因是经济方面。

2003 年 6 月 13 日，波兰颁布两项法令，给波兰境内的外国人提供保护。这是波兰在移民和庇护领域调整立法，适应共同体法律的另一个重要的步骤。该法令规范了签证发放的准则，东部邻国的签证需求，推出了外国人居留波兰的新形式——容忍居留许可证。这个概念在欧洲其他国家众所周知，并往往成为"不受欢迎的"移民最后的救命稻草。

容忍居留许可证可授予一个外国人，如果他或她只能被遣返到"一个他们的生存权、自由或个人安全受到威胁的国家，在那里他们可能遭受折磨，或者不人道或有辱人格的待遇或处罚，或者被强迫工作，或者被剥夺公平审判的权利，或者从公约保护人权的意义上受到没有法律依据的惩罚"。外国人获得容忍居留许可证后，会收到一个有效期为 12 个月的居留证，并享受跟临时居留者同样的权利。因此他们可以在波兰工作而不用获取一个单独的许可证，他们有权享受社会福利、家庭津贴、勤工津贴和儿童福利，他们有权在小学、中学及高中以后的学校接受教育。

依照该法案第 70 条对波兰境内的外国人给予保护措施，以及第 91 条关于社会保障，在波兰已取得难民身份的外国人有权获得所谓的集成援助。包括根据外国人个人情况而定的现金补贴和健康保险费用支付，这给他们提供了使用公共医疗服务，以及在更广的范围内了解社会咨询的可能性。

2008 年 5 月 29 日，对波兰境内的外国人给予保护的修订法案生效。该法案最重要的变化是引入了国际保护授予外国人保护的新形式，即辅助保护。它可以授予那些被拒绝了难民身份的申请，但是当他们回到自己国家将会真正面临严重的伤害外国人。

根据上述法案中的第 8 条，一个外国人，在获得定居许可或欧盟长期居留许可或居留证的基础上，只要他或她在波兰居住至少 5 年，就可以在他或她的请求下被授予波兰公民身份。

移民通常是基于经济因素。在波兰，劳动力移民的社会分布不均衡。1989年政治转型之后，当波兰劳动力市场不再是封闭的和国家性的，外国人的合法和非法就业开始出现。前者须接受区域劳工办事处的管制，根据 1994 年《就业和预防失业法》，劳工办事处被授权发行雇主许可证，允许他们在顾及劳动力市场局势的情况下，在有限的时间内，在特定的岗位雇用外国人。具体实践中，这意味着只有当出于各种原因，没有波兰人对这项工作感兴趣时，才能发放这样一个雇主许可证。该法案的规定排除了外国人来到波兰后独立求职的行为。

2009 年 2 月 1 日，修订后的波兰雇用外国人的条款生效。条款简化了程序，并减少了当局在操作过程中核验文件的数量。

事实上，没有必要获得许可证并不意味着理所当然没有必要获得工作签证。一个外国人申请这样的签证需要他或她的雇主提交一份提供波兰工作意向的书面声明。许可证是在雇主的请求下由省长、雇主注册办公室，或居住地的辖区发放，它有一个固定期限，最长为 3 年，而对于一个在聘任超过 25 个员工的公司担任董事会成员或者在从事出口服务的代表团工作的外国人来说，这个期限为 5 年，授权时间加上可能性的延期。支付给外国人的薪酬不能低于一个波兰工人在相似职位的工资。

自 2008 年以来，外国人对留在波兰的兴趣增加。因此，截至 2009 年 12 月 31 日，相当可观数量的外国人（97604 名）持有有效居留证，其中最大部分，即 29% 颁发给了乌克兰公民。2009 年，在波兰有 29430 名外国公民获得工作许可证，比 2008 年多了 10000 人。注册雇主有意采用简化方案，雇用外国员工的书面声明数目是 191524。2010 年 12 月的法令，允许乌克兰、白俄罗斯、俄罗斯、摩尔多瓦、格鲁吉亚等国家民众在没有工作的情况下居留 6 个月的时间。在这同时，最长为 6 个月的短期工作签证，其数量为 127894 个。

波兰加入欧盟，并采用欧盟法规，规定了波兰有责任保护外部边界，从而阻止非法移民的涌入。就像前面已经提到的，非法穿越波兰边界的包括那些想留在波兰的和那些把波兰仅仅当成中转国的移民。1990—1993 年，未经许可穿越边境而被扣留的主要是罗马尼亚、保加利亚、乌克兰和俄罗斯人。20 世纪 90 年代中期，来自乌克兰、亚美尼亚、阿富汗、印度、阿尔及利亚、摩尔多瓦和伊拉克的移民数量显著增加。而从遥远的亚洲和非洲地区涌入的移民虽然并不罕见，却是一种新型现象。波兰位于欧洲迁徙路线的十字路口，在评估移民局势时不能不考虑这一点。

论及波兰移民的政策问题，我们强调为特定外国人群体在波兰居住和工作优先提供法律解决方案的需要，这些群体当然也包括有波兰血统的人。正是因为他们，"波兰人卡"法案在 2007 年 9 月 7 日获得通过，该卡片是一个确认波兰民族成员的文件，赋予拥有者一定的权利，其中包括：在波兰多个边境口岸享有长期居留签证的权利；没有工作许可证在波兰合法就业的权利；与波兰公民依据相同条件在波兰开展业务的权利；紧急情况下从免费教育和医疗保健系统中获益的权利。

获得波兰卡并不意味着接受了波兰国籍，也没有在波兰定居或不持签证穿越波兰边界的权利。

第三国公民可以在获得申根或国别签证，一定期限的临时居留证、居留许可证，或者欧盟长期居留许可的基础上居留波兰，或者如前所述，他们可以使用授予他们的保护措施，如难民身份、辅助保护、容忍居留许可、庇护等。

每隔几年，波兰就像许多其他国家，特别是希腊、西班牙、葡萄牙一样实施赦免行动。因此，某些非法滞留在波兰国家的外国人群体可以获得合法居留权。由于这种行动，2003 到 2008 年，大约 4500 人的居留得到合法化。2011 年 8 月 26 日，总统布罗尼斯瓦夫·科莫罗夫斯基（Bronislaw Komorowski）签署了另一项关于赦免的法律，将于 2012 年 1 月 1 日生效。它将覆盖自 2007 年 12 月

20 日以来在波兰连续居住的外国人。该法较往年的规定更为宽松。此前,外国人必须证明他们已经在波兰居住至少 10 年,提交一份包括住房合同和工作许可的文件。根据新的法律,外国人不再需要拥有充分的生存手段。赦免后临时居留的期限将被授予两年,而不是之前的一年,但居留期间离开波兰的人将失去从新的法律规定中获益的权利。内务和行政部门估计,新的赦免将覆盖数千名外国人。然而,一个外国人为了赦免向当局公开他或她的身份取决于许多客观和主观因素,包括心理因素。因此,只有在赦免完成后,才有可能评估其实际效果。

第六节　外国人在波兰——具体实践

波兰移民政策的创建是基于这样一种情况,即成千上万的外国人已经在波兰工作和生活。我们应该研究其构成以总结过去在这个领域的经验,并尝试找出未来为了满足波兰经济而必需的移民潮的理想规划。

第一个也是最大的一个群体是乌克兰移民。根据 2002 年全国人口普查,在波兰定居人口中,非波兰血统和非波兰出生公民有 29748 人,乌克兰人是其中最多的,占比 22.6%,他们在波兰临时居留(2~12 个月)的外国人中占据了一个更大的份额,为 28.7%。我们可以以高概率假设,自 20 世纪 90 年代初期以来,乌克兰人已经是非法滞留波兰群体中最大的一组。这些人一直以旅游签证留在波兰,有时超过签证有效期,从事各种各样的赚钱活动。乌克兰人也是波兰外国学生和工作许可持有者中最大的群体。在已注册的乌克兰移民中,妇女占有最大的比例,为 60%~70%,这主要因为最简单的获得居留证的方法是与一个波兰公民结婚,对东部边境国家的移民来说,似乎女性比男性更容易获得这样的机会。我们没有关于乌克兰女性在波兰非法工作的数据,样本研究表明,这个群体既包括男性也包括女性,每个性别都有典型的群体职业,如女性——保姆、老人护理、家政服务;男性——建筑工人、农场工人。

乌克兰移民在波兰市场从事的最常见工作,包括建筑工、农业体力劳动、家政服务,以及色情服务(在色情机构、按摩院、夜间酒吧从事非法工作、“自主创业”),其他服务包括各种未注册的职业:按摩师、辅导教师、音乐家、厨师、面包师、生物能治疗师、算命先生等。这些职业很容易逃避注册和管理部门的控制。在这种情况下,我们的统计应该包括偶尔的不同常规的一次性佣金,如通过"职业介绍所"就业。

在波兰定居的乌克兰人中，大多数是经济学意义上的能动性活动者——80%的移民处于20~49岁之间，非常年轻和年迈的人只占一个非常小的比例，分别是6%和5%。更重要的是，大约有86%的移民至少接受了中等教育，只有6%接受了小学或更低教育。

乌克兰移民通常生活在城市地区，如华沙、克拉科夫、弗罗茨瓦夫、卢布林、什切青或者这些城市的附近，这是所有移民群体的典型特点。除了这些地区，乌克兰移民最集中的区域是在乌克兰边境附近的卢布斯卡省、波德拉谢省、喀尔巴阡山省和南部地区所谓的"西方领地"，这些土地在二战后被判给波兰。

来自乌克兰的移民往往被视为最容易融入波兰社会的群体，由于乌克兰是波兰的邻居，也由于共同的历史，跨越国界的血缘关系，以及地理、语言和文化上的相似。然而，越来越多的说法是，与西欧国家相比，波兰正变得对乌克兰公民不再那么有吸引力。

对于波兰来说，来自乌克兰的劳动力移民似乎是非常有益的，特别是当具有互补作用的时候。文化的相似性降低了波兰社会所特有的对陌生人的恐惧感。受过高等教育和易于沟通者的观点是赞成波兰向这个地区的移民潮流开放。然而，我们必须记住，对于这一点，波兰当局和社会应该考虑的是，如何在波兰劳动力市场给乌克兰移民提供便利。可能的变化包括简化公共部门的程序，减少定居许可证的等待周期，促进建立小型个人企业，确保社会福利等。这似乎可以理解，因为在波兰劳动力市场上，乌克兰人，既有合法移民，也有非法移民，其存在已经获得了波兰社会的广泛认同。

在波兰劳动力市场另一个非常大的移民群体是越南人。越南人在二战后开始抵达波兰。来自该国的第一批移民是希望就读于波兰大学的学生，1957—1958学年有涉及他们的第一份记录数据。一直到20世纪60年代中期，每年有约40名越南人居住在波兰。在1971—1972学年和1972—1973学年的记录中，超过800名越南人在波兰学习——这是由于越南战争正在进行，而苏联阵营国家加入了救援工作。1989年之后，越南人在波兰居留人数增长，当时德意志民主共和国的边境被打开，一股越南移民潮冲向波兰，这些移民来自西方，他们曾在共产党政权下作为合同工人工作。目前，波兰是欧洲第三大越南移民中心——紧随法国的50万和德国的10万越南移民之后。虽然这些移民的大多数把波兰当作一个中转国，但许多人还是留在波兰。

越南移民往往倾向于与波兰社会保持独立，他们融入缓慢。然而，来自亚洲的新移民，却组织有素，他们有自己的政治组织、协会、报纸；他们建立了学校和幼儿园；他们试图建一座象牙塔，尽管他们中的许多人皈依了天主教。受过教育的越南人更容易被接纳，他们是大学毕业生和波兰学校的在读生，在自己的圈子里组成文化精英群体、社会精英群体以及经济精英群体。他们生活在波兰的时间最长，了解波兰语言和社会现实，拥有波兰国籍或永久居留卡，一般都能很好地融入波兰社会。通常，他们的妻子是波兰人。临时居留许可证和永久居留证的数量并不能反映事情的实际状况。拥有永久居留证的越南人数目估计约为 20000 人，特蕾莎·哈利克（Theresa Haleky），波兰科学院非欧洲国家系博士，一个越南学家，推算其人数为 40000 人，越南天主教牧师，爱德华·奥斯耶察斯基（Edwards Osyechaski），认为这个数字约为 60000 人。越南移民主要定居在华沙，但也分散于什切青、罗兹、波兹南、克拉科夫和卡托维兹。

生活在波兰的越南人绝对男性化——其中 2/3 是男性。就像乌克兰移民群体那样，他们是相对年轻的，73% 的人在 20 至 49 岁，12% 小于 20 岁，只有很小一部分超过 60 岁。

越南和乌克兰移民的共同特点是受过高等教育的人在其中占有很大比例——82% 的人至少接受过中等教育，只有 7% 接受了初等教育或更低的教育。像乌克兰移民一样，他们住在大城市。大约 48% 的越南群体居留华沙和华沙周围的郊区，其他人住在弗罗茨瓦夫、罗兹、克拉科夫或格但斯克附近。

然而，不同于乌克兰人的是，越南移民把他们的职业活动集中于某些特定的地点。这么多年来，这些地点包括华沙十周年体育场（2008 年关闭）、纳达金附近的瓦尔加卡索斯加郊区购物中心和沃里察郊区购物中心。越南投资者和企业家与当地政府之间的关系是包含着深切理解和共生合作的关系，双方互惠互利。许多越南人在这里建造房屋和投资购买公寓，不仅展示了他们永久居留波兰的实际情况，也在波兰有效地构建了拥有如此文化差异的自我世界。

越南社会的最大特点是团结。他们的移民网络对新移民的协助非常有效。这个群体的紧密合作毫无疑问不仅受惠于文化差异，而且源于重建远远落后的家园的渴望，这个家园，他们甚至都没有机会在周末或节假日简单地造访一下。我们可以清楚地看到这个群体的一体化战略——他们正尝试，尽可能地保留自己的特色，但同时维持与东道国社会的经济关系，特别是那些具有很高社会经济地位的越南人与波兰人保持着密切的社会关系。

第七节　加入欧盟后的波兰移民

根据中央统计局的官方统计数据，所谓移民是指一个人带着国外定居的目的离开自己的国家，并通过注销永久居留地在波兰履行注册程序。

每年由中央统计局依据这种方式编写的数据并不是很精确可靠，因为测量的移民流动与实际情况风马牛不相及，他们只关注上报给登记机关的永久性移民，而目前最常见的长期临时居留则不予考虑。劳动和社会政策部根据与波兰有双边协议的其他国家之间正式招聘程序获得工作许可的数据。然而，由于劳动力市场对所有波兰人开放，双边协议和工作许可证不再有效。另一个统计方面的瑕疵是缺乏从国外返回的人的数据，这使得收益与移民相关损耗的估算更加困难。另外一个棘手的问题，是如何确定东道国非法就业的规模。

在继续评估波兰移民迁移对向波兰开放市场的欧洲国家的收益和成本之前，2002 年波兰劳动力市场值得研究，当年失业率为 20%，而 2007 年不到 10%。2004 年第二季度失业人数是 310 万，2007 年第二季度则为 150 万。我们不能简单地谈论出口波兰的失业人员，因为有数据证实，大约 50% 的波兰移民决定离开的时候已经被雇用了。

加入欧盟后，波兰人的劳动力移民规模甚至远超过预期。这导致波兰当局获得比东道主国家更多的关注。甚至多达 150 万至 200 万的波兰人或短或更长时间地离开自己的国家，在不列颠群岛、西班牙、德国、意大利、荷兰和法国寻找工作。他们大多数是季节性工人，但是有几十万人决定永久居留。他们在农业、工业、建筑业、餐厅、酒店、咖啡馆和酒吧工作。许多妇女受雇为保姆、老年人护理和家政服务人员。① 有关国家移民和工作情况信息最主要的来源是传统的移民网络，但越来越常见的是，出国人员对使用诸如 EURES——欧洲就业服务②这样的工具兴趣十足，这表明与欧盟的联系感和对工具有效性信仰的增强。

---

① 几乎 60% 的波兰移民不到 35 岁。越来越多的年轻人离开这个国家，他们受过更好的教育，目前多达 60% 的移民拥有中等教育机构的学历。

② 这是一个由公共就业服务创建的合作网络。工会和雇主组织作为合作伙伴也参与其中。该 EURES 网络的目的是促进欧洲经济区（包括 27 个欧盟成员国以及挪威和冰岛、列支敦士登）和瑞士境内的工人自由流动。

　　在欧洲大陆西部，人均国民生产总值比东部地区高了近一半。因此，即使在经济快速增长的新成员国，移民流动在未来几年内也不会发生戏剧性的变化。

　　这就是加入欧盟后，波兰移民怎样被目的地国家搞得支离破碎的原因，看起来好像就是这么回事。

表 2-7-3　加入欧盟后波兰人迁移数量（千）

国家	2002 年	2004 年	2005 年	2006 年	2007 年	2008 年
全部	786	1000	1450	1950	2270	2210
欧盟 27 国	451	750	1170	1550	1860	1820
奥地利	11	15	25	34	39	40
比利时	14	13	21	28	31	33
法国	21	30	30	49	55	56
德国	294	385	430	450	490	490
爱尔兰	2	15	76	120	200	180
意大利	39	59	70	85	87	88
荷兰	10	23	43	55	98	108
西班牙	14	26	37	44	80	83
瑞典	6	11	17	25	27	29
英国	24	150	340	280	690	650

　　资料来源：Sytuacjademograficzna Polski（波兰人口状况），政府人口理事会，华沙 2009，第 131 页。

　　根据 2007 年 3 月社区组织的研究报告显示，自从波兰加入欧盟，在国外工作的波兰人数已经达到近 200 万。

　　除了上面所提到的人口迁移的多方面影响，研究移民对家庭和当地所造成的社会后果也多有益处。由国家来负责填补父母和护理人员移民留下的真空地带是可行的，因此必须开发一个护理和教育中心网络，尤其是在非城市地区。这将使本来已经有限的社会预算陷入困境，也将会明显地增加移民的负面效应。

结　语

目前，人口迁移的特点是由几个重要的因素形成的。首先，很明显他们正在经历全球化——无论是到达或离开，都涉及越来越多的国家。其次，近年来女性移民的比例在迁移流动中增加，并且不像以前那样，仅仅作为男性同伴以家庭团聚的方式加入移民，而是自行决定离开。这同劳动力外部需求结构的变化相关联——劳动力市场已经对保姆、老年人护理、管家或护士敞开大门。现在的迁移也相当短暂，他们往往是季节性的，并且预期几年后有一个明确的回报。最后，劳动力移民从寻找一份工作转向寻找一份更好的工作——这些都是移民中具有中等技能和高技能的人才。

波兰人的空间流动是这个领域全球整体趋势的一部分。它受到经济因素和人类寻求更好、更有趣、更安全的生活的永恒倾向的调节。民主社会存在而且不可能没有对居民自由迁移的行政或法律限制，即使它给移民输出国带来负面效应。但是诸如爱尔兰等国的经验表明，国内劳动力市场的改善、经济的增长和人民生活水平的提高对劳动力的外流是一个有效的抑制。除了经济因素，其他方面如社会基础设施，技能培训机会的提供及休闲活动都在居民的生活质量中扮演了重要角色。所有这一切，都有助于决定是留在自己的国家还是离开。为防止波兰人离开或鼓励他们回来的官方和非官方计划与项目可能仅仅起到辅助作用。通过广泛的社会对话，创建一个全面和考虑周详的移民政策，可以成为这一领域国家战略的重要组成部分，也会有助于改善人口和社会局势。

参考文献

[1] DEARDEN J H S. Immigration Policy in the European Community ［EB/OL］. Manchester Metropolitan University's Research Repository，2021-03-11.

[2] Prognoza Ludnoci na Lata 2008—2035（The Central Statistical Office - A Population Prognosis for 2008—2035）［Z］. Warszawa：GUS，2009.

[3] IGLICK K. Kierunki rozwoju polskiej polityki migracyjnej w ramach obszaru legalnej migracji pracowniczej na lata 2007—2015（Directions in the Development of Polish Migration Policy within the Area of Legal Labour Migration 2007—2015）［J］.

Raport i Analizy, 2007（01）．

［4］IGLICK K. Migracje długookresowe i osiedleńcze z Polski po 2004 roku – przykad Wielkiej Brytanii：Wyzwania dla statystyki i demografii państwa（Long–Term and Settlement Migrations from Poland After 2004– on the Example of the United Kingdom：Challenges for State Statistics and Demography）［M］．Warszawa：Centrum Stosunków Midzynarodowych, 2011.

［5］IGLICK K, GMAJ K. Circular Migration Patterns：Migration between Ukraine and Poland, 2010［EB/OL］．EUI, 2021–03–11.

［6］KRAYSZTOFEK K. Pogranicza multikulturalizmu w rozszerzonej UE（The Borders of Multiculturalism in the Enlarged EU）［J］．Studia Europejskie, 2003（01）．

［7］GRZYMAŁA–KAZŁOWSKA A. Między Jednoci a Wieloci：Integracja Odmiennych Grup i Kategorii Imigrantow w Polsce（Between Unity and Multiplicity：The Integration of Various Groups and Categories of Immigrants in Poland）［M］．Warszawa：O′srodek Badań nad Migracjami WNE UW, 2008.

［8］Migrant Integration Policy Index（MIPEX）2010［EB/OL］．Migrant Integration Policy Index, 2021–03–11.

［9］Polityka Migracyjna Polski–stan Obecny i Postulowane Działania（Polish Migration Policy–the Present Situation and the Proposed Measures–the Version of 6 April 2011）［Z］．Warszawa：Międzyresortowy Zespoł do Spraw Migracji, 2011.

［10］Report of the Committee on Migration, Refugees and Population, Rapporteur, United Kingdom, Doc. 11350［Z］．Parliamentary Assembly of the Council of Europe（PACE）, 2007.

［11］SCHEFFER P. Druga Ojczyzna：Imigranci w Społeczeństwie Otwartym（The Second Homeland：Immigrants in an Open Society）［M］．Wołowiec：Jusewicz–Kalter E, 2010.

［12］STALKER P. Migration Trends and Migration Policy in the EU［J］．International Migration, 2002, 40（05）．

［13］STRZELECKI Z. Sytuacja demograficzna Polski：Raport 2009—2010（Poland's Demographic Situation：Report 2009–2010）［M］．Warszawa：ZWS GUS, 2010.

［14］Wiat w 2025 roku：Jakie działania powinna podja ′c Unia Europejska（The

World in 2025: What Actions Should the EU Take）［Z］. Brussels: A document for discussion, 2007.

［15］TERMIЙSKI B. Międzynarodowa ochrona pracownikow migrując99ch: Geneza, instytucje, oddziaływanie（International Protection of Migrant Workers: Genesis, Institutions, Impact）［M］. Warszawa: Servicios Académicos Intercontinentales SL, 2011.

［16］DUSZCZYK M, LESISKA M. Wspołczesne migracje: dylematy Europy i Polski（Present−Day Migrations: Dilemmas for Europe and Poland）［M］. Warszawa: University of Warsaw, 2009.

引用网址

［1］欧洲移民委员会官网（Council of Europe Migration website）: http: //www. coe. int/migration.

［2］欧洲议会委员会官网（Council of Europe Parliamentary Assembly website）: https: //pace. coe. int/en/.

［3］欧洲社会融合理事会官网（Council of Europe Social cohesion website）: http: //www. coe. int/t/dg3/socialpolicies/SocialRights.

第三部分 03

| 波兰与中国 |

第一章

21 世纪初期波兰亚太地区的外交政策

　　20 世纪 90 年代和 21 世纪伊始，波兰亚太地区外交政策发生了变化。这个持续的演变过程，波及国际、区域以及国内等各个层面。波兰加入欧盟，可谓其中非常重要的因素。具体到波兰的亚太地区外交政策的背景，应从两个方面加以考虑。一方面，显而易见，波兰 20 世纪 90 年代外交政策聚焦于欧洲跨大西洋地区，欧洲之外则鞭长莫及。但随着波兰被欧盟接纳，它得以与欧洲之外的世界其他地区发展有更加紧密的关系，凭借欧盟成员国的身份，波兰在亚太地区攻城略地，以期实现外交政策的终极目标。而另一方面，亚太地区政治、经济和文化的多元性，以及在国际经济、政治关系中日渐重要的地位，决定了波兰在亚太不同地区实现其战略重点时必须三思而后行。

第一节　波兰加入欧盟之前的亚太外交政策

　　从 20 世纪 40 年代到 70 年代①，波兰同亚太地区的大多数国家建立了外交关系。目前，波兰同这些国家在政治、经济、文化方面交流合作，包括正式访问、政治协商、官方协定和贸易访问团。合作活动也在国际组织，例如联合国的框架内展开。但冷战的结束与波兰内部因素使得波兰在亚太地区②的外交政策面临挑战。

　　与此同时，1989 年以来，由于世界关系双极平衡的打破，国内与国际政策关联性质的不断变化，越来越紧密的全球相互依存以及跨国连锁时代的到来，

---

①　波兰 1989 年与韩国，1996 年与文莱，2002 年与东帝汶建立了外交关系。
②　1989 年波兰在亚太地区有 17 个外交使团，在东欧和中欧国家中名列前茅。波兰在该地区的多边机构中也占有一席之地。1954 年至 1957 年波兰参与了国际委员会对中南半岛的监督与管理。自 1953 年起跻身于朝鲜中立国监察委员会。另外，波兰在联合国与亚洲国家合作并参与其开展的维和行动。

再加上全球化和一体化（主要体现在经济上）的进展，所有这些发生在世界经济范畴中的变化都让波兰不得不厘清并深化涉及新领域的外交政策，这些新领域包括发展中国家。

20世纪90年代，因为众多发展中国家对全球经济的开放而彪炳史册，在这个过程中推出了自由化和经济改革（如1991年在印度）和区域经济政策。发展中国家，包括亚洲国家开始在世界政治中扮演越来越重要的角色，而且亚太地区特别是东亚发达经济体，与美国和欧盟鼎足而立，维持着全球经济体系的中心。除此之外，中国作为一支主要的经济力量出现在世界舞台。

20世纪90年代，波兰在亚太地区国家外交活动中所取得的开创性成果值得大书特书。1996年波兰与中国实现了副总理层级的互访，并在共同债务的结算与索赔方面达成协议。而且波兰与东盟政治会话的等级提高了，华沙成为波兰—东南亚经济论坛的第一会场。1996年印度总理访问华沙期间，两国签署了涉及支持与保护投资以及文化与教育领域合作的协议。波兰总理和外交部部长于1999年和2000年先后访问了日本与韩国。波兰同越南的经济关系得以加深，这部分归功于总统莱赫·卡钦斯基（Lech Kaczyński）于1999年对越南的访问及在同年签署的关于科技领域合作的协议。

20世纪90年代，波兰与中国的经济关系得到加强，两国政府之间的合作也是一样。1994年9月瓦尔德马·帕夫拉克（Waldemar Pawlak）对中国进行了正式访问，其间他与江泽民和李鹏分别举行会谈，这表明中国方面给予了这次访问高规格的接待。从波兰的角度来看，这是一次成功的访问，因为中国第一次对波兰与欧盟实现经济与政治一体化和波兰加入北约表示理解。随后连续访问波兰的中国政府高级官员包括中国人大副委员长陈慕华和布赫、中国政协主席李瑞环、中华人民共和国副总理李岚清及中国人民解放军总参谋部首长迟浩田和张万年。波兰方面访问中国的政界人士包括众议院议长约瑟夫·奥莱克西（Jozef Oleksy）、参议院议长安德烈·斯特尔赫夫斯基（Andrzej Stelmachowski）和亚当·斯特鲁齐克（Adam Struzik）、副总理和财政部部长格热戈日·科勒德克（Grzegorz Kołodko）、波兰武装部队参谋长塔德乌什·维莱斯基（Tadeusz Wilecki）和副参谋长亨利·乔姆斯基（Henryk Szumski）。1997年11月，总统亚历山大·克瓦希涅夫斯基（Aleksander Kwaniewski）对中国进行了正式访问，这是38年以来波兰国家元首首次访问中国。两国国家领导人签署了《中华人民共和国和波兰共和国联合公报》。2000年12月，中国外长唐家璇对波兰正式友好访问，唐家璇分别与总统克瓦希涅夫斯基（Kwaniewski）、总理乔治·布泽克

（Jerzy Buzek）、众议院议长马切伊·普瓦任斯基（Maciej Payński）和外长瓦迪斯瓦夫·巴托谢夫斯基（Władysław Bartoszewski）举行会谈，考虑到两国所面临的新的内部与外部条件，双方确认致力于发展平等、务实和互惠互利的外交关系。波中两国都表示愿意恢复政府和议会层级的科学和文化领域的交流与合作。

波兰和中国关系中的主要议题之一是增加波兰到中国的出口，2000年中国外长访问波兰期间也提到了这个问题。在这方面必须指出的是，波兰同中国的关系一度受到政治方面的困扰。2000年，波兰收回了对联合国人权会议在日内瓦形成的关于批评中国人权记录的决议的支持。21世纪伊始，波兰同中国的接触大幅增加。2002年有12个中国贸易代表团来到波兰，文化交流也一直在发展。波兰还加强了与印度的国家关系，在经历了20世纪80年代和90年代相对疲软的外交关系后，从1994年波兰总统卡钦斯基正式访问印度开始，两国关系开始出现新的生机。2003年2月，波兰总理访问印度，这是1985年来的第一次。在这次访问中，两国签署了一系列协议，其中包括国防领域的合作。同一年波兰总理府下属的国家安全局与印度国安局也建立了合作关系。

20世纪90年代末到21世纪初，波兰与日本的关系出现转机。20世纪最后十年，日本对发展与波兰之间的政治关系兴趣缺缺，这导致日本商业更多参与的缺失与直接投资波兰市场的不足。改变的迹象出现在21世纪初期，从那时起，波兰和日本在最重要的国际议题上都显示出相近的立场。2002年7月，日本天皇夫妇访问波兰，这在双边关系历史上是第一次，它提高了波兰与日本政治对话的等级。2003年8月，日本首相13年来第一次访问波兰，其间签署了波兰共和国与日本战略合作伙伴关系的联合声明。它涵盖了目前双边合作的主要问题，而且明确了进一步合作的目标。

通过与亚太其他合作伙伴建立更密切的关系，波兰在此区域外交政策的强化有目共睹。波兰对台湾的出口增加；2002年克瓦希涅夫斯基对韩国进行非正式访问；与蒙古的经济关系加深；大量高层次的互访与磋商使波兰与印度的政治对话持续进行。2002年，与印度的会谈维持在外长级别，随后一年，总理莱谢克·米勒（Leszek Miller）对印度进行了访问。马来西亚和印度尼西亚成为波兰在东南亚的重要合作伙伴。就印度尼西亚来说，其政府实施了包括与中欧和东欧国家发展经济合作的多样化外交措施，在此支持下，波兰同它的关系得到加强。波兰同马来西亚的关系更加紧密，特别是在经济和国防领域，这方面最高层的互访可以提供佐证：1999年波兰总统克瓦希涅夫斯基访问马来西亚；2002年马来西亚总理访问波兰。同年波兰外长和国防部长对马来西亚进行正式访问。另外，同样在 2002 年，马来西亚政府决定购买波兰国防设备（波兰坦克和相关设备）。波兰同越南的外交关系的发展因为 1999 年波兰总统的访问和2003 年越南总统的回访而注入了新的动力。

经济合作是波兰与亚太地区国家关系面临的主要问题。20 世纪 90 年代，波兰与外国的贸易地理格局重新定位，大多数亚洲国家与波兰在经济层面关系的重要性下降。这有其他方面的原因，如亚洲国家缺乏连贯一致的外交政策以及波兰重新进入亚洲市场所面临的问题和困难。20 世纪 90 年代，波兰对亚洲国家的出口下降了，而同时从这些国家的进口量却增加了。这导致了波兰与亚太地区国家之间的贸易逆差，例如，2002 年，波兰同这些国家的贸易总额为 630 亿美元，其中进口额 560 亿美元，出口额 70 亿美元。

然而，波兰在亚太地区的活动，无论是在经济领域还是在政治领域，都是相对有限的。20 世纪 90 年代波兰外交政策的主要目标是加入北约和欧盟，并在双边地区和国际层面上与欧洲和北美地区的主要合作伙伴建立有效的合作。此外，20 世纪 90 年代波兰外交政策缺乏综合的概念或战略来实现其外交目标，其方法和手段无法应对新的挑战和胜任新的局势。

这些因素，加上随后加入欧盟目标的实现，从波兰政府意在强化亚太地区外交活动的角度看，给波兰的外交政策带来新的机遇与挑战。2003 年 1 月 22 日波兰外长沃兹米泽·齐莫谢维奇（Włodzimierz Cimoszewicz）的讲话即是证明，他强调波兰将继续加强在欧洲以外地区的经济、政治和文化交流活动，也将建设性地亮出自己的特色，因为波兰希望自己有助于欧盟对亚太地区政策的制定与实施。在这方面必须指出的是，早在 21 世纪初期，波兰对亚太地区的看法就已经向前迈出了一步。发生于 2011 年的"9·11"事件表明，欧洲—大西洋地区和欧洲以外地区必须联合起来，恐怖主义已经成为促进波兰和亚洲国家合作的一个重要因素。

其中一个例子是波兰总统克瓦希涅夫斯基于 2002 年 8 月对阿富汗进行的正式访问。波兰参与了国际联盟协助该国经济与政治重建的各项活动，通过非政府组织和政府规划向阿富汗提供了总额达 160 万美元的人道主义援助。2002 年和 2003 年，外长齐莫谢维奇（Włodzimierz Cimoszewicz）先后强调波兰对亚太地区政策的政治和经济意义，在他访问马来西亚、新加坡和文莱期间，齐莫谢维奇宣布，加入欧盟后，波兰政府愿意调整对亚洲的政策，并且承担共同的责任。与此同时，亚太地区国家，如澳大利亚与新西兰，希望波兰能对欧盟在亚洲国家的战略产生积极的影响。

第二节 加入欧盟后波兰亚太地区外交政策的新思维

波兰加入欧盟为其增加在亚洲地区的政治与经济活动创造了新的条件，通过共同外交与安全政策，共同商业与其他政策机制，波兰能够有效地参与欧盟对亚太地区的政策。在波兰的外交理念中，这种参与不仅提高了波兰在亚洲的地位，同样也提高了波兰在欧盟的地位。

波兰与欧盟的融合过程伴随着波兰在体制与法律框架下与亚洲国家贸易关系的不断调整。这是由于加入欧盟后，波兰被要求承担一定的义务，并与其他国家共享商业政策。在这方面，为了衔接欧盟的专属管辖协议，甚至在尚未加入欧盟前，波兰就已经中止了与 110 个包括亚洲在内的个别发展中国家的双边协定，这些协定旨在调节双方的贸易与经济合作。此外，波兰还积极参加欧盟委员会和欧盟会员国与亚洲国家缔结新协议的谈判，这些都给波兰提供了与亚洲国家发展关系的新机遇。

应该指出的是，加入欧盟后，波兰外交活动超越了欧洲—大西洋区域。波兰所参与的主要区域是亚洲，2004 年 10 月，亚欧会议（ASEM）① 在河内举行，波兰列席其中。会议期间，波兰总理与亚洲各国领导人举行了会谈，内容包括政治、经济议题。波兰对减少与亚洲国家的贸易逆差寄予厚望，虽然自 2004 年以来波兰对亚洲国家的商品出口量有所增加，但是波兰与这些国家之间的贸易赤字仍然引人注目。这是波兰决定更加积极地加入亚洲大陆并与其主要国家发展双边关系的一个重要因素。

2004 年 6 月，胡锦涛访问波兰，这是中波双边关系历史上的第一次。两国领导人重点就经济、文化与科学领域的合作进行探讨。波兰方面寻求加强与中国的贸易关系，促进与中国的贸易平衡。波兰还希望中国与欧盟战略伙伴关系

---

① 亚欧会议是一个非正式的对话论坛，成立于 1996 年，目的是加强欧洲与亚洲国家的合作，尤其是欧盟和东盟成员国之间的合作。亚欧会议包括 45 个实体（27 个欧盟成员国，欧盟委员会，10 个东南亚国家协会成员国，以及中国、日本、韩国、蒙古、印度、巴基斯坦和东盟秘书处）。第一届亚欧首脑会议于 1996 年 3 月在曼谷举行，亚欧会议的活动接受 1998 年在伦敦金融峰会上通过的亚欧合作框架（AECF）的监管。在 2000 年的首尔峰会期间，通过了一份新的文件（AECF 2000），其内容包括非常重要的在人权、法治与善政方面的新承诺和 21 世纪第一个十年亚欧会议所设立的目标。亚欧会议成员国的生产值占全球 GDP 总量的 50%，人口总量和贸易额各占 60%。

的发展将有助于深化波兰与中国的贸易关系。2004 年 8 月，波兰外长齐莫谢维奇访问亚洲国家在波兰的最大投资者——韩国，他还对蒙古进行了正式访问，这是 54 年来两国关系史上的第一次。

与前几年相比，2005 年波兰继续在亚洲地区保持积极的外交政策。1 月，总理马雷克·贝尔卡先后访问日本、新加坡、越南（波兰开展援助的主要对象之一）、斯里兰卡和菲律宾。会谈主要致力于经济议题，其中值得一提的是在这次访问中与越南签署的重新接纳协议，这是波兰第一次与东南亚国家签署此种协议。此外，波兰与澳大利亚与新西兰也开展了政治对话，2005 年，新西兰总理海伦·克拉克（Helen Clark）访问波兰。

关于双边关系，在东北亚地区，波兰主要把中国、日本和韩国作为优先合作伙伴，而在南亚，印度仍旧是最重要的合作伙伴。2005 年，波兰官方宣布，支持印度在改组后的联合国成为常任理事国。波兰和印度还举行了外长级别的政治协商会议，会议期间就双边和地区议题进行了探讨。波兰与印度之间的经济关系集中在采矿业、能源和国防领域。2005 年印度工商部副部长访问波兰，2009 年印度总统访问波兰，而 2010 和 2011 年，波兰总理唐约德·图斯克（Donald Tusk）和外长拉多斯瓦夫·西科尔斯基（Radoslaw Sikorski）先后访问印度。在访问期间，除了讨论经济问题，双方都强调欧盟、波兰和印度共同价值观的重要性。这种情况下，波兰的位置正在接近欧盟战略，随着不断深化的政治关系，印度和欧盟已经拥有了共同的价值观，这从 2000 年的"里斯本宣言"中可以反映出来。双方还强调，印度和波兰必须共同面对新的挑战和威胁，如恐怖主义。此外，2003 年 12 月 12 日欧洲理事会通过的"欧洲安全战略"同样也可以发现欧盟与印度关系的重要性，"欧洲安全战略"声明，欧盟必须和印度建立战略合作伙伴关系。

2004 年 6 月，欧盟—印度战略伙伴关系通讯委员会表示，基于共同的价值观，欧盟和印度应在四个方面发展双方的关系：通过多边主义进行国际合作，促进和平发展，打击恐怖主义，不扩散大规模杀伤性武器，保护人权；加强商业和经济的互动，特别是通过部门对话与产业政策调控对话；在可持续发展方面进行合作，保护环境，减缓气候变化，消除贫困；持续促进欧盟与印度民间社会的相互理解与联系。作为对委员会的回应，印度政府起草了一份正式文件，概述印度对欧盟的战略思想。它指出，战略伙伴关系应建立在共同价值观和互惠互利的基础上，并考虑到南亚和阿富汗的情况。它强调，恐怖主义和大规模杀伤性武器是印度和欧盟共同的威胁。以上这些和其他议题也是西科尔斯基会见社会科学研究界代表所探讨的主题，这次会议由印度世界事务理事会组织，于 2011 年 7 月在新德里举行。

经济议题一直是波兰与亚太地区国家关系发展中的重中之重，1994 年至 2010 年间，波兰同亚太地区的贸易增加了 13 多倍，出口增加了 6 倍，而进口同比增加了 16 倍。但波兰同亚洲国家贸易关系的一个典型特征就是贸易失衡，尽管贸易量在稳步增长，2010 年贸易总额超过 250 亿美元，但波兰同亚太地区国家的贸易赤字也一直在增加，2010 年贸易总额超过 230 亿美元，这代表波兰存在约 90% 的贸易赤字，其中与中国的贸易赤字占 42%。波兰的贸易不平衡是有多种原因的，诸如亚洲国家出口份额在全球出口份额中的增加，波兰在亚太地区有组织的长期宣传活动的缺乏以及波兰公司对亚洲市场的认识不足。

波兰在亚太地区的主要贸易伙伴包括中国、日本、韩国、印度、泰国、新加坡、马来西亚和印度尼西亚。在综合性的动态合作中，中国一直是波兰最大的经济合作伙伴。2000 年至 2010 年间，波兰和中国的贸易总量增长了 20 多倍，从 9.6 亿美元到超过 200 亿美元，其中波兰出口增长超过 14 倍，从 9900 万美元到 15 亿美元，而从中国进口增长了 20 多倍，从 8.6 亿美元到近 180 亿美元。放眼全球，中国占据了波兰第三大重要进口市场的位置，中国对波兰的出口额甚至超过波兰对其余亚洲合作伙伴的出口总量。

随着波兰加入欧盟，波兰同印度的贸易额稳步上升，在波兰贸易赤字持续增加的情况下，贸易额从 2005 年的 56820 万美元增长到 2008 年的 128177 万美元。2009 年贸易额下降至 114105 万美元，然而到 2010 年和 2011 年上半年贸易额已攀升至 13 亿美元。波兰出口到印度的包括电力设备、铁路与矿山设备以及化工产品、金属、机械，而从印度进口的包括茶、咖啡、烟草、纤维和棉制品。欧盟与印度正协商建立一个自由贸易区，关于这个协议的谈判自 2007 年已经开始进行，如协议签署，波兰与印度的贸易关系将会受到影响。

波兰最大的国外投资者包括韩国、日本和澳大利亚。最近几年，印度投资者在波兰越来越活跃，主要集中在钢铁、电子和医药行业，然而，来自韩国与日本的直接投资者继续在波兰占据主要地位。2010 年日本在波兰直接投资累计总额超过 10 亿欧元。从日本流入的国外资金用于波兰日本工厂的商品制造，这些商品，主要集中在电子和汽车行业，基本上面向欧盟其他国家市场，从而再次出口。从这个角度说，日本在波兰的直接投资为波兰出口新项目创造与结构现代化做出了贡献。

在这种背景下，也许有人会建议波兰积极利用欧盟的对外政策。欧盟与亚洲的贸易联系是欧盟强化其世界地位的方法之一。欧盟也采用发展的政策措施，援助亚洲大陆国家。然而，波兰应该认识到，欧盟的发展政策只是各会员国在这方面承诺的补充。在这同时，必须指出的是，在贸易开放方面，欧盟与某些亚洲国家存在分歧。其中一个例子就是 2003 年世界贸易组织（WTO）部长级会议期间，亚洲南部各国包括印度和中国，以及泰国、巴基斯坦、菲律宾和印度尼西亚，形成了 G20 发展中国家集团，除其他问题外，这些国家呼吁进一步开放农产品、纺织品和服装的出口市场，放宽反倾销规则与知识产权保护限制。

随着波兰加入欧盟，文化交流也得到加强。作为 2001 年和 2002 年第十次和第十一次欧盟—日本峰会的成果，2005 年 1 月 6 日，外交部部长亚当·丹尼尔·罗特费尔德（Adam Daniel Rotfeld）为 2005 年欧盟—日本的人员交流活动揭幕。双方文化交流的发展，也是波兰与中国和印度政府代表讨论与会谈的主题。2010 年，受惠于欧洲委员会的资助，当代印度研究中心在华沙大学国际关系学院成立。2010 年到 2011 年期间，中心组织了 80 多次国际会议、研讨会和讲座，讨论了关于当代印度的经济与政治问题。

气候变化是波兰与亚洲国家关注的一个主题。2008 年在北京召开的一次会议上，总理图斯克强调，在亚欧峰会（ASEM）期间，大多数亚洲国家同意波兰的观点，即金融危机不能中断气候能源等一揽子计划谈判，但他明确指出，在气候谈判时，对波兰和中国等一些国家经济基本上以煤炭为基础的情况必须考虑在内。波兰总理和韩国政府首脑也谈到了韩国在波兰兴建核电厂的合作。

21 世纪初期，除了在亚太地区发展积极的外交政策，波兰政府也尝试政策的战略化，那就是如何进一步关注和发展中国家的关系。波兰政府于 2004 年 11 月通过的"波兰与非欧洲发展中国家的战略关系"的政府文件可以证明这一点。这份文件包含一个复兴波兰与这些国家合作关系的综合方案。在亚洲国家这方面，有观点指出，欧盟与这些国家以及他们的中坚力量（如印度、日本和中国）经济合作的蓬勃发展将成为促进波兰与亚洲国家政治对话和建立更紧密的政治与经济关系的积极因素。

第三节　波兰对亚太地区外交政策的评估与前景

20 世纪 90 年代，波兰重点是实现其外交政策的战略目标，即加入北约和欧盟。这导致波兰与非欧洲国家包括亚太地区国家的关系边缘化，对该区域也缺乏明确的战略。20世纪90年代中期以来，政治精英对这一地区的认知产生了缓慢而渐进的变化，波兰针对亚洲国家如中国和韩国的外交政策变得更加活跃。特别是在21世纪早期，波兰同亚太国家外交关系的切实深化有目共睹，这主要是波兰加入欧盟的原因。

波兰作为欧盟成员国，利用欧盟的外交和贸易政策，有助于加深亚太地区国家的双边关系。很显然，与欧盟的一体化已经成为波兰在该地区进行外事活动的内驱力，关于这一点可以通过相比以前波兰总理与外长对亚洲国家频繁的访问以及波兰同这些国家的贸易额增长来证明。其次可能还要感谢这样的事实，那就是波兰的亚洲合作伙伴认为，必须同作为一个国家的波兰建立更为紧密的政治与经济关系。此外，波兰也扩大了在亚太地区的活动领域。十几年后的21世纪初，波兰同老挝建立了政治关系。然而更大的亮点要归功于波兰与澳大利亚政治对话的恢复，波兰外长齐莫谢维奇对澳大利亚的访问即是证明。双方对话的主要议题是全球问题和国际安全，包括反恐战争。

波兰对亚太地区政策的特点是经济利益优先，加强贸易、扩大出口、吸引直接投资，在很大程度上决定了波兰在该地区外交政策的内容和范围。

21世纪伊始，波兰在亚太地区的外交活动更加凸显，政治对话加强了，经济关系有了新的焦点，而且亚洲国家开始把波兰作为一个富有吸引力的合作伙伴推进到各个领域。加入欧盟的前景使波兰不得不调整同亚洲国家的合约关系。因此，在欧盟法律规定范围之外的贸易协议被终止或修订。波兰对亚洲国家新政策的一个标志是在经济合作方面超越欧盟的规定范围订立协议。2001年来，所讨论的议题和已达成的协议更多地集中在有组织犯罪、恐怖主义和刑事犯罪合作。此外，为深化政治与经济合作，也采取了向亚洲推广波兰的措施，其目的在于克服现存的偏见与成见。波兰与亚洲国家在科学、技术、文化和教育领域的合作也得到发展。21世纪，波兰对亚太地区政治政策的一个重要元素就是重视发展与东盟等区域组织的合作，同时利用欧盟与亚洲国家已达成的特定对话形式如欧盟—东盟峰会、东盟地区论坛、亚欧会议开展活动。

波兰注重在亚太地区的外交活动开始于21世纪初期，从本质上说这会是一个长期的过程，它将继续在政治、经济和文化三个方面展开，但毫无疑问的是，经济问题是合作的主要领域，这关系到波兰与亚洲国家关系的集约化。同时应该强调，波兰对亚太地区外交政策的主要设想必须考虑波兰同非欧洲国家关系的背景。

当我们试图评估波兰对亚太地区的外交政策时，必须指出在21世纪最初几年，特别是加入欧盟以来，波兰同亚洲国家的关系已经恢复。政治对话等级得到提高，新的对话领域出现，如不扩散大规模杀伤性武器和恐怖主义。这是由波兰与非欧洲国家关系外交活动的增加和欧盟成员国的地位决定的。后者拓宽了波兰实现对亚太地区国家外交政策手段的范围。此外，波兰企业与企业家对亚洲市场越来越有兴趣。

然而，波兰外交政策面临诸多挑战。在制约波兰与亚洲国家合作的因素中，必须提到波兰在同大多数亚洲国家（如中国）贸易中日益增长的财政赤字、向亚洲国家提供货物的最合适的范围、激烈的国际竞争与疲软的波兰出口及亚洲市场的投资，还有文化与文明的差异。21 世纪初，波兰在亚太地区的位置及波兰与一些亚洲国家互相合作的等级并没有反映出亚洲在当代国际关系中的重要性，也未能证明波兰作为一个较大欧盟成员国和世界第二十大经济体的潜力。这些制约因素说明，波兰应该继续加深同亚洲国家在政治、经济和文化领域的对话。

同时，波兰对亚洲外交政策的限制应该放在更宽广的范围，即从欧盟与亚洲的关系来看待，尽管印度、中国和日本发布了数量众多的声明，但亚洲国家并没有把欧盟当成它们的主要政治合作伙伴。来自亚洲的研究人员和政界人士表明，相对于共同利益，亚洲和欧洲之间存在着更多的分歧，包括打击恐怖主义的模式和对国际秩序的不同看法。欧盟和一些亚洲国家在社会标准方面也未能达成一致，布鲁塞尔呼吁这些国家签署由国际劳工组织通过的关于童工的公约。此外，欧盟与亚洲国家关系的限制主要基于这样的事实，那就是欧盟并不被视为一个单一的政治实体。政界和商界精英对欧盟的认知实际上是对各个欧盟成员国而不是把欧盟作为一个政治实体的认知。再者，欧盟被看作是一个"新生物，一种缺乏必要的方法与手段在世界政治舞台扮演主要角色的力量"。因此必须注意欧盟真正的共同外交政策的缺乏和联盟的体制性问题。

印度对欧盟在安全政策领域的能力持怀疑态度，一些印度学者甚至预测欧盟将会有经济危机。亚洲的大多数国家并不清楚欧盟的运作机制和它在全球范围内的活动，就像 R. K. 贾伊（R. K. Jain）所指出的，"在印度和亚洲关于欧盟的信息存在一个巨大的赤字"。站在美国媒体和政治精英的角度来看，这其中蕴含着更大的利益。从这个意义上说，美国本身以及美国同亚洲国家的日渐加深的战略合作明显地塑造着亚洲国家的"欧盟观"。

结　语

欧盟与亚洲关系的阻碍与困难并没有改变这样的事实，那就是作为欧盟成员国，波兰创造了新的机遇，开辟了对亚太地区国家实现其外交政策的新阶段。展望未来与亚洲国家的关系，可以做如下结论：在短期内波兰将主要致力于同亚洲国家的贸易平衡，同时，波兰也将同这些国家发展文化层面的关系。此外，由于欧盟成员身份，波兰将成为亚洲投资者特别倾心的一个区域。然而，必须指出的是，这在很大程度上取决于波兰自身，而它对亚洲国家的政策，取决于它在亚太地区的地位和作用。

参考文献

［1］Annual Report 2003—2004 ［Z］. New Delhi：Ministry of External Affairs of India，2004.

［2］NAKONIECZNA J，ZAJCZKOWSKI J. Azja Wschodnia i Azja Południowa w stosunkach międzynarodowych（East and South Asia in international relations）［M］. Warszawa：Wydawnictwo Uniwersytetu Warszawskiego，2011.

［3］FORAMONTI L. Different Facets of a Strategic Partnership：How the EU is Viewed by Political and Business Elites，Civil Society and the Press in India ［J］. European Foreign Affairs Review，2007（04）.

［4］GORALCZYK B. Polska-Chiny：Wczoraj，Dzi i Jutro（w 60-lecie Stosunkow）（Poland-China：Yesterday，Today and Tomorrow，on the 60th Anniversary of Relations）［M］. Toruń：Wydawnictwo Adam Marszalek，2009.

［5］HALIAK E. Stosunki międzynarodowe w regionie Azji i Pacyfiku （International relations in the Asia-Pacific region）［M］. Warszawa：Wydawnictwo Naukowe Scholar，1999.

［6］JAIN R K. India and the European Union in the 21st Century ［M］. New Delhi：Radiant Publishers，2002.

［7］MITRA S K，RILL B. India's New Dynamics in Foreign Policy ［M］. Munich：Hanns-Seidel-Stiftung，2006.

[8] DE VERGERON L K. Contemporary Indian Views of the European Union [M]. London: Chatham House, 2006.

[9] BIELEŃS. Polityka zagraniczna Polski po wstpieniu do NATO i do Unii Europejskiej (Polish foreign policy following accession to NATO and the EU) [M]. Warszawa: Oficyna Wydawnicza ASPRA-JR, 2010.

[10] RKI I. Rocznik Strategiczny (Strategic Yearbook) 2004/2005 [M]. Warszawa: Wydawnictwo Scholar, 2005.

[11] ROWIŃKI J. Stosunki Unii Europejskiej z Chinami (EU relations with China) [M] //PARZYMIES S. Dyplomacja czy siła? Unia Europejska w stosunkach międzynarodowych (Diplomacy or Power? The European Union in International Relations). Warszawa: Wydawnictwo Scholar, 2009.

[12] Strategia RP w odniesieniu do pozaeuropejskich krajow rozwijajcych się (Poland's strategy towards non-European developing countries) [Z]. Warszawa: Ministerstwo Spraw Zagranicznych RP, 2005.

第二章

重塑国家形象品牌——1989 年后波兰的文化外交策略

文化是"软实力"中最为重要的因素之一，长期以来，欧盟国家把它应用在国际交往中，如外交决策和定位等。在欧洲，文化外交的传统源远流长，可回溯到现代社会的初期阶段。19 世纪，随着民族国家的发展与壮大，文化外交成为制度化的手段，这使得越来越多的国家加大了资助力度，扶持文化机构开展相关的文化活动，以期由此实现它们的外交政策蓝图。20 世纪，欧洲的文化外交一时活力四射，生机勃勃，这是欧洲大陆东西两大阵营间冷战催化的产物。

1989 年，中东欧国家政治上的民主化进程为文化外交提供了新的动力源泉。之后，欧盟向东扩展，2004 年波兰被囊括于欧盟框架之中。好风凭借力，波兰依靠其文化优势——最为强势的软实力之一，举全国之力营造其在海外的新形象品牌。波兰文化外交以营建民主国家为目的，仅仅走过 20 余年的历程。与英、德、法这些谙熟此道的老江湖相比，波兰即使不再是个初出茅庐的新锐，但充其量也就是个潜力非凡的拜师学艺者，仅凭十年八载的穷追猛赶而变得百废俱兴。但是波兰学以致用，体现在文化外交策略方面，可谓立竿见影，波兰加入欧盟的过程就是个显例；博采众长以彰显波兰关键领域的国家利益，这一点已在越来越多的行动中渐露端倪。

通过文化宣传手段，创制波兰国家形象品牌——"Polska brand"，并在世界范围内推广，是当前波兰文化外交中首要的战略目标。这是个影响巨大的文化发展蓝图，它的实现，需要在国外实施长期的协同推助规划；在国内，则要求支持相应的文化和文化机构的发展，而尤其不可轻忽的是当下日渐勃兴的文化创意产业。

全世界 200 多个国家，在任何语言系统中都便于表述而又易于拼读的国名屈指可数，波兰（Poland-Polska）即为其中之一，这是它易被推介的独特优势。但是，仍有许多国家和地区不识波兰真面目，甚至因为英语发音近似而总是张冠李戴地把它与荷兰混为一谈。正是基于这个原因，2013 年 10 月 23 日，"推广波兰"理事会正式宣布使用本土的"Polska"作为波兰的官方表述——"不管我们使用什么语言，我们在书写和讲话时都始终使用 POLSKA，POLSKA 是波兰国家形象品牌的正式国际用语……期待着这个属于我们波兰民族的称谓通行天下"。刻意使用"Polska"，已经成为公众及政府机构将来向世界推介波兰最激进的建议之一。

创制波兰国家形象品牌（Polska brand）是一项艰巨而又复杂的任务，考虑到近期有关国家品牌的认可度排序，波兰仍大幅落后于其他国家，起码不如预期。波兰在海外的声望与形象，与它历经 25 年变革后的实际情况难以符契。在 2010 年全球国家品牌指数中，五项关键的排序指标分别是旅游、文化与遗产、商贸环境以及生活质量和价值观体系，波兰在 110 个国家中仅居于第 82 位。随后两年，波兰的排名小幅提升，分别到达了 2011 年的第 79 位和 2012 年的 75 位。根据安霍尔特（GfK Roper）国家品牌指数的评价体系，某一国家声誉度的评估要建立在所谓的安霍尔特六角形竞争认可度之上，即由如下六项等值因素组成的国家形象：旅游，出口商品，外交及安全政策，投资与移民，文化和遗产，居民。在 2010 年、2011 年和 2012 年 50 个参评的国家中，波兰的排名位次分别是 26、22 和 21 位。

因此，改变波兰在世界上的国家形象，将是个漫长且牵一发而动全身的综合过程，必须基于一个贯穿始终的理念，而不论现在还是将来，最为重要的一点都是文化因素。波兰旅游协会在 2008 年进行的一项调查显示，在"首要想法"式研究中，受访者都自然而然地首先把文化与波兰品牌关联在一起。① 这一结论非常有利于波兰的海外形象推介，然而，它并未在安霍尔特研究中得到印证，因为在 2009 年至 2012 年间，波兰的平均文化排名徘徊在第 32 位。基于六种评价因素的考虑，这已成为近年来波兰是否优先开展文化外交论争中最为重要的参数之一。

首先，通过文化手段创制波兰形象品牌（Polska brand）的任务必须得到广泛认同；其次，对于波兰来说，向全世界推广自身文化，可谓前无古人后少来者。因此，这关系到运作方式与合作伙伴的战略性选择，而在此之前，则须适时落实推介行动的需求与目标。目前，已有多家政府机构以及行动计划开始通过文化手段，在世界范围内营造积极正面的波兰国家形象，包括已经运营了 13

---

① 该项调查在七个欧盟国家进行，针对两个特定的受访者群体，即手头持有关于波兰签证的旅游办事处人员代表，以及在此之前曾经到过波兰的媒体人。共有 891 人参与了此项调查。

年的亚当·密茨凯维奇学院。在波兰的法制体系中，有两家部级机构专门负责凭借文化手段向外推介波兰国家形象品牌，分别是外交部及其下属的 21 个波兰文化研究所，以及文化与民族遗产部，后者即是亚当·密茨凯维奇学院的上级管理机构。其他诸如此类的国家机构还有《圣经》学院、戏剧学院、波兰电影学院、国家视听学院、弗雷德里克·肖邦学院、克拉克夫国际文化中心和波兰旅游观光组织等，它们都负有在文化领域推介波兰国家形象品牌的职责。

亚当·密茨凯维奇学院创建于 2000 年，属于政府机构，建院宗旨就是凭借文化手段营造积极正面的波兰国家形象品牌，在履行波兰共和国外交政策与对外文化政策基本原则的前提下，负责向海外推广波兰文化。

亚当·密茨凯维奇学院的特殊性存在于这样的事实，即作为政府机构，其营建的目的是开展国际推广活动，通过文化方式来树立波兰积极正面的国家形象；从结构上看，该学院由众多部门组成，因此，可以从事跨学科课题研究，并能在多种文化领域内开展协同推介活动。

基于政府通过文化手段推介波兰国家形象品牌项目显示出的全新战略方向，本书将进一步深入集中论述亚当·密茨凯维奇学院（AMI①）的活动及策略。正是亚当·密茨凯维奇学院被赋予了协同运作的重任，通过文化手段向全世界展示了波兰国家形象品牌。"十年弹指一挥间，我们让全世界认识了波兰！"这极富魅力的文学化语言，2010 年出自亚当·密茨凯维奇学院时任主任帕维尔·波多罗茨（Paweł Potoroczyn）之口，揭示了该机构活动的精髓。但人们不免心生疑窦：今天，亚当·密茨凯维奇学院要介绍什么样的波兰？又如何介绍呢？这家学院的宣讲策略发生了何种变化？凡此种种，又是否与波兰文化的变迁，以及波兰文化外交发展的大方向同一旨趣呢？

第一节　亚当·密茨凯维奇学院创建的历史背景

1989 年年初，随着波兰与社会主义体制分道扬镳，进而代之以民主体制，尤其是经济上翻天覆地的变化，整个国家一时处于变动不居之中，直到 20 世纪 90 年代上半段时间，与国家文化政策息息相关的一系列问题几近束之高阁。20

---

① AMI（波兰语 Instytut Adama Mickiewicza），是亚当·密茨凯维奇学院的全名缩写，也是本书论述的目标。

世纪 90 年代伊始，关于新的社会经济秩序中文化领域国家支持模式，以及自筹经费标准的论争上演了，但几乎没有触及波兰国家形象品牌的文化推介问题，而只是一味地回顾团结工会的胜利及其风云人物莱赫·瓦文萨（Lech Walesa）的光辉形象。

只有从过去十年的中期开始，随着对波兰政治优先的清晰规划，即在数年内跻身欧盟成员国行列，向欧盟十五国推介波兰国家形象品牌的国家战略争论才开启。重返欧洲，以及强调波兰文化的欧洲特性，是那时的主旋律，一时主宰了官方话语，也成为政府部门的当务之急。当时的氛围，标志性地体现在塔德乌什·凯恩特（Tadeusz Kantor）的激切话语中，这是他被问及波兰与欧洲一体化时的问答。他说："总是有人问他重返欧洲的话题。如果人们旧话重提，他只能这样回答——他们永远不会离开欧洲！"虽然他已经厌倦重复同样的事情，但是，只要有人提起这个话题，他都会一次再一次地申明他们的立场，直到所有人都确信他们已经做出了这样的选择。

政府部门逐渐意识到，在文化领域内开展协调合作，实施外交推助政策，并借助文化和文化机构的创建来实现目标，成为波兰日渐增长的需要。实际来说，这是一种水到渠成的必然。从那时起，波兰外交政策已不可能离开文化而独立存在。而作为这种理念的结果，是在 2000 年亚当·密茨凯维奇学院的创建。学院的建立依照当时的文化艺术部（现在官方名称为民族文化遗产部）与外交部共同制定的条例，是一个以文化方式推介波兰国家形象品牌的特设国家机构。

第二节　2000—2013 年亚当·密茨凯维奇学院文化季和策略演变

亚当·密茨凯维奇学院运营之初，其办院宗旨即十分明确：向世界展示波兰文化，营造积极正面的波兰国家形象，因而务必臻至某种意义上的"群聚效应"。推介活动要精确聚焦，不同文艺领域的项目要选取优势区位，与有威望的机构强强合作，而时间的间隔亦不可小觑。在这样的情况下，"文化季"应运而生，名目纷纭、主题繁多的波兰文化推介轮番上演，如艺术、文学、电影、音乐、戏剧、舞蹈，还有近来走红的设计展、时装秀、摇滚乐以及其他另类音乐。

根据推介活动的性质与时间所选择的"波兰文化日""波兰文化节""波兰年"等诸如此类名称的项目，已经成为亚当·密茨凯维奇学院的旗舰项目及最大的推介展示活动。至于如何选择"文化季"的展演国家，这取决于波兰外交政策的优先策略；排在最前面的是欧盟，其次为波兰的东部邻国，接下来则是俄罗斯和欧洲之外的国家，如日本、印度、巴西和以色列。

作为向外推介波兰文化的手段，"文化季"根据亚当·密茨凯维奇学院获取的新经验而与时俱进。学院主任帕维尔·波多罗茨（Pawel Podoroz）精确地描述了在13年的推介活动中，亚当·密茨凯维奇学院所经历的这种演变，2010年在接受广播电台采访时，他说："最初几年，我们向世界展示了学院钟情的波兰文化；稍后我们顺风扬帆，进而满足其他受众的喜好；目前我们依据自己的创意，在国外合作伙伴的协助下创编节目。"

的确如此，首批文化推介活动大多依据的是波兰项目组织者的择汰和构想，它们在很大程度上秉承了波兰领导层的意旨。这种运作策略，后来被证明并不总是正确的，甚至会产生一败涂地的风险。

显而易见，这种模式需要变革。文化季的准备要有章可循，即与外方承办者通力协作，编排内容丰实的节目，这样的思维方式，已成为亚当·密茨凯维奇学院文化外交领域的主要理念。这种理念的出发点是，促进波兰文化在海外开花结果，不仅仰仗成就卓著的文化人物，而且还需要高资质的接待方，以对当地受众施以足够的影响。

另一个重要的出发点是合作伙伴对文化季的共同资助，这自然而然需要双方全力投入其中。毋庸讳言，文化季的支出占用了亚当·密茨凯维奇学院最大份额的预算资金，实际上几乎达到半数。如果没有接待方的资金担注，这种文化推介活动就很难让双方皆大欢喜。这就是必须邀请当地专家、文化名人，以及文化管理者参与其中的原因。只有这样，才能对波方方案的吸引力，推介活动的成功概率，艺术活动的效果，潜在的合作，等等，做出评估。他们对计划的编排与成功与否负有切实的和经济上的责任，这就是学院主任波多罗茨所称的"把失败的风险降至最低限度"。

这种运作最成功的范例有两个，分别是2008—2009年和2009—2010年在以色列及英国举办的波兰年（注：前者为Polish Year，后者是Polska! Year）。上述波兰文化季，展示了"向世界介绍波兰"方向和方式的变迁，也是亚当·密茨凯维奇学院利用"波兰——欧洲的创意中心"这样的口号，向世人推介波兰国家形象品牌战略的第一次演示。这样的壮举，不仅在2008—2010年间大获全胜，也为后来几年的同类活动树立了榜样。波兰文化年（Polska! Year）举办之前，已经做了30个月的前期准备，另有针对英国合作伙伴的250余次调研访问。无独有偶，在以色列举办的"波兰文化年"（Polish Year）项目，有组织的准备工作时间亦多达 24 个月。这两次活动都设置了一个目标，即通过文化项目，针对积极参与此类活动的观众、艺术精英及舆论界，改变世界对波兰和波兰人的想法。在上面的两次文化季中，突出的重点是现代性，这是精心专意而为，主要通过活力四射的文化，而不是老生常谈，或者厚重的历史事件，或者二战大屠杀的心灵创痛，来吸引公众关注波兰国家形象品牌。

那么，为什么选择以色列呢？亚当·密茨凯维奇学院的解释是："因为以色列年轻人对波兰的了解，几乎都来自他们造访二战死亡集中营时的所见所闻，这常会给那些第一次漫游海外的翩翩少年带来挥之不去的心灵创伤。我们必须改变这种状况，我们要向世人展示这样的一个波兰：青春洋溢，富于创新；生机勃勃，发展无限；多姿多彩，引人留恋。"

以色列之外，为什么又选择英国呢？"因为成千上万的波兰人在这里生活……'波兰年'（Polska! Year）的举办，就是要改变英国人眼中的波兰人形象。英国人认为，波兰人是可敬的，但这仅限于那些恪尽职守的体力或技术工人。因此，我们的节目聚焦于波兰文化的厚重与魅力，以及波兰艺术生活的多姿多彩"。在英国举办的波兰文化季口号是："'波兰年'（Polska! Year），让您洞悉当代波兰！"这是亚当·密茨凯维奇学院与国际品牌大师沃利·奥林斯（Wally Olins）通力合作的结果，后者精于运作国家和社团品牌，在文化推介战略方面驾轻就熟。这一推介战略，基于 2003—2004 年奥林斯在波兰进行的调查研究，其目的就是要开发所谓的"波兰品牌"（Brand Polska），并在此基础上进行多年期国家品牌推广计划。虽然当时发展起来的这种具有"创造性张力"的理念并没有以专门计划形式持续跟进，但奥林斯团队提供的调查结果显示，这种理念仍然部分地贯彻到英国波兰文化季的规划策略中。在文化季期间，亚当·密茨凯维奇学院采纳了奥林斯的建议，使用"Polska"而不是"Poland"来表述"波兰"。专门使用"波兰年"（Polska! Year）这一特有的名称，特别刻意突出"Polska"这个词，就是为了引起人们的兴趣，以彰显波兰的创意与魅力，以及活力充盈的现代文化。

"Polska"同时也被囊括在 2010 年中国上海世博会期间波兰展馆的格局之中，"波兰音乐"（Polska Music）就是亚当·密茨凯维奇学院项目的名称，这也是推介波兰古典音乐的网站名称。2011 年 6 月，波兰外交部启动了一个宣传项目，即"你了解波兰吗？"（Do you know Polska?），网址就是 http：//www. doyouknowpol-ska. pl。这是一本特殊的、不合常规标准的多媒体波英词典，主要由年青一代使用，旨在激发人们对当代波兰作为现代欧洲国家所焕发的青春与活力的兴趣。

所有由亚当·密茨凯维奇学院集聚的经验，都成为"2011 波兰欧盟轮值主席国"文化节目规划的基础。这档节目由两部分组成，国内部分，与波兰国家视听学院合作；域外部分，则由亚当·密茨凯维奇学院协调配合。后者是规模空前的波兰文化外交推介节目，400 多个活动场次，遍布 10 个欧亚国家的首都，如柏林、伦敦、马德里、巴黎、基辅、明斯克、莫斯科、北京和东京。

上述节目，旨在通过文化手段，展示波兰作为一个既富有传统和历史，同时又充满活力，而且珍惜自己民族文化遗产的现代国度的正面形象。这样的文化节目，贯穿于波兰的欧盟轮置主席国战略中，其目的是支持国家的政治优先举措，可以举出的例子，如全力援助东部合作伙伴的项目，及"欧洲睦邻政策"，特别是那些在乌克兰实施的项目。

波兰作为欧盟轮值主席国所主持的所有与文化关联的外交文化活动，都被冠以这样的口号：我就是文化！欧盟出品，波兰助力。由作者的创意看，主要是突出波兰文化的两大特点：活力与品位。后者因为与欧洲制造的高品质的关联而得到凸显。作为该计划的一部分，国外项目的主要协调者是亚当·密茨凯维奇学院。它与波兰文化机构共同实施项目，由文化专员办公室确立，与波兰外交部和包括非政府机构和文化组织在内的外交文化实体直接协作。文化外交计划建立在项目演示的基础之上，特别是考虑到与波兰欧盟主席国节目共同制作，因而在国际巡回展中所介绍的大多是诸如节庆、交易会之类让人意兴盎然的"波兰要素"博览会。"波兰欧盟轮值主席国文化外交节目"包括六大项目，同时进行的还有许多戏剧电影展、艺术展及古典和现代音乐会，另有在公共场所设计和操作的项目。除此之外，108 项文化与艺术项目在此节目中一并进行，这些项目得到文化和民族遗产部基金的专项补贴，而有关补贴的淘汰竞赛则由亚当·密茨凯维奇学院协调举办。

"波兰欧盟轮值主席国文化外交节目"这种广泛的对外文化交流活动，持续达半年之久，与波兰文化的"负荷量"描述颇相符契，同时也被视为通过文化外交手段营建波兰国家形象品牌（Polska brand）的又一阶段。应当指出的是，正如先于轮值主席国活动的两个文化季的例子，这一项目的主导部分也包含了不论是形式还是内容的当代因素。这是波兰向海外推介其文化的一个极其有效的方式，数年前已被亚当·密茨凯维奇学院采用，足以胜任全方位表述波兰当代文化艺术之需，同时亦能支撑依托于文化之上的现代化强国的形象品牌。似乎正是这样一种理念，在很大程度上界定了推介活动的性质与方向，它不仅适用于亚当·密茨凯维奇学院，而且通行于整个波兰文化外交领域。或许检验这一观点的最佳例证，将在波兰文化机构于 2013—2014 年在土耳其五个城镇实施的推介项目中脱颖而出。这些拟议中的计划，无疑会全面推介当代波兰文化艺术，淋漓尽致地彰显其绰约风姿。

第三节　波兰国家形象新品牌的历史与传承——何以步履维艰

　　构建波兰国家形象品牌，必须依托坚实的项目基础，既要力避虚张声势，又要戒除波兰在世人眼中挥之不去的殉道形象。同样是通过长期的活动，世界对波兰的观感已经发生了变化，因而这一目标的实现如果不是通过文化与历史，那么就是通过文化和当下现实。今天，基于文化而营造这样一个充满活力与创意，并能面向未来的当代波兰形象，远比基于历史的做法更容易。因为，波兰的历史叙述十分困难、痛苦而又复杂，特别是由于经年已久的疏忽与沉沦，对于意欲探底的海外观察者来说，这种陈词滥调已积非成是。所谓的历史是波兰贵族作为崇尚宗教信仰自由的中流砥柱吗？还是 1791 年 5 月 3 日通过的"五三宪法"位列世界第二欧洲第一，奠定了现代议会制度的基础？抑或波兰文化、艺术及音乐遗产仍是影响东西方且共荣共生的范例？1989 年以来，波兰文化外交试图通过这些价值标准推介其国家形象品牌，但这种重塑国家新形象的努力竟然一无所获。

　　更为重要的是，波兰文化外交必须注意到这样的事实，那就是在一个年轻而又激进的人眼中，即便是作为波兰"历史图标"的团结工会运动或其领袖瓦文萨，也已是明日黄花。1989 年 6 月 4 日，以柏林墙崩塌而不是团结工会运动为标志的议会部分自由选举告捷。所有这些，如果再加上波兰人为欧洲而战并且遭受损失的历史记忆，在这样的背景下，波兰面向全球的外交政策就必须不断地与"波兰境内的死亡集中营"——这个被西方媒体用以描述二战期间纳粹德国在占领地波兰所设立的屠杀场——相斗争。因此，认识波兰的历史显然就成了一种艰难的挑战，甚至要承受失败的风险。

　　其结果是，波兰的过去——历史记忆及文化遗产——极少数却又非常重要的例外情况，极为罕见地出现在亚当·密茨凯维奇学院的方案列表中。实际上，当历史和文化遗产出现时，主要呈现在当代语境与文化背景中，是为了取材波兰历史经验以开启普世情感的开场白；或者，通过摒弃宏大历史叙事以受益于"小历史"及人性的项目。在亚当·密茨凯维奇学院的活动中，关于后者的一个精致的例子是波兰轮值欧盟主席国期间文化节目中主导文化项目之一，名为"与波兰人同行"——一个连续五集，通过波兰摇滚、时装、性别及攀登世界高峰和玩具来讲述波兰共产主义时期的纪录片。

通过历史项目推介波兰的失败经历，已经理所当然地影响亚当·密茨凯维奇学院推介策略的重新定位。分析此前最后一个波兰季，波兰2011年轮值欧盟主席国期间文化节目的内容，以及亚当·密茨凯维奇学院内部针对海外推介波兰文化的资助清单，一切都一目了然。很明显学院的主要兴趣点和参与范围侧重于通过各种层面及遍布各个领域的现代文化——从戏剧、文学到现代设计、喜剧读物及街头艺术——来推介波兰国家形象品牌。这些现代内容，已经把历史从亚当·密茨凯维奇学院的活动列表中一笔勾销。

第四节　"波兰——欧洲创意中心"
是否为波兰国家品牌宣传新思维

亚当·密茨凯维奇学院倾向于把一个全新的积极正面的国家形象介绍给世界，同时也筹划着为波兰提供一个不同于以往的推介身份。"波兰展现了新的面孔，向世界送去微笑：这是年轻有为，创意无限而又充满活力的新面孔。"以上所引，就是学院主任对2011年波兰轮值欧盟主席国海外文化节目实施的总结。这样的话虽然过于浪漫，但仍然值得引用，因为它明确地指出了波兰文化外交及其支持机构的主要任务。2010年，在上海世博会上，波兰就打出了"波兰在微笑"的宣传口号，向东道主中国展示了最先进的设计和技术。浑然天成而又魅力无限的波兰展馆受到热捧，与英国、沙特阿拉伯、德国、法国、荷兰、意大利和日本等国家一起，被授予最优秀国家展演奖。这两个事实说明，展示了一个微笑、青春洋溢、活力充盈而又创意无限的波兰形象，并且进一步巩固它，无疑是国内外战略决策的一个组成部分。

考虑到国际环境的变化，以及文化外交的一般趋势，当前通过文化手段推介波兰国家形象品牌的策略当然不是存在于真空中，而且这在很大程度上也是欧洲文化移易及文化政策取向演变的结果，这不仅体现在单个欧盟成员国层面，也体现在欧盟整体层面。归根结底，在关于文化的经济潜力及其对欧洲和本国GDP的贡献方面，亚当·密茨凯维奇学院把"波兰——欧洲创意中心"这一国家形象品牌推介策略置于最热门的辩论之中，并非率意而为。自此之后，关于波兰文化及其宣传的潜力，亚当·密茨凯维奇学院越来越频繁地运用诸如革新、创造、发展和节约这些关键词。该学院是当前波兰较为重要的动漫制作者之一，而动漫产业在当代经济框架中的地位与角色还在争议之中。2013 年 9 月，由波多罗茨牵头组织"欧洲新理念论坛"，进行分组讨论，标题是："文化能够拯救欧洲经济吗?"稍后的 2013 年 5 月，他又参加了卡托维兹欧洲经济会议，并参与了如何发展欧洲创意产业的分组讨论。

从对波兰创意的推介，进而彰显波兰创意与文化产业的潜力及成就，已经成为最近亚当·密茨凯维奇学院战略领域的兴趣所在，这凸显在其坚定不移地专注于推介波兰设计和绘画产业，因而被视为波兰文化外交最强劲的资产之一。2009 年关于推介波兰设计的项目，在英国举行的"波兰年"（Polska! Year）活动是最受欣赏的项目之一；而在 2013 年 9 月，"青春波兰"设计活动再次回到伦敦，举办了题为"朝气蓬勃的波兰设计工作者：四年来的成长"展览。同一年，在亚当·密茨凯维奇学院的协助下，波兰设计工作者出席了在巴黎、伦敦及纽约举行的所有重要的设计博览会。下面两份英文出版物增强了推介活动的力度，其一为《波兰设计：浑金璞玉》，主要宣传 2000 年后波兰设计领域的巨大成就；其二为《印刷处理》，主要针对当代波兰的平面艺术。作为 2013 年推介活动的一部分，还包括亚当·密茨凯维奇学院推出的一期专刊，被附加到《壁纸》杂志的十月号上。《壁纸》是世界最有名的设计类杂志之一，专刊的标题是再现波兰：设计界的启明星。正如亚当·密茨凯维奇学院描述的那样，波兰设计的主旨落脚于"营建波兰强势品牌意识，培育富有活力与朝气的设计大师"。最近几年，这种想法被贯彻在该学院最具价值和最为意兴盎然的活动中。

第五节　亚当·密茨凯维奇学院是否为波兰文化向世界传播过程中不可或缺的环节

经过 13 年的努力，亚当·密茨凯维奇学院已经大大拓展了它的推介范围和领域。在向海外推广波兰文化艺术的时候，该院并没有固守在文化季或其他节目中，它还参加了国际音乐博览会交易会、世界博览会，以及 2011 年波兰轮值欧盟主席国文化项目。该学院还协助落实两个波兰国内的欧盟项目，它们都属于 2014—2020 年新一期预算资助的文化工程，即"创意欧洲"和"民生欧洲"。

显而易见，亚当·密茨凯维奇学院志在攻城拔寨，占据所有重要的全球性推介平台，通过大规模的跨学科项目展示波兰文化的魅力与风采。从 1989 年之后波兰外交活动的角度观察，亚当·密茨凯维奇学院业已成为越来越具有影响力的政府机构，在践履其职能的同时，也积极地配合波兰文化外交的设计。从其自身历史看，亚当·密茨凯维奇学院已经由文化产品的"供应商"，渐至晋升为通过文化渠道营建波兰国家形象品牌（Polska brand）的创造者。

在波兰国内众多的类似机构中，亚当·密茨凯维奇学院凭借其不懈努力与锐意进取，在国内、国际文化创造者、推动者和管理者圈赢得了强势地位，学院也一直是关于当代波兰文化辩论的活跃分子，这证明该学院在波兰文化生活中是一个客观的而不是偶然的观察者。亚当·密茨凯维奇学院意欲成为上述生活的重要部分，事实上为了维持这种地位，必须对与其合作的文化机构施加影响。

亚当·密茨凯维奇学院不断扩大其参与领域，是它获得满意度的源头活水，还是应该引起一些担忧？要回答这样的问题，戛戛乎其难哉！尤其是在弊端丛生的背景下。由来已久的资金匮乏，无时无刻不在侵蚀着波兰文化。这种弊病，实际上是一种"资助金病变"，所谓巧妇难为无米之炊，大批文化机构的运作随着地方、国家乃至欧洲补贴而起舞。其结果不外乎，曲意逢迎诸如"呼吁建议"的项目，这在很大程度上影响了这些机构对上述资助的申请。不幸的是，此类情形在波兰现实中已司空见惯：一个独立的文化机构，为了获取资助金，或者把某些原则暂时放在一边或者无视原则，剜肉补疮以迁就特定项目。

波兰"资助金病变"的结果是，大部分文化机构面临着财政入不敷出的窘况，这使得机构对长期项目的编制，包括域外合作心有余而力不足。文化运作的理论和实践告诉我们，在当代社会，组织一个上佳的域外文化项目，需要花费三年左右的前期准备时间。对于波兰极少数的文化机构的项目运作来说，这个观点颇有启益。

亚当·密茨凯维奇学院是属于波兰"资助金病变"的一部分，还是补救这一弊病的灵丹妙药？鉴于波兰的现实情况，这个问题完全是口惠而实不至的纸上谈兵。只要看一看亚当·密茨凯维奇学院为波兰海外艺术家实施或资助的项目的数量，一切都迎刃而解。如果没有该学院的支持，大部分项目将无从谈起。

结　语

"只有那些解决问题，并惠及世界的国家，才会得到全球杰出国家品牌的认可。我们在某个时刻臻至此境，然而却错失了'团结工会'这一无价之宝；这个词，本来能够成为我们的智慧资产，因为我们拥有这样的理念，拥有象征性标识，一个专有符号和与其匹配的能力。在使用'团结工会'推介波兰文化这点上，我们一败涂地。"① 经历了20年的转型之后，迄今为止，波兰仍未找到一个与众不同同时又深得人心的理念，以胜任国家形象品牌的海外推介，而更为重要的是，承担大任的制度体系依然原地踏步于漫漫长路的出发点。

似是而非的是，对于波兰文化及其相关机构来说，如此状况又不失为一种契机。归根结底，如果波兰与这个世界毫无瓜葛，那么，还有什么必要让世界通过文化来了解它呢？我的意思是说，文化将会用这个世界上可以理解的语言，告诉波兰全球化的需求与价值标准。因此，亚当·密茨凯维奇学院的做法，充分展示了波兰成功完成现代化转型后的国家形象——年轻有为，活力四射；创意无限，直面挑战。

"波兰——欧洲创意中心"是亚当·密茨凯维奇学院的愿景，它能被证明是专为波兰量身打造的吗？即使看起来采用成功的现代化、创新及波兰创意等此类的主题，在欧洲推介波兰国家形象品牌胜局已定，以及最近业已证明的波兰政府以"波兰（Polska）——跨进新时代"为题成功举办推介活动，这个问题眼下仍难以回答。随着全新的波兰官方标志的出台，目前为止推介活动毫无疑义地与之高度契合。时间会证明，负责向国外推介积极正面的国家形象品牌的官方机构如何在实际运作中践履这样的新理念。然而，其中确定无疑的是，波兰国家形象品牌推介委员会祭出的活力、现代、青春议题，为波兰文化外交在未来几年的实践提供了一条康庄大道。

参考文献

[1] ANHOLT S. Brand New Justice：How Branding Places and Products Can Help in Developing World [M]．Oxford：Butterworth-Heineman，2005.

[2] DAVIS CROSS M，MELISSEN J. European Public Diplomacy：Soft Power at Work [M]．New York：Palgrave Macmillan，2013.

[3] HERENIAK M. Marka Narodowa：Jak Skutecznie Budowa Wizerunek i

---

① "推广波兰语"基金董事会主席米罗斯瓦夫·保卢茨（Mirosław Boruc）在专家小组会议上的发言，这次会议由波兰最高调控委员会召开，讨论了全球范围内推广波兰文化的努力与成果。

Reputację Kraju? (National Brand: How to Effectively Build a Country's Image and Repute?) [M]. Warsaw: Polskie Wydawnictwo Ekonomiczne, 2011.

[4] I, Culture 2012: International Cultural Programme of the 2011 Polish EU Presidency [Z]. Warsaw: Adam Mickiewicz Institute, 2012.

[5] Kierunki promocji kultury polskiej do 2015 roku (Directions of Polish culture's promotion until 2015) [Z]. Warsaw: The Council for the Promotion of Poland, the Ministry of Foreign Affairs, 2010.

[6] MARK S. A Greater Role for Cultural Diplomacy: Discussion Papers in Diplomacy [M]. The Hague: Netherlands Institute of International Relations Clingendael, 2009.

[7] MELISSEN J. Beyond the New Public Diplomacy [M]. The Hague: Netherlands Institute of International Relations Clingendael, 2011.

[8] MICHAŁOWSKA G. The Promotion of Poland's Culture and Image in the World [M] //BIELEŃ S. Poland's Foreign Policy in the 21st Century. Warsaw: Difin, 2011.

[9] NYE J S. Soft Power: The Means to Success in World Politics [M]. New York: Public Affairs, 2004.

[10] NYE J S. The Future of Power [M]. New York: Public Affairs, 2011.

[11] OCIEPKA B. Miękka Siła i Dyplomacja Publiczna Polski (Soft Power and Poland's Public Diplomacy) [M]. Warsaw: Wydawnictwo Scholar, 2013.

[12] OLINS W. On Brand [M]. London: Thames and Hudson Limited, 2005.

[13] Promocja Polski w wiecie: Kultura–dyplomacja–marka Narodowa (Poland's Promotion in the World: Culture– diplomacy–national Brand) [Z]. Warsaw: The Council for the Promotion of Poland, 2010.

[14] Rules of communicating the "POLSKA" Brand [Z]. Warsaw: The Council for the Promotion of Poland, 2013.

[15] Season 2008—2009 Report [Z]. Warsaw: Adam Mickiewicz Institute, 2009.

[16] Season 2009—2010 Report [Z]. Warsaw: Adam Mickiewicz Institute, 2010.

[17] UMIŃSKA–WORONIECKA A. Program Kulturalny Polskiej Prezydencji: Strategia a Rzeczywisto (Foreign Cultural Programme of Polish Presidency: Strategy and the Reality) [J]. Przegld Zachodni, 2012 (02).

第三章

跨越时空的联结与共荣——中波千年交流史的新思考

第一节 汉唐丝绸之路与东西方的通联

若问在前全球化时代，什么对人类文明进程产生的影响最为深远，恐怕没有比丝绸之路更合适的答案了。两千多年来，这条连通东西方、横贯亚欧非的商贸通道，见证了各地的物种、技术在此互通有无，见证了不同的宗教、艺术在此广泛播扬，见证了多元的民族文化在此碰撞融合。中国和波兰，分别位于丝绸之路的东西两端。中国以亚洲儒家文明为底色，波兰以欧洲基督教信仰为基石，它们之间源远流长的对话历史，是人类文明史进程中东西文化交流互动的典范。丝绸之路的开辟与繁荣，不仅在地理上将二者连接起来，更为增进两国彼此认识、促进双方文化吐纳授予创造了条件。而将中波交流史放置于东西方交流史的大背景中，我们会发现，通过丝绸之路建立起的东西方之间的联通，在中波两国正式迈出沟通交流的步伐之前，已经做好了漫长而充分的前期准备。

公元前3世纪末，当波兰尚未形成国家形态，古代波兰人的祖先凡涅特人在奥得河和维斯瓦河流域营建着自己最初的家园时，千里之外的东亚中国已经建立起大一统的中央集权王朝。一方面，强大的秦汉帝国以其戎马武功威震八荒——秦灭六合，一统宇内，"却匈奴七百余里"，使"胡人不敢南下而牧马"（贾谊《过秦论》）；汉代名将卫青、霍去病等北击匈奴，直捣龙城，封狼居胥，"明犯强汉者，虽远必诛"（班固《汉书·傅常郑甘陈段传》）的大国声威流播于殊俗之地。另一方面，也是更重要的一方面，中原以其灿烂的文明成果和显著的文化优势，引得四方宾服，闻风向化。秦汉更迭以后，通过数十年的与民休息，西汉王朝在武帝时期达到鼎盛。在武帝朝文学巨匠司马相如的笔下，那些富丽宏美的辞赋文字背后，是汉人包括宇宙、总揽人物的襟怀与气概。司马相如出使西南，向西南发出了大汉的盛世强音，为开发西南边疆，促进西南地区与中原的经济、文化交流做出了重要贡献。

　　同样在武帝一朝，博望侯张骞两度出使西域，继之而后的其他汉代使者在西域诸国与中原之间频频往来，经济、文化交流紧随外交活动接踵而来并日益繁盛，丝绸之路由此开通。从这时起，中国对于原本陌生的"西方"渐渐有了了解，而中亚、西亚乃至欧洲各地也开始对那个强大、富庶、神秘的东方国度有所认识。被丝绸之路连接起来的，不只是中原与"西域"，还包括"西域"以至于更广阔的地区，丝绸之路东西两端的中国和大秦（罗马）及其各自代表的不同文明开始了某种形式的沟通。一个典型的例子是，被张骞带往西方世界的丝绸成为中国的代名词。此后，意为"丝国"、用于指代"中国"或"中国人"的"赛里斯 Seres"一词反复出现在古罗马的诗歌和文献中。

　　几个世纪后的隋唐时期，是中国自秦汉以来的又一强盛期。隋代虽然短暂，但与"西方"却有着不同寻常的亲密接触。公元 7 世纪初，隋灭吐谷浑，隋炀帝巡幸张掖，在焉支山封禅祭天，接见西域 27 国使臣，向其展示中土的文物奇珍、锦绣丝绸，堪称是一场盛大的"万国博览会"。隋炀帝重视丝绸之路贸易发展，优待西方商人，来自西域和西方国家的使者、商人不绝于路，丝路商贸欣欣向荣。唐代开国以后，统治者秉持兼容并蓄、华夷如一的襟怀，积极开展对外交流。此时的中华文化在世界上举足轻重，开元盛世前来朝贡的藩国多达 70 余国。而景教入华更是西方基督教文明与东方儒家文明直接接触的开始，彰显了中国文化的包容气度。景教是聂斯脱里（Nestorius）派基督教。太宗贞观年间，"波斯僧阿罗本，远将经教来献上京"（王溥《唐会要》卷四九贞观十二年诏令）。从太宗到德宗，在历代帝王的支持和保护下，景教得以在华传布。除两京外，各地亦修建大秦寺。直到武宗会昌法难之前，共获得两百余年的发展时间。立于长安义宁坊大秦寺的《大秦景教流行中国碑》，诉说着大唐与"西方"的文化交通。

　　尽管此时的波兰尚未形成独立的国家形式，中波交往尚无从谈起。但不能否认的是，汉唐同"西方"的所有沟通和接触，都在为将来中波交流铺垫蓄势，做足准备。我们很难想象，若没有连接亚欧的交流通道的开凿，若没有中国与西域及较远地区的文化交流作为积淀，中波之间将如何迈出交流对话的第一步。在地理上和文化上都从属于欧洲版图的波兰，随着其国家形态的形成，将很自然地融入东西文化交流的大潮中。这也正是笔者在正式讨论中波两国具体的交流互动之前，不吝笔墨地陈述此前中国与"西方"交往发展历程的原因所在。

中波千年交流史不妨这样，也应当这样书写。

公元 10 世纪中叶，约与中国赵宋王朝建立的同一时期，皮亚斯特家族的梅什科一世（Mieszko I，约 935—992）以格涅兹诺为中心建立了皮亚斯特王朝，波兰从此拥有了自己独立的国家形式。这位波兰国家的缔造者带领全国接受了基督教，使波兰融入欧洲基督教文明的文化板块中。1025 年，梅什科一世长子鲍莱斯瓦夫一世（Boleslaw I Chrobry，967—1025 年）加冕成为国王，波兰走向极盛，乃至跻身欧洲强国之林。此后，中波交流史开始了历史性的书写。

第二节　蒙元"西征"与传教士东来

公元 13 世纪初，成吉思汗建立大蒙古国。在此后的数十年里，强大的蒙古政权从未停止过武力扩张、征略世界的进程。一方面，蒙古军队攻灭西夏、金国、南宋，建立元朝，实现对中国的完全统一，并进而东征高丽、日本，南征东南亚诸国。另一方面，蒙元统治者先后发动了三次大规模的"西征"，建立四大汗国，最终形成一个横跨亚欧大陆、疆域空前辽阔的庞大帝国。"西征"的区域包括中亚、东欧、西亚等相当广阔的土地，最远处直达匈牙利、波兰一带。此时的蒙元和波兰，尽管处于开疆与守土之间的冲突和对抗中，但这确乎是两者间第一次零距离的接触。从此，中波双方不再仅仅存在于缥缈的传闻和对于彼此含糊的想象中。

明初，宋濂、王祎等学者文人奉旨撰修《元史》，其中出现了波兰及其相关的人物、地名、事件等。譬如，《元史·列传第八》中提到，兀良合台"继从诸王拔都征钦察、兀鲁思、阿速、孛烈儿诸部"①，而后"又从拔都讨孛烈儿乃、捏迷思部，平之"②。通过这些见诸史籍的异域名词，当时中国人对波兰等地的了解可见一斑，尽管史笔中的相关叙述往往点到为止，还算不上十分详尽细致。参照近代柯劭忞《新元史》，其中的"拔都乃议东南北五路进兵，而以贝达尔统北路一军攻波兰诸部"（《新元史·列传第三》），"拔都诸弟诸垓等伐波兰，达尼尔之子弟复从征，平森他米尔以至克拉克"③（《新元史·列传第一百五十

①　"孛烈儿"为中国对波兰的古称。下文中的"孛烈儿乃"亦同。
②　"捏迷思"为"日耳曼"的旧译，即德国。1241 年 4 月，蒙古军队在莱格尼察城郊大败波德联军。
③　"克拉克"即"克拉科夫"，当时为波兰首都。1241 年 3 月，蒙古军队攻陷克拉科夫。

四》）等诸多记载，我们便可以构想当年拔都、速不台、兀良合台等蒙古名将指挥下的征战杀伐，以及蒙古和波兰之间军事接触的情状。

　　尽管蒙元政权的武力扩张使得到处弥漫着恐惧和血腥的氛围，而对外无节制的征伐及内部尖锐的矛盾也造成了其自身国祚不永的局面，但东西方相互之间认知与交流的深度和广度也因此达到了前所未有的程度，这是无可否认的。通过"西征"，蒙元帝国渐次掌控中亚及以远的欧洲地区，欧亚大陆连成一片。堪称当时世界文化命脉的丝绸之路，由关山塞漠一变而为帝国内部的通衢大道，顿时畅通无阻。加之以武力推进的方式又具有高效性和强制力，"西征"极大地改变了亚欧大陆地理版图和文化板块的原有格局，促进了族群迁徙和技术传播，以及中华文化圈、印度文化圈、伊斯兰文化圈和基督教文化圈等不同文明之间的沟通交互。在此背景下，中波交往关系中的第一代人登上了历史舞台。

　　马可·波罗（Marco Polo）来华的故事众所周知。然而，比马可·波罗来华更早30年，已有波兰旅行家踏上了东行之旅。1245年至1247年，波兰的方济各会修士本尼迪克特（Benedict）跟随天主教廷派出的使团出访蒙古汗国。作为最早深入亚洲的欧洲人，他们穿过新疆，来到当时蒙古帝国的首都哈拉和林，亲睹元定宗的登基大典并受到定宗的召见。在这个距离中华文化腹地仅一步之遥的地方，他们遇到了中国人，并同他们交谈，于是迫不及待地记录下这些道听途说式的"见闻"——本尼迪克特撰写了《波兰人教友本尼迪克特的叙述》和《鞑靼史》，同行的意大利人、使团的另一成员加宾尼（John of Piano Carpini，约1182—1252年）撰写了《蒙古史》。毫无疑问，在这些波兰乃至西方的游记中，充满了想当然的欣羡与虚构。但内容上不够全面、准确，并不影响其在促进东西方相互认知、交流这一层面上的巨大价值。作为第一个走近中国的波兰人，作为最早由波兰人撰写的有关中国的著作，本尼迪克特及其撰述，具有导夫先路的重大意义。而包括本尼迪克特在内的这些勇敢的探险家、旅行者，也正是后来丝绸之路上络绎不绝的"马可·波罗""利玛窦"们寻访东方的先行者，他们开启了东西交流崭新的篇章。

　　本尼迪克特等人能顺利地踏上蒙古汗王的土地，自然得益于丝绸之路的通畅无阻。从汉唐到宋元千余年的时间里，丝绸之路虽曾几度停滞，但每到一个新的时期，总能重新活跃起来，并更趋繁荣。元代，丝绸之路的北侧驼铃不绝，而与此同时，南线及海上丝绸之路同样活力焕发，帆樯相望。闽南的泉州及周边地区因之而经济日趋繁荣、文化日趋发达，这个富甲一隅的东南巨镇、梯航万国的刺桐古港，因之而名满海外。入明以后，郑和下西洋，海上丝绸之路更加畅通，丝绸之路的陆路通道直通欧洲，发达的海陆交通为欧亚之间的沟通创造了极为有利的条件。加之传统意义上的中华文明与中国文化，因其特质与魅力，久远而又连绵不断，对波兰乃至整个西方世界具有无穷的魔力，越来越多的欧洲人通过丝绸之路接近并最终踏上了中华沃土。其中不乏来自波兰的文化使者，卢安德（Andrzej Rudomina）和卜弥格（Michal Boym）便是他们当中的杰出代表。

卢安德，即波兰传教士安德烈·卢多明纳。1626年，他来到福建，协从有着"西来孔子"之誉的意大利传教士艾儒略（Giulio Aleni，1582—1649），并在这里度过了他短暂生命中最后的六个年头，最终长眠于八闽大地。由闽地信士文人合辑而成的《口铎日抄》，记载着他在福建开展传教活动的若干细节。诚然，带着传教使命来到中国的卢安德，其在闽活动更多的是向中国人传播福音，在当地发展基督教信徒。但身在中国的土地上，与周围的士绅文友广泛交游，深入论辩，他也确乎真切地看到、听到、感受到了中国的文化。在传教的实践中，他同其他传教士一起，积极谋求与以儒家思想为代表的中国文化相结合。对话体例的灵活运用、耶儒之间的融通互鉴，形成了东西方思想文化交流的新范式。

如果说卢安德等人的努力使得晚明成为西学东渐的一个重要时期，那么拥有"波兰马可·波罗"之誉、数次往返于南明政权和罗马教廷之间的波兰传教士卜弥格，则为中学西传做出了重要的历史性贡献。他在动荡变革的明清易代之际从里斯本出发来到中国，随后供职于南明宫廷。1650年，这位虔诚勇敢的文化使者受永历皇帝之托，作为南明王朝的特使出访罗马教廷，寻求欧洲天主教势力对反清复明的支持。五年之后，他来不及回波兰省亲，便带着教皇的回信，历尽千辛万苦赶往中国。1659年，常年跋涉最终使他油尽灯枯，长眠于广西边境，未能亲自向南明皇帝复命。

作为一个波兰人，卜弥格同时也深切地爱着中国，乃至发出"整个中国的土地是多么美好"的感叹。这样的惊呼声传回欧陆，在西方乃至整个世界回荡。卜弥格撰写了《关于大哲学家孔子》《中华帝国简录》《中国事物概述》《中国地图册》《报告》《中国植物志》《中医处方大全》等诸多著作，将中国及中国的思想文化、制度风俗、医药技术等介绍到欧洲，极大地促进了欧洲对于中国的了解。此后，越来越多的传教士踏上东行之路，中国经典被译介到欧洲，中国文化热潮涌起，进而实质性地促发了西方政治、文化等方面的转变。而卜弥格等人的重要贡献，也将在中波友谊史、东西方交流史上留下浓墨重彩的一页。

第三节 波兰灭国与"哈尔滨人"在中国

在争取民族独立和国家富强的过程中，中国和波兰有着同样的经历，那就是：遭遇外侮。近代中国屡受列强的欺凌压迫、侵门踏户，波兰甚至有着长达百余年的亡国痛史。18 世纪中叶以来，欧洲列强渐次崛起，波兰却江河日下，受到俄国、普鲁士、奥地利三个强邻的环伺包围，外患重重，境况堪忧。1772年，波兰遭到俄、普、奥三国的第一次瓜分，约三分之一的国土和人口沦丧。1793 年，俄、普两国再次瓜分波兰，波兰丧失了近三分之二的国土，并沦为沙皇俄国的傀儡。1795 年，波兰被俄、普、奥三国彻底瓜分，从此在欧洲版图上完全消失。1889 年至 1892 年，清代学者洪钧（1839—1893）出使俄、德、奥、荷四国，来到昔日波兰故土，见证了这个曾经强盛一时的国家民族忍辱负重的历史，并写成《元史译文证补》。洪钧稍后被作为主人公写进了小说《孽海花》，引起中国学者及西方汉学家的注意。

也许同在患难之中更易引为知己，波兰悲惨的亡国命运引发了中国人的深切同情，同时也唤起了中国人救亡图存的警醒意识。从清朝晚期到"中华民国"，波兰的灭亡惨祸及与之相伴的对于中国内外困境的深切忧虑，屡见于中国文人的笔端。从梁启超的《波兰灭亡记》，到康有为的《波兰分灭记》，从"瓜分惨祸痛波兰，一劫风云国破残"（连横《读西史有感三十七首·其十六》），到"波兰、埃及有前鉴，黄种虽贵漫自恃"（施士洁《次谢鹨尘大令留别韵·五迭前韵》），乃至王韬的《弢园文录外编·合六国以制俄》、严复的《严复集·原强》、陈天华的《警世钟》、邹容的《革命军》、吴趼人的《二十年目睹之怪现状》、何海鸣的《求幸福斋随笔》等各种文章笔记中，有关波兰亡国的字眼触目可见。在那个风雨如磐、国危民困的年代，波兰的不幸遭遇作为前车之鉴与救亡警钟，激励着中国大量的有志之士奋起斗争。

1897 年，沙皇俄国诱迫清政府签订《中俄密约》，攫取了在中国东北修建东清铁路的权利。为了建设这条铁路，沙俄陆续招募了一批波兰人作为工程技术人员。许多国破家亡、拿着俄国护照的波兰人被放逐到关山万里之外的中国东北，从此有了"哈尔滨人"。这些波兰的"哈尔滨人"在中国成家立业，多数长期生活在哈尔滨，对哈尔滨怀有极其深厚的感情。随着第一次世界大战后波兰复国、俄国十月革命后中苏签订协议，乃至侵华日军占领中国东北后控制南满铁路，先后有不少波兰人被分批遣返。中华人民共和国成立后，仍在中国的波兰"哈尔滨人"也多数返波，积极投身社会主义波兰的建设事业。回国后的"哈尔滨人"，有的还曾来过中国或一直与中国的朋友保持联络，有的则再也没来过中国，但他们都深深眷恋着这片他们曾经工作和生活过的故土，亲切地称呼哈尔滨人乃至中国人为他们的"老乡"。

当波兰的"哈尔滨人"带着灭国之痛，被异族"流放"到遥远的东方时，是中国东北富饶的白山黑水接纳了他们，抚慰着他们破国亡家的心灵创痛。投桃报李，这些优秀的波兰儿女，用自己的方式回报了第二故乡中国东北——他们用智慧和毅力让哈尔滨这座伟大的城市拔地而起，东北的铁路在他们手中延伸到远方，与丝绸之路大动脉相连接。哈尔滨的波兰人一度繁衍到数万之巨，也涌现了许多奇才俊杰。其中包括为中国解放事业做出过贡献的三合屯粮食局工作者弗卧季米日·沃夫楚克（Wojimiri Wovchuk）以及蛟河航务处工作者米哈乌·安图舍维奇，积极传播中国针灸技术的什切青市胸科医院院长莱奥纳尔德·斯彼哈尔斯基（Leonardo Spychalski），精通中国绢花手艺的海伦娜·斯蒂克（Helena Stirk），曾在波兰驻华使馆工作的华沙大学教授谢克拉波夫斯基，将毕生时间都奉献给中国、在华工作时间最长的"哈尔滨人"、高级工程师爱德华·斯托喀尔斯基（Edward Stokalski）……不一而足。而著名汉学家爱德华·卡伊丹斯基（Edward Kajdanski），更是他们当中的佼佼者。

卡伊丹斯基，被称为"中国人民的忠实朋友"。他的父亲早年曾两次来到中国东北，参与铁路建设工作。1925年，他出生于哈尔滨，而后在当地波侨创办的"显克维支"中学学习。毕业后，他曾在一家制糖工厂工作，后来又进入哈尔滨工业大学学习，并于1951年回到自己的祖国波兰。1963年，他以外交官的身份再次来到中国，在波兰驻华使馆工作。1979年起任波兰驻广州总领事馆领事。1982年退休后，他依然笔耕不辍，著述良多，先后撰写出版了《工程师的回忆》《中华人民共和国1949—1969年经济发展概述》《中国与外部世界》《中国的使臣——卜弥格》《长城的巨影——波兰人是怎么发现中国的》等20多部著作。在这些著作中，他探索中波友谊源头和交往历程，研究和介绍中西交流史、中国传统文化、新中国政治经济发展等诸多领域内容。作为文化与友谊的使者，他和他所致力并热衷于研究的卜弥格，可谓是异代同调。

第四节 中国抗日战争中的波兰英雄

第一次世界大战之后，经历了 123 年亡国生活的波兰人民，终于在 1918 年重新迎来了国家独立。然而仅仅过了 20 余年，在第二次世界大战中，波兰再度被卷入战火之中，又一次遭受灭国惨祸。从领土被德苏两国瓜分，到全境为德国所占领，波兰人民进行着艰苦卓绝的反法西斯斗争。而与此同时，在千万里外的中国，人们同样遭受着山河破碎、国土沦丧的痛苦和屈辱，在艰难困苦中抗击日寇，救亡图存。中国人民同仇敌忾，形成了最广泛的民族统一战线，最终克敌制胜。而来自国际社会的援助，同样为中国人民抗日战争、世界人民反法西斯战争的胜利做出了重要的贡献。在这些仗义相助的国际友人中，便不乏来自波兰的民族英雄。他们参加中国人民的反侵略斗争，为了人类的正义与和平事业不惜以身赴险，甚至献出了宝贵的生命。汉斯·希伯（Hans Shippe）和维托尔·乌尔班诺维茨（Witold Vrbanowicz）便是他们当中的代表。

希伯（Hans Shippe）是波兰作家、记者。他出生在时为奥占区的克拉科夫，很早就关心中国的革命形势，于 1925 年来到中国广州，在北伐军总政治部编译处工作，并著有介绍中国革命情况的《从广州到上海：1925—1927》。日本发动侵华战争以后，中国既需要对内团结形成抗敌御侮的血肉长城，也需要对外争取国际社会的广泛同情和热情支持，特别是将中国军民矢志抗敌的肺腑呐喊和浴血奋战的英雄事迹向世界传达。正是为了这个目的，希伯再度从欧洲来到中国的抗日前线。他撰写的《中国正越战越强》等报道发表在《太平洋事务》上，唤起国际社会对中国抗战的广泛支持。从 1938 年到 1941 年，他先后来到延安、皖南和苏北，采访了毛泽东、周恩来、叶挺、项英、刘少奇、陈毅、粟裕、罗荣桓等中国革命人物，在《美亚评论》上发表了《长江三角洲的游击战》等文章，并著成 8 万字的《中国团结抗战中的八路军和新四军》一书，介绍中国共产党领导的敌后抗战，产生了重要的国际影响。1941 年 9 月，他不畏艰难，历经艰辛投身于山东抗日根据地，继续以笔为戈，战斗不息。他与当地军民打成一片，共同浴血奋战，被称为"外国八路"。在 11 月的大青山战役中，他不幸牺牲，长眠在中国大地上。他为中国的抗战事业献出了一切，也赢得了"为国际主义奔走欧亚，为抗击日寇血染沂蒙"的崇高赞誉。

当汉斯以手中的打字机作为武器，猛烈地抨击日本侵略者，为中国抗战军民热情呐喊时，另一位拥有传奇式人生的波兰民族英雄乌尔班诺维茨正驾驶战斗机奋战在反法西斯战争的各个战场上。作为波兰著名的王牌飞行员，他在参加中国的抗日战争之前，已先后参加了欧洲的波兰战役、法国战役及不列颠空战，在整个第二次世界大战中总共击落不下 17 架敌机，屡立战功。1943 年，他加入美国陆军航空队，被编入驻防中国的第 14 航空队第 75 中队。从抗击法西斯的欧洲战场转战到中国的乌尔班诺维茨，驾机翱翔于中国的万里长空，与日本侵略者殊死搏斗。常德会战期间，他曾在空战中以一敌六并击落两架日军战机，堪为奇谈。抗日战争中，中国空军实力弱于日军，一度备受敌寇狂轰滥炸。包括乌尔班诺维茨在内的这些英雄——外国空军将士与中国将士并肩作战，中国空军与国际援华空军联合起来，在空中战场予侵略者以沉重的打击。他们的功勋，写在世界反法西斯的战斗史上，写在中波两国交往互助史上。

此外，波兰的"哈尔滨人"也为中国抗日战争做出了贡献。由于日军最早从东北下手实施其侵占吞并中国的目的，身在东北的波兰"哈尔滨人"很早便同当地的中国人民一起遭受日军侵犯。提及这段艰难时光，"哈尔滨人"卡伊丹斯基老人缓缓道来："1932 年，日本侵占东北三省时我才 7 岁。为了逃命，我们全家不得不颠沛流离，那真是一段不堪回首的艰难岁月。"日军的侵略行为带给包括"哈尔滨人"在内生活在中国土地上的人民流离失所的痛苦，也迫使他们站起来进行反侵略斗争。"哈尔滨人"亨里克·卡昌（Henrik Kachan）便是这方面的代表。他和他的父亲一起，以自家的皮鞋铺为阵地，开展反对日本帝国主义的地下斗争，为地下抗日工作者提供保护和帮助。另外，有多名在香港学习的波兰"哈尔滨人"，与入侵香港的日军英勇作战，乃至被俘、牺牲。

为了人类的公义，这些英雄、正义的波兰朋友，与中国人民站在一起，同侵略者顽强搏斗。其中有一些留名后世的杰出人物，也有许多名不见经传的普通人物。但他们都默默地在自己的位置上，以自己的方式，反抗侵略，捍卫和平。他们真情援助战火中的国家和人民，体现了崇高的国际主义精神。中波两国人民共同谱写了和平、正义、友爱的奏鸣曲。

第五节　"一带一路"背景下的中波文化交流

鉴往知今，历史已成为过去，重要的是如何立足当下，面向未来。从当下的角度看，研究中波千年交流史，正是为了裨补中国的崛起对世界经济文化，即全人类文明发展的助益。自从 2013 年中国国家主席习近平在出访中亚和东南亚国家时先后提出建设"丝绸之路经济带"和"21 世纪海上丝绸之路"的重大倡议以来,"一带一路"获得了越来越广泛的认同,已成为当前国际社会的重要共识。而要推进"一带一路"建设,那个曾与中国密切关联、对中国文化和中国人民带有友好情感的欧洲桥头堡、当下欧洲的心脏——波兰,自然是不可或缺的。中波两国之间有着相当深厚的因缘,概而论之,有以下三个方面。

其一,中波两国拥有悠久的文化交流历史。从汉唐到元明,随着陆上丝绸之路和海上丝绸之路的相继开通与繁荣,在东西方文明对话互动日益频繁的背景下,古代中波两国人民迈出了沟通交往的步伐,开启了双方文化交流和友好往来的进程。在风雨如晦的近现代中国,中波之间也存在着文化艺术上的相互影响。中华人民共和国成立以后,波兰成为最早和中国签订文化合作协定的国家,70 年来陆续签订了许多年度文化合作协定书。当下,随着中国—中东欧国家合作机制的建立和"17+1 文化合作"模式的形成,中波两国组织了许多内容丰富、形式多元的活动,在艺术、文学、文化创意、文化遗产等各个方面展开了广泛的交流和深入的合作。文化最能体现交往双方各自的特色和本质,最能将双方紧密地连接起来,文化交流产生的影响也最为深远。中波之间的文化交流,既是两国交往史的重要部分,同时也是推进整个中波交往史进程的重要力量。

其二,中波两国命运相关、休戚与共。2016 年 10 月,在波兰驻华大使馆举行的《不折之鹰:二战中的波兰和波兰人》首发式上,中国学者刘怡以一个生动的例子指出了中波人民相似的历史命运及面对命运不屈的斗争——中波两国国歌分别以"起来,不愿做奴隶的人们"和"只要我们一息尚存,波兰就不会灭亡"开头,又分别以"前进,前进,前进进"和"前进,前进,东布罗夫斯基"结尾。诚然,在近现代的大风大浪中,面对同样的艰难苦厄,英雄的中波人民并没有被压垮,他们用自己的勇气、毅力和智慧,谱写了救亡图存的抗争史和自强求富的发展史。21 世纪的今天,我们远离了兵荒马乱、烽烟四起的动荡年代,却更加迫切地需要紧密地联合起来,构建人类命运共同体。因为,包括中波两国在内的世界各国之间,不是相离无干的,而是相干不离的。中波两国要在更加深入、更加丰富的双边合作中求得共同发展、互利共赢。

其三,中波两国具有互帮互助的优良传统。除了物质意义上的丝绸之路外,中国与波兰之间还有一条息息相通的"心灵丝绸之路"。20 世纪,在波兰曾经的困难时期,中华人民共和国慷慨地伸出了援手。"大白兔"奶糖及其他生活建设中的紧缺物资，沿着丝绸之路，源源不断地送达波兰人民的手中。在波兰的一些地方，人们听不懂也不能讲完整的汉语，却可以说出三个标准的汉语发音——"大白兔"。"大白兔"是一种纽带，是一种情结，是两国人民心路之上的路标。2020 年发生的新型冠状病毒肺炎疫情，是全世界人民共同面临的考验，中波两国再次发扬了同舟共济、互帮互助的传统。两国领导人互相表达同情和慰问，两国政府及有关部门保持密切沟通、加强信息共享，双方官方及民间互相提供医疗物资援助，共同应对严峻的疫情形势。患难时节的守望相助，密切了彼此的联系，深化了彼此的友谊。

有了这么深厚而又坚实的"前因"和"宿缘"——中波两国精心培育的友好基础，新时期的丝绸之路一路畅通，从中国到达波兰，应是题中之义！利用智慧，更重要的是实际上的互助互利，应能让"一带一路"伟大宏图在这里成为现实。双方应承继历史传统，顺应时代潮流，加强交流合作，实现共赢共荣，推动中波友谊从过去走到当下，从当下走向未来。

参考文献

[1] 刘祖熙. 波兰通史 [M]. 北京：商务印书馆，2006.

[2] 司马迁. 史记 [M]. 北京：中华书局，1982.

[3] MALINOWSKI G，王承丹. "赛里斯—中国"语源新探 [J]. 中华文化论坛，2020（03）：15-27，155.

[4] 魏徵. 隋书 [M]. 北京：中华书局，1997.

[5] 王溥. 唐会要 [M]. 上海：上海古籍出版社，2012.

[6] 宋濂，王祎. 元史 [M]. 北京：中华书局，1976.

[7] 柯劭忞. 新元史 [M]. 上海：上海古籍出版社，2017.

[8] 邱江宁. 13—14 世纪"丝绸之路"的拓通与"中国形象"的世界认知 [J]. 江苏社会科学，2019（04）.

[9] 文有仁，单樨. 比马可·波罗更早来华的波兰人 [J]. 四川统一战线，2007（07）.

[10] SONG G. Learned Conversations on the Heavenly Studies：Andrzej Rudomina and His Mission in Late Fujian [J]. Monumenta Serica，2011，59（01）.

[11] 单樨. 心归哈尔滨：记波兰的"哈尔滨人" [J]. 当代世界，2000（5）.

［12］徐玲德．波兰著名汉学家：整个中国的土地多么美好［EB/OL］．新华网专稿，2007-10-18.

［13］刘邦义．波兰的"哈尔滨人"［J］．中国社会科学院院内专刊，2013，182（01）．

［14］孟斌，徐明贞．战火之中著文章：记献身于中国抗日战争的外国记者汉斯·希伯［J］．新闻与成才，1995（07）．

［15］本刊编辑部．"外国八路"：汉斯·希伯［J］．山东档案，2007（03）．

［16］何娟，陈燕伟译．不折之鹰：二战中的波兰和波兰人［EB/OL］．北京时间，2016-08-04.

［17］中国驻波兰大使馆．以文化交流之帆助力中波全面战略伙伴关系行稳致远［EB/OL］．中国—东盟博览会，2019-08-26.

第四章

从历史到现实："一带一路"视角下的中波关系

第一节　波中历史掠影

如果没有阅读波兰历史，对波兰的印象就会局限于教科书的描述，也就是那个被德国作为跳板发动闪击战，拉开了二战序幕的国度。似乎加诸一个国家的种种屈辱，就被这一句话轻轻揭过。整个民族苦痛与血泪的故事，在世界范围内成为一声最微不足道的叹息。1385年，立陶宛大公国，后来的波兰国王瓦迪斯瓦夫二世雅盖洛（Władysław II Jagiełło 1386—1434）在立陶宛签下条约，同意迎娶被加冕为"国王"的雅德薇嘉（Jadwiga，1373—1399）后，正式开启了强盛的波兰—立陶宛王朝历史进程，而年仅12岁的政治工具雅德薇嘉，其注定被牺牲的情感与命运，在整个历史过程中，模糊如剪影，不值一提。但倘若稍加全面地考察波兰历史，特别是关于波兰疆域的记述时，就不再是旅游指南上例行公事般的冰冷表达，而是变成了一道道鲜活的印记，代表着波兰历经动荡、战乱，最终独立共和的沧桑巨变。

让人扼腕的命运，不是它一直荏弱，恰是它曾经繁华。从皮亚斯特王朝时期，到波兰—立陶宛联邦中前期治下时的版图扩张，无论是经济、政治抑或军事，波兰在整个欧洲可谓所向披靡，鼎盛之极。然而历史的兴衰更迭大多于花团锦簇中暗藏危机，险象环生中酝酿新变。联邦帝国虽然将白俄罗斯、乌克兰等国尽收囊中，但立陶宛本身就不稳定的政治体制，两国之间文化、经济、宗教信仰的差异，下层民众之间身份认同感的矛盾，上层贵族集团内部利益的争夺等，使得看似有机交融的联合王朝潜伏着分裂的变数。"自由否决权"的出现，导致维持国家运转的机器缺乏实质的法律保障，议会沦为贵族追寻阶级自由与权力的庇护所。好斗的权贵们在17世纪初期对俄国贸然进攻，昙花一现的胜利背后，为日后遭受惨痛报复埋下了隐患。而这前后，与土耳其边境纷争不断，瑞典的攻伐防不胜防。波兰在地理位置上是欧洲的中心地带，同时也是俄国西侵、普鲁士东扩的必经之路。"奥古斯特三世（1696—1763）统治时期，波兰成为普鲁士、俄国和奥地利，甚至奥斯曼土耳其帝国的军队的行军通道。"当西方世界部分国家与城市已经进入资本主义兴起的时代，此时波兰的经济仍然以农业为主，地主们为了各自的权益，建立起大量的奴役制庄园，失去自由的农民被迫为奴，生存都已困难，更遑论推动国内市场。波兰之外，资本主义制造业为了满足日益增长的生产需求，也必定需求更广阔的市场，曾因农业出口而对外保持长期贸易顺差的波兰利益集团代表们，显然没有意识到所处世界的悄然变化。伴随着军事力量的日益削弱，又遭遇饥荒、瘟疫的客观影响，以及瑞典、俄国军队的蛮横勒索，这个积弱成疾的联合王国早已无力抵御外辱内困，终于揭开了历史上遭受多次瓜分命运的悲怆序幕。

1772 年 8 月 5 日，俄国、普鲁士和奥地利在圣彼得堡签署了三边协议，标志着三大列强对波兰进行的第一次瓜分。1793 年 1 月 23 日，俄普两国在相同的地点签订了第二次瓜分条约，传统意义上的波兰成为占领国之间一条狭小的缓冲带。最后，毫不餍足的俄、普、奥三国列强，在 1795 年 1 月 3 日，对波兰进行了第三次瓜分。俄罗斯占有最大份额，首都华沙在普鲁士的占领下，被迫变成了"边境"，奥地利虽然瓜分得相对较少，其属地却拥有较高的经济价值。第三次瓜分以后，波兰，这个曾经在欧洲历史上璀璨一时的枭雄，开始了长达 123 年的亡国历史。那些本来属于自己的边境线，包括国都和繁荣的城镇，犹如垂垂老矣的母亲一个个走丢的孩子。尽管如此，列强们关注的却是如何从文化、教育、语言、政治、体制上，把"波兰"两个字从世界上彻底抹掉。

如果要对这样的历史产生深刻的共情，我们不妨先把视线转回国内，看看与波兰相似的时间节点下中国的最后一个封建王朝——清朝。1736 年，爱新觉罗·弘历登上帝王宝座，顺承康熙时期经济的复苏与繁荣，把清王朝推向了全盛极隆的巅峰。与此同时，相较于康乾盛世下清人的载歌载舞，位于欧洲中心的波兰已遭遇了俄国"洪水"般的入侵，外侮屡犯、内乱频仍，人民的经济与文化活动受到重大打击。1795 年年初，波兰正经历着第三次被瓜分的命运，而这一年年末，恰是乾隆禅位给嘉庆的时间。乾隆虽有文治武功，可他的盛世里，是闭关锁国，是文字狱，是无视世界兴起的资本主义革命，而仍然坚持施行重农轻商的国策。清王朝思想上的故步自封，对新兴生产方式的轻蔑忽视，政治体制的沉疴宿疾，军事力量的因循守旧等，使得嘉庆帝面对的是一个积重难返的"盛世"。民间一次次灾荒中鬻儿卖女的乱象，正是对这段历史最无情的讽刺，无怪乎有人称其为"饥饿的盛世"。

1795 年，被欧洲列强从地理版图上抹去的"波兰"，尚难预料接下来有长达百年的亡国岁月，正如嘉庆时期的清王朝，也无法想象即将面对西方列强蛮横入侵的困境。欧亚两个曾经无比繁盛的大国，因为执政者对外没有就世界的发展及时做出正确的判断，对国内的政治、经济、军事等未能进行相应的改革与调整，使得他们在历史上拥有了相似的命运轨迹。第一次世界大战，由于各方利益牵扯，终于波兰存在的意义被再次摆上谈判桌，从 1915 年俄国退出对波兰的控制，到 1916 年 11 月德奥颁布法令建立一个君主立宪制"波兰政权"，却没给这个国家划定明确的边界，被波兰寄予厚望的协约国，直到 1918 年 6 月才正式决定以恢复波兰的独立为战争目标。而一战背景下的中国虽然没有受到直接影响，但是时局造成的内忧外患，亦大大加深了民族的苦难。而后两国人民各自为了自由独立而战的精神，又一次在无形中，将彼此的命运隔空交叠起来。

中国和波兰在近现代史进程中所遭遇的种种磨难，原因千头万绪，但归根结底还得从经济说起。本书仅以波兰的发展为例，简单回顾当时繁荣之下潜藏的危机。15 世纪，身处欧洲地理中心的波兰，显然并未意识到周围资本主义已悄然兴起，其国内热闹的经济中心，仍然是传统的陆运贸易和原料出口城镇。当它以传统农业经济为骄傲，以原料为主要出口物资，却一再忽略发展制造业时，似乎就已注定了以后的命运。史称"黄金时代"的 16 世纪，波兰国内但泽港口经济发达，大部分货物都会经由此地出口，然而上层统治者似乎对于开辟新航线、扩大远洋贸易渠道缺乏兴趣——毕竟此时农作物产品的出口已经让他们觉得绰绰有余。下层贫困小农既是利益集团的天然供养人，又是他们的剥削对象。如何最大化地压榨农民和扩大领地，才是他们最关心的话题。波兰—立陶宛联邦共和国时期，土地问题没有得到有效解决，边境始终面临外患侵扰，战争与天灾渐渐消弭了经济繁荣的假象，周围新兴资本主义国家的崛起，和联邦本身经济体制的不稳定，都使得波兰在劫难逃。同样，我们会发现，同时代的清政府，始终以天朝大国自居，甚至施行闭关锁国政策，对外界经济、军事、文化发展不闻不问，如上种种，令两国的执政者一次次错过了世界经济发展的好时机。

第二节　波兰文学剪影

历史蕴含着过去，文化仍在延续，文学彰显着文化的生命力。诺贝尔文学奖得主里面，共有五位波兰作家摘得桂冠，尽管波兰在世界历史的浪潮中一次次沉沦，可文化的历史积蕴仍在延续，波兰民族文学在曲折的国运中，依然闪耀着文化的生命力。以颇有分量的诺贝尔文学奖为例，其百来位得主里面，共有五位波兰作家摘得桂冠，波兰在所有获奖国家中位列第七，前面分别是法国、美国、英国、德国与瑞典（并列第四）、意大利。除美国外，其余国家皆是传统西欧文化强国。与其说诺贝尔文学奖对这个东欧国家青睐有加，不如说波兰国内的文学源远流长，硕果累累，引无数读者倾心。语言、文字与文学作品是文明最直观的体现。波兰语一步步从下层民众中走出来，不断打破其他语言（主要受宗教和国力影响）的桎梏，最终以文字形态承载了整个民族文学发展的重量。诺贝尔文学奖最近一百多年的时间，也恰是波兰国祚最跌宕起伏的岁月，正所谓"国家不幸诗家幸，赋到沧桑便是工"，富有思考的作家们更能够用文字作为武器，去探究庞大历史主题下，个人与民族命运之间千丝万缕的联系。这些获奖作品，无论是诗歌还是小说，它们都包含了对民族文化与家国命运的深沉思考，容纳了对过去与未来的礼赞与期待，写就诸多文化寻根者几生几世的不朽时光。

波兰的文学对民国时期的文人志士也有着或直接或间接的影响。鲁迅曾经说过接触波兰的小说后，了解到世界上有相似悲苦的大众们，他们的作家在为此而呼号，而战斗，因而促使他以农村为题材，创作了一系列乡土文学。同时段，波兰首位诺贝尔文学奖获得者显克维奇也因一部部巨著，获得国内学者的关注。据考，周作人、王鲁彦、施蛰存等人对其作品都有译介。

若要慨叹波兰文学，需要对波兰人在不同背景下，对其语言发展和文化脉络有个简单了解。皮亚斯特王朝时期，受宗教和德意志文化的影响，波兰语直到13世纪才逐步完善——判断标志之一是能否用以传教布道。但是作为文化传播的手段，波兰语的地位并未得到充分体现。1364年，雅盖隆大学（最初名为克拉科夫大学，1370年更名）在波兰的克拉科夫市建成，它是波兰最早的学府，亦是欧洲第六古老的高等学校。15世纪到16世纪，经济的发展带来了文化的繁荣。同时期由意大利开始，后扩散至整个西欧的文艺复兴运动，也或多或少影响了波兰人文主义思想的产生。尼古拉·哥白尼（Mikołaj Kopernik 1473—1543）"日心说"的提出，其意义不仅仅是推动了天文科学的发展，更重要的是挑战了传统教会认知自然的权威性。1543 年，《天体运行论》正式出版，后来，随着其思想传播的愈演愈烈，时隔 73 年，罗马教廷将该著作列为禁书。顺便一提，相传因为"日心说"理论被教廷视为异端烧死的并非哥白尼，而是拥护并发展了该学说的意大利人布鲁诺。哥白尼晚年因病痛折磨，最后于家中溘然长逝，享年 70 岁。再说回 15 世纪与 16 世纪之交，这段时间波兰语终于发展为一种成熟的文学语言，并且借助几位文学大家之手以文字的形式传播开来。拉丁文仍然是此时作家创作的首选语言，但是经波兰语翻译后的作品，很快传到了各地的贵族文化圈和上层社交圈。16 世纪也是波兰文学的黄金时代。米科瓦伊·赖伊（Mikołaj Rej，1505—1603）因擅长将中世纪的宗教旨趣与文艺复兴时期的人文主义相结合，最早用诗文及论作翻开了波兰文学史的新篇章，被称为波兰的"文学之父"。杨·科哈诺夫斯基（Jan Kochanowski，1530—1584），伟大的人文主义诗人，其创作和影响力贯穿了整个波兰文艺复兴时期。反宗教改革的布道者和辩论家彼得·斯卡尔加（Peter Scarga，1536—1672），讲解道辞精彩生动，其波兰语著作受到广泛好评，因为写作预测了波兰分裂的政治类专著，而被称为"爱国先知"。除大量涌现的作家作品外，印刷机的应用也进一步推动了波兰文化的传播与发展。文字最能体现民族语言的话语权和独立地位，本阶段，拉丁语和波兰语编写的圣经与书籍在路德教会的支持下大量出版，其中最具代表意义的是 1561 年第一本由波兰语完整翻译过来的《圣经》。

17 世纪巴洛克文学兴起，波兰诗歌作品代表人物兹比格列夫·莫尔什藤（Zbigniew Morsztyn，1628—1689），擅写忧郁的宗教诗歌，作品里多有关于战争和个人军事经历的描述。特瓦尔·托夫斯基（Samuel Twardowski，1600—1661），出身于没落的贵族家庭，是当时著名的诗人、随笔作家，17 世纪中叶，著有巴洛克风格的小说。

18 世纪上半叶，两个教会再次成为提倡文化重建的前沿阵地，皮亚斯特会神职人员斯坦尼斯瓦夫·康纳斯基（Stanisław Konarski，1700—1773）在华沙建立了贵族学校（Collegium Nobilium），专为渴望改革的贵族子弟们提供教育。科纳尔斯基本人看重爱国主义思想的宣传，特别强调用纯净的波兰语教学，并且用波兰语创作戏剧。在其改革影响的快速传播下，耶稣教会也被迫推出相应的革新。教会在教育改革中的互相作用，令当时波兰的教育质量有了一定程度的提升。历史的经验一再证实，每当国家遭遇厄运时，往往需要借助文字的力量，以寄托大众的思想与情感。国家岌岌可危之际，启蒙运动思潮在波兰渐渐传开。最后一位国王斯坦尼斯瓦夫二世（斯坦尼斯瓦夫·奥古斯特·波尼亚托夫斯基Stanisław August Poniatowski，1732—1798）执政期正是启蒙时代，这位独立波兰的最后一位国王，无力抵御强国的铁蹄，亲眼见证了自己国家被瓜分的命运。但是，正是这位外界看上去如此赢弱的联邦国王，也于登基后开始着手了一系列经济、教育、文化等方面的改革。他兴办报刊、创立国家剧院、建立国民教育委员会等，这些举措使得波兰的文化有了短暂的辉煌。最具代表的如诗人、讽刺作家、散文作家伊格纳采·克拉西茨基（Ignacy Krasicki，1735—1801），其文中有对酗酒、贪婪、无知者的嘲讽，也有对国家命运的思索。如其寓言《羔羊与狼》，就是一个小羊羔面对三个掠夺者的发问。斯坦尼斯瓦夫·沃兹涅茨·斯塔齐奇（Stanisław Wawrzyniec Staszic，1755—1826）出生于一个中产家庭，先后在德国的莱比锡与法国巴黎接受过教育，身兼哲学家、地理学家、诗人、作家等多重身份，是波兰启蒙运动的重要人物。同时代，还有很多剧作家坚信戏剧的影响，创作了不少宣传自由、政治改革等的优秀剧作。更重要的是，本时期有许多作者坚持纯粹的波兰语写作，进一步巩固了本族语言的特性，使其越来越成熟。

19世纪，波兰彻底进入了被瓜分的时代。虽然瓜分者在思想文化方面极力牵制，其传统文化依然顽强地在夹缝中生存了下来。沙皇亚历山大竭力维护统治下的波兰贵族文化，1816年，华沙大学在其授权下正式成立（当时属于沙俄帝国大学）。特殊时代里，浪漫主义在波兰被染上了几分悲情色彩，一方面使得青年学生充满了英雄主义式的不切实际的幻想，同时也造就了一批为国运而呼号的爱国文人。亚当·密茨凯维奇（1798—1855）正是其中颇为耀眼的浪漫主义诗人，也是坚持为波兰民族自由而奔走终身的信徒。他年少时加入了秘密的学生组织，后被流放俄国。在莫斯科，与文豪普希金建立了友谊。他第一部诗歌集包含了民谣与浪漫主义诗歌，在序言中，他解释了自己心慕西欧的诗歌形式，想要将之植入诗文创作的渴望。在第二部诗集中，他以民间传说里一个关于悲剧的爱情故事为要素，写出了含有浪漫主义特色的新喜剧形式。浓郁的爱国主义和自由的浪漫主义精神，以及大半生的流浪放逐经历和持续的诗文创作热情及高质量的作品，令他成为波兰最伟大的浪漫主义诗人。同时代，还有斯沃瓦茨基（1809—1849）和克拉辛斯基（1812—1859），两人的诗歌与戏剧都是波兰浪漫主义文学时代的瑰宝。本时期还有另外一位文化方面的伟大人物值得关注，他用激昂涌动的音符，让当时的流亡者慷慨激昂，潸然落泪，他就是浪漫主义的钢琴诗人——费里德里克·肖邦（1810—1849）。然而，与诗人和爱国青年们虚幻的热情相对比的，却是一次次起义失败的命运。浪漫主义热情逐渐消退，部分理智的人们首先清醒过来，波兰小说家显克维奇（1846—1916）正是其中最杰出的一位，同时他也是1905年诺贝尔文学奖的第一位波兰得主。1869年，他开始发表明显受实证主义影响写成的批评性文章。他著名的三部曲《火与剑》（1884）、《洪流》（1886）、《伏沃窦约夫斯基先生》（1889），以及后来的《你往何处去》（1896）和《十字军骑士》（1900）等历史著作，因为其社会及历史影响力，诺贝尔文学奖颁奖评语如是："伟大作家，功绩卓著。"①

　　19世纪后半叶到20世纪，波兰民族文学创作的形式更加多样，一战后因民族独立重新迸发的文化自信，二战被再次瓜分引发的沉痛思考，都是波兰文学创作的源泉。几位诺贝尔奖获得者及颁奖词可见一斑，譬如弗拉迪斯拉夫·莱蒙特（Wladyslaw Reymont，1857—1925）是波兰第二位诺贝尔文学奖获得者（1924），因为著作《农民》演绎了一部民族史诗而得到高度赞誉。1980年，美籍波兰裔诗人切斯拉夫·米沃什（Czesiaw Miiosz，1911—2004）获得的颁奖词为："以毫不妥协的敏锐视角，呐喊着将人们暴露于激烈冲突的现世里。"维斯瓦娃·辛波丝卡（Wisława Szymborska，1923—2012）一生大部分时间都坚持使用波兰语写作。她既是一位杰出的翻译家，将诸多法语诗歌译介入波兰。同时，她也是一位伟大的女性作家，并在1996年为波兰摘得诺贝尔文学奖桂冠。

　　波兰人在文学上的成就，让人误以为他们拥有轻松的创作自由，但事实并非如此。仅仅翻看波兰19世纪的历史，不难发现，教会在一次次起义中和思想文化宣传中走在了最前面，随之而来的也是一次次被压制和驱逐。19世纪中后期，俄语逐渐取代波兰语，成为俄占区中小学教育用语。大学被关闭，传统教育体系被破坏，法令禁止发行波兰语的刊物。同样，普鲁士属地，德语成为当地政府与学校的用语。奥地利给出的"自由"相对较多，甚至在部分领域恢复了波兰语教学。但就整个社会形势看，波兰语教育依然举步维艰，正因为如此，实证主义者秘密举办的"飞行大学"成为波兰语、波兰历史和天主教文化传承的主要载体。越是在夹缝中生存，人们反而越能凝聚出民族文化认同感。拥有卓越意识的个人和社会人士积极支持并组织地下教育，非法的波兰语刊物传递的思想成为民众秘而不宣的渴望。在这样艰难的时局中，被瓜分后的文学作品，犹如散布在幽暗旷野里的点点荧光，最终成了一段段野火，燃烧出最炽烈的光芒。

---

　　①　本部分波兰作家的介绍主要参考大英百科全书官方网站。

第三节 波中经济合作发展新模式

在当今世界经济发展的新形势下，"一带一路"倡议从经济共荣互利的角度出发，要求我们与沿线国家进一步扩大双边贸易，积极寻求新的合作点，而波兰，无论是地理的优势，抑或是曾经与中国相似的命运，中华人民共和国成立以后两国之间频繁的文化交流，还有加入欧盟以后持续发展的国力①，都使其自然而然占据了"一带一路"的重要位置。

关于"一带一路"倡议中，在遵循贸易资源共享、贸易自由平等的前提下，两国人民互相试探、审视对方是否为潜在的贸易伙伴时，媒体宣传的影响也不容小觑。以目前波兰主流报道《选举日报》《共和国日报》《政治周刊》为例，其中 2013 年到 2018 年 6 月的报道里面，对"一带一路倡议"的态度，波兰三大主流媒体各有侧重。《选举日报》持支持态度的相关文章占比为 61%，中立为 26%，持怀疑态度的占 13%；主打政治与经济的《共和国日报》三种态度比重分别为支持 57%，中立 40%，反对 3%；《政治周刊》侧重政治，7 篇相关报道中，中立态度的为 57%，怀疑的为 43%。就具体报道的关注点而言，最多的依然集中在"政治"（共计 45 篇），其次是投资与金融（42 篇）、经济（41 篇）、运输（36 篇）、贸易（24 篇），军事（4 篇）、旅游（2 篇）、文化（2 篇）、科学（1 篇）关注最少。

其实，从符合双方实际的经济利益出发，媒体宣传恰恰应该淡化意识形态的差异。比如，中波之间在新冠病毒肆虐的特殊时期，互相慰问，互赠救援物资的正面积极报道，如果不是刻意查找相关资讯，几乎鲜为人知。2019 年是中波建交 70 周年，可周围真正知道并且关注过相关活动报道的人却少之又少。提到波兰，大部分人第一印象依然是那个二战被发动闪电战的国家。可是谁知道1951 年成立的中波轮船公司，是新中国第一家合资企业呢？喜欢珠宝饰品的可能略微了解波兰盛产琥珀，可是有多少人知道波兰的不少矿产储量居欧洲乃至世界首位呢？加入欧盟以后，波兰成为多年来唯一一个经济保持正增长的国家。同时，波兰的文化服务贸易出口大于进口，长期处于顺差。再说旅游，中波双

---

① 2008 年经济危机后，波兰是到目前为止（2020 年 5 月），唯一保持持续增长的欧盟成员国。

边旅游前景广阔。中国对外旅游市场拥有巨大存量，而跨境旅游并非仅仅有利于入境国，当人们通过境内在线旅游（Online Travel Agency，简称OTA）平台选择订购时，或者组团旅游者挑选国内旅行团的那一刻起，贸易就已经开始了。更何况当东南亚和西欧、美国等传统目的地因为各种原因逐渐降温时，东欧游已经悄然兴起。加入"一带一路"的倡议后，紧接着又是"中国—中东欧领导人会晤（16+1）"等国家层面的推动，中国与波兰拥有巨大的合作空间。

首先是销售方式的改变。从长期关注中国人消费方式和消费热点的角度而言，以目前波兰在中国电商平台销售的几类产品和品牌等为分析对象，通过国内时下流行的快销和传播方式为切入点加以考察。

波兰有着许多品质卓越、值得被推荐的零售产品品牌。新零售时代，波方商品进入国内市场，根据品牌定位，可以适当改变传统的单一销售方式，顺应时代潮流，积极打造场景化销售模式，全方位多层次增强买家体验感。如今，新冠肺炎疫情令全球部分行业被迫按下了暂停键，不少缺乏风险抵御能力的小企业最先感受到危机，许多企业如果能打破传统思维，扩展售卖渠道，打造经营副线，就能够提早完成转型。中国新兴的网络直播带货方式最能体现经营格局的改变。仅仅以中国最大的电商平台某宝为例，其于2020年3月8日策划的"××女王节"活动，通过网络直播带货，超两万个品牌创造了销售额同比增长100%的奇迹，3月5日到3月8日期间，通过直播引导的成交总量同比超过264%。再看某某国际频道，大时代下，消费需求的升级、消费结构的进一步调整、消费市场的细分还有猎奇心态等，都使得国人越来越喜欢把目光投向海外市场，同样，海外品牌也愿意略过中间环节直接入驻平台。某某国际因为先天的某某与某宝用户市场占有率，再借助品牌、口碑优势，很容易就把一部分用户转换为某某国际用户。搜索某某国际，波兰产品中销量最多的是牛奶和化妆品。波兰牛奶因为价格便宜、品质优良，再加上"一带一路"倡议下中波货运铁路的架设，减少货运成本，令波兰的高品质低价格的牛奶有机会进入中国市场。另外波兰国民化妆品牌某某，同比其他波兰化妆品牌，销量最高。对比之下，在波兰国内拥有同等知名度的同类化妆品牌，因为没有网络名人背书，未能迎合年轻人特别是年轻女性的信息获取习惯，销量则寥寥无几。

整体来看，波兰入驻某某国际的品牌较少，种类有限。中国作为波兰最大的琥珀出口市场之一，不知何种原因，其本土琥珀品牌在中国各大电商平台却难觅踪影。全球95%以上的琥珀都产自波罗的海沿线，其中尤以波兰为主要矿区之一。从2010年左右开始，国内波兰琥珀的价格每年都在上涨，到2016年价格有所回落，近两年由于开采限制等多方面原因，波兰琥珀在中国的价格趋于稳定。就传统销售渠道看，波兰琥珀主要是通过展销会出现在中国买家视线内。近两年，市场细分要求不断升级，销售模式新零售化，波兰对华销售方式倘若有相应调整，在品牌、品质保证的前提下，推广琥珀饰品，讲好琥珀故事，利用网络红人、直播平台和部分 APP 宣传营销，进一步扩大双边贸易成交额也不是不可能的。中国电商平台不仅为多级市场的买家提供便利，也开拓了现有的销售渠道，可以一次性实现多级市场销售，拉近了传统上游市场与大众买家之间的距离。比如，以国内海南珍珠售卖为例，传统方式无非两种，一是未经打磨的珍珠直接售卖，二是做成饰品（辅以低端到高端的设计）进行销售。近两年，电商平台借助直播的东风，在线开贝成了一大看点，通过还原珍珠出蚌的场景，激起消费者好奇心，提升观看流量的同时，也相应地实现了更高的转换率。同理，在线观看琥珀原石，波兰相关品牌请专家直播琥珀鉴定的方法等在成功引流的同时，也会给予喜欢手动设计琥珀饰品的个体买家新鲜感和小众感。再则琥珀属于不可再生资源，对于喜爱者而言，具有一定的收藏价值。

销售方式的改变不仅针对波兰入驻中国的产品，中国的电商销售模式也可以被引入波兰。比如这几年，由西方国家推向波兰的"黑色星期五"购物活动已经被越来越多的波兰人所接受，而我国电商最大的购物庆典莫过于"双十一"，这一天，又恰恰是波兰的独立日。自 2018 年起，波兰开始执行每月两个周日禁止贸易法，但这项措施仅仅针对门店，对于有购物需求的人来说，将目光转向电商平台是一件自然而然的事情。波兰这两年的电商交易额节节高攀，2019 年"黑色星期五"人均计划购物支出同比增长 9%（约 68% 的人有购物意愿）。2009 年，中国天猫平台发起的"双十一购物节"，从最开始商家们持观望或试水的态度，于双十一当天成交 5000 万的销售额，到 2019 年的 2684 亿元，可谓呈现了几何级数的增长，这在当下全球经济发展逐渐放缓的大环境中，尤为可观。依托于现代化物流和相对较低的服务成本，电商交易的蓬勃发展，正是通过消费拉动内需，以内需带动经济增长的重要手段和发展风向。

波兰商品进入中国市场时，除了要符合相关规定外，也要多加宣传，适应当下热潮的方式，顺应大众需求，提高知名度和销售额。单从化妆品分析，根据 2019 年相关数据，中国约占全球化妆品市场份额的 15.5%，而人们对于新品牌、新概念、异域小众又性价比高的化妆品需求也在不断增长。从国家驻波兰经济商务处网站新闻可以了解到，波兰化妆品约 50% 用于出口，"波兰的化妆品是最受英国人欢迎的选择之一，仅次于法国和德国产品"。① 如今已有好几家波兰化妆品牌入驻中国，但只有某某因为采取了符合国人现今购物习惯的宣传方式，如找网红明星代言、通过受女性用户欢迎的小红书宣传等，使其拥有相对较高的知名度。但是就波兰化妆品在国内的整体知名度而言，与其在欧洲的知名度则差距悬殊。换言之，这也意味着，波兰的化妆品，特别是知名的、性价比高、又主打健康护肤理念的产品，在中国市场还是有较高的上升空间。

据 2018 年《CEO 世界》杂志报告，波兰是全球投资和经商的最佳目的地之一，排名位列全球第五。波兰整体经济结构中，农业占比较大，销量遍布全球，中国亦有进口波兰的农产品。中国是波兰第二十一大出口市场，是第二大进口来源国。② 整体来看，中波贸易存在顺差，但是近几年双边贸易量不断增长。我国提倡一带一路的重要目的之一就是从经济角度出发，调动沿线国家的经贸优势，取长补短，实现多边贸易的共同增长。

第四节　波中文化艺术交流互鉴

通过对文旅产业升级创新的考察，探讨中波之间的文化、旅游等交流合作。1949 年 10 月 5 日，波兰宣布承认中华人民共和国。10 月 7 日，两国正式建立友好邦交，开启了一系列文化交流活动。如 1950 年 12 月，波兰反映德国纳粹分子在集中营的暴行的故事片《最后阶段》在北京播放，并在许多影院进行公映。1951 年在波兰举办的中国艺术展览会，是中华人民共和国成立后，中国在国外举办的第一个大型艺术展览会。1953 年 4 月 3 日，两国签订了《中华人民共和国与波兰人民共和国文化合作协定》，波兰成为与我国第一个签订文化合作协定的国家，此后几年，两方都有安排高级文化使团代表互访，形成了良好的文化交流氛围。文化合作协定及其执行计划的内容涉及学术研究机构、文化与教育组织间的合作。具体如双方相互举行有关文化学术问题的讲演；互派专家学者进行访问讲学并交换留学生，交换教育及文化生活方面的资料；提倡相互研究对方的语言文学；交换科研资料及报告；鼓励翻译对方的著名文学艺术及科学

---

① http://pl.mofcom.gov.cn/article/jmxw/202001/20200102928108.shtml.

② 《2018 年 1 月波兰与中国货物进出口增长 31.4%》https://www.yidaiyilu.gov.cn/jcsj/ggsj/sbmy/56799.htm.

出版物，交换图书、报刊等出版物；相互举办文化展览会；上演对方的戏剧、音乐作品和电影；加强两国电影企业间的合作并交换广播节目；相互为对方通讯社及记者的活动提供方便等。值得注意的是，中国出口至波兰贸易结构中，机电产品、音像设备及零部件等，至今占比都名列前茅。

1955—1960 年，是中波文化交流进一步发展时期，交流的规模也较前期有所扩大。具体如文化书籍制品中，截至 1957 年，我国翻译、出版了波兰政治、经济、文学、科技书籍共 70 多种，印行 50 多万册。同时期，波兰也涌现了一批优秀的汉学家与译者，集中翻译了大量中国经典诗文和小说。波兰翻译、出版我国的书籍 50 多种，印行了 100 多万册。中国古代哲学家庄周的《南华真经》（《庄子》）的全部著作和屈原的《楚辞》都被译成波兰文出版。20 世纪后 20 年是中波文化交流正常化发展阶段，双方均派出多个规模较大的艺术团体和著名的艺术家赴对方国家访问演出。在艺术、影视、音乐等方面都有积极的合作与交流。21 世纪以来，在国际经济、政治、文化等新形势的背景中，中波两国交流开启了新篇章。官方文化互访更加频繁，民间文化交往越发活跃。①

2012 年 4 月，首次中国—中东欧国家领导人会晤（16+1）在波兰首都华沙市举行。中国提出"一带一路"倡议后，波兰表示积极支持，2015 年两国签署《关于共同推进丝绸之路经济带和 21 世纪海上丝绸之路建设的谅解备忘录》，2016 年，是"16+1"人文交流主题年（第五次中国—中东欧国家领导人会晤），中方提出应该进一步加强密切人文领域交流合作，充分发挥好教育、文化、旅游、卫生、地方、青年等合作机制的作用；中方支持尽早设立"16+1"文化协调中心，邀请中东欧国家青年来华培训；希望中东欧国家出台更多面向中国游客的签证便利化措施和特殊安排。2019 年 10 月，中波建交 70 周年音乐会在波兰首都华沙举行，同月，波兰国内举行了"品读中国"文学研讨会；11 月，"超视野——新丝绸之路摄影比赛"颁奖仪式及获奖作品展览在波兰南部苏里斯瓦夫举行。特别值得注意的是，近几年，波兰在游戏领域里也有卓越表现，而中国也有优秀的单机游戏佳作，如今电竞游戏发展如火如荼，相关文化创意产业借势周年庆典，于 12 月 9 日在上海东方艺术中心，即成功举行中波建交 70 年以来规模最大的游戏主题音乐会——"创新波兰乐游无限"。活动由波兰大使馆文化处与 GAME MUSIC 基金会、中国独立游戏联盟、波兰独立游戏基金会及上海托木文化传播有限公司在波兰共和国文化与民族遗产部、波兰驻华大使馆和

① 中华人民共和国驻波兰大使馆网站。

波兰密茨凯维奇学院的支持下联合举办。

以上所述，说明中波两国文化交流交往模式和合作内容已非常成熟，如何在世界新形势的背景下寻求突破与创新值得深思与探讨。波兰是中国在中东欧的"天然伙伴"，就目前而言，波兰与中国同时也互为对方的蓝海市场，拥有广阔的合作领域。当然，要扩大双边贸易，文化的互相理解与尊重是前提，媒体宣传是重要渠道，文化活动是交流媒介。互相之间一知半解，或者仅能从部分片面报道中了解彼此，如何能够增强贸易信任呢？个人以为，两国的宣传应该弱化政治体制和意识形态的差异，积极寻求两国人民精神文化的共同点，不断探索异域文化特色带来的新鲜体验，以实现经济发展为目的，突破传统固有文化思想的桎梏，在艺术、文学作品之外寻求更广更深入的合作，最终实现跨领域、多层次、全方位的互动。

与此同时，旅游业的重要性愈发凸显。中国是波兰文化产品的最大进口国，从两国进出口贸易额看，中方一直保持顺差。若单论旅游业，以 2018 年为例，中国旅游出口占比为 25.80%，波兰仅有 3.49%，呈现贸易逆差。当下，传统旅游产业与文化融合程度越来越深，无论国内外，人们的出游目的已经由过去单一的"打卡景点式"旅游，发展为"文旅+"的特色深度游。要说到文化与旅游相结合，那么"一带一路"就是出境旅游业中的大 IP，其本身的影响力与聚合力，会使相关旅游机构和媒体主动进行宣传。传统出境游线路中，东南亚国家是热门目的地，随着民众经济能力的提高，消费需求的升级——小众旅游线路、定制游、亲子文化游市场份额日益扩大，旅游从"经典景点"向"城市目的地"的转换需求也逐渐清晰。深耕旅游目的地，不仅要加强旅游友好型城市的基础建设，深挖旅游线路、积极开发新旅游项目，更需要用目的国接受的方式来讲好城市故事。中国有出境游需求的人口比重越来越高，受市场细分的影响和新时代出行者消费理念更新、个性化需求明显等特点的共同作用，国人在制订出行计划时，也越来越青睐于符合自己喜好、性价比高，能领略欧洲风情、可以充分感受目的地本土特色的中东欧小众线路。

波兰不仅因为自身长期保持经济正增长而成为最适合外商投资的国家之一，也因为历史原因、自然环境、相关政策法规、基础设施建设和相对便宜的物价等，成为近来出境旅游的新兴目的地。《孤独星球》杂志将其城市罗兹列为 2019 年最适宜的旅游城市，2016 年还曾将波兰评为全球最适合旅游的国家之一。截至 2019 年，波兰共有 15 个世界文化遗产和一个自然遗产，总量上排全球第 19 位。围绕波兰的世界文化与自然遗产而设置的经典旅游线路自不必提，现在国内知名旅行网如马蜂窝、穷游网等，都有关于波兰旅游的专题栏目介绍。比起老一代人，国内的"80后""90后"比较偏爱私人订制路线，出行前喜欢先浏览相关网站，认真研究旅游者分享的路线，或者上OTA网站查找有关住宿和餐厅的点评。因此，许多旅游博主推荐的店特别容易成为爆款打卡点。

近来，以明星真人秀节目带动取景点旅游消费的模式也成为一大助推力。2019年以选秀明星为看点，推出的《××××20岁》节目，其中几期在波兰拍摄，让人们能够通过富有青春活力的明星们真实的感受，感受到波兰人文特色和自然风景。最让人耳目一新的地方在于，节目没有选择传统意义上的经典旅行线路，而是将目光锁定在波兰最南部的扎科帕内小镇。这几年，富有本土风情、保留原生态气息的小镇游成为人们出行的另一大选择方向。因为重修的仿古建筑泛滥，国人对于寻觅真实的古镇充满了难以言说的情怀。扎科帕内小镇位于海拔750米的高原上，是著名的度假景点和滑雪胜地。从节目视频中可以发现，这里有着极高的自然森林覆盖率，童话般的木结构民宿，冬日白雪皑皑中，偶像少女们在其间劈柴、荡秋千、爬山，每个镜头都充满了美感。镇上的彩色建筑，古老的市场，富有欧洲韵味的小店，无一不是儿时梦想中的画面。最关键的是，这样的地方如同被时间遗忘了一样，安静、和缓，屋外大雪纷纷扬扬，屋内壁炉热饮温暖。在这样的场景中，与朋友或者家人在小镇住几天，不用赶集似的打卡，正符合许多年轻旅游者的心意，他们有一定的经济条件和文化阅历，旅游不再是为了看书本上的景点，而是换一个地方过另外一种生活。现在总说要打造场景式的消费概念，其实明星真人秀上的取景点，最能给人一种直观的感知方式。所以，真人秀也是扩大旅游影响力的方式之一。

拥有1000多年历史的波兰，许多古老建筑在岁月更迭中被几近完好地保存了下来，也是吸引中国观光客的主要看点之一。如波兰最古老的波兹南省，位于其东部的格涅兹诺市内有一座大教堂，重修于1342年，一改过去的罗马式建筑风格，充满了哥特式特色，是不可错过的景点。格涅兹诺古铜门保留了12世纪的铜门制作工艺，纹路精美，雕刻的人物故事情节生动，每一个都是无价之宝。波兰曾经的古都克拉科夫，拥有许多历史文化遗迹，其传统建筑在二战中遭受的破坏较小，这里有肖邦博物馆、中央广场、维耶利奇卡盐矿等，游人可以享受一站式旅游、购物、生活体验。欧洲最古老的大学之一雅盖隆大学（1364年）就坐落于此，她培育了波兰国王和国家领导人，而最为国人所熟悉的校友则是提出"日心说"的哥白尼。然而提到这所高校，还有一段让人心生悲悯的惨痛历史，那就是二战期间，学校的许多师生被纳粹分子集体屠杀。虽然不必刻意体会苦难，但是我们需要去思索、感悟。还有什么比切实触摸这所古老的大学，聆听它每一面墙的呼吸，更能让人们产生共情？

结　语

中国与波兰从历史走到当下，在 2020 年年初共同抗击新冠病毒肺炎疫情的背景下，两国人民之间相互关切，始终保持着友好往来。疫情在中国大规模发生伊始，波兰官方及民间就向中国捐赠大量物资。① 当疫情的阴霾笼罩波兰大地时，中国政府和人民投桃报李，送去华夏大地老朋友的援助与关爱。② 丝绸之路两端的两个伟大民族与国度之间的互动往来，充分诠释了英国诗人约翰·多恩（John Donne）的经典诗句：没有谁是一座孤岛。

历史如此。

现实如此。

参考文献

[1] 耶日·卢科瓦斯基，赫伯特·扎瓦德斯基. 波兰史［M］. 常程，译. 上海：东方出版中心，2011.

[2] 柯玮. 波兰主要媒体"一带一路"倡议报道比较研究［D］. 北京：中国青年政治学院，2019.

[3] 秦淑娟，佑林，张琳. 中国与波兰服务贸易与投资合作研究［M］. 上海：上海人民出版社，2019.

---

① 截至本书完成前后，波方 Zarys 公司和华沙大学学生已经向中国援赠 20 万个医用口罩；奥波莱市将捐赠 10 万兹罗提采购口罩；服装生产商 LLP 公司宣布将募集 100 万个口罩捐赠中国；西里西亚大学、游戏开发商 CD Projekt 公司、佛山波兰高新技术集聚发展中心与 Klawiter Media 科技博客，以及波兹南各界正在筹集医用防护物资；一些波兰朋友亦专门致电中国驻波兰大使馆，希望捐赠中国急需的医疗物资。参见波兰旅游局官网文章：《波兰旅游局致旅业同人及中国游客的一封信》。

② 2020 年 3 月 31 日，由中国政府提供的抗疫物资抵达波兰首都华沙，包括 1 万个试剂检测盒与 2 万个口罩，以及波兰政府向中方采购的相关物资等。

附录一　波兰：欧洲的中心或空心

第一节　华沙

7 月 30 日—8 月 4 日

在华沙，我看到的是朦胧的现实：过去仍未过去，未来尚未到来。

飞机冲出最后一团云雾，眼下的城郭就是华沙了。凡经历过"共产主义洗礼"的城市，不知为什么，看上去总有几分似曾相识。可能是建筑，那庞大刻板、轻率粗糙的建筑？或者人，着装方式，某种神情？冷漠或热情？说不清楚。

华沙面孔即将展开，7 月 30 日正午 12 点 40 分，我乘坐波兰航空公司的飞机，降落在华沙肖邦机场。

肖邦机场停机坪空旷，室内却让人略感局促。头顶的钢梁太粗，身边的过道太窄，不像是拥有辽阔原野与豪放贵族的自由民族的建筑。人的表情有些紧张，或者是警惕。在西欧国家，看不到这种独特的眼神。

海关先生每日"阅人无数"，自然有些不耐烦，或者无精打采。但他听说我来波兰的目的是参加学生的婚礼，黯淡的眼神中突然闪出亮光，慷慨地在我护照上盖下了入境章。我曾多次出入西方国家，很注意海关官员的眼神——我认为他们的眼神表现出了各自的世界观。比如，"9·11"事件之后，一些欧美国家的海关面孔，突然都扭曲了。

要得多，就要做得多。

华沙大学的卡密勒·贾扬基科夫斯基（Kamil Jayankikovsky）来机场接我，崭新的白衬衣质地很好，银灰色西装，脸刮得非常干净。

　　卡密勒在肖邦机场接一个中国朋友，显然有些激动。他告诉我，一切都安排好了，我在波兰将会非常愉快。机场有些热，卡密勒的西装只在握手的那一瞬间穿着，然后就脱下来搭在右肩上，我跟在后面，也轻松了许多。

　　从"热闹"的北京来，一出机场，就感受到华沙夏日正午的清凉。我们一路"高速"，来到停车场。人不多，车也不多，卡密勒说现在是假期，人都出去度假了，他也刚从乡下的度假"草堂"回来，有朋友从中国来，他当然要认真接待。以后几天，我逐渐领教了波兰朋友认真接待的意义，那就是百分之百以上的热情接待。真诚与热情表示出认真，这是最重要的。

　　车开出机场不到两公里，就被一位高大的警察拦住了。由于车速太快，被罚款了。卡密勒开快车，是因为兴奋，也许是习惯性匆忙。卡密勒说，如果希腊人都像波兰人那样疯狂地工作，希腊早没有经济危机了。我不知道疯狂地工作是仅限于卡密勒兄弟，还是所有波兰人都这样。

　　卡密勒与他哥哥亚库巴·贾扬基科夫斯基（Yakuba Jayankikovsky），是一对孪生兄弟。生人看上去，几乎难以分辨。卡密勒陪我去克拉科夫，见到亚库巴的朋友，对方说第一次见到卡密勒，还以为是亚库巴来了。

　　卡密勒在华沙大学欧盟研究中心，亚库巴在国际关系学院。波兰真是个奇妙的地方，前任波兰总统与总理，就是一对孪生兄弟。2010年总统卡钦斯基在俄罗斯的斯摩棱斯克因飞机失事殉职，孪生兄弟雅罗斯拉夫出来竞选下届总统，可惜未能胜选。卡密勒兄弟都是工作狂，华沙大学的同事对卡密勒开玩笑道："你们兄弟这样干，会成为华沙大学的总统。"我愚蠢地问另一位波兰朋友："难道你们波兰如此盛产'双胞胎'吗？"

　　缘分，缘分才使生活有意思。告诉我生活是怎样的，太乏味了；让我看到生活竟然是这样的，那才有意思。

　　或许波兰跟我有特殊的缘分，20年前我刚到厦门大学，有位学生就娶了波兰太太，那时候在中国还很少见到波兰姑娘。当时很新奇，只是新奇而已，还不知道，波兰虽然并不盛产"双胞胎"，但盛产"美女"。到华沙的当天晚上，我们坐在华沙老城街头吃"波兰餐"，我的感想是，波兰"秀色可餐"，但"波兰餐"，不可餐！

　　热情是要吃罚单的。在机场不到两公里处，和卡密勒博士同时接受罚款的还有一辆跑车车主。警察一边开罚款单，一边跟跑车司机聊天，慢条斯理，跑车司机则将一条腿翘到开门的车窗上，若无其事地陪聊，看上去是绝对的亲切友好。

怎么是这样的罚款场面？没有我们习惯的讨好、哀求、烦躁、恼怒，如此和谐，似乎人生天地间，总是要被罚款的。

阳光明丽，凉风习习，罚款的人、被罚的人，心情都很好。波兰就是这样的。

我呀，来自中国，还是想不通：如果没有急事，为什么超速呢？如果被罚款，罚完就快赶路吧，还聊什么天？如果发生罚款，罚款者与被罚者一定处于某种敌对关系，为什么还那么友好？或许没有急事，只是习惯性车速过快？或许没有什么事可以大过友情？或许根本就不应该有敌意，警察与车主都是遵纪守法的公民，他们既然都理性地认可同一套法律或交规，罚者与被罚者，都是法律或交规的执行者，谁又该怨恨谁？

理性生活会有好心情。热情的卡密勒博士也回到车上，我问他开了多少迈，他说85迈（大概是137公里/小时）。天哪，四车道的路，前后都是车，竟然85迈！实在该罚，而且，该罚的似乎不止他一个，如果大家都规矩，他也开不出那么快；我问他罚了多少，他说大概10欧元，可以吃一顿丰盛的晚餐。

"晚餐吃什么呢？"他问。

"典型的波兰餐。"我回答。

卡密勒说我选择了一个错误的时机，来到一个正确的地方。

中国人太需要了解波兰并与波兰合作了。华沙大学的副校长和国际处主任，都非常欢迎我，但很遗憾，他们不得不出去度假。华沙大学意识到，大学必须国际化，与中国大学合作是国际化的重要一步。他们赞同所有的国际合作计划，但是，赞同之后，要花许多时间落实，他们没有时间也没有习惯落实。

卡密勒博士说，由于要花很多时间发邮件、谈判、写文件，他们的赞同，只是一种积极的态度，至于实际行动，要看那些精力旺盛、不计得失的人。他很不幸，恰好就是这类不计得失、疯狂工作的人。他每天只睡4小时，他那孪生哥哥也一样。每天早上，卡密勒博士的脑袋都是一团浆糊，白天他用来处理研究中心以及社会活动方面的杂务，晚上头脑清醒了，10点以后开始做科研、写著作，直到凌晨4点。

要得的比别人多，就要做得也比别人多。希腊之所以出现经济危机，就是因为要得的比别人多，做得比别人少。

这是许多波兰人对希腊经济危机的看法。希腊之所以有经济危机，是因为希腊人贪图享乐。经济危机来临了，人们一边上街游行，一边照例每天工作5小时，按时到咖啡馆喝咖啡。我的波兰学生尤德良告诉我，他看到英国广播中心（BBC）采访一位中年希腊妇女，这位妇女抱怨，由于经济危机，她现在必须每天早上 7 点半起床。尤德良说，每天早上 7 点半，他母亲已经到办公室了。按波兰人的看法，希腊发生经济危机，是希腊人自己制造的，希腊人不改变自己的习性，谁也无法改变他们的经济危机。

你怎么对待工作，生活就怎么对待你。这是常识，波兰经济繁荣，卡密勒事业成功，都是因为懂得这个常识。卡密勒博士很为自己的工作热情得意，似乎有一种天将降大任于斯人的感觉。他说他想促成华沙大学与中国大学在欧盟研究方面的合作，起初没人相信他，现在我来访，开始有人相信了。他希望我尽早去华沙大学，尽管重要的人物都去度假了，但他的同事还在，他希望他和他同事合编的研究欧盟问题的著作能够在中国出版。

从机场到酒店的路上，卡密勒告诉我，还有一件不幸的事：出了一起交通事故，一辆载了十位旅客的中巴车与火车相撞，九个人死了。中巴超载，原本限乘六人，结果竟然装了九位，而且九位乘客全是乌克兰人——乌克兰人周末到波兰打工，波兰的工资比乌克兰高，在回去的路上出事了。

灾难，的确是灾难。乌克兰大使急忙赶去现场。卡密勒原本约好了乌克兰大使，第二天上午与我会面，现在也只能取消了。

乌克兰在努力地加入欧盟，卡密勒编了一本书，介绍波兰加入欧盟的经验。科研经费来自欧盟，欧盟寄希望于波兰将乌克兰引入欧盟——做这类课题容易申请经费。大概在波兰当大学教授，也是要申请经费的，而申请经费的要点在于，不是你愿意做什么，而是有钱有权的机构需要你做什么。如今亲欧的维克多·尤先科（Viktor Yushchenko）总统下了台，漂亮的前女总理尤利娅·季莫申科（Yulia Tymoshenko）已经进了牢房，亲俄派执政，乌克兰离欧盟的距离更远了。卡密勒的经费是否会出问题？

卡密勒一边开车，同时还不停地接电话、打电话。我从他的电话里开始学波兰语："涅"表示"否"，"达科"表示"是"。一路上"涅"与"达科"像车轮那样急转，我有些眩晕，可能是因为时差。北京此时已经是午夜了，华沙依旧阳光灿烂。

卡密勒博士信心满满。他说他很忙，非常忙，现在正在关注欧盟与中国，这也是个"吸引投资"的课题。

说到这里，我才逐渐理解，什么叫选择了一个错误的时机，来到一个正确的地方。可是，为什么是正确的地方呢？

波兰即欧盟？

华沙其实是个很特殊的欧洲城市，至少看上去是这样。

我们进入华沙市中心，卡密勒开车在老城至少转了三圈，有些建筑，我看了不止三遍。不知道他为什么要这样，可能多转几圈，会显得华沙市中心大一些。其实，在短时间内将某些建筑看过三遍以上，不但不会觉得城市大，反而觉得城市小。

第二天早上，我早起散步，发现老城区的确很小。

周末的傍晚，华沙街头看上去就像是巴黎街头：时装店、化妆品店、露天咖啡店；浓妆艳抹、神情淡定的老夫妇；喝酒的少男与抽烟的少女。华沙像是一个只有未来，没有历史的城市，除了几座教堂外，基本上没有老建筑，这与布拉格、布达佩斯这些中欧城市不大一样，或者说，大不一样。在布拉格，城市留在 200 年前，游人在当下；在布达佩斯，城市与人都像在 20 年前；华沙则是属于未来的城市。

华沙老城毁于二战，因为 1944 年的华沙起义。有些城市惯于反抗，于是城市建筑被毁灭了，但城市精神留下来；有些城市惯于投降，古老的建筑保存了下来，但城市精神何在？反抗证明民族精神，投降保存文明成果。关键时刻，该如何选择呢？

我喜欢华沙，这是个有活力、有勇气的城市，我也喜欢布拉格和布达佩斯，太漂亮了，每一座建筑都是难以想象的漂亮，相同的漂亮。当然，相同漂亮的建筑看多了，也会感到烦闷。布拉格这类城市，只能待一周，华沙至少可以待一年。华沙可爱，不是因为城市，而是因为城市里的人。

卡密勒脸上再次浮现出幸福得意的表情。人真是这样，生错了时候，生错了地方，那就没救了。比如说，生在 20 世纪头 20 年和 20 世纪后 20 年，波兰人的命运完全不一样。二战期间，每五个波兰人中就有一个死于战火或集中营。在著名的华沙起义后，华沙基本上从地球上消失了，我们在电影《钢琴师》里，看到过当年华沙一片废墟的景象。

华沙市建有一个大型的华沙起义纪念馆，我计划第二天去看，卡密勒告诉我不开馆！理由是 68 年前，华沙起义爆发在 8 月 1 日，我要去的那天正好是 8 月 1 日，华沙举办纪念活动，纪念馆不开馆！纪念活动中的重大节目是请来了美国歌星麦当娜·西华尼（Madonna Ciccone），在华沙体育馆举行演唱会。用麦当娜的歌声纪念华沙起义的死难者，不知道是为了纪念，还是忘记。下午 5 点整，全城鸣起汽笛声，纪念那次残酷的起义。华沙人似乎并不在意，在华沙大学的一角，人们在拍广告，若无其事。

其实，对华沙起义，波兰人是有不同看法的。远在伦敦的波兰流亡政府策划的这场唐突而残酷的起义，使 20 万波兰人牺牲在战斗中，近 10 万人被送往集中营，华沙成为一片废墟。华沙起义为波兰人赢得了"勇敢"的荣誉，除此之外，可能就什么都没有了。

可是，也许以 20 万人的性命为代价，为波兰民族赢得了"勇敢"的荣誉，似乎也并非没有意义。一个民族的尊严，就表现在勇敢上。波兰民族在历史上一再用"勇敢"，甚至鲁莽的"勇敢"，为自身赢得尊严。想想当年扬·索别斯基（Jan III Sobieski, 1674—1696 年在位，波兰—立陶宛联邦最后一个强有力的国王）率领的波兰"翼骑兵"，在维也纳城下击败了所向披靡的奥斯曼土耳其军团，拯救了整个基督教世界。

可是，波兰在这场战争中一无所获，而且不出 100 年，八面威风的波兰王国竟然被它拯救过的欧洲瓜分了。索别斯基国王获得了一个星宿，天文学家将太空中的一个星座命名为"索别斯基之盾"。在这个诞生过哥白尼的国家里，光荣不属于人间。据说索别斯基得胜后，把恺撒的名言"我来了，我见了，我胜了"，改为"我来了，我见了，上帝胜了"。

8 月 1 日早上 9 点，我听到酒店周围教堂的钟声，一齐鸣响了。

上帝胜了，人的价值何在？

这已经是我的华沙旅程的第二天了。看不成华沙起义纪念馆，我们只能开车去即将举行纪念仪式的体育馆周围转一圈。体育馆设计得像王冠，其实，每个波兰人的潜意识中，都保留着一个王冠，就像波兰的国徽一样：革命时代，鹰头顶上的王冠消失了；苏联解体，莱赫·瓦文萨（Lech Wałęsa）上台，波兰第三共和国成立，鹰头顶上的王冠又出现了。

夜幕降临，王冠般的体育馆闪闪发光，分外漂亮。我又想起波兰国徽上那只顶着王冠的鹰，就在鹰身边，似乎还有几只鹰：俄罗斯国徽上是顶着王冠的双头鹰，德国国徽也是一只黑鹰，王冠应该戴到哪只鹰的头上，这是波兰历史的困惑。

华沙让人联想起中国城市：历史上磨难太多，也可能是为了销毁沉痛的记忆，人们将容易联想起那段记忆的建筑也销毁了。当然，拆了是为了建。可"建"与"拆"之间的关系究竟是什么？华沙有些斯大林时代的建筑和雕塑，让人感觉有些不伦不类。波兰人曾经讨论过是否应该将斯大林时代的标志性建筑"华沙文化科学宫"拆除，可我觉得那幢建筑很漂亮，至少比它旁边已经建成和正在建的现代摩天大楼好看。拆除历史中的建筑，就能抹掉历史吗？历史可以抹掉任何一代人的作为，但任何一代人，都无法抹掉历史。

卡密勒博士对波兰的现实与未来充满信心。卡密勒说："波兰是个大国，这一点请不要误解，它与德国、法国、西班牙并列为欧盟四大国，在版图、人口上都有一比。而且，波兰是欧盟中最成功的前社会主义国家，目前也是欧盟经济的支柱。2008 年经济危机爆发，欧盟那些'老欧洲'国家，都焦头烂额，唯独波兰稳健发展，波兰是欧盟的希望。"

我们站在市中心的一个路口，卡密勒指着繁华的街道上像巴黎的一样的街头咖啡馆、像米兰的一样的时尚商店说，"这里十多年前还是破破烂烂、空空荡荡。"

"你无法想象，欧盟来了，或者说，我们加入了欧盟，于是，一切都变了样。"

卡密勒对欧盟似乎比对波兰更有热情。波兰人多是国际主义者，总有一种"老大"的感觉，不仅对乌克兰、立陶宛、爱沙尼亚这类国家——在那让人难以忘怀的"大波兰"时代，这些国家，都在波兰版图内。波兰人对整个欧洲，都会有一种莫名其妙的"中心感"：波兰曾是欧洲最强大的国家，在奥斯曼土耳其扩张的危险时刻，曾经拯救过欧洲；在整个欧洲革命与独立运动中，波兰人都非常活跃，在法国、美国、意大利、捷克、匈牙利、俄罗斯参加当地人的革命，尽管他们自己亡了国。浪漫主义时代，波兰革命者的口号是："战斗，为了你们和我们的自由！"多么无私无畏，先为了"你们"，然后才是"我们"。

我对波兰人强烈认同欧盟的心态感到好奇：究竟是波兰救了欧盟，还是欧盟救了波兰。卡密勒说，这是同一个问题，波兰就是欧盟，欧盟也就是波兰。我还是无法理解，毕竟波兰是个主权国家，对于波兰人来说，首先应该认同波兰，然后才是欧盟。

这个顺序，对法国人、德国人，都不是问题，国家认同优于欧盟认同，为什么在波兰就模糊了呢？也可能只是卡密勒模糊，与他的研究项目有关。如果不只卡密勒一人有这种意识状态，就要怀疑波兰历史与波兰性格了。波兰人很容易把自己的自由看得比国家的自由重大，把自己的庄园看得比国家重大，把基督教世界，或者欧盟，看得比自己的祖国重大，波兰人的国家认同意识，是否有问题？波兰历史上的亡国灾难，除了左右强邻、波兰平原了无遮拦的地理弱势之外，是否还有心理弱势？

卡密勒生在一个幸福的时代，赶上了经济繁荣的好时候。10 多年前，波兰经济发展出现奇迹，他是最有资格谈论这一奇迹的见证者。他是地道的华沙人，出生在市中心的一幢公寓楼里，不远处街角的教堂，就是他父母举行婚礼的地方。出现在六岔路口小广场街角的天主教堂，的确比较壮观，但视野不太好，在正对着教堂的那条大街上，横出一排丑陋的建筑，挡住了人们的视线。卡密勒说这是斯大林时代的设计，目的就是让人们从远处无法看到这座标志性的老教堂。当然，教堂是挡不住的，在每个波兰人心里，都有一座教堂。当代波兰还出了位教皇，就是2005年去世的约翰·保罗二世（John Paul II）。这位教皇很有政治远见与作为，前波兰总统瓦文萨后来说过，东欧剧变，有一半功劳应该归保罗二世，因为后者公开赞成团结工会并且呼吁波兰从内部进行改革。

波兰人多是虔诚的天主教徒。我们悄悄地走进教堂，教堂里老人在跪着祈祷，两位年轻人坐在座位上，盯着看手机屏幕，卡密勒匆匆地在胸前划了个十字，然后指给我看教堂里崭新的管风琴。这大概是我看到的最新的教堂管风琴，与古老的教堂有些不太协调。

吃饭的时候，我与卡密勒讨论，信奉新教的国家，普遍比信奉天主教的国家经济形势好。当年韦伯写过一本书，名叫《新教伦理与资本主义精神》，试图论证西北欧资本主义成功的"特殊性"，波兰经济奇迹，是否可能修正"新教国家特殊论"？卡密勒说他在思考所谓的"波兰特殊论"。至于"波兰特殊论"的意义究竟是什么，我想现在谁也说不清楚。凡是成功者，都想证明自己特殊，有"美国特殊论"，有人又提出"中国特殊论"，现在我又听到卡密勒在说"波兰特殊论"。

欧盟中的波兰就像世界里的中国一样，不仅躲过了2008年的金融危机，也躲过了当下的主权债务危机。20世纪80年代后期，波兰的外债曾经达到近400亿美元。波兰团结工会能促成波兰和平演变，前提条件之一就是波兰经济陷入危机。其实从1989年开始的第三共和国初期，波兰局势也是一塌糊涂。前朝官员和海外大佬都暴富了，普通老百姓的日子则更为艰难。1/10的波兰人失业，在美国人出的馊招儿"休克疗法"中，波兰人穷得连骨头都露出来了。

我问卡密勒，波兰如何评价瓦文萨？卡密勒说，七成人肯定，三成人否定。他自己好像是否定。在1990年到1995年的瓦文萨执政时期，波兰非常腐败。一个国家，最重要的不仅是自由与发展，还有公平与正义。当然，自由是要付出代价的，任何变革都会带来一段时间的失控与调整。按卡密勒的意思，波兰的好时候是因为赶上了加入欧盟。2004年，波兰正式加入欧盟，除了欧盟的投资加快了波兰经济复苏外，欧盟中"老欧洲"国家的制度引进，也使波兰逐步走出革命后的混乱、腐败与低迷，社会进入发展繁荣与自由公正的时代。

卡密勒显然是欧盟的崇拜者，我曾以小人心态问他，有一天欧盟会不会解体，他说绝对不会。

我暗中想，这回答太绝对了。中华帝国能在历史上不断分裂，又不断在原有规模上重建，但这对欧洲几乎是不可思议的。罗马帝国崩溃以后，欧洲就从未在一个"整体"上重建过。中世纪罗马教廷曾经使欧洲在信仰上成为一个"整体"，宗教改革后就分裂了：以后既没有政治的"整体"，又没有宗教的"整体"。神圣罗马帝国、拿破仑甚至希特勒，都没有"统一"过欧洲，欧洲也曾有过不同的"联盟"或"同盟"，但都未能长久。历史将考验"欧盟"。

波兰没有经济危机?

欧盟是波兰的希望，波兰也是欧盟的希望。欧盟来了，波兰成功地走出了变革后的腐败与混乱。逃脱了威胁欧盟的经济危机，波兰的发展让欧盟表现出强大的生机。波兰是欧盟的中心，又是欧盟的例外。我这次到欧洲来，就是想看看两个地方，一个是据说没有经济危机的欧盟国家——波兰，另一个是经济危机最深重的欧盟国家——希腊。

为什么波兰没有经济危机? 很简单，跟中国人一样，波兰人勤奋，大家都愿意工作。看华沙街头的人，脚步那么快。意大利、西班牙、希腊，他们遭受经济危机，那是因为他们日子过得太好了，如果意大利人愿意到波兰来洗地板，而不是波兰人去意大利洗地板；如果意大利主妇都像波兰主妇那样在自家的厨房烧饭，而不是每天坐在街头饭馆，点现成的意大利馅饼，意大利人也就不会有经济危机了。

说到希腊主权债务危机，卡密勒就更有道理了。一个一天只工作 5 小时、享乐 10 小时的国家，没有经济危机，才不可思议呢! 我说希腊赤日炎炎，中午没有长时间的休息，谁也受不了。卡密勒说，前两天华沙还 38℃，而且绝大多数办公室和住家都没有空调。我暗自庆幸，还不能完全算是在错误的时机来到错误的地方，至少天气很凉爽。

卡密勒是研究经济学与欧盟问题的专家，整天为专业问题忙碌。他告诉我，每天只睡 2~4 小时的觉就够了。不久前两位西班牙教授来，晚上 11 点约他出去，他说他任何时候都准备好陪朋友出去。对他来说，跟西班牙朋友在一起，可以把午夜推到第二天上午。当然了，西班牙人也有经济危机，他们同样玩得太多了。这些人，前脚进了酒吧夜总会，经济危机的幽灵后脚就跟进来了。

卡密勒是个分外热情的人，我们约好下午 6 点见面，他 5 点 15 分就到了，要带我去吃典型的波兰餐，一副波兰人特有的包打天下的豪情。他说要把自己当作波兰与中国合作的桥梁，他有一揽子计划，当然，先从发电子邮件（email）开始，这是个繁重的工作。我领教过他的 email 狂热，走之前就经常一天收到他两三封语速极快的邮件，在人的称呼与文句之间竟然没有标点。

在市中心一家古老的波兰餐厅，波兰餐又开始了，面包里的酸汤，还有波兰人爱吃的鸭子。鸭子只有两条腿，一生行路笨拙，死后的价值竟然是两条腿！想想当年那些享受"黄金自由"、在中欧大地上驰骋、充当十字军先锋的波兰贵族，吃的就是这样的"怪味饭"，我倒也没什么遗憾了。投胎到中国是幸运的，我相信，所有的中国人都有一个爱国的胃。

波兰是个富裕的国家，从历史到现在，都是如此。波兰的灾难不是因为贫穷，而是因为富裕。共产主义时代后期，波兰经济陷入崩溃的边缘，演变后最初几年，波兰经济在"休克疗法"中，基本上算是"休克"了。但近 10 年来，波兰经济飞速发展，我所见到的波兰，是一个在欧盟国家中比上不足、比下有余的国家。25% 的波兰人生活仍比较窘迫，但中产阶级可以占到总人口的 40%～50%，最后那 25% 大概属于富人，但富人中还有巨富。中产阶级中，也有中产阶级中的上中产阶级与下中产阶级。看来要在波兰定阶级成分不是一件容易的事。

卡密勒不怕"露富"，他自封为"上中产阶级"。在华沙大学的月薪是税前 1000 多欧元，上 32% 的税，大概还剩下 800 欧元，他还在另一所大学兼职，收入是灰色的，我不便过问。

卡密勒热情坦诚，说见到中国人就感到亲切，因为波兰在很多方面都像中国。从波兰国王的夏宫—维拉诺夫王宫回来的路上，他特地绕道带我去看他在华沙一个高档小区新买的公寓。公寓 50 平方米，付了 14 万欧元，其中包括 4 万欧元的装修费，好像比北京的房价还低些。这些年里，华沙的房价一直飙升，卡密勒说，在波兰最好的挣钱方式是买房子，最好的花钱方式也是买房子，跟中国一样。

卡密勒一个人有三套房。一套是他出生的老房子，共产主义时代产权属于政府，但政府和平演变后国家必须归还私有财产，这样，产权就出了麻烦。往往一栋房子的土地，竟会属于十来个主人。这个问题在演变初期没有解决，现在地价上涨，政府就更没办法解决了。所以，几年前他们就搬出了市中心的老房子，现在住在城南的一栋公寓里。下个月他可能就会搬到这所新买的房子里。卡密勒的收入属于 25% 的富裕的波兰人，但代价是做两份工，每天睡 4 小时。

他愤愤不平的是，在西欧国家里，做一份工就有这个收入——波兰人必须比老欧洲国家的人努力，否则就过不上老欧洲人的生活。卡密勒可能是最忙的波兰人，而波兰人，可能是最忙的欧洲人。

当然，卡密勒承认，他们兄弟俩并不能代表波兰，就像那对总统孪生兄弟一样，谁也不能代表波兰。波兰是复杂的，不仅人复杂、经济环境复杂，历史与文化更复杂。与华沙大学他那些同事相比，他们兄弟好像是特例。

卡密勒带我去华沙大学欧盟研究中心，见过他的同事阿特先生。阿特先生是位人文修养深厚的人，不像卡密勒那样四处游走，他喜欢待在家里。比起关心波兰的现实与未来，阿特先生更关心波兰的历史与文化，但他好像不喜欢教会。短暂的会面中，我问了他两个敏感的问题，一是波兰的天主教状况；二是瓦文萨总统。没想到的是，他的评价基本上都是负面的。

波兰的天主教在衰落，比起以前的共产主义时代，天主教在波兰人生活中的作用小了许多。90%以上的波兰人周末活动是去教堂做弥撒。现在，只有不到一半的波兰人周末仍去教堂，而且多是老人。年轻人信奉的是"现代文明教"，周末去逛商场。

波兰天主教繁盛，可能是因为那个时代文化与经济生活单调贫乏，人们的精神寄托在教堂，天主教更适合慰藉波兰人的心灵。波兰民族是个虔诚的民族，历史上一直以基督教世界的守护者自居。瓦文萨之所以成功，离不开在波兰出生的教皇保罗二世的支持。或许是因为教会在革命时代过多地卷入政治，失去了独立性与纯洁性，反倒使波兰知识分子在历史反思中怀疑起教会的权威。

我走在华沙街头，不时会遇见神父与修女，在他们的神情中，我还是能看到某种不属于这个世界的慈祥、庄重与纯净。在华沙，这个旧时天主教王国的首都，我看到的是朦胧的现实：过去仍未过去，未来尚未到来。

波兰是复杂的，历史与现实都很复杂，它有近4000万人口，1000多年的历史，兴衰成败，我只有短短的两周时间，能了解多少？

第二节　克拉科夫

8月4—6日

现代文明是一种转瞬即逝的文明，诗人波德莱尔认为现代性的本质就是"过渡、短暂、偶然"。生为现代人，究竟是福是祸？

在北京前往华沙的航班上，我浑浑噩噩地读着《波兰！波兰！从这里读懂欧洲历史》。我希望在直接面对波兰现实之前，先看看波兰身后的历史。要了解一个国家，必先了解这个国家的历史；要理解一个民族的命运，必先了解这个民族的性格，而民族性格是在历史中形成并呈现的。

波兰的历史令人困扰。波兰强大的时候，是欧洲第一大国，可以拯救整个基督教世界；衰弱的时候，竟然一再亡国。而这只有不到200年的时间，为什么？波兰有欧洲最彻底的民主传统，所谓贵族的"黄金自由制"，有欧洲第一部宪法，1791年"五三宪法"，但自由与民主却未能保证波兰的强盛，为什么？个人的自由与国家的强盛之间，究竟是什么关系？波兰土地肥沃、矿藏丰富，曾经是欧洲最富裕的国家，但为什么现代以来民生艰苦，欧洲的粮仓成为欧洲的"饿乡"？国家的财富如果不与国家的强盛相匹配，那么财富可能是灾祸而不是福分，国家财富与人民幸福之间的关系是什么？

在华沙短暂逗留五天之后，8月4日，我们前往波兰最漂亮的城市克拉科夫，会见克拉科夫商会会长和波兰民族工艺品公司总经理。卡密勒陪我前去，在华沙火车站，我们与特地从苏瓦乌基赶来的尤德良夫妇会合乘火车从华沙到克拉科夫，旅程三个小时。

乘波兰火车去克拉科夫，恍然回到20年前，当年中国的火车就是这样。只是波兰的火车看上去更鲁莽，行驶时发出巨大的声响，面对面说话几乎都听不清楚。波兰的基础设施建设赶不上波兰的现代化速度。十多天后，我乘大巴从华沙前往苏瓦乌基，六个小时的车程，一路车辆川流不息，但道路只有两条车道，而且处处在修。

从华沙到克拉科夫，方向西南，越走越热，火车也没有空调。卡密勒累极了，上车不久便沉沉睡去，第二天晚上，他还要赶回华沙筹备一个会议，我真有些过意不去。卡密勒很阳光，醒的时候总是笑着，只有睡去以后表情像是在哭。或许睡眠让他看到黑暗，所以才睡得那么少。

克拉科夫有一种让我意想不到的美丽。城里游客很多，但很少有中国人。中国人的欧洲游，还集中在欧洲的一线城市。其实欧洲的美，恰在克拉科夫这类二线城市，很传统、很精致、很优雅，时间似乎是静止的，通向永恒；人像飞鸟，伫立在世纪的堤岸上，轻盈、从容。

我们走出火车站，不久就来到城市中心广场。一边是圣母大教堂，一边是博物馆与艺术品市场，中间的小教堂，则是波兰最早的教堂，大概建于公元 10 世纪。圣母大教堂内庭金碧辉煌，是我见过的欧洲最富丽的教堂。广场下面是个地下博物馆，藏着这个曾经做过波兰王国首都的城市的历史。从广场伸展出去的街道两旁，都是古雅的老房子。我们住在肖邦音乐会所的楼上，古典式建筑，大房间包括了客厅、厨房，典型的古典主义时期的装饰。三层楼的老房子，楼梯旋转向上，足有现在的六层楼高。

消失在历史中的波兰

华沙没有历史，但克拉科夫到处是历史。与肖邦音乐会所相邻的那栋房子，历史更久，据说就在这栋房子里，波兰国王请另外两位国王吃饭。第一道菜上来，餐具都是泥巴做的，那两位国王嘲笑波兰国王，穷得只有泥土。第二道菜上来，餐具已经变成精美的银器，那两位国王开始对波兰国王刮目相看。第三道菜端上来，餐具全变成金器，那两位国王被炫目的金器震惊了，终于承认波兰国王像他们一样，算得上是一位真正的国王。看来波兰人的身份焦虑古已有之，否则编不出这样美丽的故事，用财富证明权力，用权力证明历史，用历史证明人的高贵身世。

克拉科夫曾经是欧洲的中心，也是欧洲的前沿。1241 年夏，蒙古大将拔都的骑兵打到克拉科夫城下，波兰国王死于乱军中，如果不是这位国王长着六个脚趾头，人们甚至无法从乱军阵中认出他的遗体。

很快，蒙古骑兵就退回了乌克兰草原，留给克拉科夫一段忧伤动人的故事。克拉科夫广场雄伟壮丽的圣母大教堂塔楼上，每小时准点，都会响起美妙的教堂音乐，而音乐又戛然而止，据说是为了纪念一位教堂乐师。当年他正在圣母大教堂高耸的塔楼上演奏，被一位蒙古骑兵一箭射中，赞美诗演奏到一半，就永远停下来了。现在圣母大教堂前广场上，还有一位蒙古装扮的艺人，拿着弯弓长箭，表演这段故事，游人们纷纷与他合影。所有历史上的悲剧，都可能成为后人快乐生活的佐料。后来，我在布拉格街头还看到《哈姆莱特》悲剧的广告：生活是个秘密，他的生活已成过去。

波兰是个天主教国家，大概只有东北边境地区的少部分人，不足波兰人口的10%，信奉东正教。但波兰人很宽容，天主教徒与东正教徒之间，从未有什么矛盾。

在克拉科夫的瓦沃主教堂，卡密勒说他不同意他的同事阿特的看法，没有天主教，就没有波兰。波兰历史是从皈依天主教开始的，天主教是波兰人的精神凝聚点，在波兰历史上的重大时刻，天主教总扮演着重要角色。17世纪，瑞典国王古斯塔夫二世·阿道夫（Gustav Ⅱ Adolf）几乎征服波兰，华沙陷落，大贵族投降，国王逃往西里西亚，但波兰琴斯托霍瓦光明山修道院的僧侣与波兰守军，却抵抗了70天，重创瑞典军队并迫使其撤退，光复华沙。20年前波兰团结工会上台，东欧解体，其中教会的作用亦不容忽视。信仰问题是个人隐私问题，我不便询问卡密勒的信仰，但我注意到，每进一个教堂，他都会匆忙地在胸前画个十字。

其实，不了解基督教，就无法了解欧洲文化。荷马史诗、三大悲剧家的悲剧、柏拉图、亚里士多德的哲学，古希腊文化辉煌不过5个世纪，但基督教文明辉煌至少15个世纪。不了解基督教，就不了解欧洲，更无法了解波兰。每次在欧洲看教堂，我都有种感觉，现代文明的欧洲的确是衰落了。

克拉科夫的圣母大教堂建立了300年，欧洲许多著名的教堂，一建都是数百年，像英国的索斯伯里大教堂、法国的巴黎圣母院、意大利的米兰多莫大教堂、德国的科隆大教堂、奥地利维也纳的圣史蒂芬大教堂，还有西班牙巴塞罗那的圣家族寺，在19世纪后期动工，到现在还没完成。

10多年前我站在圣家族寺前，只觉得那脚手架、起重机真障眼，现在回想起来，突然悟出另一番意义。凡在历史上留下的建筑，都不是突飞猛进大干快上的。现代人都是些可怜的工蚁，永远拆了盖，盖了拆，让所有的建设最终都成为破坏物，而自己，在这无谓的劳作中，感到瞬间浅薄的荣耀，然后就被自然无情地抹去，甚至在生命还没有消失之前，生命的功绩早已经消失了。永恒是什么？只比明天多一天？希腊导演西奥·安哲罗普洛斯（Theo Angelopoulos）在电影《永恒和一天》中的追问，我现在似乎有点感觉了。老诗人为什么总想续写一篇19世纪的旧诗呢？或许最好的创作就是延续，这是通向永恒的唯一方式。可是，现代人已经不会"延续"了。

现代文明确是一种转瞬即逝的文明，诚如诗人波德莱尔的观点，现代性的本质就是"过渡、短暂、偶然"，一切稍纵即逝，一切都会烟消云散，所以必须

"突飞猛进"，这与现代人的时间观念有关。现代人不信神了，失去了永恒，只有现世的时间，而现世时间，了不起也就是百年。超过百年的功业，用不着我们操心。现代人甚至只有当下，而当下转瞬即逝，所以不会有什么值得我们奉献生命千古光荣的事业。

此刻，我真有些怀疑，生为现代人，究竟是福还是祸。有信仰的人的时间是永恒，现世十年百年，不过是不用计算的瞬间。现世的生命也是这样，毫无意义的瞬间！或者说，唯一的意义就是永恒中的瞬间。为永恒工作，是现世生命的唯一意义。

失去永恒的人，唯一可以依靠的时间就是历史。我们在瓦沃王宫参观先贤墓。卡密勒说，波兰人的毛病是健忘，历史上波兰人灾难重重，大概都与"健忘"有关。一个民族忘记自己的历史，就等于遗失自己的身份。一个人证明"我是谁"的办法是提供一份"简历"，一个民族证明自身的办法是讲述自身的历史。波兰政府目前正为波兰的 GDP 得意，还意识不到这 GDP 的主人是谁。这一点我还是为我们的民族骄傲的，中国人虽然是现实主义者，没有神圣时间感，但有凝重的历史感——这可能是我们的祖先崇拜留下的好习惯，凡事先说史。

20 世纪 90 年代以来，在中国经济崛起的同时，中国人意识到"文化自觉"，而"文化自觉"的社会表现，就是"讲史热"。我们要告诉这个世界"我们是谁"，要说清现代中国的文化身份，我们就必须交代我们从哪里来，我们到哪里去。尽管我们一时还说不清楚自己要到哪里去，但我们已经努力地说明我们从哪里来。

国民历史应该证明自己出身高贵呀！离题了，再回来说现实的波兰，波兰人回避自身的历史。

从旧城广场到瓦沃宫的路上，我们讨论波兰的宗教与文化。骄阳似火，在中国，大概只有在高原才能享受到这么透明的阳光。传统的波兰认同，是建立在天主教信仰上。这就是为什么波兰从皈依天主教方面讲述国家历史。现代波兰的身份认同，是建立在政治制度上。就政治制度而言，现代波兰经历过亡国、建国、再亡国、再建国。二战期间，波兰可能是欧洲国家中灾难最深重的，然后就进入东欧社会主义阵营。二战期间德国留给波兰的创伤是惨痛的，这一点西方似乎无法感同身受，美国奥巴马总统不小心说出"波兰的奥斯维辛集中营"，波兰人恼怒地纠正，应该说"纳粹德国"或"德意志第三帝国"的奥斯维辛集中营。

奥斯维辛集中营究竟应该属于谁？杀人者还是被杀者？尤德良邀请我去看

奥斯维辛集中营，我拒绝了。我不太相信人观看苦难与残暴的心理是健康的，有多少感同身受的同情，有多少幸免于难的窃喜？

　　当然，波兰受害于法西斯德国，也同样受害于社会主义苏联。波兰不幸，左邻右舍，都曾住着暴徒。1940 年，2 万多波兰战俘官兵在卡廷森林被苏联人用德式手枪杀害了，大概是想嫁祸纳粹德国。二战即将结束，华沙人民仓促起义，德军疯狂镇压，华沙城遍地尸体，一片火海。而此刻，城外不远就有苏联红军，波兰第一军团也正在华沙东南 40 千米处。起义的发动者、流亡英国的波兰政府请求英国援助，英军只派了飞机去空投物资，而且把大部分物资都误投给了德军。

　　波兰人民是独立的、自由的、勇敢的，但独立没有资历、自由没有尺度、勇敢没有熟虑。波兰强大的时候，普鲁士唯波兰马首是瞻，波兰国王往莫斯科派沙皇；波兰软弱的时候，被邻国一再瓜分乃至亡国，流亡的波兰勇士们"为你们和我们的波兰而战"！1812 年，波兰军人约瑟夫·波尼亚托夫斯基（Josef Poniatouski）跟随拿破仑·波拿巴（Napoléon Bonaparte）远征俄国，被拿破仑授予法国元帅军衔，死在战场上。1871 年，600 名波兰人参加巴黎公社起义，杨·东布罗夫斯基（Jan Dąbrouski）成为巴黎公社的武装力量总司令，死在拉雪兹神父墓的巴黎公社社员墙下。1863 年，红党左翼发动起义，被沙皇的军队镇压，起义领导人被杀，或被流放到西伯利亚。有人问波兰第二共和国（1918—1939）的元首约瑟夫·毕苏斯基（Józef Piłsudski），他的祖国在何处，他回答说已经消失在历史中了。

　　波兰朋友一再说，波兰人与中国人有许多相似之处。可在我看来，至少在政治认同上，波兰人与中国人大不相同。波兰人把世界当祖国，中国人把祖国当世界。

　　波兰人似乎并不愿意提往事。在瓦沃主教堂的地下墓室里，卡密勒拍着先代国王的石棺说，波兰人不能忘记历史，忘记历史，历史就会重现。可是，我感觉当下波兰正陶醉在加入欧盟、经济发展的成功中，不仅可能忘记历史，还有可能忘记波兰。如今波兰人到处讲欧盟，那波兰在哪里？首先应该是波兰，其次才是欧盟。欧盟是波兰的工具，还是波兰是欧盟的工具？波兰人有一种奇怪的欧盟观，与法国人、德国人的欧盟观不同。法国与德国是欧盟的主人，却不太把欧盟当回事，首先是法国与德国，然后是欧盟。波兰怎么回事？我又想起那句名言："战斗，为你们和我们的自由！"

波兰机会

到克拉科夫第二天中午，8月5日，卡密勒和波兰民族艺术与手工艺品公司总经理朱瑟夫·斯比尔查克（Zhozef Spitchak）陪我去圣母大教堂旁边的一所14世纪的老房子里，会见克拉科夫商会会长安德鲁·泽德普斯基（Andrew Zedpsky）。

有一种人，在你跟他握手的一瞬间，就能感知到他的出身。斯比尔查克先生大概是在二战的废墟上，见识过苦难的人，分外有尊严。斯比尔查克先生送给我一本精美的克拉科夫画册，在古老的克拉科夫，你可以了解波兰的历史。

泽德普斯基先生对我的身份和此行的目的感到困惑，一个人文学科的教授，既非经济学家，又非记者，为什么要见商会会长？当时卡密勒替我约见泽德普斯基，还专门提供了我的简历，大概是审查我是否有资格见会长大人。会长大人开恩，我终于在那所有600年历史的老房子里，见到他——保养得很好、衣冠楚楚的克拉科夫商会会长。

我的问题是，中国的钱为什么没有流向波兰？首先，可能是缺乏对波兰投资环境的了解。欧盟中的"老欧洲国家"似乎在经济文化上更吸引中国人，实际上，中国在老欧洲国家的机会并不多，波兰才是中国投资的好去处。

波兰是中欧第一经济大国，其经济规模超过捷克、斯洛伐克、匈牙利三国的总和，位列欧盟第六，是欧盟中经济增长最稳定健康的经济体；波兰经济有明显的区位优势，在地理上波兰位于欧洲中心，是连接欧洲东西南北的走廊，与欧盟经济大国德国相邻，直通汉堡港口；波兰是欧盟少数没有出现经济危机的国家之一，未来几年内GDP增长将不低于3%。波兰经济结构合理，不完全依赖出口，内需强劲；国家公共财政状态良好，无大量负债，近三年年通货膨胀率不到3%，基准利率为4.25%，政府管理有效，稳步推进温和的发展政策，逐步增加公共投资；银行系统转轨成功，抗打击力相对较强。2011年联合国贸易发展组织发布的世界投资报告中，波兰是中东欧国家中唯一位列全球最具吸引力的投资目的地国家名单的国家，世界排名第六。

商会会长似乎比政府官员更了解那些枯燥的数据。波兰是有吸引力的，波兰是巨大的成长中的市场，波兰地理位置上的优势，波兰逐渐成长的中产阶级消费市场，熟练并相对低成本的劳动力市场、波兰政府的优惠政策，都可能使波兰成为中国企业进入欧盟的通道。

波兰理应成为中国的理想合作伙伴。波兰经济与中国有许多相似之处。过去30年里，中国和波兰都在"改革开放"，经济规模保持持续增长，波兰是近

20年欧洲唯一保持每年经济正增长的国家，在欧洲没有第二个国家是这样。

波兰需要外资，近10年，波兰引进外资已经超过2000亿美元，但直接来自中国的投资还不到2亿美元，与中国的经济实力相比，与波兰的外资规模相比，太微不足道了。目前波兰的主要投资，依旧来自欧盟国家，荷兰占17%，德国16%，法国11%，卢森堡9%，瑞典5%，意大利、奥地利各占4%，英国也是4%，还有美国是7%，中国的投资，只占0.1%。这与中国的经济规模是不相符的。中国对外投资规模也在扩大，在全球对外投资总量中，中国所占的份额已经接近10%，可是，中国对波兰的投资份额还不到0.1%，中国对波兰的投资，远远不够。

"中国没有很好地抓住波兰机会！"会长说。

现在许多波兰人看到生活中到处都是"中国制造"，这根本不是中国与波兰在商贸领域的"创造性合作"，应该让中国公司投资到波兰，把"中国制造"变成"波兰制造"。

或许这里也有波兰方面的问题，比如，政府与监管部门工作不利、官僚化、办事拖沓、立法不够完善等。但要看到波兰在改善。波兰政府正与欧盟合作，完善市场经济环境，改进基础设施，提供优惠的投资政策。比如说，波兰政府也像中国那样在设立经济特区，为外资提供优惠条件。在波兰14个经济特区内，任何公司都可以申请免除所得税与物业税的优惠待遇，当然，这个优惠是封顶的，免税限额为10亿兹罗提（"兹罗提"是波兰货币，并非所有欧盟国家都加入欧元区，诸如波兰、捷克、匈牙利加入了欧盟，并未加入欧元区，仍使用自己的货币）。中国企业也逐渐看到了波兰的需求，开始收购波兰政府私有化项目的资产。波兰需要中国企业的合作。

我冒昧地问会长，"听说中国铁路工程子公司在波兰投资高速公路项目，亏损20亿元人民币，您是否知道具体情况？按理说，波兰政府正在推进基础设施建设，应该是促进中国公司投资的有利条件呀。"泽德普斯基顾左右而言他，似乎根本没听说过这等不愉快的事。他明智地把话题转向文化与习俗，泽德普斯基明白，跟什么人说什么事，跟一个人文学科的教授，最好是谈文化。

当然，要与一个国家展开经济合作，不了解这个国家的法律与习俗，显然是愚蠢的。

商会会长首先关注的是波兰的"西欧身份"。波兰不是一个东欧国家，相对于俄罗斯，波兰政治上更接近于法国、德国，文化习俗上更接近于意大利、西班牙。其实，波兰与俄罗斯差别相当大。在宗教信仰、政治制度、民族文化方面，与其说波兰像俄罗斯或东欧，还不如说更像西欧。波兰公元10世纪皈依天主教，一直以天主教先锋或卫士自居，在文化上受法国、德国、奥地利甚至荷兰的影响，远比俄罗斯大。从某种意义上说，波兰甚至比一些中欧国家更像中欧国家。

我也有这个印象，在华沙参观波兰国家博物馆，馆藏艺术品与巴黎、维也纳、慕尼黑的博物馆的差不多。

波兰具有欧洲历史上最悠久、最强大的民主传统，这是波兰人的骄傲，也是波兰与俄罗斯沙皇制度划清界限的重要本钱。沙皇的专制暴政来自东方鞑靼传统，用波兰人的话说，在俄罗斯政要贵族身上，有一半是蒙古人的血——13世纪蒙古帝国留给了俄罗斯东方专制主义遗产。

波兰人喜欢谈论他们先辈的自由。当年波兰人的自由，是整个欧洲无与伦比的。波兰贵族当年享有的自由选王制度，可能是欧洲现代民主制度确立之前最民主的制度。但我知道，那是封建式民主，是波兰贵族的福分，也是波兰国家的灾难。波兰曾经从一个欧洲最强大的王国到最后亡国，根源可能都在这种"黄金自由"。

波兰强大的时候，版图从今天的德国东部一直延伸到俄罗斯西部，西边控制着东普鲁士地区，东边往莫斯科派沙皇，北边打败强敌瑞典，南边抗击奥斯曼土耳其。

波兰强盛的历史与波兰的"黄金自由"没有什么关系，但其衰落却与这种贵族式民主制度脱不了干系。近代以来，欧洲经历过一个绝对主义王权时代，马基雅维利的政治学教育出像法国国王路易十四、普鲁士腓特烈大帝这样的霸主，而波兰贵族享有的"黄金自由"，使波兰没有任何可能出现一种强大的君主统治下的国家力量。波兰国王多是些波兰贵族的傀儡，所以波兰贵族喜欢外国王族来波兰做国王。这样波兰贵族不仅好控制国王，最好自己把自己当作国王。而那些从外国来的国王也得其所哉，享有国王的尊严与待遇，放弃国王的责任与权力，只管办舞会、制造私生子。据说日耳曼选帝侯"强大的奥古斯都"当了波兰国王之后，唯一的功绩是生了300多个私生子。还有件事值得一提，他超喜欢中国瓷器，动用一个连的龙骑兵，抢了24件中国瓷器，后来扣留了两位炼金术士，在德国迈森为他烧瓷，最后竟然烧出了欧洲最早的"中国瓷"。

商会会长只向前看，不向后看。波兰的"黄金自由"传统似乎能证明波兰的民主自由出身，或者说，正因为此，西欧文化传统才有了现实意义。他们有一种特殊的身份焦虑。斯大林时代，他们自认为属于东欧；东欧解体后，他们又自认为属于西欧。属于东欧的时候，他们想清除身世上的"西欧性"；属于西欧的时候，他们又努力洗清身上的"东欧性"。波兰摆脱东欧阵营用了 10 年，匈牙利用了 10 个月，捷克只用了 10 天。

中欧实际上是欧洲的一个灰色地带，忽东忽西、时东时西。然而，如今加入欧盟的波兰，不可怀疑，是个西欧国家。商会会长希望从文化传统与生活习俗上证明这一点。波兰有民主政治传统，1791 年 5 月 3 日，波兰议会通过著名的"五三宪法"，这是欧洲的第一部宪法；是自美国宪法之后，人类历史上的第二部宪法。这也是波兰证明自己属于西欧的政治证据。

但有些问题不能细想。波兰人有个特点，关心自己的欧洲身份，更甚于关心自己的波兰身份。

历史的真相是，波兰人有能力颁布宪法，却没有能力保护宪法。俄罗斯女沙皇叶卡捷琳娜二世派出 10 万讨伐大军，俄罗斯军队事实上是受到一些波兰贵族组织的塔格维查联盟邀请来的，因为宪法侵害了他们的贵族式自由。波兰国王急忙联合普鲁士王国抗击俄国军队的进犯，没想到普鲁士军队临阵反水，与女沙皇、波兰贵族的军队联合，一同进攻波兰—立陶宛联邦国王的军队。最让人感到不可思议的是，波兰—立陶宛联邦王国国王波尼亚托夫斯基在关键的时刻却投降了！于是，沙皇的军队、普鲁士国王的军队，与波兰贵族塔格维查联盟的军队，以波兰—立陶宛联邦王国国王的名义，一同开进华沙。

波兰贵族的性格就是这样，他们宁要个人的自由，也不要国家的自由。或许波兰亡国的深层原因就在这里。那些老欧洲国家，英国、法国、普鲁士都是经历过绝对王权时代，才有了现代的强盛。

保卫宪法之战后，先是 1793 年俄国沙皇与普鲁士国王第二次瓜分波兰，后是两年以后的德国、奥地利、俄罗斯第三次瓜分波兰。波兰，这个曾经欧洲历史上最强大的国家，竟然从欧洲地图上消失了。

究竟如何处理好个人自由与国家自由的关系呢？

波斯帝国、沙皇俄国的暴政与个人自由间，显然不是一种合理的关系，以国家的自由牺牲个人的自由。但波兰、希腊的自由传统，就是一种合理的选择吗？希腊与波兰都是人类历史上开创个人自由与民主制度的国家，后来也都经历了亡国与不断被异族征服的历史，究竟是谁的责任？大国崛起，关键是要通过合理的制度，建立一种个人自由与国家权力之间的合理关系。

商会会长讲波兰的自由与民主的政治传统，不是要说明波兰过去如何亡国，而是要说明波兰现在如何以民主国家的身份进入欧盟，并在欧盟国家中享有重要位置。他没空讲过去的事，对他来说，证明现实中的波兰属于西欧比什么都重要。但对我来说，历史更重要。历史是一个民族或国家的"简历"，更能说明这个民族或国家的身份与性格。

波兰有欧洲最古老的自由传统，还有欧洲最古老的教育传统。波兰有欧洲最古老的大学，克拉科夫的雅盖隆大学创立于 1364 年，已有 600 多年的历史，是整个欧洲最古老的大学之一。当年波兰在欧洲也算是最先进的国家。克拉科夫是波兰的首都，自然也是欧洲文化和科学的中心。哥白尼曾在克拉科夫的雅盖隆大学学习。商会会长告诉我一定要去看看这所大学，恰好，8 月 6 日的傍晚，在从克拉科夫广场到瓦沃城堡的路上，我经过了这所古老大学的校舍（教皇保罗二世也毕业于这所学校）。

当然，最能说明波兰是个西欧国家的证据，是 95% 的波兰人信奉天主教，而不是俄罗斯与东欧的东正教。波兰在政治与生活方式上接近法国，在信仰上接近意大利与西班牙，但波兰人的宗教信仰更理性，在宗教态度上大多比较宽容。波兰东北边境上住着一些东正教徒，但没有宗教冲突，我将要去的苏瓦乌基，我的学生将在那里举行纯正的天主教教堂婚礼。

或许波兰人不是虔诚的宗教信徒，但是虔诚的传统主义者。崇尚传统，可以使自身的文化显得高贵。对波兰人来说，天主教与其说是宗教，不如说是文化传统。我注意到在商会会长的简朴的会客厅里，墙壁上都是古老的壁画。有一幅模糊的壁画，据说是 14 世纪的，其他都比较晚，大概是 18、19 世纪的画作。克拉科夫历史上有多次大火，据说几乎每年一次，该烧的都烧了，烧不了的是古老的石砖建筑。我喜欢这个城市，尤其是城市充满艺术气息的广场和广场地下 6 米的博物馆。

商会会长侃侃而谈，似乎与商业相比更关注文化。也可能是与我这个不懂商业的人，只能谈文化。对了，他还有一个波兰与俄罗斯划清界限的证据，就是波兰人不喝伏特加，而是像法国人那样喝葡萄酒、德国人那样喝啤酒。可是，后来我到苏瓦乌基，竟喝了许多伏特加。

谈起吃喝，气氛就轻松了许多，我赞美波兰的啤酒，但想不出来波兰的葡萄酒好在哪里。会长先生建议我享受波兰的酒、汤、生鱼、蜜制饮料、甜点，我想想，大概就剩生鱼没有领教过了。

商会会长的谈话像是演讲，我几乎没有插话的机会。他最后像临别赠言一样告诉我：要了解波兰人，每个波兰人都是好汉。波兰有世界上最优秀的科学家，像哥白尼、居里夫人；有最优秀的艺术家，像肖邦、显克维奇、密茨凯维奇；波兰有最优秀的医生、律师。总之，每一个波兰人，都非常优秀。但是，波兰人不能成为集体，两个波兰人，往往有三种意见，据说地狱里的魔鬼最喜欢波兰人，他们往往顾不上上帝，下地狱后自己先吵起来了。

卡密勒说过，波兰人与中国人最大的不同是，波兰人都是个人主义者，不好合作；中国人是集体主义者，善于合作。

告别会长先生，热情的总经理斯比尔查克先生带我去吃鱼，波兰名菜。他特地告诉我，鱼昂贵，旁边是酸洋葱，波兰人喜欢酸洋葱，但洋葱是从中国进口的。

从中国进口洋葱？他说很好，中国洋葱的味道比波兰的好。克拉科夫城外几公里处，就有两个中国超市。克拉科夫中心广场上民族艺术品商场里，70%的产品是"中国制造"。

我顺便问起他对"中国货"的质量评价。他说该有问题的有问题，该没有问题的没有问题。从中国进口的T恤，价格从25兹罗提（约50元人民币）到250兹罗提不等，你要买25兹罗提的T恤，当然可能有问题，哪里的货都一样。花250兹罗提买件中国产的T恤，质量绝对上乘。

从商会会长那栋阴凉的古老建筑中出来，太阳很毒辣，广场像个烤箱。卡密勒却很兴奋，像是完成了一项重大的事业，毕竟见到克拉科夫商会会长是件不容易的事。他说这人也是生错了地方，如果在华沙，很有可能竞选个部长。但坦率地说，我不太习惯跟可能当部长的人谈话，他们太强势精明，说话时不小心流露出的不耐烦与过度精确，都会让我这个脑袋在大问题上经常搞糨糊的人感到局促不安。

我还是喜欢卡密勒，他的热情让人既感到兴奋，又很安全。他再次重申，我们的合作一定有一个光辉的前景，这只是个开始，一步一步努力，所有的梦想，尽管现在还没有多少人相信，但一定会变成现实。

其实我也不太清楚他所说的"梦想"是什么。

总之，这个世界需要热情而充满幻想的人，这样的人精力充沛，每天工作20小时，他们创造奇迹。我想起他那位同胞先贤卜弥格，在明清易朝的动荡时刻来到中国，为求得到罗马天主教廷援助南明永历朝廷，往返于罗马与中国，最后死于广西边境。他编写的《中国地图册》《中国植物志》《中国医药概说》《中国诊脉秘法》，对中国文化的了解，可能比一般中国人还多。可惜，波兰人似乎都不记得这位著名的耶稣会传教士了。

与卡密勒相处的几天里，卡密勒不断提到他的梦想。坦率地说，我后来根本就不追问梦想是什么，因为梦想是什么并不重要，只要梦想不断，就足够了。在卡密勒身上，我看到了波兰人极可爱的一面，他们是时刻想摘个星星别到自己胸前当徽章的人。尽管有些幼稚，但让人钦佩。

我们计划利用剩下的时间去老城的犹太区，不料天降大雨，我们只能坐在住处的客厅里聊天。我的学生尤德良时任波兰信息与投资局驻华总代表，他介绍了毕马威波兰公司对中国在波兰的投资状况的调查报告。

毕马威公司对中国在波兰的投资状况、波兰的中资企业对波兰的投资环境与前景的看法，做过详细的调查。调查结论是波兰有很大的投资发展空间，但政府、企业、民间社会还有许多工作要做，应该让中国更了解波兰，了解波兰的经济状况与文化传统。比如，中国有 3000 万人学钢琴，而波兰是肖邦的故乡。

大雨终于停了，空气甜润得像含露的鲜花，但我们已经没有时间去犹太老城了。卡密勒先我两小时回华沙，而我当晚要去布拉格。

分手的时候，我突然有种预感，接下来没有卡密勒的旅行，会黯淡许多。这个世界之所以还可爱，就是因为还有那些有梦想有热情的人。他们用自己的热情为我们守夜，疯狂地工作到凌晨 4 点。要知道，华沙夏日凌晨 4 点，天已是旭日东升。

第三节　苏瓦乌基

8 月 20—24 日

苏瓦乌基让我意识到，一个国家的现代化程度，不应该看标志性建筑，而应该看日常生活与城市管理的细节。

苏瓦乌基是我中欧之行的最后一站，8 月 20 日，我从雅典飞往华沙，直接从机场转大巴，到苏瓦乌基已经凌晨 1 点半了。

苏瓦乌基是波兰东北部的小城，7 万人口，冬天冷到-30℃，号称"波兰的西伯利亚"。但夏天非常舒适，城外是成片的森林、草原，大小湖泊点缀其间，像波兰儿童澄澈的眼睛。这里最深的湖泊近百米，也是欧洲最深的湖泊。湖泊盛产美味的大鱼。在苏瓦乌基的传说中，有这样一个故事，一位教士因为贪恋湖鱼的美味，竟将灵魂出卖给魔鬼。魔鬼来取教士的灵魂时，教士爬上教堂的尖顶——当然，上帝总是在最后的时刻拯救人。如今，传说中的教堂仍在湖边，只是看上去像新建成的。

我是在午夜时分进入这座城市的，第二天早上出门，还以为是郊外，但尤德良告诉我，这是市中心。田园般幽静的城市，酒店一旁的河畔，有成群的野鸭，河水清澈，可以看到水草随波舞动。从雅典到这里，像是到了另一个世界。阳光柔和了，空气清凉，渗着青草的芳香，深嗅下去，依稀还有牛马的粪便味儿。这是我少时早起上学时熟悉的气味，后来有一次，在川北的大山中骑马，这气味又出现过。对于习惯在汽车尾气中呼吸的人，这气味简直就是天堂。

波中家庭

我来到这里，是为了参加尤德良的婚礼。4 年前，尤德良到厦门大学读博士，开学一个多月以后才来见我，非常平静、坦然。他说他不知道谁是他的导师。我解释说这是学校的失误，教务人员应该通知他，其实之前，我已经在一次讲座上见过他了，只是不知道他是我的学生。后来上海举办世博会，波兰展馆邀请他去工作，他就在上海、厦门两地跑，除波兰人特有的沉稳外，逐渐表现出一种干练。我很少见过这样的留学生：在一个国家留学的最好方式，是在这个国家生活，包括学习、工作、旅行。而尤德良还加了一条更彻底的——结婚！他告诉我他有位中国女朋友，不久会结婚的。

尤德良家至少三代人都居住在苏瓦乌基，邻里街坊许多都是亲戚。婚礼在 8 月 21 日下午 4 点开始，中午 11 点半，我就来到尤德良的家。这是一栋二层小楼，原本是独栋"别墅"，后来尤德良的大伯在旁边接盖了一栋，就成了中国所谓的"联排别墅"。在这条寂静的小街上，尤德良的家有些特别，楼上楼下，都挂着中国的红灯笼，这是个波兰的"波中家庭"。

尤德良的父亲彼得·尤赫涅维奇（Peter Juhnevic）先生，一位不论坐着还是站着都像一尊雕塑的男人，领我参观他的家。1978 年，他 28 岁，盖起了这栋房子。当时他自己出了一部分钱，并得到了所在工厂的无息贷款。在这座房子里，他已经生活了 34 年，再过两年，他就要退休了。他说自己年轻的时候，生活比今天的年轻人容易。今天的年轻人有了自由，拿着欧盟国家的护照，可以去世界各地旅行；但他们盖不起自己的房子，甚至租不起房，许多年轻人仍与父母住在一起。如果尤德良还在苏瓦乌基，他一定也住在家里。尤德良说，他不敢想象自己会一辈子生活在苏瓦乌基。但是，他也不知道以后落脚在哪里，中国还是波兰，上海还是华沙，或者世界上某个其他城市。

这位雕塑一样的男人，是尤德良的第一位"中国老师"。尤德良中学毕业，投考波兹南大学，选的专业竟是中文。这种选择的确有些"与众不同"，当时波兰全国每年招收的中文专业学生不超过 15 人。尤德良选择中文作为自己的专业，与他的家庭环境有关，父亲经常跟他谈论中国。1993 年，从美国电视上看著名魔术师大卫·利波菲尔（David Copperfield）在北京表演穿越长城，奇异的魔术表演、壮观的万里长城还有配乐，让这位 8 岁的波兰孩子着了迷。不久，父亲送给他两本关于中国的书，一本是《孙子兵法》，当时他还不能理解《孙子兵法》的道理，只能看其中的战争故事；另一本是一位波兰英雄的回忆录《激战中国长空》。

回忆录作者维托尔德·乌尔班诺维奇（Witold Urbanowicz）是位勇敢的波兰飞行员，二战期间在英国空军服役，曾加入陈纳德将军组建的飞虎队，到中国西南作战。值得注意的是，这位空军勇士在生死瞬间的战场，关注的却不是战争，而是和平。他在回忆录中谈论中国的风俗民情、风景文物。这本书 1963 年在波兰出版，距今已经半个世纪了。尤德良说，他和他父亲不断地翻看这本书，封面已经破损，修补过几次了。他将这本回忆录随时带在身边，此刻就存放在他上海家中的书柜里。这位波兰勇士是他的同乡，出生在距离苏瓦乌基 20 千米的地方。尤德良说他最大的心愿是将这本书译成中文出版。

尤赫涅维奇先生从 20 世纪 60 年代就开始关心中国，这是出于好奇，或者某种缘分。他家的书房挂着中国地图，两侧还有一副中国春联。尤赫涅维奇先生带我来到他家的阁楼，这里收藏着他几十年来收集的有关中国的报刊。他随意翻开一本，我看到一张"文化大革命"的照片。他说这里的有些杂志可能比我的年龄还大。一位生活在"波兰的西伯利亚"的小城里的工人，为何对中国感兴趣？尤赫涅维奇先生很认真，他说因为他身上流着成吉思汗的血。他的祖上在沙皇军队里服役，娶过一位漂亮的鞑靼女人。

我努力在尤赫涅维奇先生脸上搜索鞑靼人的印记，竟然越看越像。我知道这是一个教士与鱼之类的故事。人喜欢给自己编故事，故事使生活有情趣，生命有意义。编好了故事，可以使人不辨真幻。投考波兹南大学中文系的时候，父亲一直陪着尤德良，还帮他猜中了两道口试题："胡主席曾经当过哪个省或自治区的领导""江主席毕业于哪所大学"。尤德良的"中国生活"缘起于他父亲，但开始于波兹南大学。他在波兹南认识了中国朋友，品尝了中国菜，懂得了"中国话"与"中国菜"的奥妙。比如说，老师告诉他，"鱼香肉丝"这道菜，根本没有鱼！

学外语最怕看菜谱，因为菜名和菜之间的关系，是最不确定也最难猜测的，除非你吃过。尤德良在波兹南认识了三位中国朋友，在他们宿舍学习用筷子、电脑打字、用中国的手机、玩魔兽。2005年暑假，12年后，那个曾经对魔术师穿越万里长城、波兰英雄激战中国长空而着迷的波兰男孩，终于有机会来到中国，分别在北京、长春、青岛的朋友家里住了三个月。他最喜欢北京，觉得北京的菜最好吃，北京的朋友最热情，北京的经历最难忘，北京才是真正的中国。在波兹南大学参加汉语桥比赛时，他唱的是中国嘻哈《在北京》："在北京2008年的奥运会，在北京建得越来越美，在北京有湖也有河，在北京大多都骑自行车，在北京中国的长城，在北京冬天真的有点冷，在北京人民英雄纪念碑，在北京现在知道了吧！"

后来他又在北京外国语大学进修过一年，2008年北京奥运会前，他被选上参加拍摄奥运志愿者宣传片"尤德良——2008年北京奥运会志愿者"。

如今尤德良又从上海娶回一位"中国姑娘"赵颖，这对他的家族和家乡，都是一件新奇的事。亲友们从世界各地赶来参加婚礼，最远的是来自美国的大婶，最近的是住在20千米外小镇上的外祖母。老人已经88岁了，经历过二战，在第三帝国的工厂里做过工，经历过斯大林时代和苏联解体。我问她，她这一生何时最幸福，她说"现在"。老人来参加外孙的婚礼，竟然感动得两次流泪。

参加婚礼的客人陆续到来。本地的伴郎是尤德良的表弟，伴郎要有好酒量，波兰伏特加不好对付。伴娘玛丽塔是位波兰姑娘，在上海外国语大学留学，婚礼将用到两种语言，波兰语与汉语，所以她是不可替代的人选。她和父亲轮流开了10个小时的车来到苏瓦乌基，她父亲告诉我，苏瓦乌基是"波兰的北极"，波兰最偏远的地方，他也是第一次来。从英国赶来的艾琳娜，曾是尤德良在厦门大学的同学，她可以讲英语、法语、汉语，大概是位"准伴娘"。艾琳娜说她家族里还出过一位波兰国王。还有一对华沙恋人，是尤德良的同事，他们将在明年举行婚礼，其中女方也是刚从中国回来，参加一个中国政府组织的培训。从华沙赶来的中国企业家张铭飞先生，还带着他的波兰助理。他说，在波兰一位大学毕业生就业，一般工资水平在3000兹罗提（大约相当于6000元人民币），但要是会汉语，薪水可能就是5000兹罗提。

波中婚礼

在这个不足7万人的小城，尤德良与赵颖的婚礼是个"国际事件"。宾客来自三大洲，除了新郎是波兰人、新娘是中国人外，婚礼语言至少有三种：波兰语、汉语、英语。这是我第一次经历——在国际场合，汉语成为通用语言。

亲友、邻居们纷纷到来，婚礼马车也停在门口，新郎新娘终于出场。这位名叫赵颖的安徽姑娘，大概自己也没想到怎么就这样嫁入了波兰家庭。2008 年，《一个女人的史诗》，在芜湖拍外景，剧组需要外国留学生客串角色，找到尤德良。这是赵颖和尤德良的第一次见面。赵颖说："你的中文很好啊！"没想到，尤德良的回答竟是："因为我想找一个中国老婆！"

"找一个中国老婆"的故事就是这样开始的：他们像所有中国青年那样约会，吃饭成为主要节目。尤德良喜欢吃中国菜，北京烤鸭、鱼香肉丝、宫保鸡丁、回锅肉，还有拉条子、包子、饺子、锅贴。在北京学习期间，他最喜欢吃成都的回锅肉盖浇饭，到北京的第一个月就胖了 10 斤。来中国之前，他不知道什么是辣味，自从认识了赵颖，他喜欢上了川菜、湘菜，出差最喜欢去湖南，因为可以吃到地道的湘菜。

中国魅力的一半在吃。我请尤德良说说他在中国的有趣经历，他讲了许多"吃"——所谓"舌尖上的中国"，真是说到点子上了。多年前我与一位英国朋友出游闲聊，他说你们中国和我们英国都不会完蛋的，因为我们都靠"嘴"生活。"嘴"有两个功能，一是吃，二是说。中国菜解决世界"吃"的问题，英语解决世界"说"的问题，所以世界离不开我们。在比利牛斯山区一个不足千人的小镇上，我们竟然发现了一家中国菜馆。那位英国朋友感慨道："你们就是这样征服世界的！"

尤德良大概是被中国的"食色"征服的。当下大学校园里的"中外恋"很多，但成功的很少。赵颖大学同寝室的 4 位同学，当时都在恋爱，谁都不看好他们这一对。但 4 年以后，其他三对都散了，只有她和尤德良终成眷属。赵颖提前一个月到苏瓦乌基，准备这场波兰传统婚礼，在与尤德良父母相处的一个月里，赵颖真切地感受到了幸福安逸。尤德良的父母对她关怀有加，大概这世界上原本没有中国人与外国人的区别，只有好人与坏人的区别。

尤德良的父母是一对难得的好人，2009 年我第一次见到他们，就有这种感觉。儿子学了中文并去了中国，满足了父亲的愿望，或者说幻想，却让母亲失望了。起初她希望儿子早日回波兰，但第一次到中国旅行后，她的观念改变了，同意儿子留在中国，尽管儿子每次离家，她都难免哭几场。现实的中国跟他们在波兰听说与想象的不一样。母亲说她喜欢中国城市，也喜欢中国菜，波兰人本是不吃辣的，但她到中国竟然能吃川菜、湘菜！父亲从不激动外露，他初到中国，就没有任何生疏感。有一次，在北京地铁与尤德良走散，迷失在语言不通的陌生人群中，他竟然没有感到恐惧。

　　我不知道《一个女人的史诗》故事如何，但从"People mountain people sea"的上海嫁到偏远的"波兰西伯利亚"，多少也算是"一个女人的史诗"了。其实，生活往往比"故事"更生动。2008 年 7 月，尤德良结束了他在安徽师大的学习回波兰。赵颖不敢对未来抱任何希望，毕竟波兰太遥远了——遥远的远方，除了遥远之外，可能一无所有。但尤德良从走后几乎每天给她一个电话。9 月初新学期的一个早晨，赵颖被尤德良的电话惊醒，来到宿舍阳台，竟然看到尤德良奇迹般地站在楼下。那一次，她所体验到的惊喜，在任何时候回忆起来都令她感动。

　　一切准备就绪，父母、外婆祝福他们，婚礼马车在家门口等待。下午 4 点整，新郎新娘、伴郎伴娘走出家门，乘马车前往教堂。马车两次被可爱的邻居用彩带拦下，伴郎喝下伏特加、伴娘送上小礼品，邻居们亲吻祝福，然后才放马车继续前行。教堂婚礼庄重而又亲切，主持婚礼的神父曾经是尤德良的同学，住在他家不远的地方——苏瓦乌基还保留着传统的熟人社会。

　　苏瓦乌基这个城市，在亲情上非常传统，在公务上又非常现代。整个城市几乎没有 4 层以上的高楼，市中心看上去像中国的郊区，"步行街"从头到尾步行不超过 5 分钟。但城市整洁，所有的现代城市公共设施齐全，每一个十字路口，都有行人指示灯、博物馆、街心花园、教堂、草坪，一样不少。整洁是文明的标志，一个国家的现代化程度，不应该看标志性建筑，而应该看日常生活与城市管理的细节。

　　婚礼马车停在教区教堂门口，主持婚礼的神父匆匆赶来。阳光仍很明媚，大家静悄悄地走入教堂，婚礼是神圣的，本该沉静肃穆。婚礼语言是波兰语，但尤德良的致辞却用汉语，我原以为有人会窃笑或窃语，但似乎没发现任何人表现出任何异常。就在教堂婚礼仪式进行的半个多小时里，一场大雨飘过。等仪式完毕，大家走出教堂时，已经雨过天晴，晚霞分外灿烂。婚宴将在郊外一家英国风格的酒店举行。

　　婚宴是整个婚礼的最后一项节目，也是时间最长的一项节目，下午 6 点开始，第二天凌晨 4 点结束，耗时 10 小时！教堂仪式是神圣的，酒店仪式是世俗的，酒食在摆成三角的长桌上依次排开，波兰民族风格的婚礼进行曲奏响，婚宴便开始了，排山倒海的酒、食、歌、舞，没完没了；站起唱歌，坐下喝酒，离席舞蹈，归席吃肉，循环往复下去。将这种隆重的婚宴进行到底，需要"四项全能"，不吃不足以维持体力，不喝不足以提高兴致，不唱不舞不足以消耗热量与酒精。在这种婚宴上，表现出色是颇不容易的。

　　如果说教堂仪式表现出波兰民族性格中沉静深厚的一面，婚宴仪式则表现出波兰民族豪放热情的另一面。沉静深厚与热情豪放如何统一在一种民族性格中呢？波兰民族在习性上与我们相差很大，我们对这个民族的性格与文化了解很少，如果未来中国与波兰的商贸关系成长很快，这两个国家的人民可以和谐相处吗？

　　苏瓦乌基这座只有7万人的小城里，已有两间"中国商店"。一间在市中心步行街的尽头，我随意走进这间"中国商店"，店主问我是否是日本人，我回答"中国"。奇怪的是，在他脸上，我并没有看到轻松热情——这本该是同胞相见应有的表情。恰恰相反，我看到了紧张、猜疑与警惕。我在狭小的店里转了一圈，他一步不差地跟着我，像跟踪一个小偷。我无趣地走了。

　　苏瓦乌基的"波中婚礼"结束，我的中欧之旅也将结束了，我又要回到"火热"的现实生活中。告别时，尤赫涅维奇先生特意为我写了一页纸的文字，介绍他的中国情结和他对中国的理解与期望。尤德良为我逐字逐句地翻译了他的话。这位波兰边远小城的普通电工胸怀世界，他说中国是一个伟大的国家，应该对世界负责，中国经济发展已经为世界提供了一种典范，下面是中国的政治。

　　可爱的波兰人！

　　我从苏瓦乌基回到华沙，行前那个晚上，我再次前往市中心。皇家城堡广场上，竖起一面巨大的视屏，行人路过，都映现在视屏上。我看见自己的脸出现在一片波兰面孔中，竟然没有感到丝毫怪异。或许这些异族面孔，我已经感到熟悉亲切了。

　　这个世界上，原本就不该有此国人和彼国人的区别，只有好人与坏人的区别。到世界各地去吧，寻找善意的人！

附录二　卜弥格·丝绸之路·"哈尔滨人"
——波兰汉学家爱德华·卡伊丹斯基访谈

2014 年 2 月初，为了筹备厦门大学人文学院将要举办的中国波兰文化宣传活动，同时也为了与波兰弗罗茨瓦夫大学古典地中海东方研究院共同开展卜弥格研究项目，笔者前往波兰北部海滨城市各但斯克，采访了波兰著名汉学家爱德华·卡伊丹斯基（Edward Kajdanski）先生。

卡伊丹斯基先生出生于中国黑龙江省的哈尔滨市，在当地波兰侨民学校及高等院校接受初高等教育，成年后回到自己的祖国波兰。后来，他以波兰外交官的身份，重返第二故乡中国，先后在波兰驻广州、北京的领事馆任领事等职务。他是波兰声名卓著的汉学家，研究范围涉及卜弥格及与之相关的中波、中西交流史，中国传统文化，特别是中华人民共和国的政治经济等诸多领域，其成就之全面巨大，可谓出类拔萃。他可以使用汉、英、拉丁等数种外语，虽早过古稀之年，但仍笔耕不辍，有时还到当地的大学演讲，内容大多与中国文化有关。他多才多艺，学术著作中的中医图谱、地图等，都是自己亲手绘制，中国工笔画、仕女图更是惟妙惟肖，这在他所赠送的画册、挂历，以及数种书籍中可见一斑。

采访是漫谈式的，主要内容包括卜弥格、丝绸之路、"哈尔滨人"等。采访全部使用英语，由笔者翻译整理为中文稿，经由卡伊丹斯基先生授权在中国发表。

第一节　卜弥格

王承丹（以下为"王"）：卡伊丹斯基先生您好！这次对您的采访，主要受厦门大学人文学院和弗罗茨瓦夫大学古典地中海东方研究院的委托，为举办中波文化交流活动，以及申报卜弥格研究项目做前期准备。

爱德华·卡伊丹斯基（以下为"卡"）：谢谢。现在厦门大学也有波兰学生吗?

王:至少有十几个吧。厦大人文学院已经与波兰的大学开展了师生交流项目,最近还有一个波兰学生在厦大人文学院修读完了博士课程。正是通过他,我才找到了您的联系方式。您这本关于卜弥格的书,还有这些您在中国生活工作的文章、照片,都是他送给我的。

卡:《中国的使臣——卜弥格》,是张振辉教授译的,他把很多波兰作品译成中文。张振辉教授和张西平教授还翻译了卜弥格的文集,去年12月出版的。

王:但目前您著作的中译本还不是很多,我只看到卜弥格这一本,希望以后有机会把您更多的著述翻译成中文。您曾到访过厦门?

卡:很多年前我去过厦门,是1980或1981年,应该是1981年。那时我正在广州,在波兰驻中国广州领事馆任领事。我们当时去了厦门,还有福州、泉州等地。泉州非常引人注目,对我来说很重要,因为马可·波罗曾到过那里,我也研读他写的东西,主要想把他与卜弥格及其著作对比。在波兰,我出版了关于卜弥格作品研究的著述,涉及的资料远比这些要多,有的来自中国,也有相当一部分是来自不同国家和地区。因为卜弥格在欧洲和中国之间穿梭往返,先后经过马来西亚、锡兰、印度、波斯、亚美尼亚、土耳其,然后到达东欧,再到威尼斯,最后到了都灵。他是波兰伟大的旅行家,从欧洲到中国,再从中国回到欧洲,来回往返三次,这在欧洲是第一次。他最初在中国工作的地点,应该是海南岛。他到中国后,为明代最后的皇帝之一,也就是为南明王朝的永历皇帝服务。

王:您书中就是这么写的。

卡:对。正如我在书中所写……作为南明永历皇帝的使臣,他被派回欧洲,向教廷求助。他的这次欧洲之行可谓历尽艰辛,最初甚至不允许住在罗马。您知道,当时北京的清朝朝廷只允许传教士为他们服务,禁止为南明政权工作。卜弥格肩负着南明集团的使命,历尽磨难回到罗马教廷,而清朝派遣的另一个耶稣会士也在这前后到达了罗马。教廷选择支持清朝,卜弥格被送到意大利的另一个小城。他在那里度过了4年,直到老教皇去世,新教皇登基,局面才有所改变。卜弥格见到新教皇,表达了南明王朝的请求,随后被送回中国。接着,再返回欧洲。这样的旅程往返3次,长达6年之久,历经了海上苦旅与陆路上的艰难跋涉。旅途的艰难困苦耗尽了生命的能量,他因此元气大伤,一病不起,最后长眠在中国的土地上。

王:是在泰国与中国交界的地方?

卡:是广西。他从越南到广西,当时越南倚重清朝政府。经过河内到海防,来回往返，再到中越边境，最后到了广西，病逝在那里。他在人世的最后时光，辞世的确切地点，都没有人知道，没有人知道……

王：没有留下墓穴、碑碣？

卡：没有，没有的……那是个兵荒马乱的时代，要知道他当时的具体情形，太难了。

第二节　丝绸之路

王：请谈一谈您的其他著作，如《丝绸之路》好吗？这对我们举办文化活动，申报合作研究项目，等等，都会有益助的。

卡：你们要举办什么样的活动？

王：厦门大学人文学院准备办"波兰文化周"之类的文化宣传活动，与中波及中西交流史有关的内容，如丝绸之路，包括卜弥格和与他相关的研究成果，特别是您本人的著作，以及您在其他方面对中华人民共和国广泛而又深入的研究，都将是我们重点关注的对象。

卡：我赠您几本书。这是我的画册——中国古代的仕女图；这是全本的《卜弥格传》，波兰语的，刚才我们谈到的中文译本只是其中的一部分。波兰语本中的许多内容，是我从拉丁语译过来的。如果不通拉丁语，就无法撰写这种书。现在，即使在欧洲，特别是在波兰，学用拉丁语的人也很少了，能翻译拉丁语原著的人就更少了。但是，对于学术研究来说，拉丁语太重要了。另一本，是我与女儿一起合著的《丝绸之路》，留个地址，稍后我再寄过去。《丝绸之路》这本书，您读过吗？

王：没有，只知道这个题目。

卡：几年前，有中国学者曾建议把《丝绸之路》译成中文，但后来没有了结果。我觉得这本书对中国人来说很重要，因为里面不仅写了中国的丝绸，还涉及丝及丝绸制品在中国的生产过程、印染工艺，以及向海外的传播，就是通过中亚、波斯、土耳其等国家和地区，最后到达欧洲。中国的读者应该会对这本书感兴趣的，我们写了丝绸之路，以及与此有关的内容，比如……丝绸之路的陆上通道，或海上通道……陆上和海上，都写了。陆上就是我们刚刚谈过的，经中亚等地到欧洲；海路则走缅甸、印度等地，最后到欧洲。

王：陆上或海上的丝绸之路，应该有很多不同的路线吧？

卡：当然是这样。我们通常说的丝绸之路是东西方交流的主干道，除此之外还有其他小道、辅道，它们通达很多地方，向东就能连接日本。丝绸之路的作用太大了！我在哈尔滨生活的时候，也受益于丝绸之路。比如，中国东北的瓜果，香瓜、西瓜什么的，大多并非土生土长，许多是通过丝绸之路带来的。公元前 2 世纪前后，域外的物品通过丝绸之路，由中亚进入中国。哈尔滨的冬天非常寒冷，夏天又比较热，有时也能到 40℃ 呢，跟中国南方差不多。因此，西瓜可以在那里种植。还有一些波兰人，也曾沿着丝绸之路向东走，最后到达中国，在那里工作过，通过不同的方式为两国交流做出了贡献。我也写过一本书，其中提到 20 个波兰人，他们先后到过中国，把有关中国的知识带回波兰，传播到整个欧洲。

王：这 20 个波兰人是从古代到当代吗？

卡：是的。其中的先驱人物是本尼迪克特，相对于整个欧洲来说，他也是深入亚洲的第一人。但他并没有真正到达中国内地，没去过北京，只去了当时的蒙古汗国，从新疆到了蒙古。

王：我听说波兰·本尼迪克特撰写了两本书，其中一本叫《鞑靼史》。

卡：是用拉丁语撰写的，在波兰只有残本。他是写了中国，但大多是道听途说的。他在蒙古汗国遇到了中国人，与他们交谈，然后凭着别人的翻译和自己的记忆写到书中。关于中国的历史，他写得很不全面，更不准确。

王：另一个汉名叫卢安德的波兰人。他出生的地方现在属于立陶宛，就是安德烈·卢多明纳，您也写到了吧？

卡：卢多明纳，但我没有很深入地研究他。作为波兰传教士，他到中国的福建传教，最后死葬在那里，去世时只有 30 多岁。他主要针对中国人翻译和写作与基督教有关的书籍，这与卜弥格恰恰相反，后者是向欧洲介绍中国和中国文化。

王：您觉得，我们从中国的角度研究东西方之间的交流史，特别是中波交流史，最应该关注什么？

卡：以人物个案入手比较好。据我所知，但我并没有仔细研究过，18 世纪，有中国旅行者到了波兰。卜弥格返回欧洲时，同行的也有中国人。

王：是向导？或者翻译之类的人？

卡：是的。有一个中国人，他叫……我一时想不起他的名字了，这人应该是个医生。因为，如果没他这样的人帮助，卜弥格很难从事他的中国药物学、中医学研究。若没有中国的专业人士帮忙，那些知识难以真正弄懂。我在翻译写作与卜弥格有关的著作时，深有感触。前段时间我应邀访问中国，就利用那里的图书馆，查阅关于中国医学哲学类的书籍，与中国医生讨论阴阳、五行之类的话题。

第三节　"哈尔滨人"

王：卡伊丹斯基先生，最后请您简单谈谈"哈尔滨人"这个话题好吗？

卡：19 世纪末，在中国的东北修一条铁路，由俄罗斯承建。当时的波兰不是个完全独立国家，部分属于俄罗斯，去中国的人没有波兰护照，都是俄罗斯的。波兰工程师参与修建这条铁路，他们付出了艰辛的劳动。有一位工程师，选择铁路经过的地点，在那里建设哈尔滨这座城市。哈尔滨就在松花江边，对我们"哈尔滨人"来说，松花江是一条大河，您知道，在波兰没有这样的大河。您知道维斯瓦河吧？从华沙流过来，不是很宽。从哈尔滨流过的松花江，非常宽阔，宽 1 千多米。很多波兰人在铁路上工作，1920 年，俄罗斯发生了革命，又有一些波兰人来到哈尔滨。这些曾在哈尔滨工作、生活过的波兰人，后来大都回到波兰定居，包括他们的后辈，自称为"哈尔滨人"。1907 或 1906 年，我的父亲只身一人到了中国，在铁路上工作。俄罗斯革命后，已经回国的他再一次返回中国。我在哈尔滨出生、长大，接受教育，26 岁时回到波兰。

王：在当时，"哈尔滨人"是怎么保持自己特有的民族文化传统的呢？

卡：我们有自己的波兰社区，有教堂，教堂现在还在哈尔滨。我们有自己的波兰学校，我们学习中文，但不是太好，只是学习。

王：除了学习母语波兰语、汉语，还学其他语言吗？比如日语。谈一谈您在中国的受教育经历好吗？

卡：主要学习英语，是的，还学日语，但学得很少，现在都忘得差不多了。我是在中国上的大学，在哈尔滨工业大学。对，现在是一所十分著名的大学，那时没有现在这么大的名气，当时规模比较小。现在规模大了，名气大了，听说现在还有船舶制造类的专业。对了，我还要赠您一件礼物……我自己画的丝织品、中国服饰，我女儿也参与了一部分。

王：是中国画挂历，太精美了！非常感谢！我要把它转给厦门大学人文学院，以作纪念。

致谢：

对爱德华·卡伊丹斯基先生的采访，先后得到了周宁、安杰伊·尤奇涅维奇（Andrzej Juchniewcz）、高奇维特·马林诺夫斯基（Gosciwit Malinowski）诸先生，以及青年汉学家凯特琳娜·普罗克特（Katarzyna Proctor）和安娜塔·马利舍夫卡（Anata Maliszewska）女士的支持与协助，在此表示衷心感谢。

致　谢

书稿附录部分的两篇文章已经在《全球商业经典》和《人文国际》刊出，特此向两家刊物致以谢意。

向下列章节的原作者、译者致以谢意——

1-1　论欧洲一体化的起源，达里乌兹·米尔恰莱克（Dariusz Milczarek），杨颖；

1-2　从欧共体的建立到《里斯本条约》，达里乌兹·米尔恰莱克（Dariusz Milczarek），欧尔佳·巴尔布尔斯卡（Olga Barburska），韦蕴珂；

1-3　波兰的欧盟之路，欧尔佳·巴尔布尔斯卡（Olag Barburska），温雪茹；

1-4　全球经济新秩序中的波兰，博格丹·古拉丘克（Bogdan Góralczyk），陈立峰；

1-5　欧洲社会秩序下的波兰社会和经济，克什托夫·维利斯基（Krzysztof Wielecki），朱晓璁；

2-1　欧盟还是美国：波兰外交安全政策的抉择，达利乌什·米勒扎雷克（Dariusz Milczarek），房姗姗；

2-2　论波兰在欧盟制度体系中的作用，阿图尔·亚当齐克（Artur Adamczyk），熊瑶；

2-3　论欧盟共同商业政策机制对波兰的启示，安娜·弗洛贝尔（Anna Wróbel），彭婷婷；

2-4　关于欧盟特定成员国的区域政策，普热米斯瓦夫·杜贝尔（Przemyslaw Dubel），张金环；

2-5　论波兰与欧盟的发展政策，卡米尔·贾扬什科夫斯基（Kamil Zajqczkowski），易菲；

2-6 在欧盟与波兰范围内反对社会排斥，玛格达莱娜·德鲁埃（*Magdalena Drouet*），王雷；

2-7 论欧盟移民政策及其对波兰的影响，玛格莎塔·帕赛克（*Malgorzata Pacek*），董延萍；

3-1 21世纪初期波兰亚太地区的外交政策，雅各布·贾扬什科夫斯基（*Jakub Zajqczkowski*），徐文蕾；

3-2 重塑国家形象品牌——1989年后波兰的文化外交策略，多萝塔·尤基维茨·埃克特（*Dorota Jurkiewicz-Eckert*），王承丹；

3-3 跨越时空的联结与共荣——中波千年交流史的新思考，洪嘉俊；

3-4 从历史到现实："一带一路"视角下的中波关系，易菲；

附录1 波兰：欧洲的中心或空心，周宁；

附录2 卜弥格·丝绸之路·"哈尔滨人"——波兰汉学家爱德华·卡伊丹斯基访谈，王承丹。

王承丹在全书初译稿的基础上进行编校整理，如有不当之处，敬请谅解。

编译者

2020年10月14日